二見文庫

あなたに会えたから

キャサリン・アンダーソン／木下淳子=訳

My Sunshine
by
Catherine Anderson

この本をジェームズ・ラドロフ神父、教区民が呼ぶところのジム神父に捧げる。神父は、わたしや周囲の人たちも含めて数知れない人々の心と語り合ってくれる。作家であるわたしはめったに言葉に詰まることなどないが、ときには、思いが強いゆえに、どう表現していいのかわからないこともある。そこで、飾り気のない簡素な言葉に立ち返って、こう言おう。ありがとう。つねに献身的な良き神父様でいてくださり、ありがとう。友情と助言をありがとう。いつもそこにいてくださることにありがとう。そして最後に、毎週月曜の夜にすてきな会を本当にありがとう。

謝辞

この作品を執筆するにあたっては、義母であり、良き友人でもあるすばらしい女性、ヴァージニア・サンにインスピレーションを与えられた。彼女の勇気やいつも前向きな明るさは、ローラ・タウンゼンドのキャラクターを作る際の雛形になった。ありがとう、ヴァージニア。そのチャーミングな笑顔と、こちらもつい引きこまれてしまう笑い声に感謝する。彼女の生き方は、わたしたちみなに貴重な教えを与えてくれる。道しるべを失い、道に迷って途方にくれたときでも、いかにして前に進み続けるか。いつか、彼女がこの作品を読むことができたら――その日は遠からず訪れると、わたしは信じている――物語のなかに生きている彼女自身の姿を見つけてくれることを願っている。

あなたに会えたから

登　場　人　物　紹　介

アイザイア・コールター	獣医。コールター家の六人兄弟の末弟
ローラ・タウンゼンド	事故で失語症を患った女性。元環境科学者
メアリー・コールター	アイザイアの母
エッタ・パークス	メアリーの近所に住む、ローラの祖母
タッカー・コールター	アイザイアの双子（一卵性）の兄。クリニックの共同経営者
ヴァル・ボズウェル	クリニックの女性事務長
ベリンダ・バクスター	クリニックの獣医看護士
スーザン・ストロング	クリニックのスタッフ
ジェームズ・マスターソン	クリニックで研修中の技術アシスタント
マーシャ・タウンゼンド	ローラの母。フロリダ在住
ジェイク・コールター	アイザイアの兄（長男）。妻はモリー
ベサニー・ケンドリック	アイザイアの姉（長女）。夫はライアン
ハンク・コールター	アイザイアの兄（次男）。妻はカーリー
ジーク・コールター	アイザイアの兄（三男）。妻はナタリー

プロローグ

鉛色《なまり》の空に光が走り、次の瞬間、耳をおおいたくなるような雷鳴《らいめい》が轟《とどろ》く。大粒の雨が、鉄板の上で跳《は》ねる豆にそっくりな音をたてて車のボンネットに叩きつけられる。アイザイア・コールターはフロントガラス越しに外をのぞいたが、並木通り沿いに並ぶ家並は雨粒の壁にさえぎられてぼんやりとしか見えない。両親が住んでいる平凡な郊外の一軒家の屋根つきのポーチまで、約十五メートルほどの距離を全力疾走することを思うと気が重くなった。こうした突然の嵐は珍しいことではない。今朝方、家を出しなにコートを手につかんでおけばよかった。

車のドアをあけたとたん、シャツの袖は雨に濡れ、すぐに氷のように冷たくなった。秋の日差しが雲にさえぎられると、高い山々からオレゴン州クリスタル・フォールズの街に吹きおりる冷気のせいだ。アイザイアは歯をくいしばって覚悟を決め、車高の高いハマーから飛びおりると同時に、後ろ手に勢いよくドアを閉めて走りだした。

ポーチに着いたときには、顔から雨のしずくが滴《したた》り落ち、褐色の髪が濡れた束になって額《ひたい》に張りついていた。アイザイアは小さく毒づきながら、濡れた指で髪をかきあげ、ぐっしょり濡れたシャツをむなしく手ではたいた。

「母さん？」玄関の扉をあけながら、アイザイアは大声で呼んだ。「入るよ！」

玄関マットで靴の裏を拭きながら、きちんと整理整頓されたリビングを見まわした。家具も装飾も見慣れたものばかりで、とくに目がとまるようなものはなにもない。一番広い壁いっぱいに、兄たちと姉、そしてアイザイア自身が子どもから大人へと成長する記録のように、数え切れないほどたくさんの写真がおさまったフォトフレームがずらっと並んでいる。リビングに足を踏みいれると、おいしそうなアップルパイのにおいと、いれたてのコーヒーの香りが鼻をくすぐった。

「キッチンにいるわよ」メアリー・コールターの声が聞こえた。

漂ってくるいいにおいと声をたどって、アイザイアはアーチ状になったキッチンの入口にたどりついた。メアリーはカウンターに向かって立っていたが、アイザイアの顔を見たとたんに温かな笑みを浮かべた。バラ色の頬はふっくらとし、ゆるくカールした褐色の髪が顔の周囲を縁取っている。たとえ母がもうすぐ六十歳になるとしても、アイザイアにとっては二十年前と変わらず美人の母だった。

「調子はどう？」アイザイアは言った。

「そりゃもう」メアリーは絶望的だと言うように首を振った。「よくないに決まってるでしょう？　うちで一番ハンサムな息子がまだ独身なんだから」

一番ハンサムな息子という点は明らかに間違いだ。実際、アイザイアと兄たちは全員父親にそっくりで、兄弟はみんなとてもよく似ている。独身であるという点について言えば、アイザイア自身に不満はない。獣医という仕事の需要は高く、アイザイアにはプライベートな時間などほとんどなかった。将来、もう少し時間に余裕ができれば、家庭を持つことも考えるかもしれないが、今のところは仕事のことで頭がいっぱいだった。

「そうかな」アイザイアは低く心地よい声で、母に結婚のことで小言を言われたときの決まり文句を口にした。

「『そうかな』じゃないでしょう。ちょっと自分の格好を見てごらんなさい、アイザイア。びしょぬれで、唇《くちびる》は真っ青。あんたには、世話を焼いてくれる人が必要なのよ」メアリーはタオルを投げてよこした。「床に汚い足あとをつける前にちゃんと拭いてちょうだい」そう言って、ちらっとアイザイアのブーツに目をやった。「ここに来る前に馬の糞《ふん》を踏んだなんて言ったら、承知しないわよ」

片手でタオルをキャッチしたアイザイアは、まず顔を拭き、それから首の後ろをごしごしこすった。「芝生にブーツをこすりつけながら歩いたからきれいだよ。それに、さっき玄関マットでよく拭いた。唇が青いのは、外がものすごく冷えてるせいだ」

「十月だっていうのにコートも着ないからよ。あんたは頭がいいんだから、それくらいわかるでしょうに」

「わかってたよ。今日はちょっと忘れただけさ」

「もしも頭がはずせたら、頭ごと忘れてくるんでしょうよ。いつも考え事ばかりしてるから、なんでも忘れたり、気がつかなかったりするのよ」

「今朝、家を出たときは晴れてたよ」

「そこの椅子に父さんのスウェットシャツがかかってるから、それを着なさい。びしょぬれの服のままでいたら、凍えて死んでしまうわよ」

アイザイアは寒気を感じはじめていた。急いで濡れた服を脱ぐと、キッチンのドアの横にかかっている布製の袋入れからスーパーのビニール袋を引っ張り出して、びしょびしょのシャツをつっこんだ。父親のスウェットシャツを頭からかぶるアイザイアを見て、メアリーが舌打ちをした。「あばら骨が数えられるじゃないの、アイザイア。強い風が吹いたら、吹き飛ばされそうよ」

自分がそれほどやせてはいないことはよくわかっていた。「そうかな」

母の小言には慣れっこのアイザイアは、身をかがめて母の頰にキスをした。それから、キッチンの一角に置かれたオーク材の丸テーブルに向かって腰をおろした。「そのパイ、ものすごくいいにおいだね」

「あんたのために、特別に焼いたのよ」メアリーは食器棚から皿を二枚おろし、パイを切り分けにかかった。「あんたが家に来る前に連絡してくれるなんて、めったにないことだものね」

「ごほうびにアップルパイがもらえるなら、これからは必ず連絡するよ。ぼくの大好物だ」

メアリーは微笑んだ。「知ってるわ。なにしろ、わたしは母親なんだから」

「ありがとう。さすがは母さんだ」アイザイアは椅子の背にもたれてくつろいだ。「父さんは？」

メアリーは小さなため息をつき、大げさに肩をすくめて、ハーヴ・コールターの妻であることの大変さを暗に訴えた。「今朝早く、ジークに会いに、ナタリーのナイトクラブに出かけてったわ。たぶん、クラブの冷蔵庫が故障したかなにかだと思うけど。そのあと、ハンクとジェイクを手伝ってフェンスを修理しに〈レイジー・J〉牧場へ行くんですって。今週はずっと背中が痛いってこぼしてたのに、大丈夫かしら？」

「父さんは牧場を手伝うのが楽しいんだよ。引退しても、人生が終わったわけじゃないからね」

「わかってるわ」メアリーは、またため息をついた。「それに、ジェイクとハンクにはたしかに手助けが必要だしね。モリーはお腹にふたり目の赤ちゃんがいるし、カーリーは目の手術が終わったばかりで赤ちゃんの世話もしなきゃならないし。ジェイクもハンクもすっかりやせてしまって」

アイザイアは忙しさのあまり、義理の姉が目の手術を受けたことをすっかり忘れていた。

「カーリーの具合はどう？」

「順調よ」メアリーはうれしそうに微笑み、指についたアップルパイの中身を舌でなめた。

「ある程度は見えるようになったらしいわ。問題は、なんとかっていうものの訓練ですって」

「視覚皮質？」アイザイアは言った。

「そうそう」メアリーはうなずいた。「医学用語って、何度聞いても右から左へ抜けていくのよ。昨晩、ハンクが電話をくれたわ。赤いダクトテープを買って、家じゅうの段差の端にテープを貼ったって。カーリーによくわかるようにね。昨日なんて、ハンク・ジュニアを抱っこしているときに、もう少しで玄関のポーチから落っこちそうになったって言うのよ」

アイザイアは顔をしかめた。「そりゃ、ハンクがテープを貼るのも無理ないな」

「そのときも、テープのおかげで助かったらしいわ」メアリーは、皿を出したのとは違う食器棚からコーヒーカップを取り出した。「カーリーの視覚は完全じゃないから、段差がはっきりと見えないのよ」

扉をあけたオーヴンから放出される心地よい熱を感じながら、アイザイアはほっとため息をつき、両肩をまわした。おかしなものだ。母のキッチンにいると、なぜだか、あっという間にリラックスできる。たぶん、この部屋がメアリー自身によく似ているからだろう。カラフルでごちゃごちゃして、愛情にあふれている。

メアリー・コールターが子どもたちを心から愛している証拠は、この部屋のいたるところに見られた。空いたスペースはすべて、石膏に押した子どもたちの手形や学校時代の写真、古びて黄ばんでしまった図工の作品や、アイザイアと兄たちがずっと昔に母に贈った奇妙なプレゼントなどで埋めつくされている。古い絶縁体を詰めこんだアンティークの飾り棚までとってあった。見たところ、メアリーは孫の記念品も集めはじめたらしい。長兄ジェイクの息子が使った赤ちゃん用の部屋履きが、白いカーテンの襞《ひだ》の上にピンでとめてある。冷蔵庫

ね。三回も子宮を洗浄して、思いつくかぎりの抗生物質を全部試してるんだけど。今度もだめだったら、もうあきらめるしかないだろうね。飼い主は育ち盛りの子どもがいる若い父親なんだ。牛が死んだら、あの家はやっていかれないかもしれない」

メアリーはテーブル越しに手を伸ばして、アイザイアの目にかかった髪をかきあげた。

「あんたって子は、ほんとにいつもわたしを心配させるんだから」

アイザイアはメアリーの手首を持ちあげ、指先にキスをした。「ぼくは大丈夫だよ。少し仕事が忙しいだけさ」

「大丈夫じゃないわよ」メアリーは言った。「自分で自分をよく見てごらん」

アイザイアは我が身を見おろした。「なにか問題がある?」

「まず、ずいぶんやせたわ。髪は伸びすぎて襟にかかってる。それに、さっきのシャツはいったいどこから引っ張り出してきたの? 昨夜はあれを着て寝たのかと思うくらいしわくちゃだったわよ」

アイザイアは肩をすくめた。「濡れたから、そう見えたんじゃないかな」

「濡れたのとは関係ないわ。しわくちゃだったのよ」

「乾燥機から出すのを忘れたんだよ、それだけさ。よく振ってしわを伸ばしたんだけど」

メアリーは青い目をぐるりとまわして天井を見あげた。「じゃあ、体重のことは? きちんと食べてないんでしょう。今朝はなにを食べた?」

アイザイアは朝食のメニューを思い出そうとしたが、どうしても頭に浮かんでこなかった。

「たぶんヨーグルトかな」

「たぶん？」

「急に運ばれてきた犬がいてね。六時四十五分から手術だったんだ」

「それで、朝食を食べなかったわけね」メアリーはいかにも分別ある母親らしくうなずいた。

「じゃあ昼食は？　なにを食べたか教えて」

その日、アイザイアは、昼休みにかかってくる電話の合間に、スポンジケーキ菓子の〈トゥウィンキー〉ひと箱とチーズスナックひと袋を急いでお腹に詰めこんでいた。「運転しながら食べた」そう言いながら、ばつが悪そうにちらっと自分の手に目をやって、指先が黄色く汚れていないか確かめた。「心配いらないさ、本当だよ」

「ふん。世話を焼いてくれる奥さんを世界で一番必要としている男っていうのは、あんたのことよ」

「またその話かい？」アイザイアは笑った。「勘弁してくれよ、母さん。結婚すればすべてが解決するわけじゃないだろう？　時代は変わったんだ。今の若い女性は家にいて夫の面倒なんかみてくれないよ。女性も自分のキャリアを大事にするし、そうあるべきだとぼくも思う」

「昔風の女性だって少しはいるはずよ」

そうだとしたら、アイザイアはまだその女性に出会っていなかった。とくに探しているわけでもないが。「そうかもね」アイザイアは無難な答えを返し、ちらりと腕時計を確認した。

「提案っていうのがその話なら、このままいったら白熱した議論になりそうだね。じつは三時までにクリニックに戻らなきゃならないんだ」

メアリーはコーヒーをひと口すすった。「ご近所のエッタ・パークスさんを覚えてる？」

「二件隣りのお年寄りのこと？」アイザイアの頭のなかに、銀髪のかわいらしい老婦人の姿が思い浮かんだ。「ああ、覚えてるよ」

メアリーは微笑んだ。「ローラは彼女のお孫さんなの。性格もいいし、きれいな娘さんよ。毎日のように、犬たちの散歩の途中でエッタのところに寄っていくの」

「犬たち？　何匹飼ってるんだい？」

「それがね、ローラの犬じゃないのよ」メアリーの青い目がうるんだ。「障害手当の足しにしてる仕事のひとつでね、飼い主が旅行に行ってる間、犬たちを散歩させたり世話をしたりしているの。たぶん、ほかのこともやってると思うわ、掃除とかアイロンかけとか。でも彼女が動物を世話しているのを見て、あんたのことを思いついたのよ」

アイザイアは、母が何事かを企んでいるらしいと悟った。ふたたび、ちらっと腕時計に目をやり、訊き返した。「ごめん、よくわからないんだけど。障害手当って言ったよね？」

メアリーはアイザイアの疑問を解消するために、ひととおりの説明をした。エッタの孫娘は五年前に友達と川へ泳ぎに出かけ、水に飛びこんだときに岩に頭をぶつけてしまった。

「それで、脳になにかのダメージを受けたんですって」

アイザイアも、ぼんやりとその話を思い出した。アイザイアの記憶が正しければ、彼女は昏睡状態になり、おそらく命は助からないだろうと言われていたはずだ。

「その後、意識は戻ったんだけど」メアリーは話を続けた。「ローラの人生はめちゃめちゃになったわ。なんの仕事をしてたか思い出せないけど――たしか、科学者かなにかだったのよ。高収入で、あちこち仕事に飛びまわってたわ。なのに、一瞬でなにもかも失ってしまって。今は誰かのガレージの上にある貸し部屋に住んで、犬を散歩させてお金を稼いでいるのよ」

「それは気の毒だな」アイザイアは言った。次に、正直な感想を口にした。「ぼくにどう関係があるのかはわからないけど」

メアリーはきゅっと口を引き結んだ。「ローラはほんとにきれいだし、すごく人柄もいいのよ。安定した仕事について同年代の人と知り合う機会ができれば、もっと人生がひらけると思うの」

アイザイアは椅子の上で居心地悪そうに尻をもぞもぞさせた。「たしかにそのとおりだよ、母さん。でも正直言って、脳に障害がある女性にできる仕事ってどんなことかな?」

「そう、それよ」メアリーはわずかに身を乗り出した。顔には熱意がみなぎっている。「彼女はとっても犬の扱いが上手なのよ、アイザイア。それで、思いついたの。動物クリニックの仕事が向いてるんじゃないかって」

「ちょっと待った」アイザイアは片手をあげた。「まさかとは思うけど、うちのクリニックで動物の世話をするケンネル・キーパーに雇うってこと?」アイザイアは激しくかぶりを振った。「タッカーとぼくは動物クリニックを経営してるんだよ、母さん。ボランティア団体じゃないんだ。脳に障害がある人を雇うなんて無理だよ」

「でもね、ローラの障害はそんなに重くはないのよ。わたしなんて、エッタに言われるまで、どこが悪いのか気がつかなかったくらいだもの」

「悪いけどだめだよ、母さん。すまないと思うけど。ぼくだって本当はその人を助けてあげたいさ。でも無理なんだ。あのネズミのことを覚えてるだろう？　なんの障害もない普通の女性だってミスをするような仕事なんだ。タッカーとぼくは、やっと経営を軌道に乗せたところなんだよ。うちのクリニックの評判なんて、いつどうなるかわからない。ぼくらは、裕福な人たちのペットや農場の動物たちに対して責任を負ってるんだ。脳障害を持つ女性を職員として雇うわけにはいかない」

メアリーは怒ったように口をすぼめた。アイザイアがよく知っている表情だ。子どものころはしょっちゅう、その顔でにらまれたものだ。「もう忘れたかもしれないけど、あんたたちふたりがクリニックをひらいたとき、わたしと父さんが開業資金を貸したのよ」

アイザイアは鼻柱を指でつまんだ。メアリーの言葉は事実だ。すでに、ほとんどを返済済みだが、そんなことは関係ない。「もちろん感謝してるよ、母さん」

メアリーはうなずいた。「わたしはめったに頼み事なんてしないでしょう？」

母にノーと言うのは、どうしてこんなにむずかしいのだろう？　アイザイアは不思議だった。三十三歳にもなり、大学に入学してからはいっしょに暮らしてもいないのに。たぶん自分が助けを必要としているときに、両親は必ず手を差し伸べてくれるからだろう。だから、自分にも同じように、困っている両親を助ける義務があるのだ。「そうだね。母さんになにかを頼まれたことなんて、ほとんどないよ」

「そうでしょう、そのわたしがお願いしているの」メアリーは穏やかな口調で言った。「わたしは本心からローラは立派に仕事をこなせるはずだと信じてるのよ、アイザイア。それに、あんたがいいケンネル・キーパーが見つからなくて困ってることも知ってるわ」

その点に反論はできなかった。犬小屋の糞を下水溝に洗い流すのは、お世辞にも魅力的な仕事とは言いがたい。

「まず」メアリーは続けた。「面接をしてみたらどうかしら」両手を広げて訴えかけた。「話をしてみて、もしも彼女にこの仕事は無理だとあんたが思ったら、それでいい。あんたに人助けの心があることはわかってるから、その判断を信用するわ。でも、とにかく一度はチャンスをあげてくれない?」

アイザイアはメアリーの罠にはめられたことを悟った。「まず、タッカーに話さなきゃ。ぼくらはパートナーだからね。ひとりで勝手に決めるわけにはいかないよ」

メアリーは褐色の眉をつりあげた。「もしタッカーが反対したら、わたしに電話をするように言ってちょうだい。わたしが説得するから」

メアリーはその言葉どおりに実行するに違いないと、アイザイアは信じて疑わなかった。

1

ローラ・タウンゼンドは、〈クリスタル・フォールズ動物クリニック〉の前に古びた赤いマツダを停めた。手のひらが汗で湿っている。『本物の仕事』昨晩、メアリー・コールターと電話で話してからというもの、その言葉がくり返し頭のなかで鳴り響いていた。ふたたび、きちんとした仕事につけるかもしれないと思うと興奮を抑えられなかったが、一方で不安な気持ちもあった。たとえアイザイア・コールターが本当に雇ってくれたとしても、わたしがひどいミスをしたらどうしよう？

車のキーをバッグのなかに滑りこませると、シートにもたれ、汚れた筋のついたフロントガラス越しにクリニックの建物をながめた。ここは、街の北側のはずれを走る、車の往来が激しい二車線のハイウェイに面している。横に長いレンガ造りの建物は、入り江のように幅広くくぼんだ入口がある正面の背の高い建物と、左右に非対称な翼部からなっている。くぼんだ部分の壁は床から天井まで色のついたガラス張りになっていて、建物内部から、小道と駐車スペースの間に広がる手入れの行き届いた芝生を見おろすことができる。ピンクがかった砂色の壁とゆるやかな傾斜と急な傾斜を組み合わせたタイルの屋根は、かなり人目をひくデザインだ。裏手の舗装されていない広い駐車場には、納屋のような建物が点々と散らばり、あちこちがフェンスで囲われていた。緑のポンデローサマツが、人家もまばらな周囲の環境につりあう田舎風の景色を演出するのにひと役買っている。納屋風の建物のなかで一番大きなものには、走っている小さな馬のシルエットと『馬センター』という文字がある看板がかかっていた。ローラはその文字を声に出して読み、一瞬考えてから意味を思い出した。どうやらここは小規模な施設ではなく、小さな動物から大きな動物まで広く対応できる本格的な病院らしい。

自分は本当にこんな大きな職場で働きたいのだろうか？　もっと言えば、そんな大きな責任を背負うことができるのだろうか？　ローラは今のままでも分相応に幸せだった。少し孤独だが――いや、かなり孤独ではあるが、いろいろな仕事や趣味のおかげで退屈ではないし、全般的に見れば、五年前に医者やセラピストが予想したよりはるかに充実した生活を送っている。精神が安定してさえいれば、普通に話すこともできる。テレビや映画も理解できるようになったので、大いに楽しんでいる。最近は、本を朗読したテープを聴いて単語をすべて理解できるまでに進歩した。それなのに、自分には荷が重すぎるかもしれない仕事を始めて、今の平和な暮らしを台無しにする必要があるだろうか？　一度でも今以上のものを味わってしまったら、今のままではもう満足できなくなってしまうかもしれない。

その場から逃げ出してしまいたい衝動に駆られながら、ローラはクリニックの建物を見あげていた。もし、ケンネル・キーパーが薬の管理もしなければならなかったらどうする？

ラベルを読み違えてしまったら？　それとも、病気の動物の熱を計ることになったら？　体温計の目盛りを正確に読み取れる自信はない。『高望みは失敗のもと』リハビリ期間中に叩きこまれ、この五年間、ローラを数々の失望から救ってきた言葉だ。

だが、それでもローラはこの仕事につきたかった。もう一度、ほかの人たちにまじって仕事ができるなんて夢のようだ。もしかしたら、同年代の友人もできるかもしれない。ローラはもっと人と接したくてたまらなかった。誰かと話したり、笑ったり、ときには女同士で夜の街に出かけたり。そういった喜びは、今の安全な生活を続けるかぎりけっして手に入らない。なにかを変えることは大きなリスクをともない、チャンスを得るためには勇気がいる。つまり、最後にはひとつの質問にたどりつく。あなたは臆病者なの？

ローラは運転席のドアをあけ、自分を励ましながら外に出た。『一度に一歩ずつ』採用もされないうちから、最悪のシナリオを想像して不安になることはない。アイザイア・コールターとの面接では、率直に自分の障害について説明しよう。それでも採用されれば、これほどうれしいことはない。もし不採用なら、家に帰って分相応の幸せで満足すればいい。

ローラはクリニックの入口に向かいながら、呼吸を整え、体の緊張をほぐそうとした。いよいよ面接の場にのぞむときは、ベストの状態で話せるようにしておきたかった。幼児のようなしゃべりかたをして、ばかにされたくはない。失語症という脳障害は、精神的な動揺によって症状が悪化する。以前に診療を受けていたセラピストはローラの脳を複雑な配電盤にたとえて、精神の動揺は電気回路をねじ切ってしまうようなものだと、わかりやすく説明してくれた。落ち着いた精神状態でいることは、ローラのような失語症の患者にとって息をするのと同じくらい大切なのだ。

それゆえ、昨晩、メアリー・コールターとの電話を切ったあとも、何度も自分に言い聞かせ、心を落ち着かせようとした。『これはつまらない仕事よ。普通の人はいやがるような将来性のない仕事なのよ』だが、クリニックの入口のドアノブを握りしめ、ドアを押しあける瞬間、その言葉はまったく鎮静剤代わりになってくれなかった。今の自分は普通の人とは違う。正規の仕事について、以前の半分でもごく普通の人生に戻るためには、これが最初で最後のチャンスかもしれない。

ドアの内側に足を踏みいれたとたん、ローラは立ち止まった。広々としたロビーは人でいっぱいだった。U字型をした受付カウンターの前に数人が列をつくっている。ほかの人々は、入口の右手、犬を連れた人用と猫を連れた人用に区切られた待合室で順番を待っていた。がやがやした人間たちの話し声をさえぎるように、時折、誰かの犬が神経質そうに鋭く吠える声や、ペット用キャリアのなかで猫が不安そうにミャーミャーと鳴く声が聞こえてくる。

カウンターのなかでは四人の受付係が忙しそうに働いていた。その後ろで、別のふたりがファイルを取り出したり、機械からプリントアウトをむしり取ったり、電話の応対をしながら、せかせかと動きまわっている。清潔な白い壁に映えるスギ材のアクセント、アーチ型を描く木目の円天井、かすかに漂うレモンのような消毒薬のいいにおいなどに、ローラはいちいち驚かされた。

動物クリニックがこんなに忙しい——というより、こんなに面白い場所だとは思いもよらなかった。ローラは、明るい黄色のレインコートを着たダックスフントをしげしげと見つめた。それから、真っ赤なキャリーバッグにおさまっている小さな茶色と白の犬に目を奪われた。つい最近、アメリカ人は一年に何十億ドルもペットに費やしているというニュースをテレビで見たが、こうして実際にばかげた浪費の実例を目にするまではぴんときていなかった。色鮮やかなウールのポンチョと小さなソンブレロをかぶったチワワを見て、ローラは我が目を疑った。信じられない。でも、この人たちから見れば、わたしのほうこそ普通じゃないのかしら？

時間が気になったローラは、腕時計に目をやった。数字の代わりに点が並んでいる古風な文字盤の時計だ。ローラにとって数字は混乱の元だった。上下逆さまや、左右逆に見えてしまうことがある。時計の針は四時半よりふたつ手前の点をさしていた。普段なら約束の時間まで十分あれば焦ることはないが、受付カウンターの前には、すでに並んでいる三人の後ろに四人めが加わり、列はなかなか進みそうもない。自分の順番を待っているうちに約束の時間に遅れるという危険をおかしたくはないが、それがいやなら無理やり一番前に割りこむしかなかった。

結局、ローラはマナーを優先した。汚れたジーンズに赤いウィンドブレーカーを羽織《はお》って、脂じみた黄色い野球帽を頭にのせた男の後ろに、行儀よく並んだ。

長時間の手術を終えて肩に痛みを感じながら、アイザイアはケージの前にしゃがんで麻酔から覚めかけたばかりの患者の様子を見守った。右の後ろ脚に有刺鉄線をからませてしまった、チョコレート色の毛並をした六歳のラブラドールだ。飼い主が見つけたとき、右脚はすでに救いようがなく傷つき、脚を切断する以外に選択肢はなかった。手術はうまくいったが、大量の出血があり、父親から緊急輸血をしたものの、ラブラドールはまだかなり弱っていた。

「やあ、ハーシー」アイザイアはケージの扉をあけて、犬の歯茎をチェックした。「よしよし、えらいぞ。すっかり目が覚めるころには立ち上がれるし、気分もよくなるからな」

ラブラドールは哀れっぽくクーンと鼻を鳴らし、アイザイアの手首に乾いた鼻をそっと押しつけた。手術後の動物に優しく接してやることは、痛みのコントロールや医学的なケアと同様に大切だと固く信じているアイザイアは、しばらくそばにいて耳の後ろをかいてやった。まだ若い犬が脚をなくすのはかわいそうだったが、アイザイアは経験上、犬には驚くほどの回復力があることも知っていた。この犬も完全に回復すれば――今のところ状態はきわめて良好だ――三本の脚で元どおりに歩けるようになるだろう。

「これでうんと長生きできるぞ、ハーシー」アイザイアはささやいた。そう考えると、肩の痛みも和《やわ》らぐ気がした。『今回は成功』年月を経て、アイザイアは成功に感謝することを学んでいた。なぜなら、多くの医者と同じようにアイザイアも、数多くの失敗を経験していたからだ。「うんとおじいさんになるまで」

そのとき、背後で誰かが部屋に入ってくる音がした。振り向かなくても、時間的に考えて、その午後ずっとアイザイアの手術をアシストしていた獣医看護士のベリンダだろうと見当がついた。ベリンダは冷蔵庫をあけた。すぐにソフトドリンクの缶をあけるプシュッという小さな音がした。

「のどが渇かない？」ベリンダが言った。「ダイエット・オレンジジュースしかないけど、水分には変わりないわ」

「ぼくはやめておくよ」アイザイアに必要なのは温かい食べ物だった。この日は早朝に朝食のベーグルをひとつ食べたきり、食事をするひまがまったくなかった。今はもう六時半だ。

「ここを片づけて、帰ったほうがよさそうだ」アイザイアは立ち上がり、力のない笑みをベリンダに向けた。「きみも同じだろう。今日はひどい一日だった」

きちんとセットした黒味がかった茶色の髪に美しい茶色の目、グラマラスなプロポーションの持ち主であるベリンダは、柔らかな声で笑った。「わたしがここに来てからの六カ月間で、ひどくない日なんてあったかしら？」

「きみにポイント一点」アイザイアは首の後ろを手で揉んだ。「タッカーとぼくは、あと二、三人スタッフを増やすべきだね」

「いい考えね。残念ながら、今夜はその人たちに助けてもらえそうもないけど」ベリンダはにこりと明るい笑顔を見せた。「夕食の予定は？　わたしがつくるスパゲティーのソースはなかなかよ。とっておきのメルローワインもあるわ」

ベリンダがアイザイアをプライベートな夕食に招待するのは、これがはじめてではない。

そして、アイザイアは毎回礼儀正しく断っていた。ベリンダの期待に満ちた視線を受け止めたアイザイアは、たまには好意的な返事をするべきだと感じた。「きみは魅力的な女性だね、ベリンダ」

「気づいてくれてうれしいわ」

「もちろん、気づいてるとも」アイザイアは相手を傷つけないように、その言葉に熱意をこめようとした。正直に言えば、最近はあまりにも忙しく、あまりにも睡眠時間が短いせいで、まったく異性に興味がわかなかった。「だけど、個人的な理由からその気持ちに従って行動することはできない。きみは優秀な看護士なんだよ。職場恋愛に失望して、きみがやめるなんてことになったら大変だからね」

ベリンダはカウンターの上に炭酸飲料の缶を置き、肩をすくめて青いうわっぱりを脱いだ。下に着ているぴったりした緑色のセーターが、豊かな胸をこれみよがしに強調している。

「恋愛のほかにだっていろいろあるわよ。獣医学への探究心とか、動物たちへの愛とか、今の仕事で一流になりたいっていう熱意とか。そのどれかに失望したらどうするの？」

アイザイアはくすくす笑った。「どれもありそうだな」ベリンダに歩み寄って肩に手を置き、後悔している顔に見えますようにと願いながら笑みを浮かべた。「ぼくらは仕事仲間なんだ。そうだろう？　きみは、ぼくが今までいっしょに仕事をしたなかで一番優秀な獣医看護士だよ」

「ほめ言葉として受けとっておくわ。そう言いきれるほど、あなたが長くこのクリニックをやってるとは思えないけど」

「三年だよ——自分が雇ったスタッフが優秀かどうかくらいわかるさ。ぼくらは、きみを失うわけにはいかないんだ」

ベリンダの目に涙がにじんだ。唇の端を震わせながら言った。「じゃあ、スパゲティーを食べて仕事の話をしましょう。どうせふたりとも夕食を食べるんだから」

「ぼくはもうへとへとだよ」アイザイアは言った。「たぶん、また次の機会に。今夜は、缶入りのスパゲティーかな——缶切りを探す元気があればだけど」

「あなたは、自分がなにを失おうとしてるのか、ちっともわかってないのよ！」部屋を出ていくアイザイアの背中に、ベリンダは叫んだ。

アイザイアは答えなかった。礼儀正しく、そして率直に話をしたのだ。これ以上言うことはない。たぶん、ベリンダはノーという答えを受け入れられないタイプの女性なのだろう。ひょっとすると、自分も気づかないうちに、彼女を混同させるような思わせぶりな信号を送っていたのかもしれない。その可能性は大いにあった。アイザイアはベリンダの能力を高く評価し、鋭いウィットとユーモアのセンスに好感を持っていた。ただ残念なことに、ある女性を好きになることと、その女性と親密な関係になりたいと思うことは別問題だ。

ベリンダはたしかに魅力的なのだが、アイザイアは彼女に対してなんのときめきも特別な感情も抱いていなかった。驚くことではない。クリニックの仕事があまりにも忙しいせいで、次兄のハンクが結婚してからはコールター家で一番の女泣かせの座を引き継いだタッカーでさえ、最近はデートもできない日々を送っているのだ。タッカーもアイザイアも、人づきあいに費やす時間もエネルギーもないのが実情だった。

アイザイアは自分のオフィスのドアをあけ、なかに一歩足を踏みいれたところでぴたりと立ち止まった。ブロンドの髪の後ろ姿が、デスクの背後の壁にかけられた額入りの免状をまっすぐに直している。アイザイアは、そのほっそりとした後ろ姿をあらためてよく見た。たっぷりとした暖かそうな白いセーターが、華奢《きゃしゃ》な肩とウェストのくびれをかえって目立たせている。視線を下に向けると、オーバーワークと疲労のせいで肉体的欲求とは無縁だと思っていた自分の体が、いとも簡単に健康的な感覚を取り戻した。ぴったりしたジーンズに、形よく丸みを帯びた尻と、もっとよく見てくれと言わんばかりの引き締まった脚のラインがくっきりと浮き出ている。

こんな遅い時間にいるのは、毎晩クリニックの終了後に働いている管理サービス会社の従業員だろう、とアイザイアは思った。「やあ、どうも」

ブロンドの女性は、まるで電気棒でつつかれでもしたように跳び上がって振り向いた。「まあ!」すらりとした形のいい手をのど元にあてた。「すみません――勝手に触ったりして。あれが――曲がっていたので」

相手がゆっくりと、しかもつかえながら話すのを聞いて、アイザイアは怖がらせてしまったのだろうと思った。「掃除しておいてくれると助かりますよ。二回に一回は忘れられてしまうんです。それでヴァルが、うちの事務長ですけど、そこにクモの巣でも見つけようものなら、かんかんになって怒りだすんですよ」

相手の顔にとまどったような表情が浮かんだ。とびきり魅力的な顔だ。完璧に近い卵形の輪郭《りんかく》に繊細な顔の造作《ぞうさく》、褐色のまつげでくっきりと縁取られた薄茶色の大きな目、ふっくらとして男を惹《ひ》きつける唇。上等のコニャックのような金色のなかに白に近いブロンドがまじった髪は、襟足くらいの長さであちらこちらに毛先がはねるようなスタイルにカットされている。

間違いなく、はじめて会った女性だ。一度でも会っていれば、けっして忘れたりはしないだろう。初対面だとしても驚くにはあたらない。クリーニングサービス会社は次々と新しい人間を雇っている。大部分は金に困った大学生だ。目の前にいる女性は大学生にしては歳が上に見えるが、とはいえせいぜい二十代後半くらいだろう。修士号をめざしているのかもしれない。

「続けていいですよ」アイザイアは言った。「ぼくは仕事をしに来たわけじゃないですから。ちょっとものを取りに来ただけで」

アイザイアは、あけたままのドアの裏側に手を伸ばしてジャケットを取ろうとした。

「ゴミ箱を空《から》にするのを忘れないでもらえますか？　何度かそのままだったことがあるので」

「ゴミ箱？」

ジャケットをフックからはずしかけたアイザイアは、その声に含まれている当惑した響きを背中で聞いた。革のジャケットの上で手を止めたまま、アイザイアはもう一度相手をよく見た。「クリーニングサービスの方ですよね？」相手が口をぽかんとあけたのを見てとり、アイザイアは手を下におろした。「違ったみたいですね」思い切って質問した。「それじゃ、どなたですか？」

「わたしは――」相手は言葉を切り、さっと舌で下唇をなめると、ますます狼狽《ろうばい》したような表情でアイザイアを見つめた。「わたしは――」髪に指を入れて梳《す》き、ゆっくりと三回深呼吸をした。「どうしよう、すみません、ちょっと待って」

「かまいませんよ」ドアに体をもたれさせて閉めながら、アイザイアは腕組みをして微笑みかけた。「なにかお困りの点を解決してから、名前をお訊きしたほうがいいかもしれませんね」

女性はまだ少し体を固くしていた。指先をこめかみにあてて目を閉じてから、ゆっくりと言葉を吐き出した。「わたしは、ロ-ローラ・タウンゼンドです」

アイザイアは急に胃がむかつきはじめた。『ローラ・タウンゼンドと四時半に面接』その記憶が重いパンチのように腹に打ちこまれた。秘書のグロリアからインターコムで連絡があったとき、アイザイアは腸が傷ついてしまったシェパードを診察していた。「ミス・タウンゼンドにはオフィスで待ってもらうように、グロリアに伝えてくれ」獣医看護士のひとりにそう頼んだあと、脚に有刺鉄線をからませたチョコレート色のラブラドールが運びこまれ、そのまますっかり忘れてしまったのだ。

全身から力が抜けていくような気分だった。アイザイアはドアにぐったりと寄りかかり、うめくような声で言った。「本当に申し訳ない」ドアから背中を離して、腕時計を確認した。二時間――二時間もここで待っていたのか。「言い訳のしようもありませんが」アイザイアは早口で急患が運ばれてきた事情を説明した。「そんなひどい状況だったもので、すっかり忘れてしまったんです」

「いいんです」美しい薄茶色の瞳が、考え深げな影を帯びた。「それで、その犬たちは助かったんですか？」

ふたたび、アイザイアはローラがとてもゆっくりと慎重に言葉を吐き出すことに気づいた。『脳障害』ふいに、すべてに納得がいった――急に声をかけられたときの彼女の狼狽、なかなか名前を言えずに混乱した様子。「そのシェパードはガラスの破片を飲みこんでしまったんです」アイザイアは言った。「幸い、飼い主がそのことに気づいていたので、具合が悪くなったらすぐに連れてきたんですよ。おかげで、まだそんなにひどい状態ではなかった。たぶん、じきに元気になると思います」

ローラはほっとした表情になった。その反応は、ローラ自身が思いもよらないほどのものをアイザイアに与えた。

「ラブラドールのほうは？」ローラは訊いた。「大丈夫なんですか？」

「ええ。ですが、シェパードほどラッキーじゃなくて。脚を切断しなきゃならなかったんです」

「まあ」ローラは宙を見つめた。「かわいそうに。歩けるようになります?」

「犬っていうのはすごい動物でね。脚が三本でも立派に歩けますよ。二、三週間もすれば、元どおり、ネズミやリスを追いかけて野原を走りまわってるはずです」アイザイアは背筋をぴんと伸ばした。「世間話はこれくらいにしておきましょう。こんなに長いことお待たせするなんて。ぼくのことを、なんてだらしないやつだと思ったでしょうね」

ローラは両腕を体に巻きつけて、首を横に振った。「二匹の犬を救うほうが、わたしとの面接よりずっと、大‐切ですもの」

ローラは『大切』という単語を、ふたつの言葉のように区切って発音した。「せめて誰かに頼んで、今日は面接を中止すると伝えてもらえばよかった」

「待つ時間があってよかったです」ローラは唇の両端を少しあげてにっこり微笑んだ。その笑顔は輝くばかりに美しかった。まるで雲間に姿を現わした太陽のようだと、アイザイアは見とれた。「おかげで、みなさんが働く様子を見学できましたから」ドアのほうに頭を傾けた。「ほんとに忙しいんですね――怪我をした動‐物や、気が動転した飼い‐主さんたちがたくさん。ここで働くなんて、わたしには無理だと思います」

アイザイアはまだ、この女性がローラ・タウンゼンドだという事実を受け入れられずにいた。そう、メアリーはたしかにローラはきれいな女性だと言っていた。だが、過去の苦い経験から、メアリー・コールターが選ぶ若い女性は自分の好みとはまったく合わないという結論に、アイザイアはたどりついていた。脳障害の件もあった。たぶん、それはアイザイアの偏見――いや、たぶんではなく、完全にアイザイアの誤解――だが、自然に想像してしまっていた。みすぼらしい服装をして足を引きずって歩き、うつろな表情でいつも口をあけてよだれをたらしているような女性なのだろうと。薄茶色の知的な目を輝かせ、思わず触れたくなるような体と、男の心臓を跳びあがらせるような顔の女性が現われるとは夢にも思っていなかった。

コートを取りに行くローラが横を通り過ぎた瞬間、アイザイアは我に返った。「帰るんですか？」

笑みを浮かべながら、ローラはピンクのコートをフックからはずした。袖を通しながら、うなずいた。「それが一番いいと思います」それから、コートの下にかけてあったバッグを手に持った。「もっとてきぱきした人を雇ったほうがいいわ。わたしみたいに、うろたえたり、自分の名前を忘れたりする人間じゃなくて」

ローラがドアに向かって歩きはじめると、アイザイアは瞬時に決断をくだした。「ぼくらが欲しいのは動物が好きな人です」そう言いながらも、自分がいったいどうするつもりなのか、自分でもよくわからなかった。「あなたの仕事は裏方だから、緊急の事態に対応するような場面はほとんどないはずですよ」

「ほんとに？」

「犬や猫が犬舎のケージに落ち着くのは、たいてい最悪の状況が過ぎたあとですから。ケンネル・キーパーの仕事は主に、ケージを掃除して寝床を清潔にしたり、食べ物をやったり水を取り替えたりすることです。混乱と言ったら、動物たちの大騒ぎくらいですね。犬たちは注意を引こうとしてよく吠えます。そりゃもう、こっちがどうかなりそうなくらいうるさいですよ。猫たちも、たぶん犬と同じ理由でひっきりなしにミャーミャー鳴いてますしね」

　ローラは不思議そうな顔でアイザイアを見た。「じゃあ、仕事はそれだけなんですか？」

　ローラは手で髪をかきあげた。金色の髪の束は、まるで絹糸のように滑らかに元の場所におさまった。「薬《メッズ》ーを出したり、熱《テンプス》ーを計ったりしなくてもいいんですか？」

　アイザイアは、ローラが言葉を短く縮めていることに気づいた。たぶん長い単語を発音するのはむずかしいのだろう。

「投薬《メディケーション》も体温《テンパラチャー》を計ることもありませんよ」アイザイアは保証した。「母が、あなたは犬の扱いがとてもうまいと言ってましたけど。ほんとですか？」

　ローラは鼻にしわを寄せながらも微笑んだ。その表情はたぶん謙虚さの表われだったが、ローラの場合は、ますますかわいらしい顔をつくる結果になった。「犬が大好きなんです」華奢な肩をちょっとすくめた。「わたしがちゃんと話せるかどうかなんて犬は気にしません。わたしの声の響きを聞きとるだけです」

　アイザイアもそんなことは気にしていなかった。ローラはコミュニケーション能力を持っている。重要なのはそれだけだ。「猫はどうです？」

「ええ、犬ほどじゃないけど、好きです」

　アイザイアは腕組みをした。彼女を正式に雇う前にほかにも訊いておくべきことはたくさんあったが、母の言葉は正しいと思いはじめていた。ローラ・タウンゼンドは優秀なケンネル・キーパーになる可能性を持っている。「お待たせしたことをおわびして、ぼくが礼儀正しくお願いしたら、ここに残って面接を受けてもらえますか？　なにも話さないまま帰してしまったら、母に大目玉をくらってしまいますよ」

ローラの頬にえくぼが浮かんだ。「お母さまは優しい方だから、怒ったりしないと思いますよ。わたしじゃ無理だったと言っておいてください」

「それじゃ、うそになる。きみはたぶんこの仕事に適任だ」

「本当ですか？」

アイザイアはデスクの前にあるキャスターつきの椅子を指し示した。「頼むからまず座って、ローラ。もしかしたらきみが正しくて、きみはこの仕事にふさわしくないのかもしれない。だけど、詳しい話もしないで今帰ったら、本当のところはどうなのか永久にわからないままだ」

ローラはためらいながら、ちらっと椅子に目をやった。アイザイアは、ローラが心のなかでは勧めに従いたがっていると察した。言葉とは裏腹に、ローラは切実にこの仕事を求めているのだ。

「とにかく、少し話しましょう」アイザイアは、ローラのひじを持ってデスクまで誘導することで決着をつけた。そのまま椅子に座らせ、デスクの反対側にまわって自分も腰をおろした。ローラは寒くてたまらないとでもいうように、コートをぎゅっと抱きしめた。

アイザイアは椅子の背にもたれて、脚を組んだ。「ケンネル・キーパーに必要な条件は三つあります。まず動物への愛情、次に優しさ、それから強い意思。仕事の華やかさを十までの目盛りで計るとしたら、この仕事はマイナス一ってところでしょうね」ローラの眉に小さなしわが寄った。話すスピードが速すぎるのだろうかとアイザイアは気づかった。革張りの椅子にさらに深く体を沈め、努めてゆっくり話すようにした。「一番大変なのは、大量のかなり臭《にお》いのきつい糞を掃除することでしょう。たまには健康な動物を預かることもありますけど、ケージにいるのは、たいてい病気か、手術が終わったばかりの動物たちです」

ローラは膝の上で、こぶしが白くなるほどきつく両手の指を組み合わせていた。「お母さまから、わたしの脳障害のことは聞いてらっしゃいますか、ドクター・コールター？」

「アイザイアです。質問の答えはイエス。母の話では、泳ぎに行って事故にあわれたそうですね」

ローラはうなずいた。「五年前に。それで失語症《アフェイジア》になったんです」かすかに微笑むと、頬にえくぼが浮かんだ。「やっと、この単語が言えるようになったんですよ。なかなか発音できなくて」

アイザイアは、人間の医学の進歩にも遅れをとらないためにと、何種類かの医学雑誌を定期購読している。そこで取りあげられた食べ物や薬が、人間だけではなく犬にも同様の効果をもたらすことも多々あった。そうした雑誌のなかに、最近、たまたま失語症についての記事がのっていた。現在、アメリカには百万人近くの失語症患者がいる。その数は、年間八万人という勢いで増えつづけているという。患者の大半は、脳卒中の後遺症が原因である場合と、頭の怪我で脳の左側頭葉《そくとうよう》が傷ついてしまった場合のどちらかだ。

「ええっと」アイザイアは言った。「失語症は言語能力に影響を及ぼすんですよね？」逆に言えば、なにに対しては影響がないかも知っていた——知性。失語症は、基本的には身体能力面に不具合を及ぼす。左側頭葉にダメージを受けると、脳から体に発信されるシグナルに障害が起こるからだ。多くの場合、体の右半身に症状が出る。深刻なケースになると、患者はまったく言葉を話せず、話しかけられた内容も理解できなくなってしまう。その点、ローラ・タウンゼンドはかなり幸運だったと言えるだろう。「あなたはずいぶん上手に話せるんですね」

「最初はまったく話せませんでした」ローラはアイザイアの目をまっすぐ見て話をした。「今でも、いろいろと問題はあります」

ローラの脳障害について理解したアイザイアには、そのこともよくわかった。

「頭のなかに正しい言葉が浮かんだとしても」ローラは説明した。「違う言葉が口から出てしまうことがあります——それから、緊張したりすると、簡単な言葉も出なくなってしまうんです。たとえば、自分の名前とか」

メアリーがローラを気に入ったのもうなずける。ローラは美しく、しかも間違いなく聡明な女性だ。本来ならその理知的な目を見ただけで、誰もが敬遠する辛い仕事につく必要などない人物と知れるはずの女性だ。そして、さらに悲劇的な事実だが、普通ならアイザイアもどの獣医も、脳に障害がある今のローラをケンネル・キーパーに雇おうとは考えもしないだろう。

それを思うと、アイザイアは自分が恥ずかしくなった。クリスタル・フォールズの街やその周辺には、いったい何人のローラのような境遇の人々が——おそらく世間から無視され、取り残されたままで——暮らしているのだろう？　ローラの脳障害は社会にまったく貢献できないほど深刻ではない。必要なのはチャンスを与えてくれる人間だけだ。

本当は、個人的な質問をしてローラにきまりの悪い思いをさせたくはなかった。もし自分がローラの立場だったらと想像すると、身がすくむ思いだ。だが、正式に採用するには、まだ他にも訊いておかなければならないことがあった。

「読むほうは大丈夫？」

「調子がいいときは」ローラは、もっと悪い話があるとほのめかすように肩をすくめた。「前回テストを受けたときは、小学校三年生のレベルでした」

アイザイアは耳たぶを引っ張った。「じゃあ、悪いときは？」

「文字が踊って見えるんです」ローラは、また髪をかきあげた。緊張したときに出る癖《くせ》ではないかと、アイザイアは疑いはじめていた。「わたしの周‐辺——」ローラは言葉に詰まり、降参するように両手をあげた。

「周辺視野？」アイザイアが助け舟を出した。

ローラはうなずいた。「それがだめになっているんです。日によって調子がかなり悪いときもあります。それでも、視野の中心にある字なら読めます――短ければ」

アイザイアは急いでポストイットに短い文を書き、一枚はがしてローラに渡した。「これは読める？」

ローラはたっぷり二分間その紙を見つめた。「今日は調子が悪いみたい」かすかに引きつった笑みとともに言った。「緊張すると、いつもだめなんです」

アイザイアはのどが詰まるような奇妙な苦痛を感じた。読み取りの能力をテストされているということが、ローラを緊張させてしまったに違いない。「これは試験じゃないですから。焦らないで。できるだけでいいんです」

ローラは繊細なカーブを描く眉をぎゅっとしかめた。「数字が単語で書いてあるわ」

「ここでは、ミスをなくすためにそうしているんです。以前に7を1と読み間違えたことがあったもので。幸い、取り返しのつかない結果は避けられましたけどね。それからは、アラビア数字と単語を両方書く決まりにしたんです」

ローラはほっとした表情を見せた。「それは助かります。単語で書いてもらえると。数字を読むのはむずかしいんです。逆さまに見えたり、逆に読んでしまったりすることがあって」

ローラはポストイットの上にかがみこんで、また眉をしかめた。それから、とぎれとぎれに読みあげた。「ドライ――フード、カップ三――杯。二――」途中で顔をあげた。「その次は×って書いてあるだけですけど」

「それは『何回』の省略で、これは一日に二回ってことです。ぼくは指示書のなかでよく使います」

「ああ」ローラはうなずいた。「一日に二回。わかりました」

ローラはポストイットを机の上に置き、糊《のり》のついた端を震える指で机に貼りつけた。アイザイアは、その手をそっと叩いてやりたい気持ちになった。「まったく問題ないですよ。×の意味はもう大丈夫ですか？」

「大丈夫だと思います」

「数を数えるのはどうですか？」

「マメがないと困ります」

アイザイアは、数についてはたぶん大丈夫だろうと思いこんでいた。が、予想外のボールが返ってきてしまった。「なにがないと？」

「マメです」ローラはコートのポケットを探り、アイザイアの前に手を差しだした。広げた手のひらの上には乾いたインゲンマメが三つのっていた。「これが‐秘密‐の道具‐なんです。リハビリで使ってました。いつも二十個持ち歩いてます。おかげで、数を数えるときに混乱しなくてすみます」

「二十以上数えなければいけなくなったら？」

ローラはインゲンマメをポケットにしまった。「よちよち歩きの子に変身します」

アイザイアは驚いて笑いだした。ローラがそんな冗談を言ったことがうれしい半面、もの悲しさも感じた。「事故の前はどんな仕事をしていたんですか？　母は覚えていなかったんですが」

　ローラは不信げに頬をふくらませた。「なにか関係があるんですか？　どっちみち今はできなくなってしまったのに」

　アイザイアはうなずき、ローラの言い分が正しいことを認めた。「たしかにそのとおり、ここの仕事とは関係ない。ただ興味があっただけです」

「道路ができる前を‐研究‐してたんです」ローラは唇を引き結んで唾を呑んだ。「車が増えてから、動‐物や植物に害がないかどうか調べて」ローラは困りはてたように、なにかのジェスチャーをした。薄茶色の瞳がいらだちで暗く翳《かげ》った。「わたしは、環‐環――」ローラは両手をきつく握りあわせた。無理に言葉をしぼりだそうとすると、首筋にくっきりと腱《けん》が浮きあがった。最後には張りつめていた息を吐き、目をぎゅっと閉じて首を横に振った。

　アイザイアは思わず椅子から身を乗りだして、ローラといっしょに体じゅうの筋肉を緊張させ、歯をくいしばっていた。ちくしょう。彼女が話すのをなんとか手助けしたいのに、なにもできない。「環境科学者？」アイザイアは言ってみた。

　濃いまつげがぱっとひらいた。「そうです。アメリカ北‐北西部一帯で仕‐仕事――をしてました」

　ローラはかつて環境破壊の研究者だったのだ。その彼女が今は、数を数えるためにコートのポケットにいつもマメを入れておかなければならないというのか？　アイザイアは獣医になるための勉強をしていた学生時代に生物学の授業も多く受講し、一度は、環境科学者になろうかと真剣に考えたこともあった。ローラにとって、粉々に壊れてしまった人生のかけらを拾い集めて新しい生活を始めるのは、どれほど勇気がいったことだろう。まさしく、現実に灰のなかからよみがえったフェニックスだ。

机の向こう側に座っているローラを見つめながら、アイザイアはメアリーを大喜びさせるに違いない結論をくだそうとしていた。「ケンネル・キーパーの仕事は、環境破壊の研究ほど面白くないと思いますよ」

「面白いかどうかは関係ありません。わたしはもう一度ふつうの仕事につきたいだけです。ほかの人といっしょに働いて、友達をつくったりしたいんです」

ローラの顔には、ほとんど焦がれるような表情が浮かんでいた。「そういうことなら、希望はかないますよ。ぼくが見たところ、あなたを断る理由はなにもなさそうだ」

「なにも?」

ローラのあまりにも驚いた声に、アイザイアはくすくす笑った。「ええ、なにも。ひとりでシフトをこなせるまでには少し研修が必要でしょうが、内容は簡単ですから、ちゃんと覚えれば問題ないでしょう」

一瞬ローラは、まるで月をプレゼントされたような顔でアイザイアを見つめた。「もしも、ひどい失敗をしたら?」

「研修期間は誰かがそばについています。もし、ミスをしたら、もしもですけどね、教育係が気づいてくれるはずです。二週間たったら、あらためて正式な採用を検討します。なにか問題があれば、そのときまでにわかるでしょう」アイザイアは組んでいた足を床におろし、デスクの正面を向くように回転椅子をまわした。「最初は時給十ドルから。それから、毎日朝から夕方までというフルタイムでの仕事ではありません。すべてのシフトを埋めて、なおかつ全員が休みを取るために、動物クリニックの仕事は時間が不規則なんです」

　ローラはこれまで、動物クリニックの舞台裏など想像したこともなかった。おそらく人間の病院と同じように、患者には二十四時間のケアと監視が必要なのだろう。

「夜の六時くらいから――ぼくと兄のタッカーが帰る時間によってはもっと遅いこともありますけど――夜間勤務の人間が到着するまで、ここは動物だけになります」アイザイアは説明した。「それから、彼らが帰る午前二時から朝六時までの間も誰もいません。でも、その数時間以外は、毎日誰かがクリニックにいるようにしています。そのために、ここにはフルタイムで毎日同じ時間に働く人たち、つまり、事務員と獣医看護士と獣医アシスタントのほかに、ローテーションのシフトで働くパートタイム勤務の人たちがいます。ケンネル・キーパーはパートタイムのグループに入る仕事です」

　ローラは話を理解している印にうなずいた。

「ケンネル・キーパーの勤務は、週に合計二十時間ぐらいになると思います」

「パートタイムのほうが助かります」ローラは言った。「あまり働きすぎると、補‐助金が減らされてしまいますから」

「ほらね？　これはきっと、あなたには理想的な仕事ですよ」

ローラの頬が喜びでぱっと赤くなり、瞳が興奮にきらきら光った。「そうかもしれません」

アイザイアの言葉に同意した。

「フルタイムではないという点のほかに、あなたのボスはふたりいるということも了解しておいてください。ぼくと兄のタッカーですけど」アイザイアはドアのほうを身振りで示した。「この建物はプラス記号のような形になってます。真ん中の部分の正面にロビー、裏手に犬舎などがあって、そこを中心に北と南に別棟が建ってるんです。タッカーは北側、ぼくは南側に自分の診療所を持っていて、正面の事務所と犬舎などは共有してます。ぼくもタッカーも、それぞれ自分のところで働く獣医看護士やアシスタントを雇ってますが、事務所と動物の世話をするスタッフは共通なんです」

「わかりました」

「ボスがふたりいることは気にならないですか？」

ローラは一瞬考えてから、首を横に振った。「平気です」

「つまり、この仕事を引き受けてくれるということですね？」

ローラは問いかけるような視線をアイザイアに向けた。「あなたのお兄さんもわたしの上司なら、お兄さんもわたしに会っておきたいんじゃないですか？」

アイザイアは思わず、もしタッカーが決まりかけた話に横槍を入れようものなら、メアリーがタッカーの首根っこをおさえて頭を丸坊主にしかねないと言いかけたが、危ういところで踏みとどまった。「それほど堅苦しくやってるわけじゃないんです。ぼくとタッカーはお互いの判断を信頼してますから。ぼくがあなたを雇うと決断すれば、タッカーは反対しないでしょう。で、ぼくはもう決断しました。つまり、あなたを雇うということです」

ローラがもう一度輝くような笑顔を見せると、完璧な歯並びの小さな歯が口元にのぞいた。

「そう言っていただけるなら、ぜひ挑戦させてください」

事故にあってからの五年間、『挑戦』がローラの標語だったのだろうと、アイザイアは心のなかで思った。ポジティブで真摯《しんし》な姿勢がローラをここまで回復させたに違いない。アイザイアは引き出しをあけて申請用紙を取りだした。「こんなやりかたでどうでしょう？　二週間研修をして、ぼくとタッカーはあなたの仕事ぶりを見る。その段階で問題があれば、遠慮なくやめてもらいます。もしうまくいけば、もう二週間働いてもらって、その上で申し分なければ正式採用しましょう」

「それでかまいません」

それから、アイザイアはひととおりの基本情報を質問した。フルネーム、誕生日、最後の勤め先。障害のために、ローラの返答は通常よりも時間がかかった。源泉徴収税の欄に書きこむころには、アイザイアの腹はギュルギュル音をたて、両手がいまにも震えだしそうだった。アイザイアは急いで社会保障カードから番号を書き写し、ローラにカードを返した。

「これで手続きは完了です」アイザイアは椅子の背に体をもたれさせた。「いつから研修に来られますか？」

「午前中ならすぐにでも。遅い時間はむずかしいです。この仕事が正式に決まるまで、ほかのアルバイトをやめたくないんです。生活費が必要ですから」

アイザイアは吸いとり紙の上にペンをぽんと放り投げた。「しばらくは、午前中に研修するということでいいですよ。それで、すべてうまくいけば、三十日後にあらためて勤務時間を決めましょう。正式採用になったら、一カ月に七日程度、夜間勤務をしてもらいます。夜九時から午前二時まで。ケンネル・キーパーは、毎晩夜間勤務になる人がいないように、交替制で働いてるんです。それは問題ないですか？」

ローラはうなずいた。「ええ、大丈夫です」

アイザイアの腹がまた音をたてた。今度はかなり大きな音がして、ローラの目がアイザイアの腹部に釘づけになった。アイザイアはばつが悪そうに、手で腹のあたりを撫《な》でた。「すみません。朝の六時からなにも食べてないもので」

ローラは眉をつりあげた。「それじゃ体に悪いわ」

「母にもそう言われます」アイザイアは恥ずかしげな笑みを浮かべた。「どうもぼくは忙しいと、少々うわの空になってしまうようでして」

ローラは面白がっているように目をおどらせた。「知ってます」

アイザイアは思わず笑った。「ほんとにすみませんでした」手首の付け根で自分の額を叩いて言った。「あなたがここで待ってることを忘れたなんて」

「わたしこそ物忘れの女王ですから。気にしないでください」ローラは下唇をちょっと嚙《か》んだ。「その子の名前はなんていうんですか？」

アイザイアはぽかんとしてローラを見た。「え？」

「脚を切断した茶色いラブラドール」

「ああ、ハーシーですよ。チョコレートみたいな色だから」

「ハーシー」ローラはそっとつぶやいた。「たぶん、彼に会えるでしょうね」

アイザイアはすぐにローラを犬に会わせたい気持ちになったが、今はあまりの空腹に、一刻も早く胃袋になにかを入れる必要に迫られていた。「それは、いつから研修に来るかによりますね」ローラの申請書を真ん中の引き出しにしまった。「たぶん、あと数日しかここにいないと思いますから」

「午後はアルバイトに行けるなら、すぐに来られます」

「じゃあ、明日から？」

ローラは一瞬考えてから、うなずいた。猛烈な空腹にせかされてアイザイアは立ちあがり、デスクをまわってジャケットを取りに行った。「六時に来られますか？　犬舎の朝は早いんです」

「六時ですね」

ジャケットを着ながら、アイザイアは言った。「スーザン・ストロングに伝言を残しておきますから。朝一番にここをあけてくれる人です。ぼくがいなければ、彼女が仕事を割りふってくれるでしょう」

ローラは床に置いてあったバッグを拾いあげ、肩にかけながら立ちあがった。「ありがとうございました。チャンスをくださって感謝してます。絶対にミスをしないという自信はありませんけど、精一杯がんばります」

「ベストを尽くしてもらえれば、それでいいんですよ」

ローラはうなずき、ドアに向かった。だが、外に出る直前、ためらいながら肩越しに振り返った。

「ひとつお願いがあります」

「なんですか？」

ローラはごくりと唾を呑み、握ったドアノブを左右に動かしながら、その場に立ちすくんだ。アイザイアと視線を合わせたとき、ローラの目には火花のように閃《ひらめ》くプライドの光があった。「もし、きちんと仕事ができていなかったら、必ず本当のことを言うと約束してもらえますか。自分がまともにこなせないような仕事につきたくはないんです」

「約束します」アイザイアは言った。

ローラはうなずいておやすみなさいと言い、出ていった。アイザイアは、本当に約束を守れるだろうかと不安を覚えながら、いましがたローラが出ていったドアを憂鬱《ゆううつ》そうに見つめた。ローラ・タウンゼンドは今までに出会ったどんな女性とも違っていた。もし満足に仕事ができなければ、彼女をやめさせなければならない。それはアイザイアにとって、この職業について以来もっとも困難な仕事になりそうだった。

2

面接の翌朝、ローラはクリニックへと車を走らせていた。北行きのバイパス道路に夜明け前の神秘的な光が差している。街のはずれに着くころ、ブルーグレーの空には弱々しい光ではあるが、まだ三日月が姿を見せていた。かなり低い位置にあるため、尖《とが》った月の先端が、道の両脇の斜面に立ち並ぶポンデローサマツのてっぺんにひっかかっているように見える。

ローラは左手でハンドルを握りながら、ガレージの上の貸部屋を出る前に蓋《ふた》つきの容器にいれてきたコーヒーを注意深くすすった。強烈な苦味が舌を焼くたびに、思わず顔をしかめた。今朝は時間に遅れそうだったので、フィルターにスプーンでコーヒーを入れる際にマメを使って数える手間を省いた。その結果、ミシシッピー川の泥水かと思うようなコーヒーができたわけだ。つねに楽観主義のローラは、おかげで今朝は一杯のコーヒーで足りそうだと自分を慰めた。いつも、少なくとも二杯は飲まないと目が覚めないのだ。

容器を脇に置いてラジオをつけようとしたとたん、携帯電話が鳴った。バッグのなかを手で探り、電話を取り出して片手でひらいた。

「おはよう、おばあちゃん」

「どうして、わたしだってわかったの？」エッタ・パークスが言った。

ローラは、特大サイズの容器がカップホルダーにしっかりとおさまったことを確認した。

「わたしが時間どおりに起きられるように電話してくれるって言ってたでしょ」

「ちゃんと起きられたんだね！」エッタは陽気な声で言った。「あのデジタル目覚まし時計ってのを使いこなせたなんて大したもんだ」

「そうじゃないのよ」エッタが言う目覚まし時計とは、去年、ローラの母がクリスマス・プレゼントにくれたものだが、デジタル機能が複雑すぎてセットすることも読みとることもできない。「ママとパパが引っ越してすぐ、あれは引き出しにしまったわ。今はまた、古い手巻き式の時計を使ってるの」エッタはのどがゼイゼイいうような笑い声をあげた。四十年以上吸いつづけている煙草のせいだろう。「へええ。母親への反逆かい？」

「ううん、ママが言うことは正しいわ。挑戦しなければできるようにはならないもの。だけど、なにに挑戦するかはわたしが決めることよ」

「実際的に考えてごらん。いろんなベルやらホイッスルの音やらでデジタル時計をセットできるようになったら、一段と生活が豊かになるじゃないの」

「そのとおりね」

エッタはため息をついた。「時計のことは気にしなくていいのよ。わたしだって、おまえのお母さんが引っ越してからすぐに、あのひどいベッドカバーを捨てちゃったよ」

「緑色のカバー？」

「わたしはランボー・カバーって名前をつけたんだけどね。たぶん花模様だと思うけど、迷彩柄にしか見えないんだよ」

「ママが訪ねてきたら、なんて言うつもり?」

「恋人と盛りあがりすぎて穴をあけたとでも言っておくよ」

　ローラはげらげら笑いだした。「おばあちゃんたら、ほんとに悪いんだから」

「マーシャが思ってるほどじゃないよ」エッタは、またため息をついた。「ほんとに、そんな悪女だったら面白いだろうけどね。あの子たちがフロリダに引っ越してくれてよかったよ。あの子は週に一回わたしに電話をくれて、ちょっとばかり楽しくおしゃべりをする。なにか訊かれても、むこうが喜びそうなことだけを言えば、あの子が取り乱すこともないしね」

　ローラは母を心から愛していたが、祖母が言いたいこともよくわかった。マーシャ・タウンゼンドはすばらしい女性だが、ほかの人間の生活を細かく管理しようとするところがある。そばであれこれ世話を焼かれなくなったことに、まったく寂しさは感じなかった。だが、ローラが脳の機能を高めるハーブのサプリメントなるものを受け取らなかったら、すぐにまた、うるさい干渉が始まるだろう。マーシャは今でも瓶入りの錠剤――ありとあらゆる常備薬や、奇跡を起こすという謳《うた》い文句つきの新製品――をいくつも送ってくるが、ローラはすぐさまゴミ箱に放りこんでいる。

　エッタがライターをつけるカシャッという音が聞こえた。「それで今朝の気分はどう?まだ不安なの?」

「すごく不安」ローラは白状した。「失敗したらどうしようって」

「おまえは動物の扱いが得意なんだから、その病院で一番のケンネル・キーパーになるよ。わたしを信用しなさい。おまえの優しいおばあちゃんは、なんでも知ってるんだからね」

その優しいおばあちゃんは、レースがついたショッキングピンクの下着姿で毎晩眠っている。この六カ月間に四人の男性とデートして、しかも全員十歳以上年下だった。

「覚えなきゃならないことがたくさんあるのよ」ローラは前の晩にも言った言葉をくり返した。

「おまえならできるよ」

「そうだといいんだけど」ローラはあごの下に携帯電話をはさんで、コーヒーをひと口すった。太陽が少しずつ昇り、道路脇の木々を通して差しこむ光が、ブルーグレーのアスファルトの上に金色の光と暗い影のまだら模様をつくりだしていた。「また、ちゃんとした仕事につくのは、きっと楽しいと思うわ」

「わたしもうれしいよ」

「わたしも自分を祝福するわ。あとは、うまくやれるように祈るだけ」

「大丈夫。メアリー・コールターの息子たちはいい子ばかりだからね。メアリーもほんとにいい人だよ。ところで、アイザイアに会ってどうだった？　ゆうべは仕事のことばかりで、彼の話はなにも聞かなかったけど」

アイザイアの褐色の肌とはっきりした顔立ちがローラの脳裏によみがえった。誰が見てもとびぬけてハンサムな部類だろう。あんなに魅力的な男性に出会ったのははじめてだった。

「そうね、彼の名前をちゃんと覚えたわよ。大きな成果ね。『失語症《アフェイジア》』と『アイザイア』はすごく似てるのに」

「それだけ？」エッタは信じられないという声で言った。「名前を覚えただけ？」

「いい人だったわ」ローラは付け足した。

「『いい人』？　なに言ってるの。わたしも彼を見たよ。遠くからだけど、それでも胸がどきどきしそうだった。あと五十歳若かったらって思ったよ」

「彼は上司なのよ、おばあちゃん」

「それはどういう意味？」

「変な期待をしちゃいけないってこと」

「つまり、おまえも彼をすてきだと思ったんだね？」

『すてき』という言葉だけで、アイザイア・コールターを表現することはできなかった。くしゃくしゃの褐色の髪、相手が逆らえなくなるような笑顔。輝く澄んだ青い目で見つめられるたびに、ローラはぞくぞくした。ずいぶん長いこと——正確には五年間——異性に魅力を感じることなどなかった。そして、五年前でさえ、あんなふうに、ゴムボールがはしごをはずみながら落ちていくような衝撃を心臓に感じたことはなかった。

「彼は獣医なのよ、おばあちゃん。たぶ－、ひと月でわたしの年収と同じくらいのお金を稼いでるわ」

「たぶ・ん」エッタは訂正した。「それで、彼の年収がなにに関係あるの？」

「彼はわたしとは――」ローラは言いたい言葉を思いだせず、口ごもった。

「つりあわない」エッタが言葉を続けた。「そんな考えはナンセンスだよ。おまえは知的《インテリジエント》だし、おまけに美人なんだから。どんな男にとっても価値がある。アイザイア・コールターにとってもね」

「そうね」ローラは舌をもつれさせずに〝知的《インテリジエント》〟という言葉を発音することすら、もうできない。アイザイアのような男性は、知性を刺激するような女性といっしょにいたいと思うだろう。教養があって容姿も美しく、仕事でも成功している女性。わたしの仕事といったら――犬の糞掃除？「その話は忘れて、おばあちゃん。そんなことありえないから」

そう言った瞬間、いやな予感で、うなじにかかった髪がちくちくしはじめた。ローラは、二日前の晩にメアリー・コールターから息子のクリニックで仕事をしないかと言われたときの驚きを思いだした。それから、昨日のアイザイアの言葉を思いだした。『なにも話さないまま帰してしまったら、母に大目玉をくらってしまいますよ』アイザイアは間違いなく、母親からローラを面接するように頼まれたのだ。

「ああ、おばあちゃん」ローラは震える声でつぶやいた。

「なに？」エッタは無邪気に――ローラにとっては少々無邪気すぎるくらいに――訊いた。

「おばあちゃんとメアリーは、アイザイアとわたしを――」ふいに舌がからからに乾き、ローラは言葉を切った。エッタは賢明にも言い訳はしなかった。「べつにいいじゃないの？

彼はハンサムだし、仕事にも成功して、しかも独身で花嫁募集中。まだ理想の相手に巡りあってないんだよ。おまえがその相手じゃないって、どうしてわかるの？」

「おばあちゃん。わ‐わたしはチ‐チャンスをつかめて喜んでたのに、それはおばあちゃんとメアリーが仕組んだ計‐計画だったの？」

「ローラ、ねえ、落ち着きなさい。どもりはじめてるよ」

「なんでそんなことをしたの？」

「わたしがなにをしたというの？　ねえ、ローラ。聞きなさい。これはおまえにとって大きなチャンスで、アイザイアにとっても幸運なはずだよ。アイザイアとタッカーはいいケンネル・キーパーがいなくて困ってるのよ。そして、おまえはきっとうまくやれる。メアリーもわたしも、その上で、もっと幸運なことも起こりますようにって祈ってるだけ。それだけだよ」

　アイザイアは自分の母親とローラの祖母がふたりを結びつけようと企んでいることを知っているのだろうか、とローラは考えた。なんてこと。もちろん知っている。彼は勘のにぶい人間ではない。今まで気づかなかったのは、わたしひとりだけだ。いったい、どんな顔で彼に会えばいいの？

「もう、行‐行かなきゃ」ローラは硬い声で言った。

「そんなに気にしないで、ローラ。おまえは仕事が欲しかった。重要なのはそのことだけだよ。他は……まあ、成り行きに任せればいいんだから。もしかしたら、彼はおまえに興味を持たないかもしれないし。そうなっても、とにかく仕事にはつけたわけだからね」

アイザイアがすでに昨日ローラに興味を持ち、哀れみを覚えたかもしれないと思うと、ローラは憂鬱になった。たぶん、アイザイアはメアリーの企みに気づき、母親を喜ばせるためにローラを面接したのだ。彼にしてみれば大事件でもなんでもない。もし、ローラがアイザイアとの関係に淡い希望を抱いたりしたら、すぐさま冷淡に振る舞ってばかげた考えを捨てさせればいい。そして一方では、障害者に仕事のチャンスを与えるという、意義のある役目も果たせるわけだ。

ローラは頬がひりひりと痛むようなきまりの悪さを感じたが、不思議に怒りはわいてこなかった。祖母との電話を切りたくはないが、すっかり頭が混乱して口から言葉が出てこない。のどがなにかに締めつけられているようだ。

「アイザイアはなにも知らないかもしれないしね」エッタは話を続けた。「この話はメアリーとわたし——それから、もちろん今はおまえもわかってるけど。だから、そんなに気に病むことは——」

ローラは電話を切った。路肩に車を停めてエンジンを切り、フロントガラスの向こうをぼんやりとながめた。新しい仕事をあんなに楽しみにしていたのに。目を閉じると、失望の大きさに息をするのも苦しいほどだった。アイザイアとの面接のあと、ローラは雲の上を歩いているような気分でクリニックをあとにした。自分自身の能力が評価されたのだと信じていたのだ。それが事実ではなかったと知って傷ついた——とても深く。

すべてを知ってしまった以上、どんな条件でもこの仕事につくことはできない。今まで一歩一歩石にかじりつくように努力してきたのは、アイザイア・コールターのお慈悲《じひ》にすがってささやかな社会復帰を果たすためではない。誰の同情も受けずに、自分の力で生きていかなければ。さもなければ、これまでの血のにじむような闘いがすべて無駄になってしまう。

その三時間後、アイザイアは毎週一度訪問する酪農場に向かっていた。轍《わだち》のあとのついた泥だらけの道に車を乗り入れていると、携帯電話が鳴りだした。白い雪を頂いたカスケード山脈の峰から視線をそらし、ため息をついて、腰のベルトから銀色の電話を引き抜いた。

「アイザイアです」

「おはよう、アイザイア」

「やあ、母さん」アイザイアは、てっきりクリニックの人間からだと思っていた。メアリーはめったに昼間電話をかけてきたりしない。アイザイアはいつも忙しくて、ほとんど話もできないからだ。「どうしたんだい？　母さんも父さんも元気？」

「それがね、アイザイア。困ったことになったのよ。わたしったらとんでもない失敗をしたの。もう、どうすればいいのかわからないわ」

アイザイアは心配になって眉をしかめた。ひとつ先のカーブを曲がれば、すぐに酪農場に着いてしまう。そこで、いったん道路脇の草地にそれてギアをパーキングに入れ、エンジンを切った。「ぼくになにかできることはある？」

「ああ、なんとかしてもらえるといいんだけど」

ちょうどそのとき、酪農場で飼っている、ブーマーという名の三色の毛色をしたオーストラリアン・シェパードが猛スピードでカーブを曲がって姿を現わした。アイザイアの車を見つけるとうれしそうに吠え、そのままこちらに走ってくる。電話を手に持っているため、いつものように挨拶をしてやれないアイザイアは、急いで助手席に置いてある袋に片手を伸ばして犬用のビスケットをつかみ、運転席の窓から差しだした。その戦略はうまくいった。ブーマーはドアに飛びついて塗料をひっかく代わりに、ひとっとびでごちそうを受けとった。ブーマーを夢中にさせておくために、アイザイアはさらにおまけのビスケットをふたつ投げてやった。

「もちろん、ぼくにできることならなんでもするさ。いったいなにがあったんだい？」

メアリーは泣きそうな声で言った。「ローラ・タウンゼンドのことよ」

アイザイアはとたんに神経を集中させた。「彼女がどうかした？」

「あんたが聞いたら、きっと気を悪くするわ。まず、これだけは信じて。わたしは本当に心から、彼女は優秀なケンネル・キーパーになると思ったの。そうじゃなかったら、彼女を推薦したりしなかったわ」

アイザイアは片方の眉をつりあげた。「そりゃそうだよ。そんなこと、言わなくてもわかってるさ。クリニックは、ぼくとタッカーの生活の糧《かて》なんだからね」

「そうよ。そしてわたしは、彼女ならあんたたちふたりの助けになると思ったのよ」

「どうしたんだい？　さっぱりわけがわからないな」アイザイアはちらりと腕時計を見た。「彼女はいまごろクリニックにいるはずだよ。今日が研修初日なんだ」

「いいえ」メアリーは、か細い声で言った。「たぶん来てないわ。ああ、アイザイア。わたしは泣きたい気分よ。それくらいすてきな女性だったのよ。わたしは絶対に彼女に知らせる気はなかったのに」

「なにを？」

メアリーはうめいた。アイザイアはいやな予感を覚えはじめた。メアリーが質問に答えると、その予感はさらに現実に近づいた。「ああ、あんたにだって言いたくないのに。この話になると、あんたはいつも反抗的だから」

アイザイアは目を狭《せば》めて考えを巡らせた。自分が母親に対して冷たく反抗的になったことといえば、女性を紹介されたときだけだ。「母さん、まさか」

「わたしは本気だったのよ」

「まさか、ローラと？」アイザイアはローラの卵形の顔と大きな輝く瞳を思い描いた。昨夜、ローラは面接の間ずっとためらっていたが、仕事が決まると本当にうれしそうだった。「どういうつもりだったんだ？」

「ちょっと。怒るのはしかたないけど、わたしを怒鳴りつけるのはやめなさい」

アイザイアはさらに目を狭めた。「急に小言《こごと》なんて言ってごまかさないでくれよ。ぼくが母さんを怒鳴りつけたりしないってわかってるくせに。話をそらさないでくれないか。どうして、ローラがクリニックに来ないってわかるんだい？」

「この話を知ったからよ」メアリーは嘆いた。

アイザイアは鼻柱を指でつまんだ。「つまり、なんの話？」おそらく自分の予想どおりだろうと恐れながらも、質問した。

「縁結びの計画よ。ああ、アイザイア。わたしたち、悪気はなかったのよ。それはわかってちょうだい。ローラはきっとすばらしいケンネル・キーパーになったはずだわ。それは確かよ。それで、あんたたちふたりがいっしょに働けば、なにかが起こるかもって思っただけ。わたしたち、こんなことになるなんて考えもしなかったわ」

「『わたしたち』？　まさか、父さんもこの件にからんでるなんて言わないよね？」

「ちがうわよ！　父さんがどんな人かは知ってるでしょ。あんたが一生独身でいたいって言えば、おまえの人生だから好きにしろとしか言わないわ」

アイザイアは、ブーマーにもうひとつビスケットを投げてやった。「母さんも少しは父さんを見習うべきだね。で、『わたしたち』っていうのは誰？　ひょっとしてベサニー？」

「まさか、ちがうわよ。ベサニーはちっちゃなスライと赤ちゃんのアンの世話に乗馬アカデミーの仕事まであって忙しいから、ほとんど話もしてないわ」

「じゃあ、モリー？」アイザイアは、ジェイクの妻である、琥珀《こはく》色の髪をした義姉モリーが、メアリーとコーヒーを飲みながら計略を練っている情景を思い浮かべた。

「モリーは今、ひどい悪阻《つわり》の最中よ。最近はあんまりおしゃべりしてないわ」

ハンクの妻、カーリーが関係しているとは思えなかった。カーリーはつい先日、目の手術を受けたばかりだ。残ったひとり、ジークの妻のナタリーはおせっかいなタイプではない。

「じゃあ誰?」

「エッタよ。近所に住んでるローラのおばあさん」

アイザイアは頭をシートにもたれさせて目を閉じた。「酪農場に行く時間に遅れてるんだ。残りはあとで聞くよ」

「ローラとエッタは今朝電話で話したんですって。それで、なにかの拍子にエッタが、わたしたちがふたりを結びつけようとしてるって、ローラにしゃべったのよ。ローラはびっくりしていきなり電話を切ったそうよ。そして、クリニックに行かなかったのよ」

「クリニックに行ってないのは確かなんだね?」

「わたしが電話して確かめたの。ローラは来てないって、ヴァルが言ってたわ」

アイザイアは弱々しく息を吐いた。「わかった、事情をおさらいしよう。昨日、面接に来たときは、ローラはなにも知らなかった。おせっかいなぼくの母親と自分のおばあさんが、自分と新しい上司をくっつけようとしてるなんてことはね。ところが、今朝それを知って新しい仕事に行く気がなくなり、研修にも来なかった。そういうこと?」

「ええ。だいたいそのとおり」

「それで、ぼくに母さんの失敗の尻ぬぐいをしてくれってこと?」

「ローラはほんとにいい人なのよ、アイザイア。新しい仕事をとても喜んでたわ。それなのに、なにもかもだめになったなんて、わたしは悲しくてたまらないのよ」

「だからって、ぼくがどうすればいいんだい？」アイザイアは腹立ちまぎれに手首の付け根でハンドルを叩いた。「彼女がもうこの仕事がいやだって言うなら、そういうことだよ」

「気が変わるかもしれないわ。もしも、あんたが……その……ちょっとローラの家に行って話をしてくれたら」

「それで、なんて言えばいいんだい？　驚いたり、きまり悪く思ったりしなくていいよって？　ぼくの母親ときみのおばあさんがばかげたおせっかいを焼いただけだから、ぼくらは気にする必要ないよとか？　わかった、ぼくはまったく彼女に興味を感じなかったとでも言おうか。それでいいんだね？」

「あんたにどれだけ怒られてもしかたないわ」

「そりゃそうさ。ぼくは怒ってるし、その権利がある」アイザイアはローラの顔をまた思い浮かべ、歯ぎしりしたいような気分になった。「ローラは心の底からこの仕事につきたがってたんだよ、母さん。これは彼女にとってすごく重要なことだったんだ。それからほかにもある。なんだか、わかってる？」

「いいえ。なんなの？」メアリーは小さな声で訊いた。

「母さんの言ったとおりさ。ローラはきっと優秀なケンネル・キーパーになったはずだよ。それなのに、母さんたちのせいでその機会を捨てようとしてる。こんな残念な話はないよ。これから先、ほかの獣医が彼女を雇う可能性なんてほとんどないってことはわかってるだろう」

「ああ、アイザイア。わたしは最悪の気分よ」

「当然だよ。今度また余計なおせっかいを焼きたくなったら、今の気分を思いだしてほしいね。縁結びなんてうまくいくわけないんだよ。いつだって、必ず失敗するんだ」

「じゃあ、ローラのところへは行ってくれないの？」

「ぼくがその気になるような理由を教えてくれよ」

しばらく沈黙が続いたあと、メアリーは言った。「それはね、ローラは心の優しい、いい娘さんで、あんたは立派な男だからよ」

アイザイアは携帯電話を耳から離してじっと見つめ、それから電話を切った。まったく。いつになったら懲《こ》りてくれるんだろう？　そういえば、前回、メアリーがこの種のばかげた計略を実行したときは、期待に満ちた目でこちらを見つめる三重あごの女性と夕食のテーブルで向きあう羽目になった。

人生の伴侶を見つけるのに母親の助けなど欲しくない。いや、ニュース速報を発表しよう。今は伴侶を求めてもいない。そして一番重要なのは、いつか伴侶が欲しくなったら、自分自身の目で相手を見きわめたいということだ。いつになったら、母はそのことを理解してくれるのだろう？

深い灰色の黄昏《たそがれ》が、忙しい一日がまた終わろうとしていると告げていた。アイザイアはローラ・タウンゼンドの自宅に通じる外階段をのぼっていた。二階建てのガレージの上の部分がアパートに改装されている。青く縁取られた長方形の白い下見板と小さなポーチを外から見るかぎり、あまり広い家ではなさそうだ。だが、今のローラの収入では、これよりいい条件を望むことはできないのだろう。

昨今の住宅事情の厳しさについては身をもって知っていた。ごく普通のワンルームのアパートでも、月に七、八百ドルの家賃を取られる。アイザイアとタッカーは以前、その二倍の家賃を払って同じタウンハウスで二年間いっしょに暮らした。ありがたいことに、今はそれぞれ自分の家を持っている。アイザイアは兄のジークの家に近いオールド・ミル・ロードに小さな土地を見つけてログハウスを建てた。タッカーは、アイザイアの家とは街をはさんで反対側にある広い土地を、そこに建っていた古い農家ごと買いとった。かくして、ふたりの借家暮らしは終わったのだ。

階段をのぼりきったアイザイアは、しばらく感心しながらポーチの装飾を見まわした。プランターからあふれて垂れ下がった緑の蔓《つる》が手すりに巻きついている。凝った真鍮《しんちゆう》のノッカーが映えるダークブルーのドアと、その両脇に飾られているアイビーの蔓を植えたテラコッタの鉢が、ポーチの電球が投げかける丸い光の輪のなかに浮かびあがっていた。ひさしの下の雨に濡れない場所に古い揺り椅子が置かれ、三つの人形――サテンのベストと飾り帯《カマーバンド》をつけた熊、エプロンドレスを着て毛糸の髪をおさげに編んだ、たしかラゲディ・アンとかいう名前の人形、そして継ぎをあてたデニムのオーバーオールを着た豚――が並んで座っている。いかにも、訪問者を歓迎してくれている雰囲気だ。

アイザイアは姿勢を正し、大きく息を吸ってから、こぶしでドアをノックした。ドアの向こうから、金属がカチャカチャいう音、次に誰かが急いで歩くような足音が聞こえた。アイザイアが少し後ずさったちょうどそのとき、ローラがドアをあけた。面食らったような表情に、あっちこっちにはねながらきれいな顔をぐるりと縁取っている乱れた髪が、アイザイアの目にはかわいらしく映った。目の前にいるのが誰だかわかると、ローラは大きく目を見ひらいた。

「アイザイア」ローラの顔は真っ赤になった。

アイザイアは耳を引っ張り、落ち着かなげに体をもじもじさせた。「やあ、ローラ。ちょっと話せるかな？」

ローラは、頬についた粉のようなものを手首の甲でぬぐった。それから、後ろに下がって、アイザイアをなかに招きいれた。部屋のなかに足を踏みいれたとたん、アイザイアはさまざまな刺激に圧倒された。まず、色――明るい色使いの敷物、カラフルな布をかけた家具、芸術的に配置されたクッション。そして、なんともおいしそうな香り――かぼちゃとシナモン、ローストした肉、いれたてのコーヒー。

アイザイアの腹がグウグウ鳴った。ローラに聞こえていませんようにと願いながら、一瞬、アイザイアは刺激を感じた原因はにおいだろうか、それともローラだろうかと考えた。ローラは、ぴったりとしたブルージーンズに赤いニットを着て、赤いギンガムチェックのエプロンをつけている。視線を下におろすと、足元は裸足《はだし》だった。普段、アイザイアは女性の足に執着したりはしない。だが、ローラの小さく華奢な足にはなぜか惹きつけられた。その爪先はバラの花びらのようなピンク色だ。

背後でドアを閉めたアイザイアは、自分がずっと黙りこんでいることに気づき、やっと口をひらいた。「ぼくの母ときみのおばあさんが、どうやら悪さをしたようだね」

ローラの顔がさらに赤く染まった。両の手のひらをエプロンの前でごしごし拭きながら、言った。「ごめんなさい。わたしは知らなかったんです。ほんとに、なにも知らなかった」

アイザイアはすばやく息を吸って吐きだした。「きみが謝ることじゃないよ」両手を古い革ジャケットの裾のなかに入れて、腰にあてた。「先に言いだしたのは、きっとぼくの母なんだ。前科があるからね」

「まあ」ローラは穏やかな声をあげた。

アイザイアはあごをこすった。「普通なら、ぼくは黙ってやりすごすだけだ。母がぼくを夕食か、ホームパーティーに呼ぶ。行ってみると、母がぼくに会わせたがってる女性がいるんだ。いい気分じゃないけど、べつに害はなかった。母が今回みたいにばかなことをしでかしたのははじめてだよ。リスに追われたピューマになったぐらい、ばつが悪い」

ローラのきれいな薄茶色の目が疑わしげになった。「あなたが?」穏やかに訊いた。

「きみも、ばつが悪くない? 母がこれであきらめるとは思えない。やり手だし、懲りない人だからね。これからも、どうにかして、ぼくを結婚させようとするよ」アイザイアはちらっと自分自身を見おろした。「ぼくがどこか変だから、母はぼくが自力じゃ結婚できないと思ってるのかな？」

ローラはびっくりしたように笑いだした。それから、下唇を噛んで、しばらくアイザイアをじっと見てから首を横に振った。「どこにも変なところなんてないわ」

アイザイアのほうも、ローラにまったく欠点を見つけだせなかった。にきびもないし、二重あごでもなく、いらいらさせられるような変わった癖もない。はじめて、メアリーは魅力的な女性を選んでくれた。だが、果たしてこれは幸運と言えるだろうか？　昨日ベリンダに言ったことは、クリニックで働く女性全員にあてはまる。職場恋愛はご法度。それは、アイザイアとタッカーがクリニックをひらくとき、最初に固く誓いあったルールだ。もしローラがクリニックで働くなら――アイザイアは心からそう願っていた――彼女もまた、恋愛禁止の対象になる。

ローラはキッチンを身振りで示した。「今から夕食を食べるところなんだけど、わたしはいつもつくりすぎてしまうの。よかったら、食べながらお話ししませんか？」

アイザイアは腹をすかせていた。鼻をくすぐるいい香りはほとんど抵抗しがたい誘惑だった。「いや、とんでもない。お客の予定はなかったんだから、残った料理もなにかに使うあてがあるでしょう」

「いいえ」ローラは首を横に振り、微笑んだ。「料理の本に書いてある分量を減らすことができないだけ。数えることはできても、計算はできないんです。〝割り〟と〝引き〟がうまくできなくて」

普通なら、〝割り算〟と〝引き算〟と言うところだろう。ローラはどもったりしないように、つねに言葉を言い換えているに違いないと、アイザイアは気づいた。

ローラはふざけて両手を上に掲げた。「どうか、わたしが同じ料理を一週間食べつづけなくてすむようにお助けください」

「こういうご招待を断れる男はいないだろうね」アイザイアはにやりとした。「食事をしながらの会話は大歓迎だよ」

ローラはドアの横にあるコート掛けを示した。「ジャケットを脱いで、なかにどうぞ。もうほとんどできあがってるから」

ローラが隣りに続くキッチンへと消えると、アイザイアは小さなリビングスペースを見まわした。容量を超えた中身が外まではみ出している家具には、布製のカバーがかけてある。ほかにも場所を取り合うように、家具とは不釣合いな小さなテーブルがいくつか、それにコーヒーテーブル代わりの古いへこんだトランク、さらにはごちゃごちゃした装飾品の数々や壁掛けなどがところせましと並び、部屋の床の角には必ずクッションが置いてあった。どこに視線を向けても、目につくなにかがある――リボンや花で飾った干草のようなものでできたリース、手描きの絵がついた小さな飾り板、編んだ敷物、さまざまな形や色の花瓶。一番アイザイアの興味を惹きつけたのは、額に入った家族写真だった。ローラの両親は離婚しているのだろうか？　兄妹はいるのか？　もしいるなら、何人だろう？

アイザイアはジャケットを脱いで壁にかけた。ゆっくりとローラのあとを追いながら、たくさんの装飾品に動物も含まれているのを見てとり、うれしくなった。金色の額に入った犬の絵、三匹の子猫が遊んでいる様子を描いた飾り板、そして、ありとあらゆる種類の動物の像。ローラの動物に対する愛情は天性のものに違いない。生まれ持ったその素質は動物クリニックで大いに役立つだろう。

リビングスペースとつながっているキッチンも、同じようなカントリー風の温かな雰囲気だった。ヒッコリー材のカウンターがついたチャイナキャビネットのなかには不釣合いなブルーと白の皿が並べられている。壁際に置かれたライティングデスクの上は、実用品ではあるがほとんど飾りに近いような品々――料理の本が詰まった吊り棚、ティーカップを並べたラック、コテージがある風景のカレンダー、文字盤に雄鶏《おんどり》の絵がついた時計など――でいっぱいだ。

すすめられる前に、アイザイアは自分から奇妙なダイニングテーブルの席についた。小さな正方形で、端に引き出しがいくつかついている。椅子は四脚あったが、どれも不揃いだった。

「ガレージセールで買ったの」ふたつの背の低いグラスに赤ワインをそそぎながら、ローラが言った。「六カ月前に、ひとりでここに引っ越してきたの。家族が家具を少しくれたわ。あとは、自分であちこちから集めてきたのよ。それはパンをつくる台で、引き出しにはのし棒が入ってたわ」

「へえ」アイザイアの視線は近くの壁に向けられた。下半分ぐらいは岩を模した壁紙におおわれ、バスケットやいろいろな小物をのせた飾り棚代わりの岩棚が壁との境目にしつらえられている。「ぼくの家を飾ってもらうために、きみを雇うべきかな。ぼくの家ときたら、貧乏人のポケットみたいに空《から》っぽなんだ」

「わたしもお金はかけてないのよ。センスもないし」

いや、センスはある。アイザイアは、ローラが創りだす温かくなごやかな雰囲気が気に入った。ローラの手にかかると、小さな四角いリビングスペースも個性的で人を惹きつけるマイホームに姿を変えてしまう。

ローラはワイングラスを並べながら、テーブルの中央に置いてある果物が入ったバスケットをのぞいた。「お腹がすいていたら、自分で適当にやってね。あと二、三分でできるから」

ローラがガスレンジのところに戻ると、アイザイアは申し出をありがたく受けて大きな赤いりんごを手に取り、シャツで拭いてからシャリッとひと口かぶりついた。ローラはミトンをはめてオーヴンをあけ、青いまだら模様の天板を引きだした。ドーム形のおおいをはずしたとたん、部屋じゅうになんともいえずいいにおいが漂い、アイザイアは思わずうめきそうになった。

「お肉のローストが好きだといいんだけど」

「〝大好き〟だよ」

ローラは微笑み、天板から肉の塊《かたまり》を取りあげて用意してあった大皿に移し、にんじんとジャガイモをボウルに盛りつけた。天板にたまった肉汁でグレービーソースをつくりながら、ローラは肩越しにアイザイアに訊いた。「かぼちゃのタルトもあるんだけど、どうかしら？」

「かぼちゃのタルトも好きだよ」

「よかった。小さなパイをたくさんつくったんだけど、冷凍すると、おいしくないの」

アイザイアはふたたびりんごにかぶりつき、ワインをすすりながら、ローラの働きぶりをながめて楽しんだ。てきぱきとして効率的な動きは、ローラがキッチンでの作業に慣れているだけでなく料理を楽しんでいることをうかがわせた。

ローラがテーブルをセットして料理を並べ終わると、アイザイアは信じられないという目でサイドディッシュの皿のひとつを見つめた。そこには、手づくりの軽いビスケットがのっていた。「驚いたな、すごいごちそうだ」

ローラはナプキンを広げて膝の上に置きながら、頬にえくぼを浮かべた。「ばかみたいでしょ？　ひとり暮らしになって、最初のうちは冷凍ディナーを食べてたんだけど、だんだん飽きちゃって。それで、自分で料理をつくって、残ったら冷凍することにしたの。食費は膨大で、冷凍庫はいっぱいよ。いつも祖母や近所の人におすそわけするけど、それでもいくらかは捨てることになるわ」

アイザイアは料理に手を伸ばした。すると、ローラがほっそりとした手を組んで頭を下げているのが目に入った。まぬけな男になったような恥ずかしさを感じ、急いで真似をして頭を下げた。家族と住んでいたころはアイザイアも必ず食前の祈りを捧げていたが、ひとり暮らしですっかりその習慣を忘れてしまっていた。

「父なる神よ」ローラは柔らかな声で言った。「今日の糧をお与えくださったことに感謝いたします。いつもわたしたちをお守りくださることにも感謝いたします。アーメン」

「アーメン」アイザイアもつぶやいた。

ローラはちらっとアイザイアの顔を見た。「お肉を切り分けてもらおうかしら」

すばらしい。家ではいつも父がその仕事をしていたものだ。自分は外科医で、肉を切り分けるのはお手のものだと思いだしながら、アイザイアは大皿を引き寄せた。アイザイアが役目を果たす間、ローラは自分の皿に食べ物を取り、ビスケットにバターをぬった。

それぞれが料理を皿に取ったところで、ローラが言った。「今朝はクリニックに行かなくて、ごめんなさい。祖母の話を聞いてしまったら、どうしても行けなかったの」

アイザイアは探るようにローラの美しい目を見つめた。「ぼくにはその理由がよくわからないんだよ、ローラ。ぼくらは、母ときみのおばあさんの企みを知った。ぼくら自身がそれを意識したら、かなりばつの悪い状態になるかもしれないけど、どうしてそんな必要があるんだい？　笑い飛ばして、普通にしていればいいだけのことさ」

「わたしはあくまで、あなたに適任だと評価してもらえるなら働きたいと思ったのよ」ローラは言った。「わたしみたいな人間にとって、それはとても大切なことなの」

「ぼくは、きみが適任だと思ってるよ」

ローラは疑わしげな目で、ちらっとアイザイアを見た。「あなたは賢い人よ。お母さんは前にも同じようなことを企んだって言ったわよね。今度も、すべてわかった上で、わたしに親切にしてくれたのよ。あなたはちっとも悪くないわ。だけど、わたしは自分の能力で得たんじゃない仕事にはつきたくないの」

そういうことか。アイザイアは皿の端にフォークを置き、椅子の背にもたれた。アイザイアの体重に抗議の声をあげるように、椅子が大きな音できしんだ。「ぼくは忙しい人間なんだよ、ローラ。賢いかもしれないけど、まるっきりうわの空のときもある。仕事のことで忙しくて、母の縁結び計画のことなんて考えもしなかった。気づくべきだったけど、ほんとに知らなかったんだ」

ローラはまだ疑わしげな表情だった。

「わかった」アイザイアは言った。「真実を知りたい？」

ローラはうなずいた。

「母が縁結びを企んでるなんて思いもしなかったのは、脳に障害がある女性だって聞いていたからなんだ。太って足元がよろよろして、いつも口をあけてあごによだれがついているような人が来ると想像してたんだよ」アイザイアは話の意味がよく伝わるように、間《ま》を置いた。「母は今まで何回もぼくに女性を紹介しようとしたけど、そういう人はいなかった」

アイザイアはローラの答えを待ちながら、胃袋が締めつけられるような感覚を覚え、テーブルの下でぎゅっとこぶしを握りしめた。ローラが傷つき泣きだすのではないかと、半分は不安に駆られていた。だが、ローラは唇の端をぴくりと動かしたかと思うと、くすくす笑いだした。「よだれ?」

アイザイアはほっとして、にやっと笑った。「ぼくの大間違い、だよね? 偏見が強い人間じゃなかったつもりだけど、ぼくはそんなふうに想像してしまった。だから、オフィスできみに会って、誰だかわかったときは、すごく驚いて——うれしい驚きだけどね——だから、母の企みのことなんて思いつきもしなかった」

「わたしのあごを見ても?」

アイザイアは我慢できずに、くすくす笑った。「申し訳ない」

「脳に障害がある人が、みんなそういうふうになるわけじゃないのよ」ローラは教えた。

「知識としては知ってたんだ」アイザイアは告白した。「でも、その話を聞いた日の午後、ぼくはうわの空で、母が教えてくれたきみの外見も頭に入ってなかった。すごく容態の悪い牛がいて、心配でしかたがなかったんだ」

ローラはもの問いたげに、首をかしげた。「わたしの障害がもっと重いと思っていたのに、どうして面接をすることにしたの?」

アイザイアはワイングラスを持ちあげた。「母がぼくに頼み事をするなんてめったにないからね。母のために、面接を引き受けたんだ。白状すると、本当にこの仕事を頼めるとは思ってなかったよ。でも、きみに会って、その気持ちが変わったんだ」

ローラは唇の隅にナプキンを軽く押しあてた。「事故のあと、話せないことはそんなに重要な問題じゃなかった。右手と右脚がほとんど使い物にならなくて、体が動かせなくなってしまったの」ローラは遠くを見るような目になった。「リハビリを受ける前は、両親が身のまわりの世話をしてくれたわ。リハビリのおかげで体が動きはじめて、やっと少しは自分の面倒がみられるようになった。そのとき、もっとがんばって、二度と誰にも頼らないようになってみせると誓ったの」

アイザイアはうなずいた。「言いかえれば、きみにとって自立するのはそんなに簡単じゃなかったってことだね」

「ええ」ローラはアイザイアに視線を戻し、じっと見つめた。「いつかは自立しなきゃならなかった。そして、今は昔と同じように生活できるようになったわ」ローラは周囲を身振りで示した。「今度の仕事のことも、自分の力でやらなければいけないの。特別扱いはされたくないのよ。両親にも、あなたにも、誰‐にも。そうじゃなきゃだめなの。そうじゃ‐ないと、自分をごまかしてることになってしまうから。理‐解してもらえる?」

アイザイアは、ローラが想像するよりずっと理解していた。姉のベサニーがロデオ競技の事故で腰から下が麻痺《まひ》してしまったあと、よく同じことを言っていた。『自分でやらなきゃだめなのよ』誰かが手助けしようとすると、ベサニーはそう叫んだ。家族は歯がゆくもあり、いらいらもさせられた。だが、結局、姉の頑固さが正しかった。ベサニーは立派に自立し、今ではすばらしい男性と幸せな結婚もして、普通の人生を送っている。

「よくわかるよ」アイザイアは答えた。「特別扱いなんかじゃないんだよ、ローラ。きみにこの仕事ができると思わなかったら、訪ねてきたりしない。うちのクリニックには、いいケンネル・キーパーが必要なんだ。やっと人が来ても、たいてい研修が終わったとたんにやめてしまうんだよ。きみなら仕事もできて、すぐにやめたりしないと思う。それは、きみがほかの仕事を見つけるのはむずかしいからじゃなくて、心から動物を愛している人だと思うからなんだよ」

ローラは、長いこと探るようにアイザイアの顔を見つめた。「よくわかったわ」ついに、ローラは言った。「本当にそれが雇ってくれる理由なら、明日はクリニックに行きます」

「本当だよ」

ローラはさらに安心できる説明を求めて、アイザイアを問い詰めたりはしなかった。アイザイアの言葉を素直に受け入れ、食事を始めた。アイザイアはほっと息をつき、メルローワインに口をつけ、ふたたびフォークを手に持った。

しばらく食べると、料理をほめずにはいられなかった。「こんなにちゃんと食べるのは、実家で夕食に呼ばれたときだけだよ」

「ほかのときはどうしてるの？」

「レストランに行くか、インスタント・ディナー」アイザイアは肩をすくめた。「なにも食べないときもある。遅い時間に家に帰ると、いつもへとへとで、冷蔵庫から食べ物を出してレンジで温める元気もないんだよ。いつも、お腹をすかせたまま寝てしまう」

ローラはあきれたように首を振った。「チーズとか、果物とか、そういうものをいつも家に置いておけばいいのよ。そうすれば、時間がなくても簡単に、少なくともなにかを口に入れられるわ」

アイザイアは、また肩をすくめた。「そうだろうね、でも、たいていは買い物に行くのも忘れてしまうんだ」

ローラは肉の大皿をアイザイアのほうに押しやった。「もう少し、お肉とおいもをどうぞ。あなたはちょっとやせすぎだわ」

『おいも』またか。ローラはいつもむずかしい発音の言葉を使わないようにしている。話すスピードがゆっくりなのもそのせいだ。発音しやすい言葉をつねに選ばなくてもいいくらいまでに回復するのは、かなりむずかしいのだろう。

食事が終わるころには、アイザイアは肉と野菜を三回おかわりし、バターを塗ったビスケットを四枚と大盛りのサラダ、ホイップクリームがのったかぼちゃのタルトを五個たいらげていた。満腹のあまり、立ちあがったときに思わずうめき声が出たほどだ。

「お皿洗いなんてしなくていいのよ」アイザイアが皿をこすりはじめると、ローラは言った。

「もちろん、するとも」アイザイアは顔をあげてウィンクをした。「こんなおいしい食事をごちそうになったら、せめて皿洗いぐらいはしないとね」

ふたりは心地よい沈黙のなか、いっしょに後片づけをした。電話が鳴り、ローラが出ているあいだに、アイザイアは食器洗い機に皿を入れた。キッチンに戻ってきたローラが言った。

「祖母だったわ」

「母の共犯者?」

ローラはくるりと目玉をまわし、うなずいた。「しばらく怒っていたかったんだけど、そうさせてくれないような人なの」

「きみのおばあさんが母に似てるなら、まず不可能だろうな」アイザイアは、皿を食器洗い機のラックに立てる前に水ですすいだ。「『ごめんなさい、アイザイア』」アイザイアはふざけた甲高い声で言った。「『お願い。お願いだから許してちょうだい。二度とこんなことはしないわ、本当よ』これを電話で六回やられて、ぼくもついに陥落したよ」

「お母さんは約束を守るかしら?」

「二度としないかどうかって意味?」アイザイアはちょっと考えこんだ。「いや、懲りないだろうね」にやっとして言った。「だけど、少なくとも前より女性の好みはよくなったな」

ローラは天板を片づけるために、かがみこんだ。「そうね、わたしのあごによだれはついてなかったし」

『とんでもない、それ以上だよ』アイザイアは目の前にあるローラの背中に見とれながら思ったが、口には出さなかった。とにかく、ここに来た目的は果たした。ローラはクリニックで働くことになり、ふたりのあいだには友情のようなものが生まれた。きみは今まで会ったなかで一番魅力的な女性だと告白して、この状態を壊したくはなかった。彼女の上司として、そんなセリフを口にするのは適切ではない。いや、本当はこんなふうに心のなかで考えていること自体、不適切なのだろう。

3

翌朝、ローラはクリニックの裏にマツダを停め、小声で自分を戒《いまし》めた。「あなたは、ただのケンネル・キーパーよ――犬の糞をホースで下水溝に洗い流すのが仕事なの。身のほど知らずに上司にのぼせあがったりして、そのせいでくびになって、このチャンスをだめにしたら、一生後悔するわよ」

まったく、身のほど知らずな考えを抱いたものだ。アイザイア・コールターはハンサムで教養があって仕事でも成功をおさめている、いくらでも相手を選べる男性だ。こんな女に興味を持つわけがない。

表情を引き締めながら建物のなかに入ると、そこは床から天井まで手術用具の箱が積みあげてある部屋だった。ローラは箱の山の間の細い隙間を縫って奥の灰色のドアにたどりついた。扉をあけたとたん、悲しげな鳴き声の不協和音が耳に飛びこんできた。犬舎だ。その瞬間、アイザイア・コールターのことは頭のなかから消え去った。

犬たち。中央の通路をのぞくと、純粋種に雑種、大型犬から小型犬までありとあらゆる種類の犬が目に入った。共通しているのは、どの犬もローラを見て狂喜乱舞し、なんとかしてローラの注意を引こうと必死になっていることだけだ。

「まあ、かわいそうに」ローラはロットワイラー犬のケージの前に膝をついて、ささやきかけた。犬の腹に巻かれた幅広い包帯から管が突き出し、点滴の装置が前脚にテープで止めてある。「どこが悪いの？」優しい声で話しかけ、金網に指を入れて平べったい鼻づらに触れた。犬はローラの指に軽く鼻を押しつけ、哀れっぽくクンクン鳴いた。「そうよね、よくわかるわ。辛いわよね。あなたは病気で痛い思いをして、しかもひとりぼっちなんだもの」

ローラには、それがどんな気持ちなのかよくわかった。事故のあと、ローラは入院し、最終的にはリハビリセンターに移送された。最初のうち、友人たちはしょっちゅう見舞いに来てくれたが、訪問はしだいに間遠《まどお》になった。まったく話すことのできないローラといるのが気詰まりだったのだろう。もちろん、家族はできるかぎり訪ねてきてくれたが、数週間もたつと、日々の暮らしに忙しい家族がローラのために割《さ》く時間は少なくなっていった。ローラは今でも、あのときの見捨てられたような気持ちが忘れられない。話すことも歩くことも読むこともテレビを見ることもできず、惨めでひとりぼっちだった日々。毎朝目覚めると、気が遠くなるほど長い一日がローラを待ち受けていた。激しい痛みを伴う理学療法のプログラムだけが、退屈と孤独から逃れられる時間だった。

ロットワイラー犬のとまどったような茶色い目をのぞきこんだローラは、あのときの自分のとまどい、しばしば波のように襲ってきたどうしようもない怒りをまざまざと思いだしていた。誰かの罠にかけられ、みんなに忘れられてしまったような気分。それは、目の前にいる犬が味わっているのと、まったく同じに違いない。

そのとき、ローラの心のなかにはっきりとした使命感が生まれた。『ここがわたしの居場所だ。わたしなら、このかわいそうな動物たちを助けてあげられる。だって、わたしほどこの犬たちの気持ちを理解してあげられる人間はいないはずだから』ローラは喜びに震え、体の奥から力がわきでるような興奮を覚えた。やっと、自分にしかできない大切な仕事に巡りあえた。この動物たちにはわたしが必要なんだわ。

ローラは通路を歩きながら、前脚にギプスをつけたコッカースパニエルや、お尻の毛を剃りあげられている以外いたって元気そうなプードル、足に包帯を巻いて首のまわりにランプの傘のような器具をつけた黒いラブラドールを、順番に撫でたり慰めたりしてやった。通路の奥に太ったブロンドの女性が姿を現わさなければ、すべてのケージをまわっていただろう。ケージの前でちょうど立ち上がったとき、肩までの髪に親切そうな青い目、四角ばった顔とがっちりした体つきの、その女性にローラは気づいた。

「あんたがローラ?」早口でぶっきらぼうな口調だった。

「ええ、犬たちに挨拶をしてたんです」

「仕事の説明を聞くまでは、そんなふうに金網に指をつっこまないほうがいいよ。嚙まれそうにならなかった?」

ローラは話題にされた指を、ジーンズの尻ポケットにしまいこんだ。「いいえ、あの――」

「たちの悪い犬も何匹かいるからね。そいつらのケージを掃除するときは、輪っかを使うことになるよ」

〝輪っか〟がどういうものなのか、ローラには想像もつかなかった。ローラはアイリッシュ・セッターの悲しげな目をちらっと見やった。今まで、見知らぬ犬を警戒したことはない。少なくとも、こんなに哀れな犬たちに対して用心深く接した経験はなかった。ブロンドの女といっしょに通路を歩きながら、ローラは犬たちの前で立ちどまりたくてしかたがなかった。明日は定時より三十分早く来ようと心のなかで誓った。そうすれば、仕事の前に少しずつでも全部の犬に挨拶ができる。

「わたし、時間に遅れていないですよね？」ローラは訊いた。

「大丈夫」ブロンドの女はケージをあけた。青いうわっぱりのポケットから注射器を取りだすと、囲いのなかにいたコリーを撫でてやり、次にぐいっと首筋をつかんだ。注射を打ちながら、女は言った。「ちょっと早すぎるくらいだね。あたしはスーザン・ストロング。あんたの教育係」

ローラは片手を差し出した。「どうぞよろしく、スーザン」

微笑みかける代わりに、スーザンは口元を固く引き結んだ。唇の右端に小さな点のようなえくぼができたが、下側にあるので、ほとんどあごの上のくぼみにしか見えない。「犬は好き？」

「ええ。とても」

「よかった」スーザンはやっとローラの手を握り、ケージのほうを身振りで示した。「ここには必ず犬たちがいる。どの犬も、しばらくたつといなくなる」にらみつけるようにローラを見た。「ケンネル・キーパーといっしょだね。犬の糞とゲロにまみれて働くと、みんなすぐにうんざりしちゃう。あんたもそれに耐える根性がないなら、あたしに面倒をかける前に今すぐやめてほしいもんだね。人に仕事を教えるのは、大変な労力がいるんだから」

ローラは背筋をぴんと伸ばした。正直に言えば糞の臭いはいやだが、根性はある。ついに自分の居場所を見つけたという強い自信もあった。

「もし、ここで働かせてもらえるなら、絶対にやめません」ローラは言った。

スーザンは鼻を鳴らした。鼻の穴を上に向けて大きな音をたてたスーザンが言わんとするところは明白だった。「前にも、おんなじセリフを聞いたよ。はっきり言わせてもらえば、この仕事が続けられるのは、よっぽどの大ばか者だけだね」

普段ならローラは、よく知らない相手に障害のことを話したりはしない。だが、この場合はふたつの点で話すほうが得策に思えた。まず、スーザンには障害のことを知っておいてもらったほうがいい。それから、このつんけんした態度をなんとかする必要がある。

「それはいいニュースだわ。わたしはその大ば‐か者なんです」

スーザンは鋭い視線をローラに向けた。

ローラは唇をなめて湿らせてから、話しはじめた。「脳に障害があるんです。昔、滝のそばの川に飛びこんだとき、いつもなら安全だったのに、その年は水が少なくて浅かったんです。それで、岩に頭をぶつけてしまいました」

「おやまあ」スーザンの目に考え深げな色が浮かんだ。「その話なら覚えてる。たしか、二、三年前じゃなかった？」

「五年前です」ローラは言った。

スーザンはうなずいた。「しばらくの間、みんながあんたは助からないと思ってた。ずっと意識不明だったよね？」

「ええ、三週間。そのあと、意識は回復しました。でも、左の側頭葉にダメージを受けたせいで失語症になってしまったんです」

「ひどいもんだね」

「話すことを一から学ばなければなりませんでした」ローラは続けた。「すぐにわかることですけど、わたしはゆっくりとしか話せません。それから、早口で言われたり、長い単語を使われると、意味がわからないこともあるんです」ローラは周囲のケージを示した。「この仕事につけて、ほんとにラッキーだと思ってます」じっとこちらを見つめるスーザンの目をまっすぐに見返した。「だから、自分がこの仕事をちゃんとこなせるかぎり、絶対にやめません」

スーザンは、はじめてにっこりした。その微笑みは、一瞬にして海兵隊の鬼教官からぽっちゃり太った天使へと、スーザンを変貌させた。「きっと、うまくやれるよ」

アイザイアが片方に顔を傾けると、獣医看護士兼麻酔医が額の汗を布で軽くおさえた。開腹手術の真最中、アイザイアの手術用手袋の指先は血にまみれ、アシスタントのベリンダはやっきになって、鉗子《かんし》を探していた。ちょうどそのとき、手術室の裏に通じるスイングドアがぱっとひらいた。ちらっと顔をあげたアイザイアは、スーザン・ストロングの姿を認めた。目顔で『しばらくそこで待て』と伝えると、アイザイアはふたたび患者に注意を戻した。

　動脈を鉗子でしっかりと締めつけてから、アイザイアはスーザンのもの問いたげな目を見た。「ローラ・タウンゼンドはどうだい？」

「今のところ、いい調子ですよ」スーザンは答えた。「問題児のボクサー犬を知ってるでしょう？　ローラがケージに通じる扉をあけたときは心臓が止まるかと思ったけど、べろべろなめられただけでしたよ」

　アイザイアはくすくす笑った。「彼女は犬の扱いがうまいだろう？」

「ええ、すごく。あの憎らしいポメラニアンまで、ローラのことが大好きですよ」

「我々には、犬を心から愛している裏方が必要だったんだよ」アイザイアは言った。

「アーメン。彼女はその愛情のせいで、これから苦労するでしょうね」スーザンはおごそかに予言した。「はじめての『死の行進』の仕事がきたら、いったいどうなることやら」

　かつてアイザイアも、人間が手をくだして動物の命を絶つことなど許せないと思っていたが、だいぶ前から必要悪として受けとめるようになった。苦痛を和らげてやるためにほかに打つ手がないなら、その動物を救う道は安楽死しか残されていない。

「彼女は乗り越えられると思うかい？」

スーザンは両手を太い腰に置いた。ぶっきらぼうな外見の下に隠されたスーザンの内面はマシュマロのように柔らかく、アイザイアが知っているかぎり、スーザンほど親切で思いやりにあふれた人間はいない。「ええ、もちろん。賭けてもいい」スーザンは答えた。「今朝は踏んだり蹴ったりだったんですよ。例の雄犬のゲロと糞と、おまけに大量の血まで洗い流さなきゃならなかった」

「血？」

「あの、赤毛でちびのコッカースパニエルが流産したんです」

「あの、ばあさん犬？」麻酔医が訊いた。

「そう」スーザンは言った。「かわいそうに子犬は死んだけど、あの犬はすぐに元気になるさ。タッカーが不妊手術をしてやればよかったのに。年取った動物をいつまでも妊娠させる飼い主は、頭がどうかしてるとしか思えないよ。わたしにはわからないね」

「どうかしてなんかいないわよ」ベリンダが口をはさんだ。「お金を儲けるためでしょ。コッカースパニエルが子犬を七匹産んだら、一匹につき四百ドルか、もしかしたらもっと高く売れるんだから」

「もっとだよ」ジェームズ・マスターソンが言った。背が高く、たくましい体つきのジェームズは茶色い髪と明るいブルーの目をした二十歳の青年だ。一年前から、獣医看護士になるべく研修を受けている。加温装置から毛布を取りだしながら、言った。「ぼくの母なんて、先月、一匹六百ドルでコッカースパニエルを買いましたよ。それをもとに計算すれば、どうしてきみも子犬を産ませないんだ？　って話ですよ」ジェームズはにやっと笑って、ベリンダにウィンクをした。「一年に二回でも、かなり家賃の足しになりますよ」

「ほんとね」ベリンダは唇をすぼめた。「子犬七匹だったら？　すごいわ、四千二百ドル！　犬が飼える部屋に引っ越して、ブリーダーになろうかしら」

「年を取った犬を妊娠させようとは思いませんよ」ジェームズは言った。「だけど、若くて健康な犬に子どもを産ませてもなんの害もないでしょう。少なくとも、日頃、獣医に払う診療代の足しぐらいにはなりますよ」

「あのコッカースパニエルがもう子犬を産めなくなってよかったよ」スーザンは言った。

「もし、飼い主が子犬を売るアルバイトを続けたいなら、新しく雌犬を飼わなきゃならないだろうね」

「ローラは血を見ても大丈夫だったかい？」アイザイアは訊いた。

スーザンは肩をすくめた。「最初はちょっとパニックを起こしたようでしたね」

「誰だってそうでしょう？」アンジェラがすぐに口をはさんだ。「それで、どうやって落ち着いたの？」

「普通の研修生よりはましだったよ。手伝ってくれって言ったら、すぐにそばに来て、言われたことをちゃんとやってくれた」

アイザイアはうれしくなった。「彼女にはガッツがあると思ったんだ。根性がなければ、彼女が抱えてるような困難を乗り越えられないさ」

「誰の話?」アイザイアにホチキスを渡しながら、ベリンダが訊いた。

「ローラ・タウンゼンド」アイザイアは手早くホチキスで傷口を閉じていった。「スーザンがケンネル・キーパーの仕事を教えてるんだ」

「あら、ヴァルが新しく人を雇ったなんて知らなかったわ」ベリンダは汚れた手術器具をおおっていた紙をどけた。「グッド・ニュースね。ケンネル・キーパーはいつも人手不足だもの」

「正確に言えば、ヴァルが雇ったんじゃないんだ」アイザイアは訂正した。「ぼくが雇った」

ベリンダは驚いて眉をつりあげた。「〝あなた〟が? そういうことは全部ヴァルがやるのかと思ってたわ」

「普通はそうなんだけど」アイザイアは手術用のぴったりした手袋を脱いで廃棄物容器に放りこんだ。「ローラは家族を通しての知り合いなんだ。母が彼女を推薦したんだよ」

「へえ、そう」ベリンダはシンクに歩み寄り、滅菌《めっきん》装置に入れる前に手術器具を水でゆすいだ。「古いつきあいなの?」

「いや、この前はじめて会ったばかりだよ」アイザイアは、ローラの訴えかけるような美しい瞳を思い浮かべ、かすかに微笑んだ。「きみもきっと彼女を好きになるよ。とてもいい人なんだ。そうだろ、スーザン?」

スーザンは肩をすくめた。「今のところ、わたしは気に入ってますよ。ずいぶんゆっくり話すし、時々、わたしがギリシャ語で話したとでも言いそうな顔でこっちを見たりするけど。

それ以外に困ったことはないですね」

ベリンダは蛇口から向き直って言った。「なにか事情があるの？」

「失語症なんだ」同僚たちが最初からハンディキャップのことを知っていたほうがローラは仕事がしやすいだろうと判断し、アイザイアは質問に答えることにした。「脳障害でね。言語と計算の能力に影響する箇所にダメージを受けている」

ベリンダは仰天したような目でアイザイアを見た。「しゃべれなくて計算ができない人を雇ったわけ？」

「そんなに重い障害じゃないんだ」アイザイアは反論した。「スーザンが言うように、話すスピードはゆっくりだし、長い単語を言うと理解できないこともある。だけど、それ以外はいたって優秀だよ。これはお願いなんだが、彼女が早く職場になじめるように、みんなでサポートしてくれると、ぼくとしてもうれしいよ」

ベリンダは肩をすくめて言った。「もちろん、喜んで手助けするわ」


研修一日めを終えたローラは、全身の骨がばらばらになりそうな気分だった。これまで、どんな労働にも尻ごみしたことはなかったが、ケンネル・キーパーの仕事は精神的にも肉体的にもローラを消耗させた。覚えることが山のようにあった。今日一日で、少なくとも六人の初対面の人間に会った。そのうちのひとりは、もうひとりの上司であるタッカーだ。タッカーに会ったとき、ローラは面食らい、心底驚いた。アイザイアと似ているだろうと予想はしていた。なにしろ双子なのだから。だが、ぱっと見てどちらかわからないほどそっくりだとは思っていなかった。同じように背が高く、褐色の肌に筋肉質の体をして、同じように言葉を失うほどのハンサムだった。

ローラがケージを掃除していたときだ。いつのまにか現われた彼が犬たちの健康状態を記録する表になにかをメモしていた。「アイザイア!」ローラは声をかけた。「今朝は元気?」

相手はしばらくローラをじっと見つめてから、微笑んだ。「ぼくはアイザイアじゃなくて、タッカーだよ。きみはローラだね」

ローラは顔がかっと熱くなるのを感じた。たしかに、よくよく見れば、ほんの少しアイザイアと違っている。タッカーのほうが少し太っていて、視線にアイザイアの目にはない鋭さがある。その目はまるで、『いつもここにいて、おまえを見ている。なにも見逃しはしないぞ』と言っているようだ。

「そうです、ローラです」

タッカーは褐色の手を差しだした。「はじめまして。それから、このクリニックへようこそ。母がずいぶんときみをほめてたよ」

その言葉に含まれた意味を、ローラは感じ取った。『でも、ぼくはしばらくの間、きみを見張っている。安心するのはまだ早い。ぼくはまだきみを審査中だ』

狼狽はしていたものの、ローラはタッカーのやりかたに敬意を抱いた。部下に高い能力を求めない雇い主は、自分自身の能力もその程度なのだ。タッカー・コールターは公平な人間なのだろう。ローラはタッカーと言葉を交わし、そう感じた。だが同時に、何事も大目に見たりはしないタイプの人間だという印象を受けた。

「精一杯がんばります」ローラは言った。

タッカーは、またローラの目を正面からじっとのぞきこんだ。それから、表情を和らげた。

「きみならやれるさ、ローラ。なにかわからないことがあったら、遠慮しないで誰にでも訊くといい。このクリニックのみんなはチームワーク抜群だからね。困っていたら、誰でも手を貸してくれる」

『誰でも』というのは曲者《くせもの》だ。つまり、タッカーのチームにも、アイザイアのところと同じぐらい多くのスタッフがいるということだ。全員の名前を正確に覚えるのは難題だろう。それ以外にも、クリニック内の配置と、どこになにがあるかも頭に入れなければならない。ローラはいくつもの表をにらみつけていたせいで目が痛み、情報を詰めこみすぎたために頭痛がしていた。

それでも、なんて心地よい疲れだろう。ローラは、犬舎のコンクリートの床に座りこんで目を閉じ、セメントのブロックでできた壁に頭をもたれさせた。それから、みんなに凶暴な嚙みつき犬だと決めつけられているらしいボクサー犬を撫でてやった。冷たく少し湿ったコンクリートの上に座り、ごわごわした毛を撫でているのはとてもいい気分だった。

この仕事がうまくやれそうだと思うと、震えるほどの喜びがこみあげた。今朝はいくつか大変なこともあったが、全体として初日の仕事はうまくいった。あらゆる表と説明書きを、なんとか理解しようと努めた。重要なのは、取り乱さずに、あの年取ったコッカースパニエルの命を救う手助けができたことだ。そのことは、ローラにとって緊急救命室（ER）で働くのと同じぐらい誇らしかった。

目をあけて、着ている青いうわっぱりを見おろした。血や、ほかにも正体を知りたくないような汚れがたくさんついている。だが、ローラは脱ぎたくなかった。これは『制服』なのだ。まだネームタグはなかったが、スーザンが明日にはもらえるだろうと言っていた。ネームタグをつければ、自分もほかの人と同じに見えるだろう。ばかげた考えだとわかっていても、他の多くの人と同じになることは、ローラにとってとても重要だった。

「驚いたわ。そこでなにをしてるの？」

ぎょっとして顔をあげると、金網の向こうに、黒みがかった髪の美人が立っていた。「マーカスといっしょに座ってるんです」

女は金網に肩をもたれさせて、笑みを浮かべた。「あなたがマーカスと仲よくなったことは、スーザンに聞いたわ。驚きね。そうそう、わたしはベリンダよ」

「はじめまして」

ローラが立ちあがりかけると、ベリンダは手を振って押しとどめた。「いいのよ」ベリンダもその場にしゃがみ、ローラと同じ目線になった。「犬舎では、先輩とか後輩とか気にしなくていいことになってるの」

ローラは、膝の上にのっているマーカスの頭を撫でてやった。「ここで長く働いてるんですか?」

「まだ六カ月よ。だけど、ここじゃもうベテランなの。わたしより長くいる獣医看護士はふたりしかいないわ。しかも、タッカーのほうにいる人たち」

ローラはボクサー犬の頭に手を置いたままで言った。「あなたの名前を発音するのはむずかしそうだわ」

「リンディならどう?」

ローラはうなずいた。「それなら大丈夫」

「じゃあ、リンディって呼んでちょうだい。べつにかまわないから。家族が使うニックネームだから慣れてるわ」ベリンダが網に指を入れて揺らすと、マーカスが低いうなり声をあげた。「まあ、こわい。あなたが腕を食いちぎられないのが不思議ね」

ベリンダの言葉に、ローラの緊張は解けた。犬を見おろして言った。「それほど気の荒い犬じゃないのよ。吠えたから嚙むとはかぎらないわ。たぶん、怖がってるだけ」

「犬の考えが全部わかるの?」ベリンダはあきれたように首を振った。「そんな鋭い歯があって、なにを怖がる必要があるのかしら?」

マーカスが怖がっているもののいくつかは、見当がついていた。マーカスは感染症にかかっていて、抗生物質の注射を日に二回受けなければならない。そして、いかにも凶暴な外見のせいで、スタッフ全員がマーカスから身を守るためにひどい道具を使うようになっていた。〝輪っか〟。それがどういうものなのか、ローラもすでに知っていた。長い棒がついていて、自由に締めたり緩めたりできる針金の輪だ。それを犬の首にかけて締めると、マーカスのような大きな犬でもまったく身動きができなくなり、スタッフは安心して近づくことができる。マーカスはつねにおびえていた。撫でてくれる人は誰もいない。それどころか、無理やりつかまえられ、針金で締めつけられている間に、誰かに注射針を刺されるのだ。

「犬たちは、なぜ自分が病院にいるのか理解できないのよ」穏やかな声で言ったローラの頭のなかに、思いだしたくない記憶がよみがえった。「犬にしてみたら、飼い主に置き去りにされて、ひとりぼっちで、知らない人たちにいやなことばかりされているのよ」

ベリンダは考えこむようにマーカスを見た。「そうね、あなたの意見は正しいかも。わたしは犬を助けてあげるつもりで治療をしているけど、犬から見れば、時々いじめられてるだけかもね」ベリンダの口が笑みを浮かべた。「あなたって犬の気持ちがわかるのね、ローラ。アイザイアが、あなたはいいケンネル・キーパーになると思ったのも無理ないわ」

「本当にそうだといいんだけど」

ベリンダは立ちあがった。「心配ないわよ」

「がんばるわ。ここはとってもいい職場らしいわね」

「ほんとに最高よ。わたしも気に入ってるの。ほとんどアイザイアといっしょに仕事をしてるしね。彼ってすてきなボスよね」ベリンダは肩をすくめて、にやっとした。「クリニックっていうシチュエーションも悪くないわ」

ローラには、ベリンダの言葉の意味がよくわからなかった。ローラの顔に困惑した表情が浮かんだからだろう。ベリンダが笑いだした。

「アイザイアのことよ」と、説明した。「正直に印象を言ってみて。彼って、すてきじゃない?」

ローラは頰が火照《ほて》るのを感じた。「いい人だと思うわ」

「いい人?」ベリンダはまた笑った。「ねえ、ちょっと。女同士の話でしょ。安心して本音を言っていいのよ」

「わかった」ローラは少し気が楽になった。「ただのいい人よりは上ね」

「タッカーもなかなかだけどね」ベリンダは打ちあけた。「だって、双子なんだから当たり前よね」ベリンダは手首の付け根でこめかみをこつんと叩いた。「わたしったらなにを言ってるのかしら? たぶん、あなたはわたしよりずっと前から、タッカーのことを知ってるのよね」

ローラは首を横に振った。「会ったこともなかったわ」

ベリンダは顔をしかめた。「アイザイアが、あなたは家族ぐるみの友人だって言ってたけど」

今度はローラが笑いだす番だった。「まあ、そんなようなものね。祖母が彼のお母さんとご近所づきあいをしているの」

「あらそう。じゃあ、アイザイアの家族を実際によく知ってるわけじゃないのね」

「彼のお母さんのことは、よく知ってるわ。祖母の家に行くと、時々、いっしょにコーヒーを飲んでいることがあるから」

「そうだったの。とにかく、あなたがこのクリニックに来てくれてうれしいわ。これから何週間かはバタバタすると思うけど、落ち着いたらランチにでも行って、もっと仲よくなりましょ」

ローラは喜びで心臓が跳ねあがりそうになった。同僚とのランチ。それこそローラが夢見ていたものだが、こんなに早く実現するとは思ってもいなかった。「喜んで」

「よかった、じゃあそのうちね」ベリンダは金網に手のひらを押しつけた。「またあとでね、ローラ。ようこそ我がチームに」

ベリンダがいなくなると、ローラはひとり微笑んだ。『ようこそ我がチームに』五年という長い月日を経て、ようやく自分が属する場所をふたたび持つことができたという実感がこみあげていた。


ベリンダの予言は的中した。それから二週間、ローラはとんでもなく忙しかった。毎日、午前中にクリニックで研修を受けたあと急いで街に戻り、犬の散歩やハウスクリーニングやアイロンかけなどのアルバイトをした。そのため、毎日、朝の五時には自宅で忙しく立ち働き、夕方の五時まで休むひまもなかった。それから、夕食をつくって皿を洗い、夜に自分の部屋の掃除と洗濯をした。つまり、のんびりするひまはほとんどないに等しかった。

だが、そうするだけの価値はある。ローラは、クリニックでの仕事を心から愛していた。

仕事を始める前は、犬舎は孤独な場所だろうと想像していたが、大間違いだった。南北の棟からしょっちゅうふたりのボスが犬の容態を診《み》たり手当てをしたりしに訪れ、二十数人のスタッフたちと知り合う機会をつくってくれた。アイザイアの南棟には、ベリンダのほかにトリシュ、アンジェラ、スーザン、マイク、ジェームズがいた。タッカーのチームにもたくさんのスタッフがいたが、ローラが一番気に入ったのはサリー・ミーレだった。獣医看護士のサリーは、背が低く、がっちりとして、茶色の縮れた毛と陽気な茶色い目の持ち主だ。冗談が大好きで、サリーのしゃがれた笑い声を聞くと、誰もがつられて笑いだしてしまう。ジュディ・ギブソンは、ぽっちゃりした五十代後半の女性。燃えるように赤い髪は根元から攻めてくる灰色の軍勢と戦闘中だ。ティナ・モーズリイは四十代、背が高く骨太で、明るく人好きのする性質だ。レナ・フォスターはすでに髪が真っ白で祖母と同じくらいの年齢。五年前に獣医アシスタントを退職したが、社会保障手当てを補う生活費を稼ぐためにパートタイムとして復帰している。

ローラは、こんなにたくさんの知り合いができたことがうれしくてたまらなかった。クリニックのなかを歩きながら、いろいろな人と挨拶を交わすのはとてもいい気分だ。休憩時間にはコーヒーを飲みながら噂話に耳を傾け、意味が聞きとれなかった冗談にもいっしょに笑い、長いことローラの生活に欠けていた、同じチームの一員だという感覚を大いに楽しんだ。ジュディはいつも孫娘との出来事を面白おかしく話してくれる。レナは、チャリティー長距離ウォーキング（ウォーカソン）や多発性硬化症患者（ＭＳ）の支援、乳がん検診の推進などの寄付金をみんなに募《つの》ってまわる。結婚しているが子どものいないティナは、いつも姪や甥のスナップ写真を持ってくる。それは楽しいひとときだった。休憩時間が終わるたびに、ローラは少し寂しいくらいだった。

だが、その寂しさも長くは続かない。動物のそばで働くことは、大きな喜びと満足感をローラに与えてくれた。猫たちは、抱きあげてやるとごろごろのどを鳴らし、もっと撫でてくれと鼻をすりつけてせがむ。犬たちは一匹一匹性格が異なり、相手をしていてまったく飽きない。毛布を洗ったりケージを掃除したりする合間に、ローラはこっそり動物たちを撫でたり、ちょっぴり遊んでやったりした。そんなことをするのは自分だけだということはよくわかっていた。それを思うと、いつも言葉に表わせないほどの喜びが心にわきおこった。

ある日、最後のケージを掃除し終わり、あとは帰るばかりというとき。週末はなにをしようかと考えていると、通路の向こうにアイザイアが現われた。「やあ」アイザイアは言った。

「ひさしぶりだね」

ふたりが最初に話をしてから、かなりの日数が過ぎていた。走りまわるように忙しく働く合間に、ちらっと顔を合わせたことは何度かあったが、ふたりとも話すひまもなく、ただうなずきあっただけだ。ひさしぶりに近くでアイザイアを見ると、ローラの胸の鼓動は速まった。どうして、こんなにすてきに見えるんだろう？　チェックのシャツはすぐにアイロンをかける必要があるほどしわくちゃだし、ブーツは傷だらけでどろどろに汚れている。はいているラングラーのジーンズにいたっては、色褪せてほとんどグレーに見える。誰がどう見ても、アイザイアはちっとも身なりにかまわない人間だ。

アイザイアは、男がよくやる典型的なポーズで立っていた。両手を腰に置き、片足に体重をかけて片方の膝を軽く曲げ、広い肩をリラックスさせている。首には聴診器がかかっていた。褐色の髪が乱れて、広い額にカールしたひと房が落ちかかっているさまが、かえって魅力的だ。その青い目をじっと見ていると、ローラは正気をなくしてしまいそうだった。

「こんにちは」ローラはやっと返事を返した。「ほんとに、しばらくね」

アイザイアはふたつのケージを仕切っている壁に片方の腕をのせた。「正確には二週間だよ」ローラに向けたアイザイアの視線は温かかった。「そろそろ、最初の評価チェックをする時期だ」

『評価チェック?』ローラは一気に気持ちが重くなった。どうしよう、彼にだめだと言われたら、それで終わりだ。こんなに、この仕事を愛しているのに。新しい友達もたくさんできた。五十代後半のクリニックの事務長、ヴァル・ボズウェルは、日に焼けたような白っぽいブロンドの髪にやせた体つきで、顔を合わせるといつも温かな笑みを浮かべてくれる。ヴァルは根っからの犬好きで、時間があればほんの数分でも、たびたび犬舎をのぞきにやってきた。ふたつの棟の獣医看護士やアシスタントたちも、今ではみんな友達だ。なかでも一番大事な友人は、アイザイアの棟にいるトリシュ・ストーンだった。小柄で、黒みがかった髪を持ち、茶色い目を明るく輝かせている。おしゃべりなトリシュはいつも、自分の子どもたちや、キップとリップという名の二匹の手に負えないわんぱくエアデールテリヤの話をしてくれる。

それに、動物たち。彼らとの別れを想像しただけで、ローラは胸が締めつけられるような思いだった。

「オフィスに行きましょうか?」そう言った自分の声は震えていた。ローラは自分自身を蹴りとばしてやりたくなった。

「いや、そんなに仰々《ぎょうぎょう》しいものじゃないんだ」アイザイアが笑みを見せると、ローラは、まるで一ダースもの生きた金魚を丸ごと呑みこんだようなパニックに襲われた。「スタッフ全員が、きみは今までで一番すばらしいケンネル・キーパーだと言ってる。みんな、きみのことが好きだよ。タッカーのスタッフたちも、きみをほめてる。もちろん、ぼくのスタッフも。どんなにきつい汚れ仕事でも一生懸命やるし、仕事が終わったあとも、犬舎で動物たちのそばにいたりするって聞いてるよ」

ローラは、自分でも気づかないうちに止めていた息を、ほっと吐きだした。「じゃあ、やめなくてもいいのね?」

アイザイアは頭を後ろにそらせて笑いだした。笑いがおさまると、ローラに言った。「やめさせたりしたら、みんなが反乱を起こすよ。考えたんだが、最初に決めた三十日の試験期間はなしにしよう。採用決定だよ、ローラ。ぼくも含めて、クリニックのみんなが、きみは信頼できるメンバーの一員だと認めている。月曜にヴァルのところへ寄ってくれ。彼女がきみのスケジュール表をつくってくれてるだろう」

ローラはうれしさのあまり、アイザイアに抱きつきそうになった。「ほんとに！　じゃあ、わたし、ああ——ありがとう、ほんとにありがとう」

「ぼくにお礼を言うことはないさ。きみがかんばったからだよ。今日の夜、家に電話しようかとも思ったんだ。昼間はいつも忙しくて、ほとんど話す時間がないから。だけど、わざわざ電話をするほどとくに話し合うこともなかったしね。気をつけてもらいたいことも、できていないこともない。誰に聞いても、きみはほんとによくやってる」

あっという間に終わった非公式の評価チェックは、ローラをすっかりうかれ気分にさせた。正直なところ、一刻も早く自分で自分を抱きしめ、喜びのダンスを踊りたくて、早くアイザイアが帰ってくれないかと思ったくらいだ。

そのアイザイアは帰る代わりに、かすかに顔をしかめながら言った。「ところで、ちょっときみの知恵を借りてもいいかな？」

その質問は、ローラのユーモア心をくすぐった。「わたしには、貸せる脳みそなんてないわよ」

アイザイアは目を狭めてローラを見た。「そんな言いかたはやめたほうがいいな」

ローラは肩をすくめた。「ごめんなさい。人にアドバイスを求められることなんて、あまりないものだから」

「じゃあ、手帳の今日の欄に印をつけておくといいよ。じつは今夜、バースデー・パーティーに呼ばれてるんだ。それで——」アイザイアはちらっと腕時計に目をやった。「これから三十分以内に、どこかでプレゼントを買わないといけないんだよ。相手は、ぼくの義兄の牧場で監督をしてる、スライ・グラスっていう老人でね。スライと奥さんは家をリフォームしたばかりだから、奥さんが言うには、なにか家を飾るものがいいんじゃないかってさ。きみは部屋を飾るのが得意だろう。きみなら、どんなものをどの店で買えばいいか、いいアイデアがあるんじゃないかと思ったんだ」

　ローラはちょっと考えてから言った。「その人は、どんな人？」

「スライ？」アイザイアはあごをこすった。「いかにも手強そうな年寄りのカウボーイで、よれよれの革のカウボーイ・ハットをかぶって、茶色いしわくちゃの紙袋みたいな顔をしてるよ」

「〈頑固なラバ《スタボーン・ミュール》〉ね」ローラは言った。

　アイザイアは怪訝《けげん》そうにローラを見た。「たしかに、スライはちょっと頑固だな」

「そうじゃないのよ。あなたのお友達のことじゃなくて、〈頑固なラバ《スタボーン・ミュール》〉はウェスタン・ショップの名前なの。すてきなお店よ。カウボーイが好きそうなものがたくさんあるわ」

　アイザイアの顔から途方にくれたような表情が消え、独特のゆがんだような笑みが浮かび、目尻のしわが深くなった。「〈頑固なラバ《スタボーン・ミュール》〉？　見たことがあるな。高架のそばをちょっとはずれたところだろう？」

「そうよ」

「どんなプレゼントがいいかな？」アイザイアは言った。「部屋に飾るものっていうと、なにがいいんだろう？」

「年取ったカウボーイにあげるなら、馬に関係するものがいいんじゃないかしら。古い鞍《くら》なんて洒落《しゃれ》てるわね。それか、草原と馬の絵とか？　きれいな革のクッションもあったわよ。全部手づくりなの」

「古い鞍って？」

「家に古い鞍を飾っている人はたくさんいるわ。たいてい、それをあれの……上に……」ローラは急に思い出せなくなった。「単語がわからないわ」絶望的な身振りをしてみせた。「こういうときって、本当にいやよ」

「木挽《こび》き台？」

ローラはぱちんと指を鳴らしてうなずいた。「そう、木挽き台。もちろん、きれいな装飾があるものじゃないとね」

「それなら、絶対に気に入るよ。実際、スライは鞍みたいなじいさんなんだ」

ローラは微笑んだ。「きっと、ちょうどいいのが見つかるわ。楽しいお店よ」

アイザイアがいなくなると、ローラは自分のウェストを抱きしめて、くるくるまわりながら通路を進んだ。うれしくて叫びだしたいくらいだ。〝信頼できるメンバーの一員〟。うつむいて胸のネームタグを指でつまみ、しげしげと見入った。今はそこに『ローラ　研修中』と書かれている。来週になれば新しいネームタグがもらえるだろう。そこには、大きなブロック字体で『ケンネル・キーパー』と書いてあるはずだ。

わたしは正式に雇われた。これからも、ずっとここで働くことができるのだ。

翌週の月曜日、仕事の合間を見はからって、ローラは新しいスケジュール表をもらうために、ヴァルのオフィスに行った。ヴァルはデスクに前かがみになって、なにも書いていないノートパッドをじっと見つめていた。しばらくすると、ようやくちらっと視線をあげた。

「こんにちは、ローラ」その声にはいつもの元気がなかった。

「こんにちは。今日、新しいスケジュール表をもらうように、アイザイアに言われたんですけど」

「あ、いけない」ヴァルはブロンドのショートヘアを自分のこぶしで叩いた。「すっかり忘れてたわ。帰る前に、もう一度寄ってくれる?」

「はい」ローラはヴァルの顔をよく見た。いかにも疲れてうんざりしたと言うように、口がへの字に曲がっている。「どうかしたんですか?」

ヴァルはキャスターつきの椅子の背に寄りかかった。「先週のスタッフ・ミーティングで、アイザイアとタッカーから提案があってね。これからはいろいろな祝日にあわせてクリニックに飾りつけをすることになったの。まずは、ハロウィーン。室内を飾れば、スタッフの気分も明るくなるし、クリニック全体が親しみやすい雰囲気になるだろうって言うのよ」

「ここは、かなりシンプルですものね」ローラは言った。「わたしは、もっとカラフルなのが好きですけど」

「雰囲気がよくなるのは、わたしだって大歓迎よ」ヴァルは親指を自分のやせた胸に向けた。「だけど、誰が飾りを選ぶわけ？」

「はあ。それで憂鬱なんですか？」

ヴァルは持っていたペンを放り投げた。「わたしは、飾りつけが大の苦手なのよ。アイザイアたちが言うには、受付のまわりも、もっと趣味よく見せたいんですって」

ローラは振り向き、あけっぱなしのドアの向こうに見える受付カウンターに目をやった。「そんなにむずかしくないですよ。白地にスギ材のアクセントの壁だから、骨董品の類《たぐい》ならなんでも合うんじゃないかしら」

ヴァルは探るような目でローラを見た。「飾りつけが得意なの？」

ローラは肩をすくめた。「そうですね。たぶん」

「かぼちゃ提灯《ちょうちん》とか魔女の切り紙とかをあちこちに貼ったりするのはだめだって言われたのよ」

「じゃあ、どういう感じがいいんですか？」

ヴァルは前髪をふっと息で吹きあげた。「趣味のよさが感じられる装飾ですって。飾りつけにたっぷりお金をかけて自分たちの財布が空《から》になっても、趣味がいいってどういうことかなんて、タッカーとアイザイアにはわからないくせにね」

ローラはにやにやした。「とにかく大丈夫ですよ」

「いいえ」ヴァルは、子ども向けのアニメに出てくる悪役のように、眉をぴくぴく動かした。

「あなたがやって」

ローラは両手を広げ、一歩後ずさった。「そんな、無理です」

「いいえ、無理じゃないわ。あなたなら、きっとわたしよりうまくできる」ヴァルは骨ばったひじをデスクの上に突っぱって、大きく前に乗りだした。と思うと、ふいに懇願《こんがん》するような表情を浮かべた。「お願いだから、ローラ。お願いよ。ね、いいでしょう？　領収書を持ってきてくれれば、買い物の代金は全部こちらで払うわ。わたしって、本当に飾りつけが大嫌いなのよ」

ローラは大好きだった。ヴァルのことも好きだったので、むげにいやとは言えなかった。「うまくいくって保証はできませんよ」抵抗してみた。

「わたしがやったら、絶対うまくいかないって保証するわ」

「ハロ－ウィーンはすぐですよ」ローラは教えた。「あまり時間がないわ」

「あの人たちったら、それを早く教えてよ。きっと、ロビーを飾るのにどれだけ時間がかかるかなんて考えてもないのよ。助けてちょうだい、ローラ」

ローラは前の週の金曜日、あちこちに電話をかけてアルバイトをすべてやめたばかりだった。今週からは、余分なことをする時間もたくさんできるだろう。「わかりました」ローラは言った。「とにかく、やってみます。やってみて悪いことはないですよね？　もし、やってみて気に入ってもらえなかったら、わたしが品物を全部買い戻して、自分の家に飾りますから」

「決まり！」ヴァルはうれしそうな笑顔を見せた。「時間外に働いた分は記録しておいてね。アイザイアたちにも言って、給料に上乗せしておくわ」

「お給料は気にしないでください」ローラは反対した。「好きでやるんですから」

「本気なの？　もしわたしが飾りつけのために時間外に働いたら、当然、賃金をもらうわよ。なぜ、あなたはもらわないの？」

ローラは首を横に振った。「今だって、充分すぎるくらいのお給料を頂いてます」

「じゃあ、ディナーはどう？　わたしのおごり」

「それはうれしいです」

「じゃあ、そういうことで」ヴァルはノートを脇に押しやった。「そういえば、なにか用事があって来たのよね。なんだったたか、忘れちゃったわ」

「スケジュール」ローラはヴァルに思い出させた。

「そうだ！」ヴァルはぐるりと目玉をまわした。「わたしったら、なにかの病気かしら。頭のなかがごちゃごちゃだし、少し胃も痛いのよ」

「よくなるといいですね」

「ええ、大丈夫。クラッカーと紅茶でもお腹に入れるといいかもね」ヴァルは額をこすった。「帰る前にもう一度寄ってね、ローラ？　それまでにスケジュール表を用意しておくわ」

ヴァルのオフィスを出たあと、ローラは受付のそばで立ちどまって、待合室を見まわした。あちらこちらを、ペットを連れた飼い主たちが歩いている。どんな飾りがふさわしいか、心のなかに思い描いた。季節に合ったリースはスギ材の羽目板によく映えるはずだ。なによりも部屋に色を持ちこむために、ヒョウタンの実を入れたバスケットをいくつか置こう。バスケットは、感謝祭やクリスマスにも使いまわせる。それ以外のときは、季節ごとに花をアレンジして飾ればいい。

そこまで考えたローラは、くるりとUターンしてヴァルのオフィスに跳びこんだ。ローラがふたたびデスクの前に現われると、ヴァルは顔をあげ、問いかけるような目でローラを見た。「壁なんですけど」と、ローラは始めた。「飾りがひとつもないんです」

「それが大ニュース? あの場所を管理してるのは、ふたりの未婚男性なのよ」

「クリニック全体に、全然飾りがないんです。壁にたくさんのものを飾れないのはわかります。掃除するのが大変ですものね。でも、まったくなにもないと、とても冷たい雰囲気になってしまうと思うんです。わたしは、よくガレージセールに行くんですけど、そのときに少しずつ、いろいろな飾りを買いそろえてもいいですか? 大してお金はかけなくても、きっと見違えるような場所にできますよ」

「たしかに、ちょっとばかり殺風景よね」ヴァルはローラの提案に考えこんだ。「費用がそれほどかからないなら、アイザイアもタッカーも反対はしないでしょう」

「ガレージセールには、いつもすてきな額入りの絵があるんです。値段も安いんですよ」

ヴァルは決心したように、うなずいた。「あなたに任せるわ」

ヴァルのオフィスを出ると、ローラは玄関ホールを歩きながら、羽目板に指を這《は》わせた。

クリニックの飾りつけは挑戦だ。普通の家以外を飾りつけた経験はほとんどないといっていい。どんな壁飾りが一番効果的なのかも、よくわからない。雑誌でも見れば、なにかアイデアがわくだろうか。

そう、雑誌を見るというのはいい思いつきだ。ローラは玄関のドアを出る前にもう一度振り向いた。待合室をゆっくりと見まわし、どんなふうに飾りつけようかと、頭のなかで考えを巡らせた。はっきりとしたイメージは、まだ浮かばなかった。ただ、〈クリスタル・フォールズ動物クリニック〉が大変身をとげることだけは確信していた。

4

翌朝、ローラが5番と6番のケージを掃除していると、通路の端にアイザイアが姿を現わした。血の染みがついた青い手術着を着て、手術用のキャップとマスクを身につけている。マスクの白い布の上にのぞいた、ぎらつく目が、切迫した事態を物語っていた。

「手術を手伝ってくれ、早く！」

ローラは集めたばかりの汚れたわらを床に投げ、ケージの扉に掛け金をかけてから急いでアイザイアのあとを追った。手術室に入ると、アイザイアは滅菌済みのうわっぱりとキャップとマスクを放ってよこした。「急いで。半分以上のスタッフが病気で欠勤なんだ。患者は大腿骨《だいたいこつ》の複雑骨折。動脈もやられてる」

ローラはその場に立ちつくし、恐怖におののきながら手術台に寝かされている犬を見つめた。三脚に吊るされた透明の液体の袋から伸びた点滴のチューブが、すでに犬の前脚にテープで固定されていた。左の後ろ脚は投げ出されたように、グロテスクな角度で曲がっている。タオルでぐるぐる巻きにしてあるが、そのタオルも血まみれだ。ステンレスの手術台から、タイルの床にぽたぽたと血が滴っている。

「ローラ？」アイザイアは鋭い視線をローラに向けた。「きみの仕事の範囲外だってことはわかってる。でも、きみしかいないんだ」

ローラは、ただ首を横に振るだけだった。まさか、本当に手術を手伝えっていうの？　だめよ、絶対にだめ！　なにかひどいミスをするかもしれない。自分のせいで、この犬が死んでしまうかもしれない。そんなこと絶対にできない。

アイザイアは犬の後ろ脚に巻かれたタオルを取り除き、誰かが少しでも出血を止めるために巻いたらしい間に合わせの包帯をほどいた。「やらなきゃいけないんだよ、ローラ。ほかには誰もいないんだ。受付にはジェニファーとグロリアしかいない。彼女たちは今、手を尽くして人を探してくれてるんだけど、連絡が取れたスタッフは全員インフルエンザらしい症状でダウンしてる。ベリンダからは病欠の連絡があった。トリシュのご主人から電話があって、昨夜トリシュはひと晩じゅう吐いていて、今日は休むそうだ。アンジェラからは連絡がないけど、どっちみちまだ来てない。もしかしたら、彼女も具合が悪くて電話できないのかもしれない」

「でも――」

「〝でも〟はなしだ。タッカーのところにも急患が三件も入ってるのに、手伝えるスタッフはスーザンひとりしかいない。普段は人手が足りなければヴァルが手配してくれるんだが、そのヴァルも今日はいない。ぼくの助けになってくれるのは、きみだけだ」

まだ首を横に振りながら、ローラは反論しようとした。「わたし――無理よ。ごめんなさい。できないわ」

「やらなきゃならないんだ」アイザイアの青い目がローラをじっと見つめた。「この犬の命が危険なんだよ。どこかほかの病院に運んでもらうひまはない。出血多量で死んでしまう」

ローラは手洗い用のブラシを胸の前でぎゅっと握りしめた。わたしも病気になればよかった。ほかのみんなはダウンしているのに、どうしてわたしだけが元気なの？「どうすればいいのか、なにも知らないわ」

「ぼくが全部教えるよ」アイザイアは、すでに麻酔が効いている犬に手術の準備措置をほどこすため、シェーバーを手に持ち、頭でシンクを指した。「蛇口の上のディスペンサーが手術用の石鹼《せっけん》だよ。カウンターの端にある青い箱に滅菌した手袋が入ってる」

ローラは汚れたうわっぱりを脱ぎ捨ててすばやく新しいものを着ると、シンクへと走った。感覚のない指で髪をキャップのなかに押しこみ、髪の毛がはみ出していないかどうか、ちらっと鏡をのぞいて確かめた。チョークのように白い自分の顔が鏡に映り、呆然と見ひらいた大きな目がこちらを見返している。

「急いで」背後からアイザイアがせかした。「こいつを死なせたくない」

震えながら手と腕を洗うと、石鹼の泡が周囲に飛び散った。一瞬後、手術台に近づいたローラは、気が遠くなりそうになった。犬の後ろ脚のまわりに大量の血が広がっている。

「ぼくの上に倒れないでくれよ」アイザイアが穏やかに注意した。「これはテレビのなかのことだと思えばいい。ぼくも昔はそうした」

目の前にいるアイザイアは落ち着きはらい、大量の血にもまったく動じていない。その彼が過去に今の自分と同じ状態に陥《おちい》っていたとは、とても信じられなかった。

ローラの心のなかを読んだように、アイザイアが言った。「はじめて手術に立ちあったときは、ぼくも気絶しそうになったよ。たいていの人がそうなるものさ。乗り越えるには、自分をこの場から切り離す方法を見つけるしかない」

ローラはうなずいた。テレビ番組だと思う方法はうまくいかなかった。銅に似た血の臭《にお》いが口のなかにあふれ、舌が痺《しび》れてくる。ローラの目は、アイザイアの脇にある台に釘づけになった。一ダースものさまざまな手術器具が白いタオルの上に並べられ、ライトの下で、くもりひとつない金属が光っている。ローラには、アイザイアが使うかもしれない器具の名前すらわからなかった。テレビ番組などで手術風景を見て、アシスタントは次に医師が使う器具を予想して、求められたら瞬時に差しださなければならないことだけは知っていた。

その場にへたりこみそうになったが、なんとか力を振りしぼって前に進みでた。「わたし、なにもわからないわ」小さな震える声で言った。

「心配いらないよ。ぼくに必要なのは、きみの二本の手だけだ」アイザイアは器具のほうにうなずいてみせた。「まず、外科用メスがいる」ローラがためらっているとアイザイアはどんな器具だか説明し、ローラが正しいものを選ぶとウィンクした。「ほらね？　もうプロだ」

アイザイアが犬の脚を大きく切りひらくと、ローラはごくりと音をたてて唾を呑んだ。目の前に小さな黒い点が飛びはじめた。ローラは犬の頭に視線をそらした。目は半開きで、口はあいたままだ。まるで無理やり引きだされたように、舌が口からはみ出している。ローラは、胃袋がひっくり返って口から飛びだしそうな感覚に襲われた。こみあげる吐き気を抑えるために、犬の体にかけられた綿の毛布をじっとにらんだ。

「どんな種類の犬なの?」ローラは訊いた。目の前で起こっている事実から気をそらすためなら、どんなことにでもすがりつきたかった。

「ぼくと同じで雑種だよ。この部分はあの種類、そっちの部分はまた別の種類って具合にね。たぶん、主にシェパードの血が入ってるんじゃないかな。〝雑種〟っていうのは、あまり聞こえのいい呼びかたじゃないね。ぼくは〝混合種〟って言うほうが好きだな」アイザイアはモニターに目をやって犬の心拍数などをチェックし、点滴の量を調節した。「毛細血管再充《キャピラリー・》血時間《リフィル》って知ってるかい?」

ローラはうなずいた。発音できない単語でも、意味がわかる言葉はたくさんあった。

「二、三分おきに舌をつまんで歯茎を押してみて、キャピラリー・リフィルを報告してほしい。そのとき、片方の手だけを使って、ぼくに器具を渡すときは違うほうの手を使うんだ。忘れたら、手袋を取り替えるんだよ」

ローラは呆《ほう》けたように、犬の舌を見つめた。「名前はハンフリーっていうんだ」ローラの気が進まないことを見抜いたように、アイザイアが言った。「彼の目が覚めたら、きっとハローってきみの手をなめるだろうね。きみも、もう一度彼に目を覚ましてほしいだろう?」

その言葉は、まるで顔に浴びせられた冷水のように、ショック状態のローラを正気に戻した。ローラは、丸まった舌を用心深く指でつまみ、指先で上側の歯茎を押してみた。〝キャピラリー〟という言葉はどうしても発音できず、結局こう言った。「状態はとてもいいわ。押したあと、すぐに色が戻ってくる」

「よし、いいぞ。生命徴候《バイタル》は正常範囲内だけど、動物が大量出血すると一瞬で容態が悪化することがあるんだ」

それを聞いて、ローラは心臓が止まりそうになった。これは〝現実〟なのだ。ローラはめまいを覚えた。この犬の命はわたしの手にも委ねられている。これをやりとげることができたら、自分のなかには思っているよりも強い精神力が眠っていたと言えるだろう。奇妙な落ち着きがわいてきた。『わたしはできる。やってみせる』ローラはハンフリーにもう一度目覚めてほしかった。ざらっとした舌の感触を手に感じ、今は生気のない目が明るく輝くさまを見たかった。

「彼のことを教えて」震える声で言った。「新しい患者なの？」

アイザイアの目がちらっとローラのほうを向いた。一瞬だったが、ローラを見る目は温かかった。「一年前ぐらいから、時々診察してるよ」傷口がよく見えるようにガーゼで血を吸いとってくれとローラに指示した。作業をしながら、アイザイアは話を続けた。「検診程度だよ——予防注射とか、ノミ取りとか虫下《むしくだ》しとか。よく知ってると言えるほどの回数は会ってないけど、ちょっと見ただけで、頭がよくて優しい、いい犬だってわかった」

ローラはマスクの下で少し微笑んだ。「ほんと、優しそうな顔をしてるわ。どんな家族を持ってるの？」

アイザイアは面白がっているように輝く目で、ちらっとローラを見た。「あべこべじゃないか？　飼い主が彼を所有してるんだよ」

ローラは反論した。「所有なんていう関係じゃないと思うわ。飼い主と動物は愛情でつながってるのよ。すてきな家族なの？」

アイザイアはうなずいた。「ご夫婦と、いつも髪をおさげに結んで、大きな茶色い目をしたかわいい小さな女の子がいるよ。ハンフリーが一番好きなのは誰だか当ててごらん」

「小さな女の子」ローラは即座に答えた。ハンフリーが吠えたり走ったりボールを追いかけたりして、うれしそうにその少女と遊んでいる光景が目に浮かぶようだ。ふいに、手術の手伝いを頼まれてよかったと思えた。もしハンフリーが助かったら、自分も命を救う手助けをしたことになるのだ。「子ども好きって顔をしてるわ」

「大当たり。しかも、まさに今朝、彼はヒーローになった」アイザイアはローラに向かって、またウィンクをした。両手は完全にふさがり、顔の下半分はマスクで隠れているのに、よくウィンクなんてできるものだ。普段から練習でもしているのだろうか。「そのおさげの女の子が、車の前に飛びだしてしまってね」

「まあ」残っていた吐き気も吹き飛んだ。「それで、彼が怪我をしたの？」

アイザイアはうなずいた。「ハンフリーが女の子のすぐあとから道路に跳びこんで、突き飛ばしてくれたんだ。車を運転していた女性に言わせると、あまりにも一瞬のことでブレーキをかけるひまがなかったらしい。もしハンフリーがいなければ、女の子が轢《ひ》かれていただろうね」

「なんてこと」

アイザイアの口はマスクに隠れて見えなかったが、細くなった目から微笑んでいるとわかった。「ヒーローの命を救ったことはあるかい？」

「いいえ」

「じゃあ、これが正真正銘はじめての経験になるね。ハンフリーはメダルもののヒーローだぞ」アイザイアは脚の肉をかきわけて腱や骨、傷ついた動脈を露わにした。傷をのぞきこんだローラは最悪の気分を味わった。急いで、ハンフリーがふたたびボールを追いかけて走りまわる姿を思い浮かべると、視界の黒い点が消えていった。新しいガーゼをつかみ、血が溜まった箇所をおさえた。アイザイアは、よくできましたと言うようにうなずいた。「さっき、そんなことはできないと自分が言ったのを覚えてる？　ぼくは今、きみをフルタイムで雇おうかと思ってるよ」

ローラは弱々しく笑った。「やめてちょうだい。わたしは犬舎でハッピーにやってるんだから」手術台の犬に目を戻すと、ローラの顔から笑顔が消えた。「助かるわよね？」

その瞬間、アイザイアは顔をそらせて噴き出した血をよけた。「鉗子《かんし》！」

鉗子らしきものを必死でつかんで手渡した。アイザイアがそれを使って出血を止めると、ローラはほっとして座りこみそうになった。「ああ、もう」

「彼の魂はここにいるよ」アイザイアはかすれた声で言った。「ぼくらの肩越しにのぞきこんで、ぼくらを導いてくれてるんだ」アイザイアはちらっと顔をあげた。「ぼくはそう信じてる。頭がおかしいんじゃないかって言う人たちもいるけどね」

ローラはそのうちのひとりではなかった。アイザイア・コールターと視線を合わせたローラは、彼がなぜ獣医になったのかをはっきりと悟った。金のためでもなく、出世のためでもない。動物を愛し、動物の命を救いたいという思いから、彼はここにいるのだ。

「神様が守ってくだされば、ハンフリーはたぶん助かるわ」ローラは震える声で言った。

「たぶんじゃないさ。神様はいつも、我々みんなを守ってくださるんだ。動物も人間も同じようにね。ハンフリーは必ず助かる」アイザイアは天井のスピーカーを見あげた。「次の手術のときは、音楽を流すのを忘れるなって言ってくれないか。リズムを聞きながらのほうが、うまくいくんだよ」

ローラは胃袋がぎゅっと締めつけられたような気分になった。「次の手術?」

「チキンの骨を飲みこんだ子犬だよ」アイザイアはまたもや、ローラにウィンクをした。「受付のグロリアが奇跡を起こしてスタッフの誰かを呼んでくれないかぎり、午後もきみにつきあってもらうことになりそうだ。もちろん、どうしてもはずせない用事があるならしかたないけど」

ローラは正午に仕事が終わったあと、待合室の飾りつけを始めるつもりでいた。だが、お腹にチキンの骨が入っている子犬のほうが明らかに優先順位は上だ。「いいえ、なにもないわ」

「よし、今日は一日ぼくとデートだ」

ふいに、恐ろしい想像がローラの頭に浮かんだ。「まさか、馬の手術を手伝うなんてことはないわよね？」

アイザイアは吹き出した。「いや、馬の手術のためには、外部に専門のスタッフを雇ってるよ。きみは無事さ」

ローラはほっとした。犬と猫の手術は大して変わらないだろうが、馬となると話は別だ。


その日の午前中は、ローラにとって、まるで非現実的な幻の世界にいるような感覚のまま過ぎていった。大量の血も、すぐに気にならなくなった。考えることはほかに山ほど――たくさんの器具の名前、外科技術用語、消毒薬や薬の種類など――あった。アイザイアの脇に立って処置を手伝っていないときは、忙しくほかの台を消毒したり、次の手術に使う器具をそろえたりした。

正午を少し過ぎたころ、のどに棒が刺さったニューファンドランド犬の手術をしている最中に、ローラはアイザイアの手が震えていることに気づいた。いったいどうしたのかと、マスクの上に半分だけのぞいているアイザイアの顔を観察した。顔色が青ざめ、汗が光っている。

「大丈夫？」

アイザイアはうなずいたが、ローラは安心できなかった。「アイザイア?」

「なにか食べなきゃな。なんだか手が震えてきた」

「朝食にはなにを食べたの?」

「なにも。マクドナルドに寄ろうと思ったんだけど、ハンフリーの怪我を知らせる電話があったから、行く時間がなくなったんだ」

ニューファンドランド犬の手術を終えて患者用のケージに無事に寝かせ、暖かい毛布をかけてやると、ローラは急いで手術用のうわっぱりを脱ぎ捨てて、冷蔵庫をのぞきに行った。なかにあるのは、ほとんど飲み物ばかりだ。唯一の食べ物は脂肪分ゼロのヨーグルトのカップがいくつかとローファットのストリング・チーズ。激しい労働をこなしている大男にふさわしい食料はなにもなかった。ローラは片腕に食べ物を抱え、もう片方の手で落とさないようにおさえながら、アイザイアに身振りで合図した。アイザイアはすでに新しい手術着を着て、尿道が詰まった猫の手術を始めようとしていた。

「食べ物が先よ」ローラはきっぱりと言い、カウンターの上にペーパータオルを敷いて食料を並べた。

「そんな時間はない。いつ膀胱が破裂してもおかしくないんだ」

ローラは肩越しに振り向き、子どもを叱るような顔をした。「食べなきゃだめよ。震えている手でお腹を切るわけにいかないでしょう」

クリニックには、アイザイアの世話を焼こうとするスタッフなど誰もいない。忙しいときは、男も女も自分のことは自分でするのが当たり前になっている。だが、正直に言ってローラに世話を焼かれるのはいい気分だった。ローラが立っているシンクのそばに行き、両足を広げてどっかりとスツールに座りこんで、ヨーグルトのカップを手に持った。

「ありがとう、ローラ」プラスチックのスプーンを袋からむしり取るように取りだし、勢いよくヨーグルトをかきこんだ。最後のひと口を食べ終わる前に、ローラは次のカップの蓋をはがしてアイザイアに押しつけた。

「炭酸飲料も少し飲むといいわよ」ローラは言った。「そのほうが血糖値が早く上がるから」

アイザイアはコーラをごくごくと二、三口飲んだ。カウンターの上に缶を置きながら、自分の手が激しく震えていることにあらためて気づいた。「ありがとう」もう一度言った。「これだけでも少し楽になったよ」

ローラの薄茶色の目が考え深げにくもった。「もっとたくさん食べないとよくないわ。こんなにたくさん働くなら、食べ物をたくさん食べなくちゃ」

その簡単すぎる言いまわしを、アイザイアはとくに当惑することなく受けとめた。普通の人なら、〝滋養〟だの〝エネルギー〟だのと言うところだろう。そして、ローラがそうした言葉を使わなかったことでアイザイアは我に返り、午前中のローラがすばらしい働きをしたのだという事実をあらためて嚙みしめた。いっしょに働いている間、緊張の連続だったせいもあってローラの障害のことをすっかり忘れていた。

「今朝は本当にありがとうって、ちゃんとお礼を言ったっけ？　きみにとっては簡単な仕事じゃなかっただろうね」

カーブを描いて微笑んだローラの唇は、まるでキスを誘うように、見過ごせないほどの魅力をかもし出した。「わたしみたいな意気地《いくじ》なしでもできる仕事だったわ」いたずらっぽく目をおどらせた。「それに、もうお礼ももらったし」ローラの視線は、すでに目を覚ましたハンフリーが横たわっている、部屋の隅のケージに向けられた。ハンフリーはまだ弱ってはいたが、頭をあげることはできた。アイザイアはそれをいい兆候だと見なしていた。「本当のことを言うとね」ローラは続けた。「お礼を言わなきゃならないのは、わたしのほうよ。今日、わたしは命を救う手助けができたんですもの。自分にそんなことができるなんて思ってもみなかった」

アイザイアには、ローラが抱いている奇跡を起こしたような感覚が理解できた。はじめて自分で手術を手がけたころは、アイザイア自身も同じ気持ちを味わったものだ。だが、年月を経てその感覚はしだいに薄れ、なにも感じなくなってしまっていた。今日、ローラとともに働き、その目に畏敬《いけい》の念を見るまでは。「信じられないような気持ちだよね？」

ローラはうなずき、自分の両手を見おろした。「今だって、自分がやったとは思えないわ」

アイザイアは微笑まずにはいられなかった。「ただやっただけじゃないよ、立派にやりとげたんだ」

アイザイアはさらに、相応の訓練を受ければ立派な獣医看護士になれるだろうと言いかけたが、その言葉が口から出る前に危うく思いとどまった。ローラはたしかに指示に従ってよく働いた。驚くほど優秀な仕事ぶりだった。だが、そこまでが限界だ。その事実に、アイザイアは悲しみを覚えた。

喜びに赤く染まったローラの頰は、アイザイアのほめ言葉がローラにとってどれだけの意味を持つかを物語っていた。アイザイアはさらに深い悲しみの念を抑えられなかった。もし、あの事故がなければ、人々に賞賛されるような華々しい将来がローラを待っていたはずなのだ。

アイザイアは空《から》っぽになったヨーグルトのカップをゴミ箱に捨てた。「きみも食べる？」チーズの紙包みをむきながら言った。

ローラは鼻にしわを寄せて首を横に振った。「あとでいいわ。あんまりお腹がすいてないの」

たぶん胸がむかつくのだろうと、アイザイアは思いあたった。アイザイア自身にも同じ経験をした日々があったのだ。「ごめん。普通の人は、普段の生活でこういうものを見慣れていないからね。もっとたくさん経験しているうちに、きみも慣れるよ」

「うーん」ローラは疑わしげな目でアイザイアを見た。「もしかしたらね」

五時になるころには、アイザイアの背中は猛烈に痛みはじめていた。アイザイアもローラも何時間も休憩なしで立ちっぱなしだった。最後の手術が無事に終わると、アイザイアは崩れるようにスツールに座りこみ、頭を後ろにそらしてため息をついた。

「なんて一日だ」

ローラはシンクで手を洗っていた。「全部すんだら犬舎に行って、動物たちがちゃんと世話をしてもらったか確認しなきゃ」

アイザイアはうなった。ジェニファーは、午前中のローラの穴を埋めるケンネル・キーパーを見つけてくれたが、午後のシフトのスタッフからは病欠の連絡が来ていた。つまり、たっぷり四時間分の仕事がまだ残っているということだ。「手伝うよ」

「わたしひとりで平気よ」

「それじゃ、いったい何時までここにいるつもりだい？」

「ケンネル・キーパーが全員病気なら、夜のシフトもわたしがやらないと」

「ジェニファーがダン・フォスワースに連絡を取ってくれたよ。彼は元気で、今日の夜のシフトを引き受けてくれた。助かったよ。きみには、明日もここにいてもらわないと困るからね」

ローラは手を乾かしていたが、途中で動作を止めた。「そうなの？」

「ありうるよ。みんながインフルエンザかどうかによるけどね。もし二十四時間でおさまるような病気じゃなかったら、明日も人手が足りない可能性は大いにある」

「そうなったら、動物たちの世話は誰がするの？」

「レナにも何時間かやってもらおう。グロリアは丸一日大丈夫だと言ってくれたよ」

三十分後には、ふたりはいっしょにケージを掃除していた。ローラは汚れたわらを集め、アイザイアは床をホースで洗って消毒した。手術のときと同様、ふたりはすぐに共同作業のリズムをつかみ、記録的な速さで仕事が進んだ。アイザイアがケージを掃除し終わると、すかさずローラが新しいわらを敷く。ローラがケージに動物たちを戻している間に、アイザイアは容器を洗って、新しい餌《えさ》と水を入れた。

少しでも早く終わらせて家に帰ろうとしているアイザイアは、ローラがひとつひとつのケージで立ち止まっては動物たちを撫でたり、優しく声をかけてやったりしている様子を見て、思わずひっぱたいてやりたくなった。おいおい、ぼくたちはもう十二時間も働いてるんだぞ。この調子じゃ朝までかかってしまう。だが、口をひらこうとしたそのとき、一匹の犬の目に浮かんだ表情に気づいた。ローラを崇拝しきっている目。

アイザイアは疲れた笑みを浮かべて、ケージの金網に肩をもたれさせた。『これか』とアイザイアは納得がいった。これが、ローラがこの仕事に向いている最大の理由だ。彼女は心から動物たちを愛し、動物たちも彼女を愛している。それぞれの犬の前に立ちどまる時間はわずか一分足らず。全部の犬にかかる時間を合計してもせいぜい十分ぐらいだ。そのわずかな時間は、きわめて有効に使われている。ローラが世話をしているすべての犬たちが彼女の愛情を感じる時間なのだ。

「きみはすごいな」アイザイアは言った。

ローラは体を起こし、いぶかしげな表情を見せた。

アイザイアは腕時計を指してみせた。「きみは朝六時からここにいて、倒れそうなくらい疲れてるはずだ。それでも、全部の犬が愛情を感じられるように、時間を割いて相手をしてやってる。すごいことだよ」

「この子たちは寂しいのよ」

ローラはそれしか言わなかったが、アイザイアはローラという女性をさらによく理解できたような気がした。母の言葉は正しかった。ローラ・タウンゼンドは外見だけでなく、心も美しい。それはけっして演技ではなく、アイザイアに対して自分をよく見せるためでもない。ローラのなかでは、動物たちに愛情を分け与えることは、清潔な寝わらや食べ物を与えるのと同じくらい大切なのだ。

「ピザ」アイザイアは言った。

ローラはまたいぶかしげな顔をした。

「きみとぼくの夕食だよ。ぼくのおごりでどうだい？」

「わたしにまで餌をくれなくてもいいのよ」

「どうせ、ふたりともなにか食べなきゃならないし、ひとりでどこかに食べに行く気もしないよ」アイザイアは目を狭めてローラを見た。「なるべく早めに食事をしろってぼくに言ったのは、きみじゃなかった？」

ローラはえくぼを浮かべて微笑んだ。「そう言われると断りづらいわ」

「それじゃ、賛成するしかないな」

翌日の水曜日も、火曜日とほぼ同じ状況だった。スタッフの半分以上が風邪で欠勤し、アイザイアの手術を手伝えるのはローラしかいなかった。唯一違ったのは、急患がほとんど来なかったことだ。前日より余裕が生まれた結果、ローラは不本意にも傍《かたわ》らにいる男性について多くを知ることになった。手を動かすたびにたくましい筋肉が盛りあがる褐色の腕に何本の腱が走っているか、集中すると、褐色の瞳がどんなふうに深い色に変化するか。そして、近くにいるとどんなにおいがするか。スパイシーなコロンの香りとかすかな石鹸のにおい。それに、もっと近づいて胸に深く吸いこみたくなるような男らしいにおいが入りまじって、ローラの鼻をくすぐった。よくない状況だ。明日には回復した何人かのスタッフが出勤して、自分は本来の居場所である犬舎に戻れますようにと、ローラは願った。

十時ごろ、ローラは診察の合間にコーヒーをいれる時間を見つけた。コーヒーメーカーができあがりを告げると、ローラはアイザイアの袖を引っぱって診察室から連れだした。「おやつの時間よ」と、宣言した。「今日はあなたのオフィスでね。わたしも少しお相伴《しょうばん》するわ」

「おやつ?」アイザイアの目は興味津々《しんしん》に輝いた。「なんだい? またヨーグルト?」

「いいえ。もっといいもの」

オフィスに足を踏みいれたとたん、アイザイアは立ち止まった。「シナモンロール? ぼくは天国にいるのかな?」デスクをまわって、どすんと椅子に腰をおろし、身を乗り出して鼻をくんくんいわせた。「母がつくるのと同じにおいだ」

「〈セイフウェイ〉にはおいしい焼き菓子があるのよ」それはうそではない。スーパーの〈セイフウェイ〉では、とてもおいしいパンやケーキを売っている。ローラはただ、自分でこのシナモンロールを焼いたとは言いたくなかった。なぜだかわからない——たぶん、個人的すぎる行為だからだろう。「いれたてのコーヒーに、よく合うわよ」

アイザイアはひとかじりすると、満足のため息をついた。ローラは自分の分をひとつ取り、ペーパータオルの上に置いた。ひと口味見をする前に、コーヒーのほうを試してみた。クリニックのコーヒーメーカーを使うのははじめてだったので、何杯粉を入れればいいのかわからなかったのだ。飲んでみると、ちゃんとした味だったので、ほっとした。

「驚いたな」アイザイアは親指の腹についた砂糖をなめた。「シナモンロールは大好物なんだ。この味は絶対に自家製だよ」

ローラは自分もひと口かじりながら微笑んだ。まずまずの出来だ。最高とまではいかないが、シナモンと砂糖衣の具合もちょうどよく、生地もふっくらとしている。それは祖母に教えてもらったレシピだった。生地を練る過程を省いて、全部の材料をいっぺんに混ぜるだけだ。だから、昨夜ベッドに倒れこむ前にひと焼き分をつくることができた。「また今度、朝来るときに買ってくるわ」ローラは約束した。

アイザイアはうなずいた。「代金はちゃんと申請してくれよ。きみの財布から費用を出したりしちゃだめだぞ」

費用はほとんど時間と労力だけだったが、そのことをアイザイアに明かしたくはなかった。

店で買ったものだと思わせておいたほうがいい。そうすれば、妙なことを気にしたりせずに、またお菓子を持ってくることができる。

「お昼にはできあいのサンドイッチとチップスとインスタントスープの素《もと》を持ってきたの。〈セイフウェイ〉が二十四時間営業でほんとに助かったわ。お腹がすいてるのを我慢するのは嫌いなのよ」

「サンドイッチか。いいね」アイザイアはふたつ目のシナモンロールを取って椅子の背に寄りかかり、満足を絵に描いたような表情を浮かべた。「いいね、どころじゃないな。この調子でいったら、きみを手術室でのフルタイム勤務に勧誘するよ」

「どこで働いていても、冷蔵庫に食べ物を入れておくことはできるわ」ローラは言った。

「お店は来る途中にあるし」

「そうしてくれたらほんとにうれしいよ、ローラ。スタッフがそろってるときも、ほかのみんなは融通しあってランチを食べに行くけど、ぼくはたいていそんなひまがないんだ」

過剰労働の原因は、仕事が多すぎて時間が足りないというより、アイザイア本人の性格にあるという結論にローラはたどりついた。アイザイアは単に腕のよい獣医というだけではない。生活のすべてを、仕事と自分に任せられた動物たちのために捧げている。過去の記憶をたどっても、ローラは昨日のように一日じゅうハードに働いた経験は一度もなかった。一日一日、アイザイアは百パーセントの力で仕事にのぞんでいるのだ。

デスクの向こう側にいるアイザイアに目をやりながら、ローラはいつのまにか、明日はスタッフが出てきてくれますようにとふたたび心のなかで願っていた。いつもどおりの環境に戻れたら、さぞやほっとすることだろう。人をよく知ることが、いつも幻滅につながるとはかぎらない。時にそれは、愚かな女の心の奥底により深い感情の源となる種を植えつけてしまう。

ローラは、その種を根づかせるつもりはなかった。早くアイザイアのそばを離れて、安全な犬舎に戻らなければ。アイザイアに恋心を抱くなんてばかな真似をしないうちに。

5

ローラの望みはかなった。翌日は、ほとんどのスタッフが出勤していつもどおり仕事についた。幸いにもローラはインフルエンザの大流行に巻きこまれずにすみ、ケンネル・キーパーの仕事に戻ることができた。アイザイアの手助けはローラにとって挑戦であり興奮の連続だったが、一番安心できる居場所はやはり動物たちといっしょに過ごせる犬舎だった。いつものように動物たちを撫でてやっていると、ローラは心の底からほっとした。短い期間だが世話をしてきた動物たちを心から愛している。そして、彼らとなら恋に落ちてしまう危険もなかった。

正午にその日の仕事が終わると、ローラは車のバックシートに詰めこんである荷物を取りに行った。ぱんぱんにふくらんだいくつものビニール袋のなかには、月曜の夜に散々楽しんだ買い物の成果が入っている。トランクをあけたちょうどそのとき、馬を乗せたトレーラーを引いているトラックが駐車場に入ってきた。運転席には、リーバイスのジーンズに、裏つきのデニムジャケットを着た老人が乗っていた。

「ここに車を停めてもいいですかね？」老人はローラに声をかけた。「馬センターの前の駐車場はいっぱいだったもんで」

ローラは、アイザイアとタッカーが馬専用に使っている大きな銀色の建物にちらっと目をやった。四頭の馬を乗せられるようになっている長いトレーラーを建物の脇に停めたら、駐車スペースが全部つぶれてしまうだろう。「かまわないと思いますよ」

ローラが飾り物の入ったビニール袋をトランクから出している間に、老人は赤茶色の美しい雄馬をトレーラーからおろした。馬は右の前脚をひどく引きずっていた。「脚をどうかしたんですか?」ローラは訊いた。

「腱をひねっただけならいいが」老人は答えた。「それにしちゃ、ひどく脚を引きずってるもんで、ちょいとアイザイアに診てもらおうと思ってね」

「そうですか」普段、アイザイアは週に三回、午前中に一帯の農場や牧場を訪問して、大型の動物によくある病気や、時には怪我も治療している。「遠くからいらっしゃったんですね」

老人はうなずいた。「ここから北に六十マイル。先生に来てもらうにゃ、ちと遠すぎる」

アイザイアもタッカーもたくさんの患者を抱えているので、ひとりのためにそんな遠くまで往診をするひまはなかった。「早くよくなるといいですね」

ローラは、雄馬を馬センターに連れていく老人の後ろ姿を見送った。青いうわっぱりを着た獣医看護士が正面の受付から出てきて、老人と馬が建物に入れるようにスライド式の大きな扉をあげた。

数秒後、ローラが腕にいっぱいのビニール袋を抱えて待合室に入っていくと、すぐに秘書のデビーが声をかけてきた。「なにを持ってるの？　手伝いましょうか？」

袋の中身をデビーに口で言うことはできなかった。〝ハロウィーン〟も〝デコレーション〟もかなり長い単語だ。ふたつを続けて言おうとすれば、猛烈にどもってしまうだろう。

ローラは結局黙ってにやっとし、思わせぶりに眉をぴくぴく動かしてみせた。ショートカットにした明るい茶色の髪と青い目、中肉中背で整った顔立ちのデビーには、これといって特徴がないという表現がぴったりだ。普段は無口で、ビジネスライクそのものといった雰囲気を漂わせている。だが、明らかに好奇心をかきたてられているらしいデビーは、いつもとは別人だった。椅子から立ちあがってカウンターをまわり、こちらにやってきた。

「なにが入ってるの？」首を伸ばしてビニール袋のなかをのぞきこみながら、デビーは訊いた。

ローラはそっと荷物を床におろし、デビーを手招きしながら、言った。「見てちょうだい」

デビーが袋のひとつをあけると、待合室の長椅子の端に座っていた女性がすかさず前に身を乗り出した。次に聞こえたのは、デビーがあげた喜びの声だった。そして、なにが起こったのかもわからないまま、ローラがあっけにとられている間に、ハロウィーンの飾り物が入った袋は大勢の人々によって完全に包囲された。受付嬢たちは袋のなかをのぞいてあれこれ品物を取り出し、その後ろでは、犬を連れた飼い主たちがもっと近くで見えないものかと右往左往している。日ごろはユーモアのかけらもないように見えるグロリアでさえ、飾り物を手に取っては「まあ！」とか「きゃあ！」とかいった調子で声をあげていた。

大騒ぎを耳にしたヴァルがオフィスから姿を現わした。「いったいどうしたの?」

「ハロウィーンのデコレーションよ!」赤い髪と、少々背が高すぎるが抜群のプロポーションを持つジェニファー・バーキが、ミニチュアの木を掲げてみせた。黒く塗られた裸の木はユーモラスなおばけのように見える。「こっちに来て見てちょうだい、ヴァル」本来は青いジェニファーの目が、今日は色つきのコンタクトレンズでエメラルド・グリーンになっている。その緑の目が興奮にきらきら輝いた。「ローラったら、枝に下げるかわいい飾りも持ってきたのよ」

ショートカットにしたヴァルのブロンドの髪は、少し前に煙草を吸いに外に出たときに風に吹かれたせいで乱れていた。ヴァルは前かがみになって、次々と袋をのぞきこんだ。ヴァルの周囲にまとわりついている煙草と香水が入りまじった不思議ないい香りが、動きまわるたびにあたりに漂った。

「わたしのお手柄よね?」ローラを見あげて笑顔を浮かべると、日に焼けた顔がしわだらけになった。「あなたはこういうことが得意だってわかってたのよ」

「このりんごのキャンディーを見て!」デビーが叫んだ。「本物みたいじゃない?」

ヴァルはデビーがのぞいている袋から黄色いバスケットを取り出した。「まあ、ローラ。これすてきだわ。なにを入れるの?」

アイザイアは農場や牧場の往診を終えてクリニックに戻ってくると、たいてい裏口から建物のなかに入る。だが、今朝はいつもの駐車スペースが馬用のトレーラーに占領されていた。トレーラーを牽引《けんいん》しているトラックを見て、遠方からやってきた飼い主のものだろうとわかった。その日に診察を予約している名前を思いだすことはできなかったが、それは珍しいことではない。アイザイアはつねに朝から晩まで忙しく、予約のスケジュールは本人の確認なしにスタッフによって調整されているのだ。

裏手の駐車スペースが使えなかったので、しかたなく正面にまわって敷地の外にハマーを停めた。革の手袋をはずし、車のまわりをぐるりとまわって正面玄関に続く小道に足を踏みいれ、舗装についている犬の足あと模様を大股でひとつずつ踏みながら玄関へと急いだ。

建物に近づいたアイザイアの耳に歓声が聞こえた。ドアをあけると同時にアイザイアは立ちどまり、驚いて目を見張った。いつも有能で仕事熱心なスタッフたちがそれぞれの持ち場を放りだし、待合室でしゃがんだり、膝をついたり、床に座りこんだりして色とりどりのハロウィーンの飾り物に夢中になっていた。いくつものビニール袋のなかから新たな品物が取りだされるたびに、全員がいっせいに驚いたニワトリのような声をあげている。

うれしそうに頬を紅潮させたローラが、独特のゆっくりとした穏やかな話しかたで、それぞれの飾り物をどこに置いたり吊り下げたりするか説明している。どうやら、この混乱を引きおこした張本人は、アイザイア自身が雇ったチャーミングなケンネル・キーパーらしい。クリニックの常連の女性客たちまで、スタッフにまじって楽しんでいる様子を目にしたアイザイアは、黙ってにやりとするしかなかった。ローラがこのクリニックの一員になってからというもの、なにもかもが変わっていくようだ。ローラの明るさと温かさがほかの人々にも伝染するのだろうか。

一匹のゴールデンレトリーバーが、飼い主が飾り物に気を取られている隙に革ひもをぐいぐい引っぱってビニール袋のひとつに顔をつっこもうとした。ローラは驚いたように笑いだし、しゃがんで犬の首を抱きしめた。「賢い子ね」犬の両耳をくしゃくしゃに撫でてやってから、袋に手を入れて包みを取りだした。「そう、ワンちゃんたちにもプレゼントよ」鼻をくんくんさせている犬にレバー色のビスケットを与えた。「よく味わってね。アイザイアとタッカーがいつも買う、健康にはいいけどおいしくないおやつとは違うんだから」

ゴールデンレトリーバーは猛スピードでがつがつとごちそうをたいらげた。ローラは微笑み、もうひとつビスケットをやった。それから、へたの部分が蓋になっているかぼちゃの形をした入れ物を手に取って、立ちあがった。かぼちゃのなかにビスケットを入れている最中に、ローラはアイザイアの姿に気づいた。

「アイザイア！」

笑い声がぴたりと静まり、全員がいっせいに振り向いた。ドアの枠に寄りかかっていたアイザイアは体を起こした。「やあ、みなさん」と挨拶をした。

デビーはぱっと立ちあがった。ジェニファーの顔が髪と同じくらい真っ赤になった。いつも冷静で一匹狼タイプのグロリアは、出した品物をすばやく全部袋のなかに戻してから、さっとパソコンの前に戻った。ヴァルだけは床に座りこんだまま動かなかった。タイルの床の上のちょうど一辺一メートルくらいの三角形のスペースに、さまざまな形をした色とりどりのヒョウタンの実が散らばっている。

「この前のスタッフ・ミーティングのとき、クリニックに飾りつけをしてほしいって言ったわよね」ヴァルは言った。「覚えてる？」

アイザイアは自分の提案を思いだした。そのときは、彼女がひとりでその仕事をするだろうと想像していた。だが今、目の前の事実は、それが間違いだったと告げていた。「これは大事な仕事だってわかってるよ。みんな、そのまま続けて」

アイザイアの言葉を聞くと、慌てて仕事に戻ろうとしていた受付嬢たちが動きを止めた。アイザイアは彼女たちにウィンクをした。みなのこわばっていた肩から力が抜け、顔には笑みが戻った。誰もが元の場所に引き返し、すぐにまた、笑い声が部屋じゅうに響きはじめた。ローラだけは、その場に立ちつくしたままだった。驚きに目を丸くして、アイザイアをじっと見つめつづけている。

「クリニックが終わる時間まで出さなければよかったわ」ローラは言った。「いつもの仕事の邪魔をするつもりはなかったのよ」

「いつもの仕事にも、たまには邪魔が必要さ」アイザイアはただ、ローラがどうやって細かいところまで飾りつけの計画を立てたのかが不思議でならなかった。床の上にずらりと並んでいるたくさんの飾り物をちらっと見まわした。ジェニファーが、電池で明かりがつくらしいミニチュアのかぼちゃ提灯で遊んでいる。スイッチを入れると、かぼちゃはまずオレンジに光り、次にちかちかと点滅した。「こういうものをどこで見つけてくるんだい？」

「〈シーズン・デライト〉っていう、オールド・タウンの公園の先にあるお店で買ったの。去年のクリスマスに行ってから、時々寄るようになったのよ。高価なものも少しはあるけど、ほとんどは手ごろな値段ばかりなの」

よほど買い物が好きなのだろうかと、アイザイアは半信半疑で思った。どんなものだろうと、ローラは必ずどこに行けば売っているのか知っている。「驚いたね。電気で光るかぼちゃ？」

「この木に吊るそうと思って」ローラは足元に山積みになっている品物のなかから、土台の付いた黒い物体を取り出した。アイザイアの目には、裸の木というより入り組んだ血管そっくりに見えた。「ほうきに乗った魔女と小鬼も下げるつもりなの。それから、クモの巣も。きっとすてきよ。カウンターの上に置いたらいいと思うわ」

ローラは次々とほかの品物も見せてくれた。バスケット、ヒョウタン、作り物のりんごのキャンディー、秋色のリースと花飾り、かぼちゃの形をしたさまざまな入れ物、それからハロウィーンにはつきものの魔女や小鬼や骸骨の切り紙。

だが、アイザイアの目はローラに釘づけだった。着ている緋色のニットが、次から次へと手に取る秋色の飾り物の色彩によく似合っている。ローラの体のラインに視線を走らせながら、無意識のうちになにも身につけていないローラの健康的な体を思い描いていた。ローラの体に腕をまわして家に連れて帰りたい。ハロウィーンの飾りつけで殺風景な我が家を明るく変えてほしかった。

「それで……どうかしら？」ローラが訊いた。

アイザイアは我に返った。なにを考えていたんだろう？　頭が変になったのだろうか？

「え……ああ、すばらしいね」

「趣味がいいものを選んだつもりだけど」

飾りつけが最終的にどんなふうになるのか、アイザイアには想像もつかなかったが、ローラの部屋を思い出すことはできた。ローラには、変わったものや一見ガラクタのように見えるものを選んで組み合わせ、上手に見栄えよく飾るという才能がある。「飾りつけが終わったら、きっとすてきに見えると思うよ」

アイザイアが近づくと、ローラはなぜか胸が苦しくなった。今日のアイザイアは黄褐色のカウボーイ・ハットをかぶっているため、いつもよりさらに背が高く見えた。帽子のつばが彫りの深い顔に影を落としている。寒い季節の乗馬用に裾を長めにつくってある茶色のキャンバス地のジャケットを着たアイザイアは、普段よりさらにすてきだ。周囲で聞こえるおしゃべりの声が遠ざかり、自分の呼吸だけが耳のなかにこだました。

「どうかした？」アイザイアが言った。

ローラは、はっと背筋を伸ばした。「なんでもないわ。大丈夫」だが、本当は大丈夫ではなかった。アイザイアの姿を見ただけで、胸が締めつけられるように苦しくなってくる。丸二日間もアイザイアといっしょに働いたのは、ローラにとって幸運な出来事ではなかった。

アイザイアに会うと、ちゃんと朝食を食べたかどうか訊きたくなる。昼食を食べるのを忘れないでねと言わないように、口にチャックをして我慢しなければならない。「気に入ってもらえてよかったわ」

アイザイアはうなずき、カウボーイ・ハットを脱いだ。くしゃくしゃになった褐色のくせ毛が額に落ちかかり、ローラの指先は手を伸ばしてかきあげたい衝動にうずうずした。アイザイアはかすかに微笑んだ――唇の片側をちょっとあげてニヤッとする、いつものゆがんだ笑みだ。

「仕事の邪魔にならないように、ぼくは消えたほうがいいね」アイザイアは爪先で袋をつついた。「あまり遅くならないように。いいね？　インフルエンザのウィルスがそこらにまだ残っているかもしれない。働きすぎて疲れると、免疫力が低下してしまう。きみに病気になってほしくはないからね」

よく響く低い声は優しく、そこには深い感情がこめられているように聞こえた。ローラはふと、自分が彼に対して抱いているのと同じ感情を彼も感じ、とまどっているのかもしれないと思いついた。だが、そう考えるやいなや、体じゅうの血が凍りついた。ばかなこと考えちゃだめよ、ローラ。アイザイアみたいな男性が、わたしにそんな気持ちを持つはずないわ。アイザイアほどの意欲と能力があれば、獣医学の世界できっとひとかどの人物になれるはずよ。将来は成功して、財産と活躍の場を手に入れるでしょう。脳に障害がある女に足を引っぱられるなんて願い下げに決まってるじゃない。

無理に笑顔をつくると、胸が痛いような苦しい感覚がさらに強まった。「そんなに長くはかからないわ」ローラはほかの女性たちのほうを示した。「助っ人がたくさんいるから」

アイザイアの澄んだ青い瞳に見つめられ、ローラは一瞬、部屋のなかには自分たちふたりきりしかいないような錯覚に囚《とら》われた。それから、アイザイアはくるりと踵《きびす》を返し、その場を立ち去った。


手術室に入ったアイザイアは、叩きつけるように帽子をフックにかけ、コートを脱いだ。なんてことだ。適当ではない相手に欲求を感じ、それを抑えるのに苦労したことなど今までなかったのに。たとえば、ジークの妻ナタリーのときもそうだった。ナタリーは才能豊かな魅力あふれる女性だ。普通の感覚を持った男なら誰でも、ナタリーをひと目見てなにも感じずにはいられないだろう。アイザイアも例外ではなかった。だが、欲求の兆しを感じた瞬間、アイザイアはすばやくそれを頭のなかで閉じこめ、二度とそんな反応が起きないように自分をコントロールした。

それなのに、なぜローラに対して同じことができないのだろう？　たしかにローラはチャーミングだが、あの程度の女性ならほかにも山ほどいる。彼女たちに対して抵抗しがたいほどの魅力を感じて困った覚えなど一度もなかった。実際、近ごろは忙しくて、周囲の女性に興味を抱くことさえないに等しい。

「ハロー！」猫のケージの前にいたトリシュが振りかえった。アイザイアの顔を見ると、明るい笑顔がさっとくもった。「あらー、なにかあったの?」

「クリニックとは関係ないことだよ」『うそつきめ』アイザイアは心のなかで言った。ローラはこのクリニックで自身が価値ある存在であることを証明し、自らの居場所を切りひらきつつある。自分もローラのことをそういう立場の女性として扱わなければならない。部下の女性の尻を追いまわすような男は最低だ。自分にそんな振る舞いを許すわけにはいかない。

「ちょっと考え事をしていたんだ」

「ローラが手づくりのクッキーを持ってきてくれたのよ——大きくて分厚い、柔らかいタイプ。それにミルクチョコチップの塊が入ってるの。食べたらきっと元気が出るわ」

アイザイアはうめき声をあげそうになった。ローラ、ローラ、ローラ。ありとあらゆる会話のなかに、その名前が登場するようだ。仕事に集中するしかないと決心し、その日のスケジュール表に目をやった。一時半に、ロジャー・ペティが雄のクォーターホース、ラスティの診察予約を入れていた。右の前脚をひどく引きずっているというメモがある。大した病気でなければいいが。年取ったロジャーはラスティを子どものようにかわいがっているのだ。

シャツの袖をまくりあげながらシンクに歩み寄り、手を洗った。ペーパータオルを取ろうとして振り向くと、後ろからこっそり忍び寄ったトリシュがアイザイアの顔の前にクッキーを差しだしていた。

「ほら、遠慮なくどうぞ。チョコレートを食べると気持ちが明るくなるわよ」

においを嗅いだだけでも、アイザイアの気分は上向いた。車を運転しながら、チーズ味のスナック菓子半袋で朝食をすませてから、もう六時間もたっている。アイザイアはがぶりとひと口かぶりついた。

アイザイアが口を動かしはじめると、トリシュが付け加えた。「チョコレートは人間が恋をしているときと同じような感覚をもたらす効果があるっていう研究結果があるらしいわ」

ちょうど、おいしいチョコレートの塊を噛んだアイザイアの歯は、ぴたりと動きを止めた。ホルモンへの刺激は、今のアイザイアがもっとも避けたいことだ。だが、不運にもチョコレートはすでに舌の上で溶けはじめている。そして、自分はごく平凡な人間だ。この状況で、いったいどうすれば飲みこまずにいられるというのか？

クッキーはすばらしい味だった。アイザイアは残りをがつがつと言っていい勢いでたいらげ、縁に黒い魔女の模様がついている濃いオレンジ色のパーティー皿から、さらにクッキーを二枚手に取った。それを食べながら、アイザイアはある古い格言には少なからず真実が含まれていると感じていた。『男心をつかむなら、まず胃袋から』

ローラは待合室の飾りつけを終えると、まず、タッカーの診療所がある北棟に移動した。その順番なら、南棟で飾りつけを始めるころは、ちょうどアイザイアは診察室で忙しくしている時間かもしれないと期待したのだ。だが、ローラに幸運は訪れなかった。南棟の手術室に入っていくと、アイザイアは灰色の雄猫の手術の真っ最中だった。

ローラが部屋に入ってドアがぱたんと閉まると、その音にアイザイアはちらっと顔をあげ、考えこむような顔でローラをじっと見つめた。いつも親しげな挨拶で迎えてくれるのに、なにかに腹を立てているのだろうかと、ローラは不安になった。

背の高い上司の横で、まるでマスクをした小さな妖精のように見えるトリシュがいたずらっぽい視線をローラに向けた。「そこにいたのね。さっきから耳が熱くなかった？　私たち、あなたの噂をしてたのよ」

手術が終わった動物のためのケージを掃除していたベリンダが振り返った。「そうよ」にやっと笑いながら言った。「あなたは困ったことになってるわよ」

ローラは問いかけるような視線をアイザイアに投げかけた。アイザイアはローラと目が合うと、やっとウィンクをしてくれた。「悪い噂じゃないよ」と、保証した。「クッキーに感謝してるって話をしてたんだ。とてもおいしかったよ」

「ほんとにおいしかったわ。それに、お皿もすごくかわいかった。もうすぐハロウィーンが来るのねって気分」トリシュは二の腕を持ちあげて、マスク越しに鼻の頭をかいた。「早くこれを終わらせましょうよ、アイザイア。わたし、またクッキーが食べたくなってきたわ」

「了解しました、マダム」アイザイアは体をかがめて、仕事を再開した。「ところで、ローラ。きみときみのおばあさんは、感謝祭にぼくの両親の家に招待されてるんだね」

「感謝祭？」ベリンダは濡れた新聞紙を両手で小さく丸めながら、言った。「やめてよ。まずハロウィーンを片づけてからってわけにはいかないの？」

トリシュは笑った。「なに言ってるの。これからの二カ月間は、祝日のオンパレードよ」

ベリンダはむくれ顔で、目玉をぐるりとまわした。

ローラは、フロリダの両親とポートランドに住んでいる姉といっしょに、祖母を囲んで感謝祭を過ごすつもりでいた。「祖母とその話はまだしてないわ」ローラは言った。「それに、あなたのご両親に招待されたことも聞いてないけど」

アイザイアは下を向いたまま、言った。「そうだね、まだずいぶん先のことだ。母は、いつもやたらに早く、祝日の計画を立てるんだよ。ぼくはただ、きみも来るかなと思ったんだ」アイザイアは手術着の袖で額の汗をおさえた。「ほかに予定があるなら、ちっとも気にすることないよ」

ローラの心に喜びがわきおこり、その温かみが体じゅうを駆け巡った。アイザイアは、両親の家での感謝祭のディナーにローラが来るかどうかを知りたがったのだ。来てほしかったのだろうか、と考えずにはいられなかった。が、その言葉が頭に浮かぶと同時に、急いで心の外に締め出した。危険な考えだ。アイザイアに関するかぎり、しっかりと地に足をつけて現実を見つめるようにしなければ。彼にとってわたしは友達。それ以上の感情はなにもない。「祖母はなにーも言ってなかったわ。でも、きっと楽しいでしょうね」ローラは自分でも知らないうちに、そう口に出していた。

「もし来るんだったら、チェッカーの腕を磨いておいたほうがいいぞ」アイザイアは、にやっと笑った。「チャンピオンは、いつもぼくだ」

ローラは元からチェッカーが大好きだった。それは、ローラが今でもできる数少ないゲームのひとつでもある。「わたしも、チェッカーは好きなほうよ」

アイザイアの目尻にしわができた。微笑んでいる証拠だ。それから、ローラに親指をあげてみせ、手術台の猫に注意を戻した。「うーん、気に入らないな」

トリシュがアイザイアの視線の先を見た。「悪性かもしれない？」

「くそっ」アイザイアは弱々しいため息をついた。「組織検査をしたほうがいいな」

トリシュは棚のほうに歩いていった。「ねえ、ローラ。シャナイアとトレヴァーもチョコチップ・クッキーが大好きなのよ。あとでレシピを教えてくれる？」

ローラは意識のない猫を見つめながら、飼い主のことを考えていた。もし癌《ガン》だったら、このまま眠らせてやるしかないかもしれない。「今、なんて言ったの？」ローラはトリシュに注意を戻した。「ごめんなさい」

「だめか」アイザイアが静かに言った。「癌だ」

プラスチック製の透明なスライドを持って手術台に戻ってきたトリシュが、ローラの質問に答えた。「あなたのクッキーのレシピを教えてって言ったのよ」

「もちろん、いいわよ」ローラは苦しいのどの奥から言葉をしぼりだした。「紙に書いて――」

「ちくしょう、腫瘍《しゅよう》はひとつじゃないぞ。額の汗を頼む」アイザイアはトリシュのほうに顔を向け、眉ににじんだ汗を拭かせた。それから、またかがみこんで手元に神経を集中した。

「なんてことだ。彼女があんなにかわいがっている猫なのに」

ベリンダは作業を中断して、手術台に近づいた。「そんな。この猫を死なせるわけにはいかないわよ、アイザイア。パーマー夫人が心臓発作を起こしちゃうわ」

トリシュは眉を寄せて考えこんだ。「望みはあると思う?」

顔の下半分がマスクで隠れていても、ローラにはアイザイアのあごの筋肉が引きつっているのがよくわかった。「救えるかどうか、ぼくにもわからない。だけど、むずかしいことは確かだな。きっと食欲もまったくなかっただろう。かわいそうに、全身に転移してる」

トリシュはローラの顔を見た。「パーマー夫人に会ったことがある?」

ローラは首を横に振った。

「すてきな人よ」ベリンダが口をはさんだ。「小柄な老婦人でね。彼女にはもうこのシーモアしかいないのよ。ご主人は六カ月前に亡くなったの」

アイザイアが、また毒づいた。それを見て、ローラの胸も痛んだ。アイザイアの目には強い苦悩の色が浮かんでいる。

「ちくしょう」アイザイアは、小声で吐きだすように言った。それから、背筋を伸ばして目を閉じた。「ちょっと待っていてくれ」と、トリシュに言った。「パーマー夫人に電話をしないと」マスクをむしり取り、手術台から離れた。「すぐに戻る」

出ていくアイザイアの背中を見送りながら、ローラは胃が裏返るような吐き気に襲われた。

猫を見おろしているトリシュの目に、いつもの茶目っ気はまったくなかった。ベリンダはむっつりとした顔で、ケージの掃除に戻った。

「これが獣医って職業のいやな面よ」トリシュがかすれた声で言った。「パーマー夫人に電話をするのは楽しい仕事じゃないでしょうね」トリシュは猫の頭を撫でた。「かわいそうに」深いため息をついた。「だけど、きっとほかの猫よりもっと幸せになれるわ。この子の体はこのまま目覚めないけど、魂は〝虹の尾根《レインボー・リッジ》〟に旅立つのよ」

「〝虹の尾根《レインボー・リッジ》〟?」ローラは訊き返した。

ベリンダが横から口をはさんだ。「そんな作り話はやめてちょうだい。動物には魂なんてないのよ、トリシュ。だから天国には行かれないわ」

「動物にだって魂はあるわ」トリシュは言い返した。「そして、〝虹の尾根《レインボー・リッジ》〟は動物たちの魂が飼い主を待っている場所なのよ。この世と天国の間にある動物の楽園なの。動物たちは、そこで跳ねまわったり遊んだりしながら、飼い主が天国に行く旅の途中でまた出会えるときを待っているのよ」

ローラはトリシュの腰に腕をまわした。自分が今にもわっと泣きだしてしまいそうで恐ろしかった。トリシュの目にも涙がにじんでいたが、いっしょになって泣き崩れるわけにはいかない。

「こういうのは大嫌い」トリシュは言った。「全部の動物を治してあげられたらいいのに」

「そうね、でも無理よ」ベリンダの口調はぶっきらぼうだった。次のケージに移動しながら、廃棄物バケツを膝で押して動かしている。「この仕事を続けていくつもりなら、感情に蓋をしなくちゃだめよ、トリシュ。でなきゃ、もたないわよ」

ローラは、二年と少し前に逝ってしまった祖父のジムのことを思い出していた。手術室からローラたちの前に姿を見せた医師は祖母の両手を握り、目に涙を浮かべながら祖父の死を伝えた。生があり、そして一方には死がある。それは誰も逃《のが》れることのできない悲しい現実だ。でも、だからといって医師がその悲しみを切り離してしまったら、同時に思いやりの心も失うという重大な危険を冒すことになる。

ちょうどそのとき、アイザイアが手術室に戻ってきた。ひと言も口をきかず、誰とも目を合わせようとしない。まっすぐ棚のところに行き、ガラス瓶を取りだして注射器いっぱいに透明の液を吸いあげた。アイザイアは手を洗わず、マスクもつけずに手術台に近づいた。これからなにが行なわれるのか、ローラにも予想はついた。一瞬後、アイザイアが猫の胸に聴診器をあてている間、部屋はしんと静まりかえっていた。

「火葬にしてほしいと言っていた?」トリシュの声は奇妙にしわがれていた。

「いや、家に連れて帰りたいそうだ」アイザイアは答えた。

「彼女の子どもの誰かが、この街に住んでるかしら?」ベリンダが訊いた。「自分で埋めるのは無理よ。あんなに小柄なお年寄りだもの。地面はもう凍りはじめているし」

「ぼくが行って手伝ってくるよ」アイザイアは、手術用のシートの端をめくって猫の体にかぶせ、腕に抱えて部屋を出ていった。

トリシュは頭を振り、悲しそうな目でローラを見た。「寝るひまもないくらい忙しいのにね。彼って時々ほんとにすてきな人に見えるわ」

ローラがオフィスに入っていくと、アイザイアは椅子の背にぐったりとのけぞり、片方の腕で目をおおい、机の上に足をのせていた。ローラが入ってきた音にアイザイアはぱっと姿勢を正した。机の上にのっていたブーツがガタッと大きな音をたてて床に滑り落ちた。アイザイアの表情からは、悲嘆にくれている様子を見られたことを恥じる気持ちがうかがえた。でも、どうして？　ローラにはわからなかった。ローラに言わせれば、そうした思いやりはアイザイアの美点のひとつだった。

「ローラ」アイザイアはローラに顔を向け、こわばった笑みを浮かべた。「ここでなにをしてるんだい？」

それを言うならアイザイアのほうこそ、そこでなにをしているのかと言われるだろう。いつもの診察や予防注射にやってきた患者たちがたくさん待っているのだ。診察室はいっぱいで、待合室も混雑しはじめている。お客を待たせるのはアイザイアらしくなかった。実際、ローラはこれまで一度もアイザイアが仕事を投げだした場面を見たことがなかった。その彼がなにもかも放りだしてここにいるのは、よほどのことだろう。

「わたしはただ、シーモアのことは残念だったわねって言いたかっただけ」

アイザイアは顔をゆがめて無理に笑顔をつくろうとしたが、目は笑っていなかった。「ああ、まあね。勝つときもあるし、負けるときもある——どうってことないさ」

どうってことあるくせに。悲しんでいるくせに。そう思うと、ローラの心も痛んだ。癌が広がっていると知った瞬間のアイザイアの目をローラは見ていた。死をもたらす注射を打つ際に顔に浮かんだ、あきらめの入りまじった厳粛《げんしゆく》な表情も。ローラははじめて、アイザイアの仕事につきまとう悲しみを知った。これまではただ、アイザイアがいかに才能に恵まれているか、いかにその能力でローラには永遠に閉ざされた未来のドアをひらくことができるか、ということしか考えていなかった。

「大変なことよ」ローラは言葉を切り、唾を呑んだ。「年取った女の人が唯一の友達を亡くしたんですもの。それでちっとも悲しくなかったら、それはいったいどんな獣医さんなの?」

「もっとハッピーな獣医、かな?」アイザイアは手で髪を梳き、机の上に両ひじをついた。片手を目にあてて、静かな声で告白した。「そう、ぼくは最悪な気分だ。認めるよ。これは、この仕事の宿命だ」

ローラは面接の日に座った同じ椅子に腰をおろした。あれはもう、遠い昔のことのように思える。

「パーマー夫人はひとりぼっちなんだ」アイザイアはささやくように言った。「彼女にはシーモアしかいなかった。大学時代に、患者のことでいちいち落ちこんではいけないと習ったよ。でも、その教えはぼくの身につかなかったらしい。パーマー夫人はかわいらしい老婦人でね。食欲がないからって、シーモアをここに連れてきた。レントゲンに写った影を見ても、ぼくはきっと良性だろうと信じてた」

この日、ベリンダも含めていったい何人のスタッフが、シーモアはただの猫なのだとアイザイアに言ったことだろう。だが、手術台に寝かされているハンフリーを前にしたときのアイザイアを知っているローラにはわかっていた。アイザイアにとっては、どんな動物も同じように大切なのだ。

「すべての命を救うことはできないわ。人間と同じよ。年を取って、だんだん体が弱って、いつか終わりが来る」

アイザイアはうなずいた。「わかってるよ」唇をゆがめた。「だけど、決断をして、実際に手を下すのが自分だってことが辛いんだ。とくに、あの老婦人がぼくを絶対的に信頼してくれて、彼女の世界そのものをぼくに託してくれてるんだから、余計にこたえるよ」

想像できないほどのアイザイアの苦悩に、ローラは慰めの言葉も思いつかなかった。

「パーマー夫人は電話が来るなんて予想もしていなかった」アイザイアの声はしゃがれていた。「ぼくが奇跡を起こして、明日には元気なシーモアを家に連れて帰れると思ってたんだ」

アイザイアは顔をゆがめ、肩を落とした。「本当は、診察料を払う余裕もないはずなんだ。パーマー夫人は生活保護を受けているんだよ。シーモアが元気なころは、たぶんパーマー夫人よりもシーモアの食費のほうがかかってただろうね」

「悲しいわね」

「ああ」アイザイアは肩をすくめ、手であごをこすった。「請求のほうはなんとかするよ。基本料金は払ってもらうとしても。タッカーとぼくは共同で薬やら資材やらを購入する。だけど、彼女に請求はしないで、ぼくの取り分から差し引いてもらうことはできるからね」

ローラは思わずアイザイアを抱きしめたくなった。「優しいのね、アイザイア」

「優しい？　ぼくはパーマー夫人の猫を殺したんだ」アイザイアは鼻梁《びりょう》を指でつまんだ。

「くそっ、いまごろ、彼女は涙が涸《か》れるまで泣いているはずだ。それを思うと、ぼくも最悪の気分だよ」

重い心を抱えて、ローラはアイザイアのオフィスをあとにした。


その日の六時ごろ、アイザイアが仕事を終わらせようとしていると、意外にもローラが手術室に現われた。外は寒いのだろう。フードの縁にフェイクファーがついた暖かそうなピンク色のコートに身を包み、目をきらきらと輝かせ、夜の冷気に頬を赤く染めている。コートの下になにかを隠しているように、両腕は胸の前でしっかりと交差していた。

「どうしたんだい？」アイザイアは訊いたが、なぜか心のなかでは、ローラにまた会えたうれしさでいっぱいだった。

なにかを企んでいるような笑みとともに、頬にえくぼが浮かんだ。「緊急‐事態なの」

アイザイアはぎょっとして心臓が止まりそうになった。「なにかあったのかい？」

ローラは前に進みでて、コートの前をひらいた。ふわふわした灰色の子猫がローラの胸で丸くなって眠っている。「かわいそうに、うちのドアの前で鳴いていたの。迷い猫なんだけど、うちではペットは飼えないのよ」

「ああ、そう」いくら頭を働かせても、アイザイアには、これはローラの冗談で自分にはオチがわからないとしか思えなかった。

「この子に家を見つけてやらなくちゃ」ローラは、いつものように時々つかえながらゆっくりと話した。「誰か、この子を家に連れて帰って、心から愛してくれるような人を知らない？　たとえば、最近飼い猫を亡くしたばかりの老婦人とか？」

アイザイアはローラに近づいた。子猫はシーモアとまったく同じ毛色だ。「ああ」アイザイアの口から出たのは、言葉というより驚きの感嘆符に近いひと声だった。「驚いたな、〝完璧〟だよ！　どこで見つけてきたんだい？」

「うちのポーチよ」ローラはくもりのない優しさそのものの目で子猫を見おろした。「さっきもそう言ったし、そのとおりなのよ」

アイザイアはその言葉を鵜呑みにはしなかった。もちろん偶然は起こりうる。だが、ローラの満足げな表情が、今回はただの偶然ではないと物語っていた。「真面目な話、どこで見つけたんだ？　まるでシーモアのミニチュアみたいな子猫じゃないか」

ローラは、眠っている子猫の体にそっと片手を置いた。「野良猫が最後にたどりつく場所はシェルターよ。昨日の夕刊で調べたの。最後のひとつで、やっとこの子を見つけたわ。しかも雄よ。ラッキーじゃない？」

アイザイアはのど元にゴルフボールがつかえたような感覚を覚えた。呆けたように、ローラの愛らしい顔をぼうっと見つめた。目の前のローラが、まるで天使のように輝いて見える。

ローラがその日の午後、シーモアにそっくりの灰色の雄の子猫を探してクリスタル・フォールズじゅうのシェルターを巡っていたことが信じられなかった。どうしてそこまでできるのだろう――本来の仕事とはまったく関係ないのに。しかも、ローラはパーマー夫人に会ったこともないのだ。

そのとき、ベリンダが更衣室からやってきた。「どうしたの？」ベリンダは、呆然とした表情のアイザイアにちらっと目をやった。

ローラの上気した顔から無理に視線を引きはがしながら、アイザイアは答えた。「パーマー夫人にあげる子猫だよ。ローラが午後じゅうかかって、野良猫の飼い主を探す募集を頼りに灰色の子猫を探してくれたんだ」

ベリンダは子猫をよく見ようと、近づいた。「まあ、かわいらしいわね」

かわいらしいのはローラのほうだ、とアイザイアは思ったが、口には出せなかった。ローラとベリンダは、眠っている子猫の上にかがみこみ、なんてかわいいの、ほんとね、などとささやきあっていた。ローラは顔をあげ、期待をこめた表情でアイザイアを見た。

「それで、どう思う？」ローラは言った。「パーマー夫人の膝の上にこの子をのせて、迷い猫なんですって言ったら、だまされてくれるかしら？」

アイザイアは笑いだした。午後じゅうアイザイアをさいなみ続けた悲しみは、あとかたもなく消え去っていた。「もちろん、だまされるさ。もし、迷っているようだったら、ぼくが猫の不妊治療と去勢についてのお得意のスピーチをしてあげるよ。この地区には野良猫があふれていて、毎週どれだけの迷い猫が処分されているかって内容なんだ」

ベリンダがローラに向かってにやりとしてみせた。「すごいわよ。それはもう流暢《りゅうちょう》に弁舌《べんぜつ》をふるうんだから。パーマー夫人は絶対にノーとは言えないわ」

「今日の午後、ぼくがお墓を掘ってあげたときのパーマー夫人を見せてあげたかったよ」その記憶がよみがえると、アイザイアの心は悲しみでいっぱいになった。「裏のポーチに座って、シーモアを腕に抱いて揺すりながら、ずっと泣いていた。かける言葉も見つからなかったし、なにもしてあげられなかった。いかにもひとりぼっちに見えて、置いて帰ってくるのが辛かったよ」

ローラは子猫を抱きあげて頬ずりをした。「彼女はもうひとりぼっちじゃないわ」

パーマー夫人は、古いトレーラーを二台つなげた家に住んでいた。前庭には家具や装飾品がところせましと置かれている。そのほとんどは合板を切り抜いて見事にペイントしたものだ。雨ざらしの木の骨組みに、青いルリツグミのモビールが吊るされている。同じような別の台には、ぶらんこに乗った少年と少女がぶらさがって揺れていた。玄関ポーチの脇には、あごひげをはやし、青いオーバーオールを着た年取った農夫が、ふしくれだった両手に『ようこそ《ウェルカム》』と書かれた看板を持ってたたずんでいる。一度ではとても見きれないほどさまざまなものが、家のまわりを埋めつくしていた。

「パーマー夫人のご主人は大工だったんだ」アイザイアが説明した。「引退してからは、こういうものをたくさんつくって、売っていたんだよ」

ローラはポーチの階段のまわりに置かれた、たくさんの動物たちを感心してながめた。アライグマ、うさぎ、リス、ほかにもひとつひとつ挙げたらきりがないほどいろいろな動物たちがいる。どれも、かわいらしいものばかりだ。「とても上手だわ。あのコマドリを見て。生きているみたいじゃない?」

アイザイアは小さな黒い熊の家族をよけながら、階段をのぼった。ドアをノックしながら、ローラに言った。「ご主人はこれを売って、けっこうな収入を得ていたんだろうね。普通の人はこんなにつくる時間もなければ才能もないよ」

ふたりは黙ってノックの返事を待った。やっと老婦人が戸口に姿を現わすと、ローラは胸が締めつけられるような思いがした。パーマー夫人は、ひとりでまっすぐ立っている力も残っていないように、関節炎を患《わずら》っている手でドアの枠をつかんで体を支えていた。骨ばった小さな体は、サイズが大きすぎるポリエステルのブラウスとスラックスのなかにすっぽりと包まれているようだ。まっ白になった頭から、ふわふわした髪の毛があちこちにはみ出している。

「ドクター・コールター?」パーマー夫人は弱々しい声をあげた。

「そうですよ、パーマー夫人。ちょっと困っていることがありまして。あなたに助けてもらおうと思って来たんです」

「まあ」パーマー夫人は、網戸がたるんでいるスクリーンドアを震える指で力なく押した。

ないでしょうか?」

「どうぞ、お入りになって」

アイザイアはドアをつかんで、大きく引きあけた。「友人もいっしょなんですが、かまわないでしょうか?」

パーマー夫人はアイザイアの後ろにいるローラをじっと見た。「ご存知のとおり、あまり気分がよくないんです。お客様をおもてなしできるかどうか、わかりませんけど」

「ほんのちょっとお邪魔するだけですから」アイザイアが言った。「さっきも言ったとおり、困っていることがあるんです」

「まあ、そうね……そういうことでしたら」パーマー夫人は後ずさり、ふたりをなかに招きいれた。「クッキーは切らしてますけど、おいしい紅茶ならいれられますよ」

「お気づかいなさらないでください」こぢんまりとした居間に足を踏みいれながら、アイザイアは言った。「彼女はローラ・タウンゼンド。うちのクリニックで働いているスタッフです」

パーマー夫人は目を細めてローラを見つめた。「はじめまして。こんなふうでごめんなさいね。今日はひどい一日だったものですから」

ローラは大きく指を広げた左手でコートの前をしっかりとおさえ、右手を差しだしてパーマー夫人と握手をした。「猫ちゃんのことは残念でした」

パーマー夫人の頬に涙が流れ落ちた。震える指でその涙をぬぐって、老婦人は言った。

「頭のおかしい年寄りだとお思いでしょうね。ノミがついた汚い猫のことでこんなに泣くなんて」

「そんなことありません」ローラは言った。「あの猫ちゃんのことを愛していたんですもの」

パーマー夫人の家のなかは、前庭と同じようにごちゃごちゃしていた。ローラは、安っぽい合板の壁に飾られたほこりだらけの装飾品をざっと見まわし、それから、年季の入った茶色の安楽椅子と、その脇に置かれた、たくさんの毛糸玉が入っている大きなヤナギ細工のかごに視線を移した。安楽椅子に座ってシーモアを膝にのせ、のんびりとかぎ針で編み物をしたりテレビを見たりするパーマー夫人の姿が目に見えるようだ。愛するペットがいなくなり、パーマー夫人はこの家でどんなにか孤独を感じていることだろう。

アイザイアは老婦人のポリエステルのブラウスの上からひじを支えて、安楽椅子に連れていった。パーマー夫人は感謝の表情を浮かべながら、長年使いこんでクッション部分の真ん中がへこんでいる椅子に沈みこむように腰をおろした。そして、あまり状態がいいとはいえない、緑っぽい幾何学《きかがく》模様の布張りのソファに向けて手を振った。

「どうぞお座りください」

子猫をしっかりとコートの下に抱いたまま、ローラはソファの端に座った。アイザイアは申し出を辞退して、安楽椅子のそばにしゃがんだ。茶色の乗馬用ジャケットを着たアイザイアは、大きな両手を丸めるようにして陶器のカップを持ったまま、居心地よさそうに暖炉のそばにしゃがみこんだ。ローラの位置から見ると、彫りの深い顔に暖炉の明かりが映って、ちらちらと揺れていた。

「困ったことというのは、こうなんです」アイザイアはものものしく話をきりだした。「今日、ローラが仕事から帰ってみると、ポーチに子猫がいたそうなんです」

パーマー夫人は涙にうるんだ青い目を大きく見ひらいた。「まあ」

「捨てられて、お腹をすかせて」アイザイアは続けた。「でも、ローラのアパートでは猫が飼えないんです。もし、引きとり手が見つからなかったら、シェルターに連れていくしかないんですよ」

「そんな」パーマー夫人の声はささやくようだった。

「悲しいことです」アイザイアは言った。「大人の猫も子猫も含めて、この街には大変な数の捨て猫がいます。動物愛護協会には毎日三十匹くらいの捨て猫が届けられるんです。引き取り手が見つかるまで動物を保護してくれるのはすばらしいことなんですが、誰にも引きとってもらえない多くの動物たちは……」アイザイアの声はそこで消え入るように途切れ、口には出さなかった続きの言葉が周囲の空気に漂った。「この子猫がそんな運命になるのを見たくないんです」

パーマー夫人は首を横に振った。「わたしに引きとってほしいとおっしゃりたいなら、正直言って、そんなことできません。わたしの大事なシーモアがお墓に入ったばかりなのに」

アイザイアはよくわかるというように、うなずいた。「一時間前なら、ぼくもその意見になんの異論もなかったと思いますよ、パーマー夫人。でも、この子猫を見て気持ちが変わったんです」アイザイアは一瞬ためらってみせた。「運命ってものを信じていますか?」

「運命？」パーマー夫人は訊き返した。

「ええ、人生のなかで起こるべくして起こったことってありませんか？　たとえば、ご主人のアルフレッドと出会ったこととか。それは偶然だったと思います？」

「アルフレッドと出会ったことが？」パーマー夫人はまた首を横に振った。「いいえ、まさか。わたしたちはお互いに出会う運命だったのよ。ふたりともそう信じていたわ」

「そう、運命づけられていることってありますよね」アイザイアは同意した。「ぼくは、これもそうだと思ったんです。この子猫を見た瞬間、寒気を感じましたよ。シーモアに生き写しだったんです。神様があなたのために、天からローラの家の戸口に落としてくれたのかと思ったくらいです」

「そんなにシーモアに似ているの？」

アイザイアはローラのほうに振り向いた。それを合図に、ローラはコートの下から子猫を取りだし、パーマー夫人からよく見えるように抱きあげながら、言った。「信じられます？耳の小さな白いふさまでいっしょなんですよ」

パーマー夫人はふしくれだった指で口をおさえ、今にも涙があふれそうな目で子猫を見つめた。

「ぼくがこの子猫を見て寒気を覚えたわけがわかるでしょう」アイザイアは、ローラから子猫を受けとりながら話した。「子どものころに母がいつも、神様はけっして我々が耐えきれないほどの重荷はお与えにならないと言ってました。あなたは半年前にご主人を亡くした。

そして今日、シーモアも。神様はあなたの悲しみをご存知で、ぼくらが見つけてあなたに届けるようにと、ローラの家の前にこの子猫が迷いこむようにしてくださったんですよ」

アイザイアは、パーマー夫人の膝の上に眠っている子猫をそっと置いた。老婦人は小さな体の上に震える両手をかざし、指先でかすめるように柔らかな毛を撫でた。「ああ」ささやくような声がもれた。パーマー夫人は細い肩を震わせながら、すすり泣いた。「なんてことでしょう。シーモアにそっくり。瓜ふたつだわ。そう思わない？」

「こんなに似ている例は見たことありませんよ」アイザイアはローラに勝利の笑みを送った。「あんまり似ているんで、偶然とは思えなかったんです。これはきっと、神様の贈り物ですよ」

「ああ」パーマー夫人はついに、小さなかわいらしい顔をもっとよく見ようと両手で抱きあげた。「ずいぶんやせてるわ。あばら骨に触れるくらい！」

その日の午後はアイザイアの母親もパーマー夫人には顔負けだったろう。実際のところ、子猫は丸々と太っていた。だが、アイザイアはうなずいた。「この子が最後に食べてから、どのくらいたっているかわかりませんよ。家のない子猫にとって、この世は厳しい場所でしょうからね」

パーマー夫人は子猫を胸に抱き寄せた。「この子が生きていただけでも奇跡だわ！」

「勝手なお願いだとはわかっていますが、この子猫に家を与えてやってくれませんか？」アイザイアはもぞもぞと体を動かして、かかとに体重を移した。「ぼくは、ほとんど家にいないので、こんな小さい子猫をちゃんと世話できませんし、ローラが住んでいるアパートはペットが禁止なんです」

「だけど、早すぎるわ」パーマー夫人はそう答えたが、明らかに迷っている口調だった。

「わかります。でも、こんなにそっくりな子猫が現われたんだから、シーモアも気にしないと思いますよ。それどころか、喜ぶんじゃないかな——自分にそっくりな子猫。ある意味で、シーモアの思い出に敬意を払うことにもなりますよ。きみもそう思わないか、ローラ？」

「ええ」ローラは熱意をこめてうなずいた。「シーモアはきっと喜んでいますよ。彼もあなたを愛していたんですもの、パーマー夫人。あなたに寂しい思いをしてほしくはないはずだわ」

「予防注射をしなきゃならないし、そのうち去勢手術もしなきゃいけないわね」パーマー夫人は考えこみながら言った。

「その件はぼくが引きうけますよ」アイザイアが申し出た。「引きとってもらえたら、あなたに大きな借りができるわけですから。それぐらいはしないと」

パーマー夫人は立ちあがった。子猫を胸に抱きしめて話しかけながら、よろめく足でキッチンに向かった。「考えている間に、ミルクをあげましょうね。お腹がすいてるだろうから」

アイザイアは立ちあがり、ローラに向かってにんまりとした。「これでもう、仕留めたも同然だね」と、ローラにささやいた。

振り向いたパーマー夫人の顔は輝いていた。「まあ、すごい飲みっぷりよ！　よっぽどお腹がすいていたのね。きっと背骨とお腹がくっつくぐらい」

「背骨とお腹の間にもっとお肉がつくように、食べ物を持ってきましたよ」アイザイアが言った。「今、取ってきましょう。つまり、あなたが引きとってくださるなら」

パーマー夫人は視線を下に向けると、うれしそうに笑った。パーマー夫人のあとについてキッチンから出てきたシーモア二世は、毛糸玉が入ったかごにじゃれついていた。誰かが止める間《ま》もなく赤い毛糸玉がひとつ床の上に転がりだし、子猫の鬼ごっこの相手になった。パーマー夫人は小さな新しい家族を追いかけて両手ですくいあげ、ピンク色の小さな鼻の前で指を振った。

「わたしの編み物かごにいたずらしちゃいけないってことを覚えないとね」パーマー夫人は子猫を抱きしめて、微笑んだ。「ほんとにシーモアにそっくりだわ。きっと神様からの贈り物ね」子猫のふわふわした毛に頰をすり寄せた。「わかったわ、この子を引きとります。ノーと言えるわけがないでしょう？　こんなにシーモアそっくりの子を死なせるわけにはいかないわ！」

アイザイアがキャットフードを取りに行っている間、ローラはパーマー夫人と並んで座り、毛糸玉で遊ぶ子猫を見守った。アイザイアは大きな袋入りの餌と缶入りのキャットフード一ケースを抱えて帰り、キッチンに置いた。

「明日クリニックに連れてきてくだされば」アイザイアは言った。「無料で最初の予防注射をしますよ」

「まあ、そんなことといいんですよ」パーマー夫人が抗議した。

「いや、よくないですよ。さっきも言ったとおり、大きな借りができたんですから。この子をシェルターに送るなんてとても耐えられませんからね。もらい手が現われるかどうかもわからない。だけどここなら、うんと愛されて、ちゃんと世話してもらえるでしょう」

「それは保証しますよ」パーマー夫人が答えた。

「そのお返しに、無料で治療させてください」アイザイアは、宙返りをして毛糸玉と格闘している子猫に目をやった。「かなり、手を焼かせそうですね」

パーマー夫人は幸せそうに微笑んだ。「まず、なにかオモチャを買ってやらなくちゃね。ずいぶん、いたずらっ子のようだわ」

数分後、アイザイアとローラがパーマー夫人の家をあとにするとき、部屋のなかからもれ聞こえてきたのは老婦人の笑い声だった。アイザイアは前庭の端で足を止め、明かりのついた窓を振りかえって微笑んだ。

「うれしいね」

ローラも心から同意見だった。なんて、すばらしい気分だろう。「彼女はもう泣かなくてすむわね」

「ああ、みんなきみのおかげだよ。ぼくはただ落ちこんでいただけで、シーモアにそっくりな子猫を探そうなんてまったく考えつかなかった。最高の思いつきだね」

アイザイアの車に向かって歩きながら、ローラは答えた。「わたしも、パーマー夫人が引きとってくれてうれしいわ。あなたも知ってのとおり、うちでは猫は飼えないもの」

アイザイアは助手席のドアをあけながら、笑った。「パーマー夫人が引き取ってくれなかったら、どうするつもりだったんだい？」

ローラはにやっと笑った。「あなたはクリニックで看板猫を飼っていないでしょ。たいていの獣医さんは飼ってるわよ」

「看板猫？」アイザイアは、ローラが車高の高いハマーに乗りこむのに手を貸した。ローラのコートの袖を通して、アイザイアの手のぬくもりが伝わった。「考えておくよ」

アイザイアは助手席のドアを閉めた。ローラがシートベルトを締めている間に車の前をまわって、運転席に乗りこんだ。「腹が減ったな。きみはもう夕食を食べた？」

ローラは、イエスと言えればよかったのにと、心のなかで思った。アイザイア・コールターと長い時間いっしょに過ごすのは賢明とはいえない。アイザイアへの感情を抑えるのは、日ごとにむずかしくなっていくばかりだ。

「まだよ」結局、ローラは白状した。

「よかった。イタリアンはどうかな？」

もしイタリアンが大嫌いだったとしても、アイザイアの提案は申し分なく聞こえただろう。問題はそこにあった。アイザイア・コールターに関するなにもかもに、ローラの心は惹きつけられるようになってしまったのだ。

6

翌週、ローラはハロウィーンを迎える準備の仕上げで大忙しだった。ハロウィーンの到来はサマータイムの終わりを告げ、ローラが一年のうちで一番好きなホリデーシーズンが始まる。土曜日の朝、ローラは食料品店に行ってシュガー・クッキーの材料を買い、午後はそれを焼いてデコレーションをほどこした。夕方には家主のエヴァンス氏が訪れ、サマータイムにセットされていた時計や電化製品のタイマーを全部一時間遅らせるという仕事を代わりにやってくれた。ローラが自分でやろうとしても、あきれるほど時間がかかっていらいらする上に、結局は失敗に終わってしまうからだ。

日曜日の朝、祖母といっしょに教会に行ったあとは、家でジェフリー・ディーヴァーの小説を朗読したテープを聞きながら、ひと握りのキャンディーをラッピングしてオレンジと黒のリボンで結ぶ作業をした。できあがった派手な包みは大きなバスケットに入れて、これからドアをノックしにくるハロウィーンのおばけたちのためにドアのそばに置いておく予定だ。〈青い虚空《こくう》〉というタイトルのその小説は、邪悪なハッカーが犠牲者のコンピューターに侵入して巧《たく》みに死への道に誘いだすというものだ。テープはハロウィーンにうってつけの不気味な雰囲気を演出してくれた。窓辺にぶらさげた魔女と小鬼や、ひとつはカウンターに、もうひとつはテーブルの中央の飾りとしてどっかりと座を占めている、ろうそくを灯したおばけかぼちゃの提灯にもぴったりだ。部屋のなかはなんともいえない芳香に満ちていた。ストーブの上で湯気を立てているシナモンをひたしたりんご酒が、部屋じゅうにスパイシーな香りをまき散らしているのだ。

四時までには、ローラは例年どおり、もうすぐやってくる子どもたちがいつドアをノックしてもいいように準備ができていた。熱いりんご酒を注いだカップを持ってバスルームへ行き、すばやくシャワーを浴びてハロウィーンのコスチュームに着替えた。下がズボンになったピンクのパジャマと、それに合わせて軽くて曲げやすい針金にピンクのヴェルヴェットをかぶせてつくったうさぎの耳。それだけで、ハロウィーン・バニーがほぼできあがりだ。パジャマのお尻にしっぽ代わりの毛糸のポンポンをつけ終わると、次はメイクに取りかかった。黒いペンで大きなまつげと口ひげを描き、口紅で頰に点々をつけ、唇は明るいバラ色に塗った。

変身が終わったちょうどそのとき、電話が鳴った。ローラはベッドルームに駆けこんで受話器をつかんだ。「ハロー」

「ハロー、ローラ」

「アイリーン!」ローラはベッドの端に座りこんだ。「電話してくれてうれしいわ」

「そんなに長くは話せないのよ。これから、子どもたちにコスチュームを着せてやらなきゃならないの。今日は一日じゅうあんたのことを考えてたわ。子どものころのハロウィーンを思いだしながら」

姉のアイリーンはポートランドの郊外に住んでいる。ここからは車で四時間ほどだ。ローラはできればもっと頻繁《ひんぱん》に姉に会いたかったが、都会の道路を何時間も運転していると、ひっきりなしに目に入る高速道路の出口ランプや変わった街の名前のせいで頭が混乱してしまうため、そう簡単には訪問もできなかった。以前、オレゴン中央部に実家があったころも、アイリーンはできるだけ顔を出してくれていたが、夫と三人の子ども、その上フルタイムの仕事もこなしている姉はつねに忙しかった。そのため、両親が半年前にフロリダに引っ越してから、姉妹は一度も顔を合わせていなかった。

「わたしも姉さんのことを考えてたわ」ローラは少し寂しそうに微笑んだ。

「ジムおじいちゃんのりんご酒をつくった？」アイリーンは訊いた。

「うん、ストーブの上にあるわよ。今、カップに入れて手に持ってる」

「わたしもよ。うちのはワイン入り。子どもたちといっしょに外を歩きまわる前に、お腹を暖めておかないとね。外はすごく寒いわよ！　今夜は夫のジムがおかかえ運転手の係、わたしは外歩きの係なの。そっちの天気はどう？」

「寒いわよ。雪になればいいなって思ってるんだけど」ローラはひだ飾りつきのカーテンがかかった窓の外にちらっと目をやった。「だけど、今のところ降《ふ》りそうもないわ。それから、ええっと。ガスの炎が出る小さな暖炉があるから、それをつけるところよ。きっとくつろいだ雰囲気になると思うの」

「うさぎのコスチュームを着てる？」

「かなりの勇気が必要だったわよ。姉さんはまたクレオパトラ？」

「今年はクレオパトラになるには太りすぎたわ」

「太ってなんかないわよ」

「わたしのホルタートップに聞いてみてちょうだい」

「それで、今年はなににしたの？」

「意地悪魔女。どうぞ、好きなだけ笑ってちょうだい。こっちのほうがずっと実際的よ。魔女のケープの下に、お尻が凍えないように分厚いコートを着られるし。それに、魔女らしく振る舞ったり、叫んだりするのは得意なの。ハロウィーンの夜に三人の子どもを捕まえておくのに確実に役立つわよ。トレヴァーとコーディはふたりともすごく――逃げ足が速いの」

受話器の向こうで姉の子どもたちが騒ぐ声が聞こえてきた。どうやら、六歳と七歳の男の子ふたりが、十歳のサラにたてついているようだ。「なにが原因で喧嘩《けんか》になってるの？」

「誰のかぼちゃ提灯が一番うまくできたかってことよ。サラが一番上手だったの。トレヴァーがそのことに文句をつけて、引き分けだって言いはってるのよ」

ローラは、自分と姉も四六時中喧嘩ばかりして、母親を困らせていたことを思い出した。

「わたしたちも、そんなだったわね」

「ほんとにね。交番の床にトイレットペーパーをまき散らしたことを覚えてる？」

ローラはうれしそうに笑った。「面白かったわ。おまわりさんは全員仮装してパトロールに出かけてたのよね。あれこそ完全犯罪だわ」

「すごく調子がよさそうね。前より話しかたがよくなってるわ」

「そう？」

「ええ、スピードも速くなったし、それに……なんていうか、スムーズだわ」

「長い単語はまだ無理よ」ローラは指摘した。「まだ練習中なの」

「わたしには普通に聞こえるけどね。最後に会ったのはいつだった？」

「半年前」

「まだ、脳の働きを高めるっていうサプリメントを飲んでるの？」

「冗談でしょ。ママはもう引っ越したから、全部ゴミ箱行きよ。ところで、最近ちゃんとした仕事についたの。その話は聞いてる？」

「おばあちゃんに聞いたわ。ママは水中エアロビクスと地域の集まりで大忙しだから、めったに電話もないわよ。で、どうなの？　仕事のことだけど」

「すごく気に入ってるわ」ローラは毎日の仕事の内容と、アイザイアがどんな人物で、どんなにハンサムなのかを説明した。「わたし、すっかり彼に夢中なのよ。自分がばかだってわかってるんだけど、どうしようもないの」

「彼に夢中になって、なにが困るの？」

「だって思いがかなうわけないもの。彼はたくさんのものを持っているわ、だけどわたしは……わたしにはなにもない」

アイリーンは鼻を鳴らした。「あんたはとてもきれいな若い女性なのよ、ローラ。ジムなんて、シャーリーズ・セロンにそっくりだって言ってるわ」

ローラは笑いすぎてベッドにひっくり返った。

「本当に似てるわよ」アイリーンは言いはった。「あんたを手に入れる男は幸せ者よ」

「愛してるわ、姉さん」

アイリーンはため息をついた。「問題は失語症ね。そんなこと関係ないとは言わないわ。だけど、それほどひどい症状じゃないでしょ。アイザイアは間違いなくあんたに興味を持ってるわよ。下心がなにもなくて、女性を二度もディナーに誘う男なんていないわ」アイリーンは芝居じみた笑い声をあげた。「つまり、そういう意味よ」

ローラはくるりと目玉をまわした。「下品なこと言わないで」

「わたしは年増の既婚者よ。その気になれば、いくらでも下品になれるわ」

「デートとか、そういう類のディナーじゃなかったわ。二回とも夜遅くなったから、気をつかって誘ってくれただけよ」

「なるほどねえ」

ローラはさらに数分間、姉と話をして、最近の家族のニュースを仕入れた。アイリーンとの電話を切るとすぐにふたたび電話が鳴り、今度は両親からだった。ローラは矢のようにくり出される母からの質問に答えた。『薬は全部飲んでいる？』『ええ、ママ』『海草のサプリメントを飲みはじめてから、なにか変わったことは?』『ないわ、ママ』やっと父親に受話器が渡ると、ローラはほっとした。マイク・タウンゼンドは妻よりずっと現実的な人物だ。

「元気かい?」父は訊いた。

「元気よ。パパに会えなくて寂しいわ」

「かぼちゃ提灯はつくった?」

「ふたつつくったわよ」

「りんご酒は?」

「りんご酒なしのハロ-ウィーンなんてあると思う?」ローラは言いかえした。

娘は健康で幸せに暮らし、人並みにハロウィーンも祝っているらしいと納得すると、やっと父は『じゃあまた』と言い、電話を切る前に祖母にハグとキスを送ってよこした。

ローラは急いでキッチンに行き、残り物のシチューを温めて夕食をすませた。

それから、子どもたちがやってくるのを待った。小さな子どもがぞろぞろとハロウィーンの行進を始める夕暮れ時になると、どの家のドアにも、ノックもなしに人が出たり入ったりした。ローラはキッチンの窓ぎわに立ち、下の家主の家に、大勢の子どもたちが『お菓子を《トリッ》くれなきゃいたずらするぞ《ク・オア・トリート》』とやってくる様子をながめた。だが、ガレージの上にも人が住んでいると気づく者はひとりもいなかった。窓をあけて、子どもたちを脅かしてみようかとも考えた。だが、そんなことをしたら恐ろしくばかげた女に見えるに違いない。

ローラはがっかりして、祖母に電話をした。

「ああ、ローラ、ごめんなさい。あんたは子どもたちの仮装を見るのが大好きなのよね。来年は必ずうちにいらっしゃい。子どもたちがたくさん来たわ。多すぎて、お菓子が足りなくなりそう」

祖母がそう言うと、受話器の向こうでまたドアのチャイムが鳴ったので、ローラは急いで電話を終わらせて祖母を解放した。

テレビをつけても面白い番組はなにもないので、そのあと一時間、朗読のテープの続きを聞いた。それから、テープレコーダーを止め、顔のメーキャップを洗い落とそうと決心して、うさぎの耳をはずしかけたそのとき、待ちに待ったノックの音が聞こえた。ローラはうれしさに跳びあがった。たった数人の子どもしか来なかったとしても、誰も来ないよりはずっといい。

ドアをあけると、階段に立っていたのは、まるでローラのミニチュアのようなピンク色のうさぎの仮装をした小さなかわいらしい女の子だった。大きな茶色の目に、こげ茶色の豊かな巻き毛が肩まで垂れている。

「お菓子をくれなきゃいたずらするぞ！《トリック・オア・トリート》」女の子は大声で言った。

次に、すぐ後ろから階段をのぼってきた年上の少年が、同じセリフをもっと低い声で怒鳴った。吸血鬼の扮装をして、血がついた作り物の牙を口にはめている。「なかは暖かいわよ」ローラは誘った。「あなたたちは今夜はじめてのハロウィーンのお客様なの。だから、お菓子が山ほどあるわ。全部あげるからね」

「ぼくも入っていいかな？」

子どもたちの背後をよく見ると、ポーチの電球が投げる光の輪の外に、背が高くやせたカウボーイが立っていた。見間違いではないだろうかと思いながらも、ローラは呼びかけた。

「アイザイア？」

アイザイアは前に進みでて、ローラの目の前にはっきりと姿を現わした。茶色いキャンバス地の乗馬用ジャケットに、今日も革のカウボーイ・ハットをかぶっている。その姿は、ひそかにアイザイアに恋心を抱いているローラの目には、胸がうずくほど魅力的に映った。ジーンズにおおわれた筋肉質の強く長い脚、寒さに丸めた肩、帽子の縁が影を落としている顔。ローラは心臓が奇妙に震えるような感覚を覚えた。

「ロージーとチャド。ぼくの甥と姪だよ。母親のナタリーは〈ブルー・パロット〉っていう店をやってるんだけど、今夜はそこでハロウィーンのカラオケパーティーをひらいてるんだ。父親でぼくの兄のジークは、牧場の納屋で子どもたちにお菓子を配ってる。で、ぼくがこの子たちを連れて歩くことにしたんだ。ナタリーの妹でこの子たちの叔母さんのヴァレリーもいるんだけど、あてにできなくてね。ヴァレリーもジークとナタリーの牧場で、あとで窓洗いをする羽目にならないようにお菓子を配ってるんだよ」

うさぎの耳をつけていることを忘れて、ローラは手で髪を撫でつけようとした。指先がヴェルヴェットに触れると、ローラは顔をしかめた。どうして、いつもアイザイアが立ち寄るときにかぎって、まともな格好をしていないのだろう？

「なかにお入りなさい！」ローラは戸口の向こうにいる子どもたちを呼びよせた。「りんご酒は好き？」

「わたしは大好き」ロージーが答えた。「チャドは炭酸ジュースのほうが好きなのよ。虫歯だらけになるのが、彼の人生に与えられた使命なの」

「ちがうよ！」

「そうでしょ！」

「ちがう！」

子どもたちに続いて、アイザイアが玄関に入ってきた。「やめなさい！　喧嘩はなしだぞ。そういう約束だろう。忘れたのか？」

ロージーは表情豊かな大きな瞳で鋭い刃のような視線をチャドに向かって閃かせ、唇をきゅっと引き結んで、鼻にしわを寄せた。チャドはひそひそ声で言った。「おまえって時々、すんごくむかつくチビだよな」

「体が大きいだけのマヌケより、むかつくチビのほうがましよ」ロージーが言いかえした。

ローラは笑いだしそうになるのを、必死にこらえた。アイザイアはへとへとに疲れているらしい。子どもたちの頭越しにアイザイアの悲嘆にくれたような目を見ると、またもや吹きだしそうになった。たくましい大男がこんなに途方にくれた顔をしているなんて。

「冷蔵庫に炭酸ジュースもあるわ」ローラはチャドに言った。そして、ドアを閉めて冷たい夜気を締めだしてから、さらに付け加えた。「クッキーもいっぱいあるわよ。上着を脱いでテーブルについたら、すぐに用意してあげるわ」

「クッキー？」子どもたちは同時に叫んだ。「やった！」

子どもたちが上着を脱いでキッチンに突進すると、ローラはいぶかしげな目でちらっとアイザイアを見た。「あなたの家はたしか街の反対側よね。どうして、こんなに遠くまで来たの？」

アイザイアはカウボーイ・ハットを脱いで、くしゃくしゃになった髪を手で撫でつけた。

「毒入りキャンディーのせいさ」

ローラは顔をしかめた。「え？」

「あの子たちの母親は、知らない人からお菓子をもらうなんて危ないって思いこんでるんだ。金曜の夜に学校でハロウィーン・パーティーの催しはあったけど、それはお菓子をもらって歩く本物のハロウィーンとはちょっと違う。それで、どんなに遠くても知っている人の家にこの子たちを車で連れていくのが、今夜のぼくの使命になったわけさ。ぼくの母がきみのおばあさんの家に行ったらどうかって教えてくれてね。それで、おばあさんの家にお邪魔したら、きみのところにはひとりも子どもが来てないから、帰りに寄って元気づけてやってくれって言われたんだ」

「来てくれてうれしいわ。ちょっぴり落ちこんでたのよ。わたしは子どもが大好きなの」

「あのふたりは、かわいいとは言いがたいけどね」

ロージーが悲鳴をあげた。振り向いたローラは、チャドが妹の頭についているうさぎの耳を引っぱっている現場を目撃した。「こら！」アイザイアが怒鳴った。「チャド、やめろ！ロージーも叩くのをやめなさい」

「チャドがいけないのよ！」ロージーはキーキー叫んだ。

「ちがうよ。おまえがぼくの牙を取ろうとしたんだ」

「牙をつけてたら、食べられないでしょ」

ローラは急いでキッチンに行った。ロージーの耳をまっすぐに直し、チャドの牙をはめてやると、騒ぎはおおかた収まった。涙をいっぱいにためたロージーの茶色い瞳を見おろすと、ローラは骨抜きにされてしまいそうだった。「いい子ね、もう大丈夫。とてもちゃんとしてるわ」

ロージーは手を伸ばして、かぶりものをチェックした。頭につけたうさぎの耳がどこも壊れていないと納得すると、もう一度チャドをにらみつけてから、不思議そうな目でローラを見た。「おねえちゃんは言語障害があるの？」

「ロージー！」キッチンに入ってきたアイザイアはぎょっとして声をあげた。「そんなことを訊くのは失礼だぞ」

「いいのよ」ローラはロージーを椅子に座らせた。「わたしは話すことがうまくできないのよ、ロージー。五年前、川に飛びこんだときに岩に頭をぶつけてしまったの。目が覚めたら、話せなくなっていたわ」

「ぜんぜん？」チャドは妹の向かい側の椅子に座った。「そんなの、ひどいや」

「そうね」ローラは賛成しながらクッキーを皿にのせ、子どもたちそれぞれの飲み物を取りに行った。「チャドはペプシとオレンジとどっちにする？」

「オレンジ。それで、どうやって話せるようになったの？」

「リハビリに行って、もう一度話しかたを勉強したの」

アイザイアはカウボーイ・ハットを手に持ったまま、カウンターに尻をのせて寄りかかり、足首を組んで立っていた。ローラに顔を向け、申し訳ないという視線を送ってきた。

「かまわないのよ」ローラは安心させるように言った。それは本当のことだ。ついさっき、言語障害があるなんてほとんどわからないと姉に言われたが、ローラ自身はもっと現実をよくわかっていた。そのため、子どもたちに質問されても、まったく驚かなかった。飲み物と食べ物をテーブルに運びながら、ローラは言った。「だから、わたしは話すのが遅いし、時々、言葉と言葉の間《ま》があいてしまうの。それがまわりの人をいらいらさせてしまうのはわかっているけど、わたしにとっては、なにも話せないよりはずっとうれしいのよ」

ロージーはうなずいて賛成を表明した。「けっこう上手に話せてるわ、ほんとよ」

「ありがとう」

「おいしそう！」クッキーを見たチャドが大声をあげた。「お砂糖がかかってるぞ」片手いっぱいにつかむと、自分のナプキンの上に広げた。おばけかぼちゃの形をしたクッキーを大きくひとかじりして、うーんと口のなかでうなった。「それに、柔らかいや！　ママがつくったやつは、いつも焼きすぎで石みたいに硬いんだ」

「あたしたちのママはシンガーソングライターなの」ロージーが打ちあけた。「でもね、ほとんどいつもパパが料理をする本当の理由は、ママはいつもほかのことに気が散っていて、なんでも黒こげにしちゃうからなのよ」

「そうなの」ローラは、こんなにボキャブラリーが豊富な小さな女の子に会ったのははじめてだった。「ロージーは何歳?」

「六歳よ」

「うそつき、うそつき。うそついたらズボンのお尻に火がつくぞ」チャドが大声で歌うように言った。「二月にならなきゃ、六歳じゃないだろ!」

「だから?」ロージーも叫び返した。「二月なんてもうすぐよ」

「おまえはまだ六歳じゃないんだ。うそつき。ママに石鹼で口を洗われるぞ」

「ロージーは〝もうすぐ〟六歳なのね」ローラは間に割って入った。

その言葉になだめられはしたが、まだ少しふくれたまま、ロージーは上品にクッキーをひとかじりした。「アイザイアおじさんも、ぜひ食べてみるべきよ。とってもおいしいわ」

ローラはキッチンに戻った。ロージーの達者な話しぶりには、ただ驚いて首を振るばかりだった。「あれは、あなたの家‐系にある才能なの?」アイザイアに訊いた。

アイザイアはにこっとした。ローラがやっと聞き取れるくらいの低い声で答えた。「ぼくとあの子たちは、血がつながってないんだ。兄のジークはあの子たちの義理の父親なんだよ。本当の父親は殺された」

「まあ、変なことを訊いてごめんなさい」

「どっちみち、ロバートは父親の役割なんてほとんど果たしてなかった」アイザイアは肩をすくめてジャケットを脱いだ。下に着ている長袖のウェスタン・シャツの深い赤が、褐色の肌を引き立てている。「子どもたちはジークと家族になって、前よりずっと幸せだよ。ジークはあの子たちを実の子どものように愛してるし、日増しに立派な父親になっている」

リビングに行き、ツリー型の洋服掛けにジャケットをかけて帽子をのせるアイザイアの姿を目で追っていたローラは、ふと気がついた。「コスチュームを着ていないのね」

「ロージーがぼくをおばけにしようとしたんだけど、シーツが膝までしかこなかったんだよ」

「それでよかったのよ。カウボーイのほうが、あなたらしいわ」ローラは子どもたちに飲み物を注ぎ足してやり、皿の上にクッキーのおかわりをのせてやった。それから、自分は温かいりんご酒が入ったマグを両手で持ち、アイザイアの向かい側にあるアイランド式のカウンターに寄りかかった。子どもたちに目をやると、ふたりの口のなかは悪口も言えないほどクッキーでいっぱいだった。「今夜のお出かけはこれでおしまい?」

「だといいんだけど。ナタリーによると、街のこっち側にある大きな分譲地は安全らしい。子どもがいる若い夫婦は、ほとんどそこに住んでいるそうだよ。だから、もうしばらく、この子たちを遊ばせてやろうと思うんだ。願わくは、いつもの寝る時間にはすっかり疲れて、自分からコスチュームを脱いで、おとなしくベッドに入ってほしいね。明日は学校なんだから」

「よく注意してあげてね」

「いっしょについて歩くよ。チャドはもうロージーの面倒がみられる歳だけど、今夜はどんなおかしなやつが通りを歩いてるかわからないからね」アイザイアは褐色の眉をつりあげた。「きみも来るかい?」

ローラはもう何年も、ハロウィーンの晩に外を出歩いたことがなかった。きっと楽しいに違いない。イエスと言いたい気持ちがこみあげたが、アイザイアに対する恋心は警告を発しはじめていた。「ありがとう。でも、誰か子どもたちが来るといけないから、わたしはここにいなきゃ」

「今まで誰もドアをノックしなかったのに?」

ローラの心は揺れた。アイザイアはとてもいい人だし、いっしょにいると本当に楽しい。妙な感情に流されたりしなければ、友達でいてもかまわないんじゃない?「この格好で子どもたちといっしょにお菓子をもらってもいいなら行くわ」

ローラは、大笑いされるだろうと思った。が、アイザイアはにやりともせず、肩をすくめて言った。「きみがどんな気まぐれを起こしたとしても、大人の連れがいてくれればありがたいよ」アイザイアは心もち頭をかしげ、褐色の眉毛を片方つりあげて、すがるような目でローラを見た。「頼むよ? もしきみが来てくれなかったら、ぼくは夜になる前にあの子たちを絞め殺しかねない」

アイザイアがそんなことをする心配はまったくなかった。ローラは動物たちと接するアイザイアといっしょに過ごして、彼が困難な状況でいかに限りない忍耐力を発揮するかを目の当たりにしていた。問題はそこにあるのだろうか？　ローラはアイザイアをただ好きなだけではなく、尊敬もしていた。

　この数分間で二度めの警告音が、心のなかに大音量で鳴り響いた。ローラにとっては不運だが、アイザイア・コールターは本人が意図していないときでも、相手が逆らえなくなるような魅力を発揮する。そのアイザイアに嘆願《たんがん》されたら、たとえ不可能なことでもノーとは言えなかった。


　アイザイアにとっては、最初はしぶしぶ引き受けた仕事――喧嘩ばかりするふたりの子どもの運転手――が、結果的にすばらしい夜になった。ローラは、はじめにアイザイアを脅した言葉どおり、うさぎのコスチュームのまま高級住宅地に出かけた。現実的な理由で譲歩《じょうほ》した唯一の点は、時々仕事にも着てくるピンクのフードつきコートを寒さ対策に羽織ったことだ。アイザイアはもともとローラのことを美人だと思っていたが、ロージーといっしょにゆっくりと歩きながら、家々のドアをノックしては、「お菓子をくれなきゃいたずらするぞ《トリック・オア・トリート》！」と、独特の時々言葉が途切れるゆっくりした口調で大声をあげる姿を見ていると、心の奥底から強い本物の愛情が生まれるのをはっきりと感じた。

　この数年、アイザイアは数えきれないほどたくさんの女性とデートをした。彼女たちのほとんどは完璧なプロポーションの持ち主だったが、ローラ・タウンゼンドのように自然体でのびのびとした、かわいらしい女性はひとりもいなかった。もちろん、動物や子どもが大好きなふりをして、その場かぎりの演技をしてみせる女たちもいた。だが、アクリル製の付け爪が折れたり、ストッキングが伝線したり、子どものべたべたした手がセットされた髪に触ったりした瞬間、彼女たちの演技は終わった。

ローラには、もったいぶったところが微塵《みじん》もない。ある家のポーチで、グレートデーンが飼い主を振りきって飛び出そうとしながら吠えたりうなったりしたときも、普通の女性のように震えながら後ずさったりはしなかった。犬が怖がらないようにうさぎの耳をはずし、しゃがみこんで、歯をむきだしてうなっている動物と仲よくなろうとする。ロージーがスニッカーズチョコだらけの両手でローラの頬に触っても、ローラは笑って頬についたチョコレートを指先で拭き、その指を口に入れてこう言った。「おいしいわ。もっとくれない?」

短い時間いっしょにいただけで、子どもたちはすっかりローラになつき、アイザイアはどうしようもなくローラに惹きつけられていた。顔にうさぎの頬ひげを描き、長い耳をぱたぱたさせたローラは、アイザイアの目には今まで出会ったどんな女性よりも魅力的に映った。

アイザイアは夜の通りを歩きながら、ロージーがローラの家のドアをノックしたとたん、待ちかまえていたようにローラがドアをあけたことを思いだした——行くあてもないのに、完璧にハロウィーンの仮装をして。部屋のなかの飾りつけは、ローラが今夜の行事を楽しみにしていたことを物語っていた。ひとりぼっちでハロウィーン・ムードいっぱいの部屋にいたローラを思うと、アイザイアは悲しくなった。あんなに心から客をもてなしてくれる人間が、いっしょに過ごす相手もなくひとりぼっちだとは、世のなかどうかしている。

「ぼくが一番たくさんもらったぞ！」ローラとロージーを走って追い抜いたチャドが振り向き、歩道で待っているアイザイアに叫んだ。

「ちがうわ！」ロージーも叫んだ。

「そうだよ！」

「ちがうわよ！」

アイザイアのくいしばった歯が今にも砕けそうになったとき、ローラが袋を高々と掲げて叫んだ。「わたしが一番よ！」

チャドとロージーは同時に叫んだ。「ちがう！」

ローラが叫びかえした。「そうよ！」

そこから、ふたたび言い合いが始まった。ただ今回は最後に、アイザイアも笑いだすような意外な展開が待っていた。ローラは子どもたちが完全にリズムに引きこまれるまで、「そうよ！」と言い続けた。それから、いきなり子どもたちの側について、こう言った。「ちがうよ！」チャドとロージーは反射的にそれに答えた。「そうよ！」

ローラは笑った。「やった！」

まんまとやられた子どもたちは、くすくす笑いながら次の家に走っていった。だが、歩道を三区画ほど進んだころにはまた、お互いを歩道から落とそうとしてひじでつつきあったり、相手を抜かそうとしたりしはじめ、その間《かん》にお菓子の大半を袋からこぼしてしまった。アイザイアが子どもたちの襟首をつかんでお説教を始めようとすると、ローラが大声で怒鳴った。

「見つけた者の勝ち!」

次の瞬間、ローラは駆けだし、落ちているお菓子を拾って自分の袋に入れはじめた。ローラがしゃがむたびに、毛糸のポンポンでできたしっぽがコートの裾からのぞいた。アイザイアは笑いながらローラの真似をして、子どもたちが取り戻すより早く、お菓子を全部拾い集めた。

「わたしのよ!」ロージーが抗議した。

「今はちがうわよ」ローラはチャドが跳びかかってくる前に、またお菓子を拾った。「あなたたちといっしょに、わざわざドアのベルを鳴らさなくてもいいわ。このほうが、たくさんお菓子が取れるもの」

チャドとロージーは、まだ没収されていなかったお菓子を急いで拾った。

「あなたたちは大人でしょ」ロージーが不満を言った。「大人が子どもからお菓子を取りあげたりしちゃいけないのよ」

ローラは恥じいる様子もなく、アイザイアに勝利の笑みを投げかけてから、こう答えた。

「子どもは喧嘩をしちゃいけないのよ。あなたたちが決まりを破るなら、わたしたちだって破るわ」

これにはロージーも明らかに途方にくれ、しかめ面で唇を引き結んだ。チャドは怒って、ふてくされた顔をした。「行こう」妹に言った。「次の家でもっともらえるよ」

子どもたちは前を歩いていった。アイザイアの耳に、チャドが妹にささやく声が聞こえてきた。「喧嘩はもうおしまいだ、いいな？　アイザイアおじさんがママたちに告げ口したら、ぼくたち、もっと大変なことになるんだからな」

「おにいちゃんが先に押したんでしょ！」

「おまえがひじで押したからだろ」

「わざとじゃないもん！」

「へへん」

「本当よ！　袋をのぞこうとして腕を曲げただけよ。ひじで押すつもりなんてなかったわ」

チャドはため息をついて妹のうさぎの耳をまっすぐにしてやり、仲直りを申しでた。「もしおまえが謝るなら、ぼくも謝るよ」

ロージーは大げさにため息をついた。「ごめんなさい」

「ごめんな」

ためらいがちな和解が成立すると、ふたりの子どもたちはそろって走りだした。アイザイアはあきれたように首を振った。ローラのゆっくりとした話しかただと、子どもたちも自然と耳を傾けるのだろうか。「驚いたな。今夜ぼくが、いったい何度喧嘩はやめるように言ったと思う？」

ローラは黙って微笑んだ。

「きみは子どもの扱いがうまいね」アイザイアは言った。「子どもを持っていないのがもったいないくらいだ」

ローラはアイザイアと並んで歩きはじめた。冷たい夜の空気に、ローラの吐く息が霧のように白く見える。街灯の明かりに照らされて、薄茶色の瞳が磨きあげられたトパーズのようにきらめいた。「持つつもりだったわ。でも、事故にあって、すべてが変わってしまった」

ローラは鼻にしわを寄せて、肩をすくめた。「友人たちも辛かったと思うわ。わたしはなにも話せなくなってしまったから。何回かはお見舞いに来てくれたけど、そのあとはもう会わなくなった。つきあっていたボーイフレンドもすごく悲しんでくれたのよ。だけど、それ以上、彼にできることはなにもなかった。別れるまでに、それほど時間はかからなかったわ」

アイザイアの姉ベサニーの身にも、落馬事故のあと、ローラとほぼ同じことが起こった。アイザイアは、相手の女性がもっとも自分を必要としているときに逃げだすような男を許せなかった。が、それはよくあることだ。世のなかには、より簡単に手に入る愛だけを求めるタイプの男が存在するのだ。

「今だって、家族を持つのに遅くはないさ」アイザイアは言った。「きみはまだ若いんだ」

「わたしは三十一歳よ、アイザイア」

「それって年寄りなのかい？」アイザイアはからかった。

「わたしはみんなと同じにはいかないのよ」

アイザイアは少し首をかしげて、横にいるローラの顔を見た。「よくわからないな」

ローラはコートの具合を気にするふりをして、アイザイアの視線を避けた。「いつか、わたしの失語症を受け入れてくれる男の人と巡りあえるかもしれない。だけど、もしかしたら、ずっと巡りあわないかもしれない。ひとりじゃ子どもを持てないわ」

アイザイアは心臓が止まりそうになるほど驚き、愚かな質問をした自分を蹴りとばしたくなった。アイザイア。ローラのような美しい若い女性なら、デートを申しこむ男性には事欠かないだろうと、勝手に思いこんでいた……なんてこった。どうして自分は、頭が空《から》っぽの人間のような真似をしてしまうんだろう。一般的な法則は、ローラにはあてはまらない。こんなに愛らしい女性でも、話しかただけで多くの男性は背中を向けてしまう。そして、ローラはほかにも問題を抱えていた。

「現代社会では、結婚しなくても子どもを持てるよ」アイザイアは指摘した。

「妊娠すること自体は心配してないわ。問題はそのあとよ。わたしは、ひとりでは子どもを育てられない」

アイザイアはローラの言葉について注意深く考えを巡らせた。ローラの部屋を思い起こしてみたが、ちりひとつなく清潔なうえに、すてきな飾りつけもされていた。料理の腕も一流だ。「きみならきっと、誰よりもいい母親になれるさ」

「ありがとう。そうなることを願ってるわ。でもね、わたしにはできないことがたくさんあるのよ」

アイザイアが見たかぎり、ローラは基本的なことはすべて自分でやっていた。「たとえば、どんなこと?」

ローラは笑った。「リストが欲しい?」それから、自分で自分をばかにしたように鼻を鳴らした。「今のは取り消し。リストをつくるのも、わたしにできないことのひとつなの。字を書くのはとてもむずかしいのよ」ローラは降参するように両手をあげた。「あなたには何げなくできることが、わたしにとってはすごくむずかしいの。小切手を切ることも、そのひとつ」

「支払いをするときはどうするんだい?」

「請求書を銀行に持っていって、銀行の人に正しい金額の小切手を振り出してもらうの。それを持って、自分で順番に支払ってまわるのよ」

アイザイアには想像もつかない世界だった。インターネットのクレジットカード払いですませているので、月に一度銀行口座からお金が引き落とされるだけだ。

アイザイアの心のなかを読みとったように、ローラはさっと笑みを浮かべた。「そんなに大変じゃないのよ。ただ時間がかかるだけ。たとえば食べ物を買いに出かけたら、わたしは全部の店を探しながらゆっくりと歩いて買い物をするの。だいたいは、欲しいものをちゃんと買って帰れるわ」

「お金はどうやって払うんだい?」

「ほとんどはカード、時々は現金で。店の人に手持ちのお金を渡して、だまされないことを祈るだけよ」

はじめて会ったときに、計算があまりできないとは聞いていたが、それが日常生活にどんな影響を及ぼすかについてまでは考えていなかった。釣銭をごまかしたりはしないと信じて、他人に財布を渡さなければならないのか？

話を本題に戻して、アイザイアは言った。「そのことは別として、きみはひとりで立派に生活しているよ。自分の面倒がみられるなら、子どもの面倒だってみられるさ」

アイザイアの顔を見あげたローラの目には、暗い影が差していた。「子どもには宿題をみてくれる人が必要よ。わたしにはできない。病気になったら薬が要るわ。わたしは薬のラベルもちゃんと読めない。寝る前には絵本を読んであげなきゃならないでしょう。わたしがお話をひとつ読み終わるころには、真夜中になってしまうわ」

ローラが言葉を切る前に、アイザイアにもすでに、あの事故がどれほどローラの人生を大きく狂わせてしまったかが理解できた。多くの女性が当然のように得られるものを、ローラは失ってしまったのだ。仕事も、結婚して夫や子どもと暮らすことも、孫を持つことも。動物が大好きでも、飼うことはできない。他人のガレージの上にある小さなアパートにしか住むことができないからだ。

「やめて」ローラは誇りを示すようにあごをつんとあげた。

「なにを？」

「わたしを憐《あわ》れむのを。同情されるのは大嫌いなの」

「憐れんでなんかないよ。ただ、不公平だと思ったんだ」

「わたしは今あるものに満足してるわ。今のままで充分幸せよ。恵まれた生活をしてるわ。以前のわたしが求めていたものとは違うかもしれないけど、それでも満足よ」

〝満足〟。ローラのような人間がそんなことで満足していいはずがない。たしかに、ローラにはハンディキャップがある。彼女と結婚した男は、そのハンディを補わなければならない。だが、ローラとの結婚で得られるものもあるはずだ。彼女はたぶん喜んで家庭を守り、よき母になってくれるだろう。彼女の夫は子どもたちが寝る前に絵本を読んで聞かせたり、宿題を手伝ったり、家計の管理もしなければならない。だが、その代わりに、仕事で疲れてやっと家に帰りつくと、今度は家事の半分が待っているという共働きの苦労はないだろう。毎晩家に帰ってくると、温かい食事がストーブの上で湯気を立て、ローラのように美しい妻が給仕役をしてくれたらどんなに幸せだろうと思う男は、アイザイアも含めてたくさんいるはずだ。

そこまで考えると、ふいにアイザイアの心臓が激しく脈打ちはじめた。赤信号だ。自分はいったいなにを考えていたんだろう？　アイザイアはちらっと視線を横に向け、カメオのように美しい輪郭を描くローラの横顔を見やった。男なら思わず悪さをしたくなること間違いなしだ。だが、自分はまだ身を固める心の準備ができていない。考えただけでも逃げだしたくなるくらいだ。

そうとも、結婚より先にやるべきことが、まだまだたくさんあるのだ。

翌日の晩、ローラははじめて夜のシフトについた。九時少し前にクリニックに着くと、車内灯の明かりの下で数分座ったまま、何度もコードナンバーを復習した。正しくナンバーを打ちこめば、セキュリティー・システムが解除される。建物のどこの出入口でも、外からドアをあけて一分以内にコントロールパネルのキーボードに四桁の数字を打ちこめば、警報が鳴りだすことはない。

一連の作業は、普通の人にはいたって簡単だろう。だが、ローラにとっては、そうではない。6925という数字は最悪の組み合わせだった。ローラは、文字や数字が逆さまや左右逆に見えてしまうことがある。6、9、2、5はどれもとくに間違えやすい数字だ。たとえば、6は逆さになると9に見え、逆に9が逆さになれば6に見える。2と5はそれとは違うパターンで、やはり油断のならない数字だった。

その日の午後、ローラは一度クリニックに来て、ヴァルの監督の下でコードを打ちこむ練習をした。そのときは、すべてうまくいった。だが、だからといってローラがひとりきりで同じことをしてうまくいくとはかぎらない。

ローラは深く息を吸いこんで勇気を振りしぼると車を降り、断固とした足取りで建物の裏にある出入口に向かった。ドアの錠に鍵を差しこむと、心臓が今にも破裂しそうに激しく脈打った。『神様、お願いです。どうか落ち着いてできますように』この仕事を続けるためには、無事にセキュリティー・システムを解除しなければならない。それができなければ、ローラは建物にほかにも人がいる日中のシフトでしか働けないことになる。それは、ほかのケンネル・キーパーに対して不公平だ。ケンネル・キーパーは全員、ひと月に七日間夜のシフトで働く決まりなのだ。

ドアを押しあけて、ぼんやりとした灯りに照らされた室内に入ると、ローラの心臓の鼓動はますます速まった。急いで。一分はたったの六十秒よ。この瞬間、もう何秒過ぎてしまったんだろう？ ヴァルに教えられたとおり、ドアを閉めて鍵をかける。コードナンバーが書いてある紙をつかみ、急いで警報装置のコントロールパネルに向かう。壁に取りつけられた小さな四角いパネルだ。さあ、落ち着いて。数字を打ちこむ前に、気をつけてよく見るのよ。

震える指で四桁のコードを打ちこんでから、システムを解除するために1を押した。それから、サイレンが鳴りだすのではないかと半分びくびくしながら、その場に立ちすくんだ。小さな赤い光の点滅が消え、緑のライトがぱっとついた。システムが無事に解除されたしるしだ。ローラは目を閉じ、ほっとしてその場に座りこみそうになった。『神様、ありがとうございます』ここまでは、うまくいった。あとは、ひとりでここにいる間に不審な人物が侵入してこないように、システムをリセットすればいいだけだ。

細心の注意を払ってローラはもう一度コードナンバーを打ちこみ、ヴァルの教えに従って3を押した。緑のライトが点滅し、手順どおりにふたたび赤いライトに変わった。ローラはにっこりし、うれしくて踊りだしそうになった。ちゃんとできたじゃない。やったわ、なんの問題もない。

ローラは魔法瓶と弁当を入れた袋を片方の腕に抱え、もう片方の腕を下に振ってコートの袖を脱ぎながら倉庫部屋を通り抜け、犬舎に通じるドアへと急いだ。十歩ほど進んだそのとき、突然警報が鳴りだした。悲鳴のようなベルがけたたましい大音量で四方の壁にこだまし、鼓膜《こまく》に突き刺さった。ローラは危うく失禁しそうになるほど驚き、恐怖におののいた。『ああ、神様』恐ろしさのあまり、持っていたものを全部床に投げだしたローラは、なんとかドアを押しあけて犬舎に飛びこみ、中央の通路を走り抜けた。怖がる犬たちが、吠えたりうなったり、ケージの扉を爪でひっかいたりする音が警報の騒音に加わった。

はじめて、クリニックがどれほど広い建物なのかを実感した。オフィスと診察室の間にある正面のホールにたどりつくころには、すっかり息が切れていた。警報が鳴ると、セキュリティー会社は警察に通報する前にクリニックに電話をしてくることになっている。ローラはスタッフしか立ち入れない建物の奥で電話を取ったことがなく、その場所さえ知らなかった。電話を受けるためには、正面の受付カウンターに行くしかなかったのだ。

やっとロビーにたどりついたとき、ふいに警報が鳴りやんだ。と、ほとんど同時に、電話が鳴りはじめた。ローラはカウンターのなかに入って受話器をつかんだ。「もしもし？」

女性の声が答えた。「もしもし、こちらは〈ハリス・セキュリティー〉です。ご存知と思いますが、ただ今、クリニックの警報が作動いたしました」

「間 - 違いです」ローラは息を切らしながら言った。「わたしがなかに入るとき、きっと間違った番号を押したんです」

「わかりました」女性の声は笑っていた。「大丈夫です。時々あることなんですよ。パスワードさえ教えていただければ、こちらで対応いたします」

ローラは頭のなかが真っ白になった。『パスワード』頭の横を片手でおさえ、落胆のあまり泣きだしそうになった。コードナンバーを覚えることばかり心配していて、パスワードを見直しておくのを忘れていた。犬の名前と関係があったはずだ。たしか、犬の種類じゃなかった？　だけど、どの種類かが思いだせない。プードル？　コッカースパニエル？　オーストラリアン・シェパード？　どれも違う気がする。どうしよう？

「犬の種類ですよね」ローラは震える声で言った。

「そうです。でも、それだけではちょっと」相手の女性が言った。「パスワードをご存知ないのでしたら、こちらから警察に通報することになります」

頭をおさえた手を、ぎゅっとこぶしに握りしめた。この大ばか者。必要なのはパスワードだったのに。『神様お願いです』だが、頭のなかは、頑《かたく》なに空《から》っぽのままだ。「わたしは脳に障害があるんです」ローラは説明した。どこかのオフィスから、なにかが壊れるような音がした。ローラは跳びあがって、肩越しに後ろを振りかえった。誰かが建物のなかにいるのだろうか？「事務‐長がパスワードを教えてくれました」ローラは必死に話した。「でも、わたしは気が動転すると、記憶が混乱してしまうんです」

「申し訳ありませんが」女性が答えた。「決まりですので。パスワードをお願いします」

ローラは大きく息を吸って、なんとか気持ちを落ち着けようとした。「クリニックの獣医のどちらかに連絡をしてもらえませんか？　わたしは怪しい者ではないと保証してくれるはずです」

「申し訳ありませんが、それはできかねます」

電話が鳴ったとき、アイザイアはちょうど夕食を食べ終わり、プラスチックのトレーをシンクの下にあるリサイクル用の蓋つきボックスに投げいれたところだった。いったい誰だとうめき声をあげ、留守録機能が作動する前に、カウンターの上に置いてあった携帯電話を手に取った。いつもの習慣で『ハロー』は省いて電話に出た。「アイザイアです」

「ドクター・コールターですか？」男の声が訊いた。

「そうですが」たぶんペットのことで電話をしてきた飼い主だろうと予想したアイザイアは、あけたばかりのビール瓶を持ち、話しながらカウンターをまわって腰をおろそうとした。一日じゅう立ちっぱなしだったため、背中が痛くてしかたがない。「どんなご用件でしょう？」

「わたしはオレゴン州警察のラドクリフ巡査です」

アイザイアはカウンターのスツールに尻をのせた。全体重をのせて腰を落ち着けると、籐《とう》製のスツールが音をたててきしんだ。法執行機関からの電話は、悪い知らせとはかぎらない。つい先週も、オレゴン州保安官協会から寄付を募る電話がかかってきたばかりだ。それにも関わらず、アイザイアはわずかに心臓の鼓動が速まるのを感じた。「なにかあったんですか？」

「わたしが知りたいのもそれなんですよ。二、三分前におたくのクリニックでセキュリティー・システムの警報が鳴りましてね。なかにいた女性がセキュリティー会社に正しいパスワードを言えなかったそうで。それで我々に連絡がきたわけです」

アイザイアの肩からほっと力が抜けた。時計を確認すると、ちょうど九時を少しまわったところだ。ローラの顔が心に浮かび、アイザイアはかすかに微笑んだ。「そうですか」

「その女性はあなたの下で働いていると言っていますが。名前はローラ・タウンゼンド」

「ミズ・タウンゼンドはたしかにわたしのところで働いています。今日は、彼女のはじめての夜勤だったんです。だから、セキュリティー・システムを扱った経験がなかったんですよ」

「彼女もそう言っています。それなら、よかった。少なくとも、泥棒ではないわけですね」

「ええ、クリニックの従業員です」

「彼女が言うには、また警報を鳴らしてしまうかもしれないということです。体調が悪いと、文字や数字が逆さまに見えるそうですね。こういう事態になったからには、二度と警報騒ぎを起こさないために、日中だけ働いたほうがいいかもしれないと言ってますよ」

巡査の話はわかりやすく要点をおさえていた。「ぼくがそちらに行って、処理します」アイザイアは言った。「ミズ・タウンゼンドに、三十分以内で行くと伝えてください」

警官が引きあげたあと、ローラはアイザイアが来るまで犬舎で仕事をすることにした。忙しくしていたほうが時間が早くたつに違いないと思ったのだ。それに、もし別の人間が今夜のシフトを引き継ぐために呼ばれたとしても、山のような仕事を押しつけずにすむ。

ローラは汚れた寝わらを集めながら、懸命に涙をこらえた。最初にアイザイアと結んだ取り決めで、仕事がきちんとこなせなければやめることになっている。ひと月に七日間の夜勤は、ローラの仕事の一部だ。ほかのケンネル・キーパーが全員そうしているように。だが、今夜ローラはその仕事を果たせないことを自ら証明してしまった。アイザイアはローラを解雇するしかないだろう。

さまざまな理由から、この仕事をやめると想像しただけで、ローラの心は悲しみでいっぱいになった。今やこのクリニックは、ローラにとって単なる仕事以上のものになっている。ここでできたたくさんの友人と会えなくなるのが寂しくてたまらない。それに、動物たちにも会えなくなってしまう。ここがわたしの居場所だったのに。ほかのケンネル・キーパーたちは命じられた仕事をこなすだけで、それ以外のことはなにもしない。毎日、時間を割いて、猫や犬たち一匹一匹の相手をしているのはわたしだけだ。べつにかまわない。どうせ待っている人なんて誰もいないんだから――子どもも夫も、家族ではなくても大切な人さえ。だから仕事が終わったあとも、そうしたければ犬舎でぶらぶらしていられたし、事実、しょっちゅうそうしていた。その結果、たとえ短い期間でも、この仕事はすっかりローラの生活の中心になっていたのだ。

アイザイアの下で働くのがどれだけうれしかったか、彼はわかっているだろうかと、ローラはいぶかった。アイザイアも、ローラを解雇するのはいやな気分だろう。そう思うとまた頬にあふれだす涙をぬぐって、ローラは背筋を伸ばした。そろそろ元気な顔を取り戻す時間だ。アイザイアがやってきたときに、腫れあがった目と赤くまだらになった顔で対面したくはない。ますますいやな思いをさせるだけだ。自分は彼と取り決めをした。この結果を受けとめ、耐えなければならない。

ホースでケージの床を洗い流していると、とうとうアイザイアが現われた。中央の通路を大股で歩いてくる姿を見つけると、ローラは急いで通路に出て奥の蛇口を閉めに行き、ホースを針金にかけてからアイザイアの前に進みでた。アイザイアははいているラングラーのジーンズと同じくらい何度も洗って色褪《あ》せた紺色のスウェットシャツを着ていたが、それでもすばらしくハンサムに見えた。

「こんばんは」という言葉しか、ローラは思いつかなかった。

アイザイアの青い目は、笑みを含んで光っていた。「はじめての夜勤は大爆発で始まったらしいね。爆発じゃなくて、警報かな」

無理に笑顔をつくりながら、ローラはピンク色のニットの袖をまくりあげた。「こんな時間に来させてしまって、ごめんなさい。今日、ヴァルと警報をセットする練習をしたから大丈夫だと思ってたのに」

アイザイアはジーンズの前ポケットに指先をつっこんだ。「正確には、なにがあったんだい？　たぶん、話せば解決できるよ」

「そうできたらいいけど。でも、無理だと思うわ」そう言いながら、ローラはのどの奥が詰まった。「文字や数字を覚えるのは、わたしにはむずかしすぎるわ。6は9に見えるし、2が5に見えることもあるの」ローラは肩をすくめて、笑みを浮かべようとした。「これで、どうしてわたしが自分で小切手を振り出せないのかわかったでしょ」

アイザイアの目が考え深げな濃い色を帯びた。「大した問題じゃないさ。実際、きみ以外にも、いろんな原因でうっかり警報を鳴らしてしまったスタッフは何人もいる。話し合って、なにかいい方法を――」

「クリニックをやめます」ローラはアイザイアの言葉をさえぎって言った。

ふたりの間に張りつめた沈黙が流れた。犬たちさえ緊迫した雰囲気を感じとったのか、クンクンと鼻を鳴らす音がぴたりと止んだ。アイザイアはゆっくりと片手をあげた。「おいおい」

「そういう約束だったはずよ」ローラは言った。「ちゃんと仕事がこなせないなら、ここで働きたくはないの」大したことではないというように、肩をすくめてみせた。「わたしは役目を果たせなかった。だから、これで終わり」

「少々事を急ぎすぎじゃないか？」

「これからは、わたしにセキュリティー・システムを任せられないでしょう、アイザイア。つまり、わたしは夜勤ができないってこと。ケンネル・キーパーは夜勤をするっていう契約よ。わたしは特別扱いをされたくないの」

「特別扱いするつもりはないよ。ただ、問題を解決する方法を考えようと言ってるんだ」

　ローラは両手をあげて降参のポーズを取った。「わたしは何度も何度もコードナンバーを復習したわ。これ以上やっても無駄よ。数字が間違って見えることがあるの。それは、何度練習しても変わらないわ」

「8はどうだい？」

「8？」ローラはわけがわからず、おうむ返しに訊いた。

「そう、8」アイザイアは指で空中にその数字を書いてみせた。「上下逆さまでも左右裏返しでも、斜めにしても同じだよ」

　たしかにそのとおりだった。だが、ローラにはまだ、それが警報の件とどう関わっているのかわからなかった。「8とこの話にどんな関係があるの？」

　アイザイアはにやっと笑って、ウィンクをした。「うちのセキュリティー・システムのすぐれた点は、承認コードを複数設定できることなんだ。いくつかボタンを押すだけで、きみ専用のコード番号を指定できるんだよ。8888はどうかな？」

　ローラは耳を疑った。「全部8？　そんなことができるの？」

「8が見やすいなら、できるだけじゃなくて、そうするよ」

　クリニックの仕事をやめなければならないと思いこんでいたローラは、アイザイアの提案を聞いて完全に混乱した。涙がふたたびあふれだした。体が震えないようにまっすぐ前を向き、あごをあげているのが精一杯だった。

「すごいわ」ローラは言った。「だけど、パスワードはどうするの？　わたしはそれもだめだったわ。警察の人が帰ったあと、少し落ち着いたらやっと頭に浮かんだ。だけど、セキュリティー会社の人に訊かれたときは、どうしても思いだせなかったの」

「なにか覚えられそうな言葉はある？」アイザイアは訊いた。「きみが混乱して、普通に考えられなくなったときにいつも頭に浮かぶ言葉はなに？」

　ローラは大して悩みもせずに答えた。「ばか」

「ローラ」質問の正しい意味にローラが気づくより早く、アイザイアは片手をローラの肩にかけて引き寄せた。「きみは、ばかなんかじゃない。そんなふうに考えちゃだめだ」

　こめかみのあたりの髪に、アイザイアの息がかかるのがわかった。その瞬間、ローラはアイザイアの腕のなかに安心して包まれていた。ああ。ローラは自然に目を閉じた。アイザイアの体はとても大きくて強く、たくましく感じられた。ローラの髪にそっと置かれた手の感触は、まるでささやくようにかすかなものだった。

「自分を卑下《ひげ》するのはやめるんだ」アイザイアは優しく叱った。唇が羽根のようにローラの髪をかすめた。「きみは環境科学者だったんだぞ」

「前はね。過去のことよ」

「つまり、きみはまだ科学者の脳を持っているんだよ。失語症は知性には影響しない」アイザイアは、大きな手でローラの背中を優しく撫でた。「だから、きみは昔と同じすぐれた頭脳の持ち主なんだ」

　アイザイアのスウェットシャツがローラの頬にこすれた。彼のにおい――男らしい麝香《じゃこう》のような香り、アフターシェーブローション、そしてかすかな石鹸のにおい——が、ローラを満たした。背骨から力が抜けていくようだ。アイザイア。彼の胸にすべてを預けて寄りかかりたい。だが、いつもの警告のベルがまた頭のなかで鳴り響いた。この人は好きなだけ相手を選べる男性なのよ。不可能なことを願うなんてばかな真似はやめなさい。

　ローラはアイザイアの広い胸に両手を押しあてて体を離そうとしたが、両腕の輪のなかで身動きが取れなくなっただけだった。アイザイアと目が合うと、ローラの頬はかっと熱くなった。その目は、問いかけるように——そして、たぶん不思議そうに——ローラの目をのぞきこんでいた。螢光灯の下で艶《つや》やかなシルクのように光っている引き締まった唇が、ゆっくりと、いつものゆがんだ笑みを浮かべた。一瞬、キスをされるのかと思った。もしそうされたら、心臓が止まってしまうだろう。だが、アイザイアは両手でローラの肩を包み、そっと体を遠ざけた。

　後ろに下がりながら、アイザイアは言った。「ぼくはその言葉が気に入らないけど、〝ばか〟はパスワードとして通用すると思うよ。セキュリティー会社に電話して、書類を追加変更してもらうように頼んでおこう」

「変えてもらえるの?」

「もちろん。パスワードを盗まれないかぎり、いくつ決めようが、むこうは気にしないさ。複数のパスワードを持っている会社は珍しくないよ。個人的に意味がある言葉じゃないと覚えられない人は、意外とたくさんいるものだからね」

ローラはアイザイアのあとについて犬舎から倉庫部屋に行き、アイザイアがローラ専用のコードナンバーをシステムに打ちこむところを見ていた。ローラにも何回か手順を復習させてから、アイザイアはセキュリティー会社に電話をかけに行った。ほとんど痛みに近いほど強い切望を感じながら、ローラはアイザイアの背中を見送った。

〝ばか〟。ローラは前よりもっと、その言葉が自分にぴったりだと悟った。とうとう、アイザイア・コールターを愛してしまった。これがばかでなければ、いったいばかとはどんな意味だと言うのだろう。

たったふた晩夜勤をしただけで、ローラはもう昼のシフトに戻れる日を指折り数えて待っていた。ケンネル・キーパーの誰もが夜のシフトを嫌っているのは不思議ではない。広い建物のなかにひとりきりでいるのは、明るい昼間なら〝ちょっと怖い〟くらいだが、夜中になると〝薄気味が悪くて恐ろしく〟なる。日中はちっとも広く見えない部屋も、人っこひとりいない夜にはうつろで不気味な空間に変わる。暗い廊下や、陰になった壁のくぼみの横を通るだけで、ローラは肌がちくちくするような感覚を覚えた。背後でバタンと閉まるドアの音は、耳がつぶれるほどの大音量に聞こえた。

ローラはもともと、暗闇を恐れたり、孤独におびえたりするたちではない。それでも、ひとりきりで夜のシフトについていると、自分自身で創りだした恐怖におびえてしまう。ひと晩に何度も、どうしても誰かに見張られているような気がして、肩越しに後ろを振り返ってしまう。建物のどこかで誰かが動きまわる音が聞こえたと確信したこともあった。足音を忍ばせて歩くようなかすかな音や、そっとドアを閉めるカチッという音だ。

せめて犬たちがいっしょに起きていてくれたら、それほど寂しくはなかっただろう。だが、犬たちの体内時計は太陽の光に合わせてセットされているらしい。汚れた寝わらを片づけたり、餌入れを洗ったりするためにケージのなかに入っても、犬たちはめったに目を覚まさなかった。ローラに撫でたりかいたりしてもらおうとして、ぐいぐい体を押しつけてきたり、通路を歩いていると狂ったように吠えたりもしない。いつも犬たちと触れあうことで使命感を感じているローラは、寂しくてしかたがなかった。

同僚たちとのつきあいも恋しかった。夜勤の際は、いつも楽しみにしているレナやジュディ、ティナたちとのコーヒー休憩もない。面白い冗談を言ってくれるサリーもいない。ジェームズがこっそり犬たちにお土産を差し入れてくれることもない。簡単に言えば、夜のシフトは恐ろしく退屈だった。

夜も更けてからの数時間は、一分一分が途方もなく長く感じられた。ローラはいつも十二時までにはすっかり帰る準備を終わらせて、疲れ果てて、赤く充血した目で時間が過ぎるのを待っていた。最後の二時間は、いつも永遠に続くかのように思えた。

水曜日になると、たまらなく同僚たちに会いたくなったローラは、日中、クリニックに立ち寄ってみることにした。朝の遅い時間まで睡眠を取ったあと、すばやくシャワーを浴びて着古した服に着替え、ハロウィーンのときに余って冷凍しておいたクッキーを袋に詰めて、クリニックに車を走らせた。車を降りる前に、フロントガラスの日よけについている鏡をちらっとのぞいて、自分の顔をチェックした。化粧もしていない素顔が映っている。もう少しでバッグのなかに手を入れて口紅を探しそうになった。やめなさい、ローラ。たぶんアイザイアは牧場への往診を終えたころだ。いやでも彼と顔を合わせることになるだろう。でも、だからってお化粧をする必要なんてないはずよ。わたしたちは友達で、それ以上の関係はなにもない。それをけっして忘れないで。

受付嬢たちは、差し入れを持って現われたローラを喜んで迎えた。

「わあ、おいしそう!」ジェニファーが声をあげた。赤い髪をカラー・コンタクトの色に合わせた緑色の髪留めで頭のてっぺんに結いあげたジェニファーは、勢いよく椅子から立ちあがった。「クリニックが、あなたを昼間のフルタイムで雇ってくれればいいのに。職場に差し入れを持ってくる人は、あなた以外に誰もいないのよ」

もちろんローラ自身も本当は昼間の時間だけ働きたかったが、それはほかのケンネル・キーパーに対して不公平だ。

「シュガー・クッキー?」普段は静かでひかえめなデビーが茶目っ気たっぷりに微笑み、ジェニファーが手を出すより先にクッキーをつかんだ。「うーん、砂糖衣がかかってるのね!ありがとう、ローラ」

タッカーとスタッフたちも、同じようにクッキーの差し入れを喜んだ。ローラがクッキーを持っていったとき、タッカーはちょうど手術を終え、なにか食べ物はないかと北棟の冷蔵庫をひっかきまわしている最中だった。ローラが抱えている袋を見ると、アイザイアにそっくりの青い目が興味津々に輝いた。

「それは食べ物？」

ローラは笑った。アイザイアと違って、タッカーはけっして食事を取り忘れたりしない。

「ハローウィーンの余りのクッキーを少しだけですけど」ローラはタッカーに袋を差しだした。「どうぞ」

タッカーはあっという間《ま》にクッキーをつかんで大きくかじり、口を動かしながら言った。

「どうしたんだい？　今週、きみは夜勤のはずだが」

「ちょっと寄っただけです」

「その後、警報は大丈夫？」

「ええ、大丈夫です。ありがたいことに」

「それはよかった」タッカーは手に持った食べかけのクッキーを見おろした。「これはうまい。就職先を間違えたな、ローラ。ケーキ屋をひらくべきだよ」

「それもいいかしら」

「仕事の話だが」タッカーは指を一本立てて、ローラを引きとめた。「きみに言わなきゃならないことがあるんだ。月曜の夜、犬に餌をやるとき、少々頭が混乱していたようだね。まあ、大したことにはならなかったが、４番ケージのゴールデンレトリーバーは特別食だ。間違った餌を食べたせいで、少し体調が悪くなった」

ローラはその犬を知っていた。隣りの家の生ゴミバケツをあさってひどい胃腸炎になり、クリニックに連れてこられてから二十四時間は点滴で栄養を補給するしかなかったため入院した犬だ。長いこと甲状腺機能障害も患っていて、症状を抑えるためには薬と味気ない低脂肪食が欠かせない。もうじき、退院して家に帰れる予定のはずだ。

「わたしが餌を間違えたんですか？」ローラは信じられない気持ちで訊き返した。

タッカーは肩をすくめた。「きみがはじめて夜勤をした夜だったし、警報が鳴ったりとかいろいろあったから、大変だったことは理解できる。幸い、朝六時に来たスーザンが間違いに気づいてくれたから、それほどひどいことにならないうちに餌を取りかえることができた。それに……」タッカーは親切そうに微笑んだ。「昨晩の仕事にはひとつの落ち度もなかった。これからもそうだろうと信じてるよ。二度と気をゆるめないように。いいかい？　もう一度間違いをしでかしたら、そう簡単には見過ごせない」

ローラは、まるで胃袋が膝まで落ちたようにずしりと重くなるのを感じた。ケージを取り違えるなんて信じられない。ローラはいつも細心の注意を払って作業をしていた。ローラのような人間には必要なことだ。それなのに、いったいどうやって餌を間違えたというのだろう？

「すみません」ローラは消えいりそうな声で謝った。「二度と起こらないように気をつけます」

タッカーはうなずいた。「それがいい」タッカーの顔から笑みが消えた。「なぜなら、二度めはないから。わかるね？」

ローラはごくりと唾を呑んで、小さくうなずいた。ええ、わかりますとも。タッカーは遠まわしに、今度失敗したらくびだと告げているのだ。

ローラは顔をしかめながら、アイザイアの手術室に直接つながっている短い通路を歩いた。すぐに目的地に着き、大きな部屋のドアをあけると、そこには見慣れた顔が並んでいた。まるで、長く留守をしていた我が家に帰ってきたようだ。

トリシュはシンクの前に立って手を洗っていたが、ローラを見つけると同時にサイレンの音を真似て叫びはじめた。ローラは、タッカーの叱責と迫りくる運命のことも忘れて笑いだし、目玉をくるりとまわした。「もう聞いてるのね」

トリシュは満面の笑みを浮かべた。「はじめてここに来たとき、わたしも警報を鳴らしちゃったわ。あなたの失敗はクリニックの伝統よ。通過儀礼ってやつね」両手を乾かしてから、トリシュはローラのほうに向き直った。「どうして、こんなに早く来たの？」

「わたしの赤ちゃんたちと遊びたくて」ローラは白状した。「みんな夜はずっと眠ってるのよ。犬たちの目があいている時間に、ちょっと会いに来たかったの」

「そう」

「こんにちは、ローラ」ベリンダが棚の扉を閉め、肩越しに振り向いて笑いかけた。「あなたがいなくて寂しいわ。ヨーグルトはなくなるし、冷蔵庫には炭酸飲料一種類しかないのよ。サンドイッチはひとつもなくて、スープもなくなりかけてるの」

ローラはにっこりとして、残った袋を掲げた。「救援‐物資よ」

「わーお！」ベリンダは包みをつかんでシールをはがし、オレンジ色の砂糖衣がついたクッキーを大きくかじった。「柔らかいやつね。このタイプのクッキー、大好きよ」

「全部食べないでよ」トリシュはペーパータオルをゴミ箱に放りこんだ。「わたしの分も残しておいて」

アイザイアとアンジェラは、部屋の反対側の奥にある手術台に向かって立っていた。患者の上には手術用のシートがかけられている。アイザイアのメスの下にどんな動物がいるのか、ローラにはまったくわからなかった。ローラはそちらに手を振ってから、犬舎に通じるドアのほうに歩きだした。

「ローラ！」アイザイアが呼び止めた。

ローラは振り向き、問いかけるようにアイザイアを見た。「はい？」

アイザイアの褐色の顔の下半分は手術用のマスクでおおわれていたが、わずかにのぞいている青い目は珍しく真剣だった。「タッカーに会った？」

ローラはうなずいた。「ええ、今さっき」さっきのどすんと胃袋が落ちていくような感覚がぶり返してきた。「話をしたわ」

アイザイアは、ほっとしたようにうなずいた。青い瞳に、ゆっくりといつもの輝きが戻った。「『いい警官と悪い警官』っていう言葉があるだろう。ぼくらふたりはそれなんだ。タッカーが、あまり厳しいことを言ってなければいいんだけど」

部屋のなかがしんと静まりかえった。ベリンダとトリシュはなぜか急に忙しそうになった。ローラの頬は恥ずかしさで燃えるように熱くなった。一瞬、ローラはアイザイアの気配りのなさを恨めしく思った。たしかに自分はへまをしたかもしれないが、せめてほかのスタッフがいない場所で話をしてくれてもいいではないか。

だが、完全に怒りに囚われる前に、公明正大な理性が働きはじめた。クリニックのなかに秘密はないのだ。部屋にいる全員が、すでにローラが餌を間違えた事件を知っているに違いない。

「いいえ」ローラは言った。「タッカーは優しかったわ。ミスをしてしまって、本当にごめんなさい」

「ふたつのミスよ」ベリンダは微笑みで言葉を和らげながらも、口をはさんだ。「あなたはなぜだか3番ケージと4番ケージの餌を取り違えたの。それで、二匹の犬が間違った餌を食べる結果になったのよ。一匹だけじゃないわ。そういうことにならないように、わたしたちはつねにすごく気をつけているの。誰にでも起こりうるミスなのよ」

『いいえ、〝誰にでも〟じゃない』ローラは心のなかで苦々しくつぶやいた。『わたしみたいに頭が悪い人間だけに起こるのよ』自分がケージを取り違えたということが、ローラにはまだ信じられなかったが、現実に二匹の犬が間違った餌を与えられていたのならそれ以外に説明のしようがない。その晩、ローラは実際に何度も数字を読み間違えたのだ。警報騒ぎがその証拠だ。だが、今まで、3と4を見間違えたことはなかった。どうひっくり返しても、ふたつの数字は似ても似つかない。

「これからは、もっと注意します」ローラは約束した。不安げにちらっとアイザイアのほうを見ると、その顔はふたたび真剣な表情に変わっていた。「本当よ」ローラは言った。「二度と起こらないようにするわ」

ローラは手術室を出て犬舎に入った。と、ほとんど同時に、犬たちが喜んで吠えはじめた。ローラは大きく息を吸いこみ、ゆっくりと吐きだした。それから、濡れた鼻や体を押しつけ、興奮してせわしなく息を吐く犬たちと幸せなひとときを過ごした。ひとつずつケージを移動しながら、問題の3番ケージまで来ると、よくよく数字を見直した。黒く太い字で数字が書かれた板が、奥のコンクリートブロックの壁の、よく見える上のほうに取りつけてある。数字によっては、正しく読み取るのにいつも苦労するものもあるが、3はそのひとつではなかった。

一時間後、ローラはそろそろ帰ろうとして、コートとバッグを取りに手術室に戻った。ちょうど、ベリンダが大きなアンゴラ猫の首筋をつかんでケージから持ちあげたところだった。猫はベリンダのやりかたが気に入らなかったのか、いきなり、シューッという鳴き声をあげて空中で暴れはじめた。

「ずいぶん元気がいいじゃない！」ベリンダが大声で怒鳴った。

「こっちに連れてきてくれ」アイザイアが指示した。

ベリンダは急いでステンレス製の台の上に猫をおろそうとした。足の裏が金属の表面に触れるやいなや、猫は逃げだそうとして必死に身をよじり、ひっかき、悲痛な鳴き声をあげてベリンダに噛みつこうとした。猫の凶暴さに仰天したベリンダは、すぐに手を離して跳びのいた。残されたアイザイアは、猫が手術台から跳びおりないように、すばやく対処した。さっと片手でアンゴラ猫の首筋をつかみ、ふたたび空中に持ちあげた。

「やあ、こんにちは」なだめるように言った。「仲よくしよう、いいだろう？」

ローラに言わせれば、猫が暴れだした責任はベリンダにある。このかわいそうな猫は、見知らぬ場所に連れてこられ、さらに、おそらく日ごろは慣れていないケージのなかに鍵をかけて閉じこめられていた。そこへやってきたベリンダは、猫を安心させて仲よくなろうとする素振りもないまま、いきなり首筋をつかんで持ちあげてしまった。

シューッという音を出したり、フーッとうなったりしながら、猫はアイザイアの顔をひっかこうとした。間一髪、アイザイアは首をのけぞらせて難を逃れた。「爪は抜いてある？」アイザイアはベリンダに訊いた。

「初診だから、カルテがまだないのよ」ベリンダは猫の前脚をつかみ、爪先の裏を親指でぐっと押しあげた。「爪は抜いてあるみたいね」

「口輪を持ってきてくれないか」アイザイアは肩越しに、後ろにいるトリシュに頼んだ。それから、猫に向かって言った。「おい、カドルスくん。優しく治療するのと、手荒くするのと、どっちを選ぶか自分で決めてくれ」

ギャーオ！という鳴き声が返事だった。猫は届かない爪でむなしく、だが獰猛《どうもう》にアイザイアの顔や胸を攻撃した。

「飼い主はなんだってこんな名前をつけたんだ？」部屋の反対側にいるジェームズが訊いた。「『抱きしめる《カドルス》』なんて似合わないだろう。〝ターミネーター〟はどうだい？」

ローラは微笑みながら手術台に近づいた。ベリンダの青いうわっぱりは白い毛だらけだった。カドルスの太った体にまだ毛が残っているのが不思議なくらいだ。アイザイアが止める間《ま》もないほどすばやく、ローラは両手を猫の胴体にまわし、そっと引っぱってアイザイアの手をゆるめさせると、おびえた猫を自分の胸に抱き寄せた。

「かわいそうにね」ローラは優しくささやいた。

カドルスはまたしてもフーッ、シャーッという音とともに、しきりに爪を立ててローラの肩に跳び上がろうとしたが、ことごとく失敗し、その脱走手段をあきらめた。

「しーっ」ローラはそっと体を撫でてやりながら、なだめた。「かわいい子ね。そう、いい子だわ。もう大丈夫よ」ローラの優しい声に応えるように、猫はもがくのをやめた。「わかったでしょう？」ローラはささやきかけた。「誰もあなたをいじめたりしないわ」

緑のシャツについた白い毛をブラシで取りながら、アイザイアはあきれたように首を振った。「驚いたよ。一体全体、どうしてきみは嚙まれないいんだ」

猫はローラの胸にしがみつき、襟元に鼻をすりつけていた。「怖がってたのよ」ローラが説明した。「ケージから出して、いきなりいやなことをしないほうがいいわ。まず最初に、少し抱っこしてやらなくちゃ」

ベリンダがむっとした口調でつぶやいた。「誰かさんと違って、わたしたちには一日のスケジュールってものがあるのよ」

アイザイアが片手をあげて制した。「いや、ベリンダ。彼女が正しいよ」アイザイアは手を伸ばして指先で猫の頭に触った。「ぼくは猫とは相性が悪いのかもしれないな」アイザイアはローラといっしょになって猫をそっと撫ではじめた。「だけど、クリニックには猫もたくさん来る。少しでもいい関係を築けるようにならないとな」

「とってもかわいい子だわ」ローラは柔らかな毛皮に頬をすりつけた。「どうして『抱きしめる《カドルス》』って名前なのかよくわかるわ。怖がらせなければ、ほんとにかわいいもの」

アイザイアはくすくす笑った。「少なくとも、きみといっしょのときはね」

ローラは大きくて重い猫を、楽な体勢に抱き直した。いまやカドルスはごろごろとのどを鳴らしはじめ、アイザイアはますますにんまりとした。「ところで、どこが悪いの？」ローラは訊いた。

「耳の具合が悪いらしい」アイザイアは言った。「まだ、なにが問題なのかわかるほど近くで診てないけどね」

ローラは猫を撫でながら、アイザイアが片側の耳を近くでのぞきこめるように体の向きを変えた。「これでよく見えるわ」

「ねえ、ちょっと」ベリンダがいらいらした口調で言った。「その猫はかっとしやすいのよ。あなたはクリニックで猫を扱ったことも、猫に嚙まれたこともないんでしょう。わたしなら、指はひっこめておくわ」

そのとき、トリシュが猫用の口輪を持ってきた。残酷な見かけをしたその器具は、猫の顔をすっぽりとおおい、頭の後ろで交差するストラップでがっちりとあごを固定するようにできていた。そんなものを付けて、ちゃんと息ができるのかどうかさえ心配になってくる。ローラは訴えるような目でアイザイアを見た。

「診察する間、わたしがおさえておくわ」と、申し出た。「怖がらせるようなことさえしなければ、嚙んだりしないと思うの」

ポケットからペンライトを取りだしながら、アイザイアは目を狭めてじっとローラを見つめ、それから、かがみこんで、猫の耳のなかをのぞいた。ローラは、アイザイアからもっとよく見えるように、カドルスの頭の向きを変えた。

「フォックステールだ」アイザイアはつぶやいた。

「まあ」ベリンダが近づいた。「どのくらいの深さ?」

フォックステールがどれほど危険なものか、ローラも経験から知っていた。背の高い茎のてっぺんについている矢形のとげは、夏を過ぎると乾いて黄褐色になる。そのとげは、わずかな風でも茎から離れて空中に舞い、人間の服や動物の毛皮にくっつく。一度なにかにくっつくと、矢のような形をした鋭い先端はどんどん深くもぐりこんでしまう。動物の足や耳、口、目などに刺さることもよくあり、この近辺では多くの馬が、フォックステールから目を守るために牧草地ではアイ・ガードをつけていた。

「そんなに深くはないな」アイザイアが答えた。

「飼い主は、猫が頭を振りはじめてからすぐに連れてきたそうよ」トリシュが横から説明した。

「よかった」アイザイアは言った。「この厄介なやつは、時間がたつと、どんどん深く刺さっていくんだ」

「きっと、飼い主の家の近くに野原があるのね」ベリンダが意見を述べた。

アイザイアは長いピンセットを取りに行った。すぐに戻ってくると、ローラを横目で見ながら言った。「きみがおさえていてくれたら、すぐにとげを抜けると思うんだが」

ローラはうなずいた。そして、カドルスの試練はすぐに終わった。ローラはちょっとの間カドルスを抱っこしてやってから、ケージに戻した。背後で、アイザイアが処置後のケアについて指示を与える声が聞こえてくる。振り向くと、アイザイアは手を洗いながら説明をし、トリシュがメモを取っていた。ローラは自分のバッグを取りに行った。肩にバッグをかけたとき、アイザイアが振り向いた。

「きみは本当にケンネル・キーパーでいたいのかな？　きみのような才能のある人が、もったいないよ」

「そうよ！」トリシュが賛成した。「きっとすばらしい獣医看護士になるわよ」

「とんでもない」ローラは激しく首を横に振った。「わたしには絶対に無理よ。忘れたの？　わたしは犬の餌を間違えたのよ」

その言葉を聞くと、アイザイアの勇気づけるような笑みが消え、瞳が暗く翳《かげ》った。アイザイアはなにも言わなかったが、ローラにはよくわかった。アイザイアはローラに告げられた宣告を忘れていたのだ。もう一度失敗したら、ローラはクリニックを去らなければならない。

7

「どの絵を使う？」と、エッタ・パークスが訊いた。祖母の肩越しに手元をのぞいたローラは、顔をしかめて携帯電話の小さな画面を見つめた。ローラは自分の携帯電話にクリニックの番号を登録してもらうため、朝の十時からエッタの家を訪れていた。「犬か猫がいいわ」

エッタが手に持っていた紙巻きタバコを吸い、煙を吐きだすと、後ろにいるローラの顔の前にも煙が漂った。「ミセス・ケスラーの番号は犬だし、シーガルさんのところは猫だよ。使えるのは風船とか、ワイングラスとか」エッタはほかの絵柄をスクロールしていった。「本、ケーキ、プリンター、車、それからコーヒーカップ。動物はいないね」

文字や数字を読むのはむずかしいので、ローラはよくかける番号をイラストで登録できる携帯電話を買っていた。そのおかげで、電子アドレス帳をすばやくスクロールさせ、それぞれの人の特徴に合わせて登録してある絵柄から名前を認識すれば、番号を押さなくても電話をかけることができた。「ケーキにして。それでわかるわ」

「ケーキ？　動物クリニックの番号に？」

ローラはうなずいた。「いつも食べ物を持っていってるの」

「だからケーキってわけね」肩までの長さの銀髪を、派手な飾りがついたスウェットシャツによく似合う紫のヘアバンドでまとめたエッタは、番号を登録する作業を始めた。「どんな食べ物？」

「いろいろよ。わたしはいつもつくりすぎるから、うちの冷凍庫は満杯でしょ。アイザイアは手近にすぐ食べられるものがないと食事をするのを忘れてしまうの。だから、わたしが余った食料をクリニックに持っていって、アイザイアに食べてもらってるのよ」

「彼の世話を焼いてるの？」エッタはにやりとした。「ずいぶん仲がいいようだね」

「ただの友達よ」ローラはそう答えながら、近ごろはまるで呪文を唱えるようにその言葉をくり返していると心のなかで思った。

　祖母が最新の機械に毒づきながらボタンを押している間に、ローラは飲み物を探しに行った。食器棚にもたれて、ゆっくりとミネラル・ウォーターをすすりながら、慣れ親しんだキッチンを見まわした。ローラはこの場所を心から愛していた。子どものころ、湖に釣りに行く日の朝は、まだ日が昇る前にジムおじいちゃんと楕円形のテーブルに座って朝食を食べたものだ。夏の夜には、ここで幾晩も、祖母といっしょに庭で採れた野菜を保存用に調理した。なかには骨が折れる作業もあったが、祖母はいつも仕事を面白くしてくれた。ローラは思い出にひたりながら、もう一度子ども時代に帰りたいと本気で願いそうになった。

　あれから何年もたち、キッチンにも多くの変化――新しい設備や、新しい色を基調にしたカラーコーディネート――があったが、基本的には昔のままだった。朝食をとる小部屋の窓にさがっている新しいライムグリーンのカーテンは、新しいフォーマイカ製のカウンターの深緑色をした斑点模様とマッチしている。床には最近、祖母がモップをかけなくてもいいように、室内・屋外兼用の渦巻き模様のカーペットが敷かれた。ステンレス製のシンクの左側にはかの有名な〈ミスター・コーヒー〉製のこげ茶色のコーヒーマシンが鎮座し、ガラスポットの半分までコーヒーが溜まると、いれたての芳《かぐわ》しく豊かな芳香をまき散らす。冷蔵庫の前面は、白い扉がほとんど見えないほど飾りでいっぱいだ。さまざまな標語が書かれたマグネットがたくさんある。今のローラにはほとんど読めないが、子どものころからそこにあったので、たいていの標語は覚えてしまっていた。

『食事という言葉を口に出すと、必ずなにかを口に入れたくなる』『この家に神の祝福を』『わたしはただの料理上手ではない。料理の名人だ』などなど。一番お気に入りの言葉に目がいくと、ローラは微笑んだ。数年前に、ローラが祖母にプレゼントしたものだ。『わたしとあなた、あなたとわたし。いつでも、いつまでも』本当にそのとおりだ。あれから数年が過ぎても、自分はこうして一番好きな場所のひとつである祖母のキッチンに立っている。

「だいたい終わったよ」祖母が言った。

ローラは視線を祖母に戻し、ひとり微笑んだ。七十六歳という年齢になっても、祖母は美しく、繊細な顔立ちとほっそりとした体型を保っている。ローラは祖母に似ているとよくいわれるが、自分ではちっともそう思わない。髪や目の色は似ているが、そのほかは似ても似つかない。

エッタの関節炎で痛む手のなかで、いきなり携帯電話が鳴りだした。「なんなの!」突然のことに、エッタは危うく手に持った機械を落としそうになった。「だから、こういうものは大嫌いなのよ」

ローラは部屋を横切りながら、笑った。電話を受けとり、小さな緑色の電話の絵のマークを押した。「もしもし?」

「やあ、ローラ」低く男らしい声が言った。「アイザイアだけど」

ローラの心臓がどきどきと鼓動しはじめた。「こんにちは」

しばらく沈黙が流れ、それから、アイザイアが言った。「今朝、ちょっとしたトラブルがあってね。ちょうど牧場の往診から戻ったときに、ぼくが気づいた。きみと話をしなきゃならないんだ。これから、こっちに来られるかい?」

ローラの顔から、うれしそうな笑みが消えた。アイザイアの声は硬く、怒っているようにさえ聞こえた。「もちろん行くわ。どんなトラブルなの? わたしがまた餌を間違えたの?」そう訊きながら、ローラは顔をしかめていた。昨晩はとくに注意して、すべての作業をくり返しチェックしながら進めたのだ。「またミスをしたなんてありえないわ」

「こっちに来てから話そう」

ローラはいやな気分に襲われはじめていた。アイザイアの声も、やけによそよそしく聞こえる。「わかったわ。何時がいいかしら?」

また沈黙。「いつでも都合がいい時間に。今日はずっとクリニックにいるから」

電話を切ると、アイザイアは椅子に寄りかかって、ごしごしと目をこすった。デスクの角に向かい合わせに置いた椅子に腰をおろしたタッカーは大きなため息をついてホチキスを手でもてあそび、それから口をひらいた。「彼女にはやめてもらおう、アイザイア。あの犬が死ななくてすんだだけでも奇跡に近いんだ」

激しい感情が、アイザイアののどの奥にこみあげた。「彼女はつねにとても慎重なんだよ、タッカー。その彼女がケージの扉をあけっぱなしにするなんて、ぼくには想像もつかない」

タッカーは歯をくいしばって、ささやくように毒づいた。「いい加減にそんな考えは捨てろ、アイザイア。昨晩クリニックにいたのは彼女だけなんだ。ほかに誰がやったって言うんだ？」

アイザイアにも筋の通った説明はできなかった。ただ、ローラは普段から何事につけても注意深く行動しているというだけだ。「わかった」アイザイアは引きさがった。「話を進めるために、とりあえず彼女は扉をあけっぱなしにしたと考えてみよう。それは誰にでもありうる失敗だ。どうして厳しく注意して終わらせたらいけないんだ？　もう二度としないかもしれないのに、ひとつの失敗のせいでくびにするのはずいぶん残酷じゃないか？」

タッカーはあきれたように両手をあげた。怒りで火花が散ったように青い目が光った。「おまえは、あの犬が倒れていた現場を見ていない。そこらじゅうが血だらけで、ケージのなかは戦場のようなありさまだったんだ。死んでいたかもしれないんだ、アイザイア。高級な犬種の犬なんだぞ。飼い主に訴えられたかもしれない。ケージの扉を閉め忘れるのは、小さなミスじゃない」

アイザイアはうなずいた。「重大さはわかってるよ、タッカー。ぼくが言いたいのはそのことじゃない。ローラは動物の扱いにすぐれているんだ。やめさせないで、もう一度チャンスを与えるべきだよ」

「何度チャンスをやれば気がすむんだ?」タッカーはデスクに手をついて、勢いよく立ちあがった。「おれたちは、金銭的にも彼女のへまの尻ぬぐいをさせられるんだぞ」ひと言口に出すたびに、声が大きくなった。「手首を叩いてお仕置きしただけで、またミスを引きおこすリスクを背負うわけにはいかないんだ。そんなやりかたは納得できない」

アイザイアも立ちあがった。両手のこぶしをデスクの上に置き、前に乗りだして双子の兄の目を正面から見据えた。「彼女を雇うと決めたのはぼくだ。だから、くびにする決定を下すのもぼくの役目だ。ぼくは彼女といっしょに働いている。兄さんよりも、彼女のことはよくわかってる」

「それが心配なんだよ。彼女になにか借りでもあるのか?」

「いや、あるわけないだろう」

「だったら、どうして自分の身を心配しようとしないんだ? よく考えて行動するんだな、アイザイア。おまえのチャックのなかにあるものに口出しする気はないが」

「いったい、なんの話だ?」

「彼女は魅力的な女性だってことさ」

「魅力的な女性なら、クリニックにはほかにもたくさんいる」アイザイアが指摘した。「誰をくびにするとしても、間違っていると思ったら、ぼくは反対する」

タッカーは手で髪を梳き、床を見つめて呼吸を落ち着かせようとした。アイザイアは、自分がひどく腹を立てたときもこんなふうに見えるのだろうかと考えながら、見守った。タッカーの肩の筋肉が盛りあがっている。頬がぴくぴく引きつり、腕を下におろすたびに大きな両手がぎゅっとこぶしに握りしめられた。

「わかった」ついにタッカーは吐きだすように言った。いやいや言っていることがわかるような、苦々しい口調だ。「おまえは彼女といっしょに働いていて、おれは働いていない。おまえのほうが彼女をよく知っているっていう言い分は正しい。最終判断はおまえに任せよう。だけど、もし、もう一度なにかが起きたら、それがどんなに些細《ささい》な失敗でも、彼女にはやめてもらう。そのときは議論の余地はない。それでいいか？」

アイザイアはうなずいた。「わかったよ」

タッカーはドアをあけて、出ていこうとした。が、くるりと振り向き、もう一度引きかえしてきた。受付カウンターに聞こえないように声をひそめて言った。「気をしっかり持てよ、アイザイア。ローラは美人で魅力的だ。それは否定しない。だけど、彼女はかなりのお荷物だぞ。本気になるのだけはやめておけ」

アイザイアは首を横に振った。「その忠告は必要ない」

アイザイアがデスクの上のものをいじるのをやめて話を始めるまで、ローラは椅子のひじかけをぎゅっと握りしめて待っていた。アイザイアは明らかに気が進まないようだ。さっきから、ローラの目をまっすぐに見ようともしない。そわそわと落ち着きがなく、まるで別人のようだ。

ローラは昔から、なぜ、『耳をふさぎたくなるような沈黙』という言いかたをするのだろうと不思議に思っていた。その謎が今やっと解けた。オフィスのなかはしんと静まりかえって、毛穴から汗がにじみ出る音までもはっきりと聞こえてしまいそうだ。

ついにアイザイアは椅子の背に寄りかかって、ローラの顔を正面から見た。ひとたび視線が合うと、青い目は容赦なく、まっすぐにローラの目を見据えた。「昨晩、きみはケージの扉をあけっぱなしにしていたんだ」

ローラは心臓が止まるほど驚いた。「でも、そんな――」

「犬が一匹逃げた」アイザイアはローラの言葉をさえぎって、話を続けた。「昨日、腹部の手術を受けた黒いラブラドールだ。栄養剤の点滴を受けていた。犬がケージから出たとき、点滴の袋が引っぱられてフックから床に落ちた。犬は袋を引きずって歩きまわった。そのうち、窓の下に積んであった梱包用の木箱の上に跳びあがった。外に出ようとしたんだろう。当然、点滴の袋のほうが、犬に刺さっている針よりかなり下になる。その結果、逆流が起きた」

ローラには、どういうことかよくわからなかった。アイザイアはローラの当惑した表情に気づき、さらに説明を続けた。「つまり、点滴の液が患者の静脈に流れこむ代わりに、血液が外に流れだしたんだ。ありがたいことに、箱の上に乗ったのはスーザンが来る直前だったらしい。点滴の挿入口と、歩きまわっているうちにひらいてしまったお腹の傷の両方から大量出血していたが、命は取りとめたよ。スーザンはタッカーに連絡した。タッカーが輸血と緊急手術をしてくれた。それと、神様のおかげだね。きっと神様が救ってくださったんだろう」

ローラは呆然として、ただ頭を横に振るだけだった。「そんな」やっと、ささやくように言った。「違うわ。そんなこと起こるはずがない」

その言葉が聞こえなかったかのように、アイザイアは言った。「ぼくは、今すぐきみをくびにはしないというリスクを冒すことにした。きみにもう一度チャンスを与える唯一の理由――それはきみが動物たちを心から愛し、かわいがっているからだ。正直に言って、きみは今までに雇ったなかで一番優秀なケンネル・キーパーだよ」

「ありがとう」ローラはしぼりだすように言った。

「だけど、こういう事件が起きたことを見過ごすわけにはいかない。あの犬は死んでいたかもしれないんだ。もしそうなっていたら、どうなるかわかるかい？　飼い主はクリニックに莫大《ばくだい》な賠償金を請求する裁判を起こしていたかもしれない」

「ええ、それは理-理解できるわ」ローラは頭がぼうっとし、胃がむかむかしてきた。「いつも全部のケージの扉をチェックして、かけ金がおりているかどうか確認しているのよ」ローラは弱々しく言った。「帰る前に、必ずそうしてるわ」

アイザイアは椅子の背に体をもたれさせた。歯をくいしばると、あごの筋肉が引きつったように動いた。「昨日の晩はきっと忘れたんだろうね」と言い、両手を広げた。「なぜそうなったかは重要じゃない。ぼくらが考えなきゃいけないのは、きみが夜間のシフトについているときに犬が死にかけたってことだ。タッカーとぼくは、どうするべきか話し合った。ぼくの説得で、タッカーはきみにもう一度チャンスを与えることに同意してくれた。もし、またなにかが起こったら、そのときはきみにやめてもらうという約束でね。これは、このクリニックの評判に関わる問題なんだよ」

ローラの目の奥に熱い涙がにじんだ。同時に、胸に痛みが走った。「みんなをトラブルから救うために、わたしはやめたほうがいいわ」

アイザイアはデスクの上にひじをついて両手を組み合わせ、その上にあごをのせた。ふたたび容赦のない視線をローラに向けた。「それがきみの希望?」口調は穏やかだった。「ここをやめたいのかい?」

「いいえ、もちろん違うわ。この仕事が大好きだもの。だけど、やってもいないことで非難されたくはないの。わたしじゃないわ。わたしは絶対に全部の扉をチェックした。いつもそうしてるのよ。あけっぱなしになんてしていないわ」

「誰かがやった。そして、そこにいたのはきみだけだ」

ローラは立ちあがった。「本当にそう思ってるの？」

ローラの顔を見あげたアイザイアの表情には、不信感が浮かんでいた。ローラは震える両手でこぶしを握りしめた。たくさんの言葉が胸にあふれ、のどの奥に詰まった。なんとか自分を弁護したい。だが、アイザイアは間違いなく、ローラが物忘れのせいでミスをしたと思いこんでいる。

「いいかい」アイザイアは冷静な口調で言った。「逆から考えてみよう。偶然、ひとつの扉を閉め忘れたりしなかったと誓える？——自信を持って断言できるかい？」

ローラはもう少しでイエスと言いそうになった。だがすぐに、自分が混乱していて、前の晩のことをはっきりと思いだすことができないと気づいた。断言できると言うためには、昨晩の出来事をなにもかも思いだす必要がある。

「だいたい間違い－ないわ」やっとそう答えた。

「だいたい？　それじゃだめなんだ」

クリニックを出る前に、中央の通路を行ったり来たりしながら両側の扉を確認したのは、はっきりと覚えていた。なにか注意がそれるような出来事があっただろうか？　うっかり一カ所だけ、扉が閉まっているかどうか触って確認するのを忘れたとか？　ローラは昼間の仕事で自分なりの決まった手順をつくり、今ではすっかりその手順が身に染みついている。ローラのように障害を持ち、普通の人よりも物事を忘れやすい人々にとって手順というものはきわめて重要なのだ。

「ぼくは、きみにここで働いてほしいと思ってるんだ」アイザイアは穏やかな声で言った。「きみにチャンスをあげるために、必死で闘ったんだよ。これできみがやめたら、ぼくの面目は丸つぶれだ」

ローラは完全に頭のなかが混乱し、それ以上議論をすることもできずに、ただこっくりとうなずいた。

「たぶん」アイザイアは続けた。「こういうことが二度と起きないように、いくつか新しい習慣をつくるといいんじゃないかな」

アイザイアは二、三の方法を提案したが、どれもローラが用心のためにすでに実行していることばかりだった。アイザイアが話し終わるころには、ローラは頭が痺れたようになにも感じなくなっていた。

オフィスをあとにしながら、ローラはこう言うのが精一杯だった。「その犬に申し訳なく思うわ」

「みんなそう思ってるよ」

アイザイアがクリニックを出たのは、もうすぐ七時になるころだった。目の奥がじんじんと痛み、心のなかには、同業者のなかでも評判が高い何人かの医師とその日電話で交わした会話の断片が漂っていた。アイザイアの患者に、自己免疫疾患で命が危ぶまれる、米国種レトリーバーの雄がいる。通常使われる抗生物質や抗炎症剤はまったく効果がない。そろそろ今の治療はあきらめて、なにか新しい治療を試みる時期だった。その候補がホルモン置換《ちかん》療法だ。

アイザイアは、正攻法の治療が効かなかった患者に対して、雄性ホルモンであるテストステロンの注射が有効だとは思えなかった。だが、よく考えてみれば、東オレゴン獣医学研究センター長ロドニー・ポーターに比べれば、自分はまだまだひよっこ同然の身だ。そのポーター氏が、ホルモンの欠損が免疫システムを弱める可能性があると述べているなら、レトリーバーにテストステロン注射をしてみる価値はあるだろう。

そうさ、試してみてはいけない理由がどこにある？ 体の芯まで疲れ果て、精も根も尽き果てた気分のアイザイアは、自分もテストステロン入りカクテルを飲んでみたいくらいだった。

ひんやりと冷たい夜気のなかを車まで歩き、学術書の山を積みこむために、リモコンで後部座席のドアロックを解除した。長い夜になりそうだと思うと、憂鬱だった。今夜は、手元にある自己免疫疾患に関する資料をすべて読み終えるまでは、とても眠れそうにない。

ドアロックが解除されると同時に、車内の天井や隙間に取りつけられている車内灯がぱっとついた。その光は周囲の暗い駐車場までも、ぼんやりとした薄明かりで照らしだした。自分の車の向かい側にもう一台車が停まっているのを見て、アイザイアは驚いた。クリーニング会社の誰かが残業でもしているのだろうか？ 車に近づき、それがローラの赤いマツダだとわかると、アイザイアはさらに驚かされた。

車のなかに本を投げ入れると、思っているより遅い時間なのだろうかと、腕時計を確かめた。いや、やっぱりまだ七時だ。ローラのシフトは九時からのはずだ。こんなに早い時間に、なにをしているんだろう?

アイザイアは来た道を引きかえしてふたたびクリニックに戻り、犬舎に向かった。直感を頼りに、迷わず黒いラブラドールのケージをのぞいた。冷たいコンクリートの囲いのなかにローラが座り、その膝の上に、ラブラドールの大きくて重い頭がのっていた。ローラの悲しげな表情と、がっくり落ちた肩は、甥のギャレットが読んでいたおとぎ話に出てくる迷子の天使を思わせた。頬に金色の髪の束が垂れ、大きな薄茶色の瞳には悲しみがあふれている。

アイザイアの足音が聞こえても、ローラは顔をあげようとしなかった。「まさか、昼間ぼくと話をしてから、ずっとここにいたの?」

「そうよ」ローラはうつろな声で答えた。

「どうして? きみは今晩夜勤だろう、ローラ。真夜中の二時まで働かなきゃならないんだぞ」そして、またミスをしかねない、とアイザイアは心のなかでつぶやいた。

ローラは片手をそっと犬の肩に置いた。「ダスティは死にかけた。今もまだ、とても具合が悪いはずよ。わたしにできるのは、いっしょに座っていてあげることくらいだわ」

そっけない口調が、とぎれとぎれの話しかたをますます強調していた。アイザイアは胸が締めつけられるような気分を味わった。アイザイアがその場に立ちつくしても、ローラは顔をあげようとしなかった。ついにアイザイアは扉をあけて、ケージのなかに入った。コンクリートの壁に背中をあずけ、そのまま体を下にずらしてしゃがみこんだ。「なるほど」と、穏やかに話しかけた。「まだ、ぼくに腹を立てているんだね」ローラはまだ目を合わせようとせず、アイザイアは緊張を和らげようとしておかしそうに笑った。「なあ、そんなに悪い結果じゃないだろう。きみの名前はまだ従業員名簿にのっているし、ダスティは回復してきている。今に、この騒ぎもいい思い出のひとつになるさ」

とうとうローラは顔をあげ、アイザイアと目を合わせた。その瞳は怒りに燃えていた。「わたしが本当に扉をあけっぱなしにしたなら、どれだけ非難されてもいいわ。くびにされてもかまわない。だけど、わたしはやってないのよ」

明らかに責任が自分にある失敗について、そこまで頑固に否定するのはローラらしくなかった。仕事についた当初は、必要以上に自分を卑下し、自分に充分な能力があるかどうかあんなに不安がっていたというのに。

「このケージの扉はあいていた」アイザイアは落ち着いた口調で言った。「建物のなかにいたのはきみだけだ。ほかの誰がやったって言うんだい、ローラ?」

「わからない。でも、わかっていることはひとつ、わたしはいつも必ず全部の扉が閉まっていることを確認する」ローラの手は犬の肩の上にそっと置かれたままだ。「わたしはほかの人たちとは違うのよ、アイザイア」アイザイアの名前を言うローラの声は震えていた。「マメを数えながらじゃないと、コーヒーの粉を何杯いれたかも忘れてしまう人間なの」

ローラのコーヒーをいれる能力とこの状況がどう関係するのか、アイザイアは考えこんだ。

質問をしようとすると、ローラがさらに続けた。「自分のことはよくわかってるわ。あなたは本当に、わたしが自分の行動すべてがとても重‐要なこの場所で、なに‐かを忘‐れると思うの？　わたしはほかの人たちよりずっと注意深いのよ。そうしなければ生きていかれないから」

　ローラの言葉は、ショックとともにアイザイアの胸を突いた。今朝、アイザイアもまったく同じことをタッカーに言ったのだ。

　ローラは手を振って周囲のケージを示した。「わたしは、この犬たちを愛してるの。彼らを危険にさらすようなことはけっしてしない。わたしは仕事の手順を細かく決めて、いつも絶対にそれを守ってるわ。そう‐しないと、なにかを忘れてしまう」ローラが唾を呑むと、のどがごくりと動いた。「昨晩、わたしはダスティのことが心配だったから、帰る前に様子を確認したわ」

「ケージを出る前に、うっかり掛け金をおろすのを忘れたってことはないかい？」アイザイアは穏やかな口調で意見を述べた。

「ないわ」ローラは正面からアイザイアの目を見つめた。「昼間、話をしたときは、気が動転して細かいことをはっきりと思いだせなかったけど、今はわかる」ローラは小さなあごをぐっと突きだした。「ケージを出てから、掛け金がおりていることを二度も確かめたわ」

　アイザイアは両膝を引き寄せ、その上に腕をのせた。ローラの傷ついた瞳を見つめていると、彼女を信じずにはいられなくなる。ローラは普段から些細なことでも、まるで儀式のように手順を守っていた。毎日毎日、ローラが同じことを正確に同じ順番でくり返している場面を、アイザイアは何度も目にしていた。たとえば、仕事がすんでクリニックを出る際、いつも同じパターンで行動する——手術室に来るとまず軽食の残りをチェックし、それから、みんなに挨拶をする前にコートとバッグを取りに行く。ほかの人間なら、日によって狂うだろう。先に挨拶をしてから、最後に冷蔵庫をのぞくこともあるに違いない。だが、ローラはけっして順番を変えない。その理由は明らかだった。順序が狂うと、なにか重要なことを忘れてしまうかもしれないからだ。

「ぼくだってきみを信じたい」アイザイアはついに本音を吐いた。後悔の念をにじませた真剣な口調だ。「もし、ほかにも犬舎に出入りする人間が大勢いる昼間に起きていたら、きみを信じただろう。だけど、昨晩ここにいたのはきみひとりなんだ。その事実を、まずどうにかしないことには話が進まない」

ローラの目に涙が光った。それから、永遠とも思えるほど長い時間アイザイアをじっと見つめ、そして、目をそらした。

「どうしたんだ?」アイザイアは体を横に傾けて、ローラの顔をのぞきこんだ。「今、なにか言いかけただろう?　なんだい?」

「きっと、頭がおかしくなったと思われるわ」

「思わないよ。話してくれ」

緊張したローラの首の腱が、ぴんと張りつめた。ローラは大きく息を吸いこみ、それを吐きだしてから、一気に言った。「昨晩、誰かがここに忍びこんだと思うの」

ローラの言葉どおりだった。アイザイアは、ローラは頭がおかしくなったのだろうかと疑った。「なぜだい?」

「わたしをやめさせるために」

さらに、どうかしているとしか思えない意見だった。クリニックの人間はみな、ローラを好いている。

「どうして、誰かがきみをやめさせたがるんだい? すまないけど、それは信じられないよ、ローラ。誰がきみを失業させたがってるというんだ?」

ローラの唇の端は震えていた。「わからない。ただ、誰かがそう思ってる。脳に障害があるわたしのことを気に入らないのかも。わたしに罪をかぶせるのは簡単よ。犬の餌が取り違えられたら、きっとわたしのせいになる。ケージの扉があけっぱなしでも、みんなはきっとわたしがやったと思う。まだあるわ。たしかにわたしは時々数字を読み間違えるけど、3と4を間違えたことはないわ」

またしても、アイザイアはローラの話が事件にどう関わるのかわからなかった。

「この前、餌が逆になっていたのは4‐番と3番‐のケージよ」心の動揺が、ローラが話すスピードをますます遅らせた。「3‐は上下を逆にしても変わらないし、4‐は逆さまにしても、左右を逆にしても、な‐斜めから見ても、ちっとも3と似ていない」ローラはダスティを撫でる手を止めて、囲いの奥の壁の高い位置に大きくて太い黒字で書かれた7という文字を指した。「ケージの番号は小さくないし、読みにくくもない。わたしは脳に障‐障害があるけど、目はちゃんと見えるわ」

アイザイアは考え深げに7の数字をじっと見つめ、それから、ローラの青ざめた顔に視線を戻した。

「今週のはじめに、わたしが、え‐餌を間違えたってタッカーにきつく言われたとき、そんなば‐ばかな失敗をしたなんて信じられなかったわ。いつも、すごく慎重にやっているから。今は、だ‐誰かがここに忍びこんで、餌入れをすりかえたんじゃないかって思ってる」

アイザイアは失敗をいつも冷静に分析し、事実だけに目を向けて注意深く情報を集めるタイプだ。だが、理性に照らして考えればまったく筋が通らないローラの主張を、アイザイアは信じた。ローラはこんな突拍子もない考えをでっちあげるような人間ではない。それに、そんなことをしてなんの得になるだろう。ローラはまだ職を失っていないのだから、仕事を取り戻すための策ではない。そんな主張をしてうそだとわかれば、結果は裏目に出て、ますます信頼を失ってしまう。それがわからないほど、ローラは愚かな人間ではないはずだ。

「頭がお‐おかしいって思ってるんでしょう」ローラはとがめるように言った。「もしそ‐そうだったら、続きを話したら、もっとわたしのこと変‐変だって思うわね。月曜の夜に警報を鳴‐鳴らしたのは、わたしじゃないわ」

アイザイアはブーツの裏を前に滑らせ、コンクリートの上にどすんと尻を落とした。『やりかけたら最後までやり通せ』だ。誰かがクリニックに忍びこみ、餌入れをすりかえたり、故意にケージをあけっぱなしにしたという話を信じるなら、さらに一歩進んで誰かがわざと警報を作動させたという説を信じるのもむずかしくはない。

「あの日、ヴァルと警報をセ - セットする方法を練習したの」ローラは急いで続けた。「パ - パネルの小さなライトを見るように言われたわ。赤なら警報はセットされていて、緑なら解除されているって」

「そうだね」

「月曜の晩は、なにもかもはじめての経験だった」ローラは言った。「だから、自分がなにかミスをしたんだと思ったの。ライトはちゃんと赤になっていたのに。今はよくわかるわ。わたしはなにも悪くなかったのよ。警報を解除するまでライトは絶対に緑にはならないし、セットしなければ赤にはならないわ」

「セキュリティー・システムを解除したとき、緑になったのは確かなんだね?」

ローラは強くうなずいた。「そして、犬舎に行くときは赤になってたわ。倉庫部屋を半分くらい通り抜けたところで、警報が鳴りだしたのよ」

もしパネルを離れる時点で本当にライトが赤になっていたのなら、警報はきちんとセットされている。「あの晩、建物のなかで誰かを見たり、音を聞いたりしたかい?」

ローラは懇願するようにアイザイアを見た。「その質 - 質問に答えても、わたしのことをあた - あたまが変だと思わない?」

「思わない」アイザイアは答え、心のなかでも言葉どおりの気持ちだった。

「月‐月曜の夜に警報が鳴って、電‐話で女の人と話しているとき、オ‐オフィスでなにかが壊れる音がしたの」

「なにが壊れたんだ？」

「それはわからない。ただ、大きなガ‐ガシャンっていう音がして。なんの音だか確かめもしなかったわ。いろんな‐ことに混乱して、あとになるまでそのことは忘れていたの」

その事情は、アイザイアにも容易に理解できた。「ほかになにか変わったことは？」

「夜勤をしているときに、音がしたわ。誰かが建物のほかの場‐所で歩きまわっているような小さな足音とか。ほかにも、なにかを動かしているような、なにかがこすれたか、ぶつかったみたいな音。今日まで、そら耳だって自分に言い聞かせてたの。でも、そうじゃなかったんだわ」

「月曜の晩、きみが正しくシステムを再始動させたなら、警報を鳴らすにはドアか窓をあけるしかない。動物がいるから、モーション探知システムは使ってないんだ」

ローラは首を横に振った。「わたしはもうコートを脱いでいたわ。ドアにも窓にも触っていない。それなのに警報が鳴ったのよ」

アイザイアは考えこみながら、壁を見つめた。「警報システムのパネルは二カ所にある。ひとつは正面玄関、もうひとつは裏口だ。誰かが正面玄関の近くでパネルを見張っていれば、ライトの色できみが警報を作動させたことがわかるだろう。そのあと、急いでどこかのオフィスに行って窓をあける。警報が鳴りはじめたら窓を閉めて、警察が来て帰ってしまうまで、オフィスのなかに隠れていればいいんだ」

ローラの目が大きく見ひらかれ、涙でいっぱいになった。「わたしを信じてくれるの?」

「きみとぼくのどっちが、より頭がおかしいのかわからないけどね。そうだよ、ローラ。きみを信じる。きみにはこんなうそをつく理由はないはずだ」

ローラはぎゅっと目を閉じた。褐色のまつげの下から涙があふれ、青ざめた頬の上を流れ落ちた。

「ローラ!」

ローラは目をあけ、アイザイアに向かって弱々しく微笑んだ。「ごめんなさい。ただ――」ローラは言葉を切って下唇を嚙みしめ、ふたたび頭を横に振った。「あなたが信じてくれるとは思わなかったから。それだけ」

「そうさ、きみの予想は、はずれだよ」アイザイアは手を伸ばして、ローラの頰の涙をぬぐった。それから、伸ばしていた足を引き寄せ、立ち上がった。「あとは、きみの主張を実証するだけだ」

「どうやって?」

「〈ハリス・セキュリティー〉に電話をする」ローラの疑わしげな顔を見て、アイザイアは微笑んだ。「いったんシステムが作動したら、コンピューターに記録を残さずに建物に出入りすることはできない。コードナンバーを使ってシステムを作動したり解除したりするたびに、コンピューターを監視する制御コンソールが、電話回線経由で〈ハリス・セキュリティー〉に信号を送るようになってるんだ」

「そうなの？」ローラはいっそう大きく目をみひらいた。「じゃあ、月曜の夜に誰かがここに入ったかどうかがわかるのね？」

アイザイアはうなずいた。「そのとおり」

その瞬間、アイザイアはローラを信じた自分が正しかったと悟った。ローラには、おびえたり居心地悪そうにしたりする気配はまったく見られなかった。うそをつき、だしぬけにゲームオーバーを知らされた人間ならそうなるはずだ。ローラは明らかに、セキュリティー会社の記録が自分を弁護してくれると期待していた。

「きみも来るかい？」アイザイアは誘った。「電話の内容をいっしょに聞けるよ」

8

タッカーが住むヴィクトリア風の田舎家は、街の東側に広がる四十エーカーの土地に建っていた。土地のあちこちに樹木が植えられている区画があり、一部が牧草地になっている。馬を二、三頭飼いたいが、広い牧場を管理するひまはない忙しい獣医にとっては理想的な土地だ。前庭の境界線に伸びている白い杭と横木でつくられた垣根に、緑のツタがからみついている。ゲートの脇には、古びてへこんだメールボックスが立っていた。

タッカーがこの土地を買ったとき、父親や兄弟たちは口をそろえてタッカーをからかった。白い垣根のある白いコテージを買うなんて、いよいよ花嫁が決まったのかと訊いたり、家に遊びに行ったらおしゃれなカップで紅茶をサービスしてくれるのだろうと、タッカーに聞こえるような大声で噂をしたりした。ついに、ある日母親がいないところで、タッカーは片手をあげて中指を突き立てる代わりに五本の指を上に向け、一本一本がおまえたちへの贈り物だと快活に言った。しつこくからかうのをやめさせるのに、その言葉はかなりの効果をあげた。

アイザイアは、ひそかにそんなタッカーのやりかたを尊敬していた。タッカーほどタフで男らしい男はいないだろう。だが、タッカーはそのイメージにこだわってはいない。彼はつねに彼自身以外の何者でもなく、ほかの人間にどう思われようが気にもとめない。タッカーは、この家と土地が気に入っていた。屋根に立っている小さな塔、手のこんだ細工がほどこされたポーチ、ごてごてと装飾された木製の窓枠や戸、そしてイングリッシュ・ガーデン風の庭がタッカーの心をとらえた。アイザイア自身は、もっと艶のある木材や、シンプルな輪郭の建築が好きだったが、それはあくまで自分の好みだ。タッカーがこの家で幸せなら、それでいい。

玄関の階段に続く踏み石を歩きながら、アイザイアは肩を縮こまらせ、ジャケットの襟を立てた。今は十一月。中央オレゴンの夜の気温は、空気中の水分を凍らせて小さな氷の結晶にしたり、マツの木の枝を凍らせたりするほどまでに下がっている。満月の光が周囲の景色を銀色の光で包み、木々の緑もグレーがかった色に見える。

この寒さだと雪になりそうだと思いながら、アイザイアは階段をのぼって正面のドアをノックした。窓の向こうにぼんやりと光る灯りが、タッカーは家にいて、まだ起きていると告げていた。

すぐに、広い玄関ホールにタッカーが姿を現わした。ホールの中央には、深緑色の細長い絨毯《じゅうたん》が敷かれた階段がらせん状に曲線を描いている。ドアにはまっている、エッチングで模様が彫りこまれた楕円形のガラスにタッカーのシルエットが映った。裸の上半身とジーンズのウェストの境目あたりが、赤褐色と青がにじんだように見える。

ガチャッと音をたててドアがあいた。「アイザイア？　どうしたんだ？」タッカーはドアをさらに広くあけ、刺すような冷たい空気に触れると、胸毛が濃い上半身を手でこすった。

「安楽椅子で眠ってたよ。もう九時過ぎだ」

「話があるんだ」

　この数年に、アイザイアは何組かの一卵性の双子と知りあったが、瓜ふたつといっていいほどそっくりの双子はそのうちの半分もいなかった。アイザイアとタッカーのようによく似た双子はめったにいない。ふたりの肌や髪の色、顔と体つきは、時々自分たちですら鏡をのぞいているのかと錯覚するほど似ている。ちょうど今、アイザイアはそんな気分だった。おそらく、ランプの明かりが背後にあるせいで、タッカーの顔の一部分が影になっているからだろう。理由はなんであれ、アイザイアは一瞬、奇妙な感覚に襲われた。もしも、それがしばらく続いていたら、幽体離脱を経験しているような錯覚に陥っていただろう。

　タッカーは後ろに下がって、アイザイアをなかに招き入れた。「おまえがパーティーに来なくて、みんな残念がってたぞ」

「なんのパーティーだい？」

「おいおい、アイザイア」タッカーはドアを押して閉めた。「ナタリーのおじいさんのバースデー・パーティーだよ。今夜、六時ぴったりから。開始のベルが鳴らなかったか？　おまえ以外は全員そろってたよ」

「しまった」アイザイアはやっと思い出した。スライのパーティーには、プレゼントを買ってちゃんと参加した。だが、今回はプレゼントは買ったが、参加するのを忘れてしまった。「プレゼントも買ってあったのに——ベッドの下に隠しておくように、安い赤ワインをワンケース」

タッカーはにんまりと笑った。「今度家に寄って、謝っておけよ。和解のしるしにワインのケースを持っていけば、たぶんなんでも許してくれるさ」かすかに身震いしながら、タッカーは訊いた。「おれになんの話だい?」

アイザイアは、カウボーイ・ハットを脱いだ。「クリニックの状況について」

「くそっ、今度はなにがあった?」

「なにもない。正確に言えば、ぼくが、ある情報を手に入れたんだ。兄さんと話し合う必要があるような情報だ」

「今夜?」

「明日の朝まで待てなかったんだ」

タッカーは小さく毒づき、玄関ホールから、階段の左側にある書斎のほうに裸足でぺたぺたと歩いていった。部屋に入る前に、ドア枠のあたりに手を伸ばして頭上のシャンデリアのスイッチを入れた。いきなりぱっと光があふれ、堅い木の床が磨きあげられたガラスのように輝いた。

「その顔つきからして、いいニュースじゃないらしいな」タッカーは言った。「おれはこの時間に悪いニュースを聞くと、酒が飲みたくなるんだ」

その言葉は早く要件を話せと要求していた。だが、タッカーの性質をよく知っているアイザイアは、ちょうどいいタイミングが訪れるまで爆弾を落とすのを待つつもりだった。装飾的なデザインの長椅子の上にカウボーイ・ハットをぽんと投げた。前回訪問したときはなかったものだ。「へえ、ずいぶんしゃれてきたじゃないか。自分で買ったのか?」

「壁紙もさ」タッカーは、手彫りの細かい彫刻がほどこされた優雅なマホガニーのリカーキャビネットに歩み寄った。「おれはティーローズが好きなんだ。この壁紙どうだい?」

まるで、家のなかで権利を主張する女性のようなセリフだった。だが、萌黄《もえぎ》色の渦巻き模様の背景の上に小さなバラの蔓《つる》が這っている壁紙をながめても、アイザイアは黙ってうなずく以外の反応ができなかった。「きれいだな」やっとのことで、そう答えた。なんだか気取った雰囲気のものは、たいていそう表現すればいい。

タッカーはキャビネットからグラスをふたつ取りだし、それぞれにアイリッシュ・ウィスキーを注いだ。褐色の肌をした大男のタッカーと、手に持った繊細なクリスタルのデキャンターとはおよそ不釣合いだった。「おれも家のなかを整えるのが面倒になってきたから、インテリア・コーディネーターを雇ったよ」

アイザイアは、書斎の一角を占めているマホガニー製の事務用家具一式を不思議そうに見やった。天板が渦巻き模様でおおわれたライティングデスクまである。以前にこの部屋に入ったときは、天板の角度が変えられる安っぽいドラフティングテーブルが事務用机として使われ、それ以外の家具といえば、金属製の椅子が二脚と、脇机の代用品らしきりんごの木箱だけだった。アイザイアは部屋の奥にある暖炉の前に立ち、両手をこすり合わせた。

「どうして、みんなそうするんだろうな?」タッカーが訊いた。

「なにを?」

「火がついていない暖炉の前で手を暖めようとするんだよ」

アイザイアは手元を見おろした。たしかに、ありもしない炎の上に両手をかざしている。アイザイアは笑って腕組みをした。「いい質問だ。たぶん習慣だな。実際、ここは外よりも寒い」

タッカーはにやっと笑い、首を縦に振った。

アイザイアは、暖炉の上にかかっている、楕円形の額に入った風景画をしげしげと見た。「とてもいい絵だな」そして、お世辞ではなく、自分が心からそう思っていることに気づいた。しだいにこの家が、人が住んでいるという温かみにあふれた場所に思えてきた。「ぼくもインテリア・コーディネーターを雇うべきかもな。今の家に住んで半年以上もたつのに、リビングでテレビを見るのに、大きなクッションみたいなビーンバッグ・シートしかないよ」

「それじゃ、女の子にいい印象を与えないぞ」タッカーはアイザイアにウィスキーのグラスを渡し、暖炉に向かいあう位置に置かれた、ひじ掛けのあるゆったりとした椅子に体を沈めた。「女っていうのは、洗練された趣味を持つ大人の男に惹かれるもんだ」タッカーの青い目が、きらりと悪魔じみて光った。「わかってるだろうが、折りたたみ椅子の上で女を誘惑するのは、なかなかむずかしい」

そのたとえを頭のなかに思い浮かべると、アイザイアの顔に笑みが浮かんだ。「わかるよ」

「今つきあってる女の名前はリサ・バニングだ。おまえが知りたければだけどな」

「彼女を折り畳み椅子の上で誘惑したのかい？」

「違うよ、ばか。彼女はインテリア・コーディネーターだ」

アイザイアは、タッカーの反対側にある椅子に腰をおろした。タッカーの椅子と同じくかなり装飾的だったが、座り心地は外見の犠牲になることなく申し分ないのがうれしかった。ぜいたくなクッションは柔らかく、アイザイアの大きな体に耐えられるほど分厚かった。

「たぶん、ぼくも彼女に電話するよ」

タッカーはウィスキーをすすった。ひと口呑みこみ、賞賛の口笛を吹いてから、おもむろに訊いた。「で、明日の朝まで待てない話っていうのはなんだ？」

アイザイアは椅子の背に体を預け、膝の上にグラスをのせてバランスをとった。「昨晩、ローラはケージをあけっぱなしにしていなかった。ぼくらは間違った結論に跳びついていたんだ」

タッカーは、すぐには返事をしなかった。考えこみながら、グラスのなかのウィスキーをまわした。やっとアイザイアと視線を合わせたとき、さっきまでタッカーの目にあった笑みは消えていた。「自分がどれだけばかげたことを言ってるか、わかってるのか、アイザイア？　夜勤のスタッフはひとりだけだ。昨夜はローラだった。彼女じゃないなら誰がやったんだ？　いたずら好きなグレムリンか？」

アイザイアは売り言葉に買い言葉で怒りだしたりはしなかった。「彼女は罠にかけられたんだよ、タッカー。誰かが彼女をやめさせようとしている」

タッカーは椅子に座ったまま、身を乗りだした。「おい、アイザイア。正気になれよ。誰がそんなことを考えるって言うんだ？　おれの知ってるかぎりじゃ、ローラはクリニックの全員に好かれてるぞ。おれのほうのスタッフも、誰もローラの悪口を言ったりしていない。レナはしょっちゅう彼女をほめちぎってるし、ひと月に一回髪の色を変えるケンネル・キーパーのダニエル・プリンスも、彼女は大したもんだって言ってる。ローラの次にシフトにつくと、ほんの少しでも糞が残っていたことはないそうだ。ティナはローラのことを聖人のように思ってる。もう一度訊くぞ。誰がそんなことを企むんだ？」

「まだ、そこまではわからない」アイザイアは答えた。「ただ、彼女がはめられたことだけは確かだ」

タッカーは褐色の眉毛をつりあげた。「職場でのポジションについて言うのを忘れてたよ。彼女はケンネル・キーパーだぞ。誰が彼女の仕事を奪いたがるって言うんだ？」

アイザイアは、膝の上のウィスキーをこぼさないように気をつけながら、体をずらして上着のポケットを探り、折りたたんだ一枚の紙を引っぱりだした。「その点はぼくも同感だ」アイザイアはタッカーに紙を渡した。「だけど、事実はうそをつかない。これを見てくれ」

「これは？」タッカーは、渡されたプリントアウトをざっと見た。「日にちと時間？　わけがわからないな」

「少し前に、セキュリティー会社で夜勤をしている社員にファックスしてもらった。クリニックの警報を誰かがセットしたり解除したりすると、電話回線を使って〈ハリス・セキュリティー〉に信号が送られ、コンピューターに記録されることになってる」

「そういえば、そうだったな」タッカーの声はいらだち、うんざりしていた。「それで、これのどこが重要なんだ……？」

「それは今週の記録だ。月曜の夜八時ごろ、誰かが警報を解除して、またセットしてる。ローラがクリニックに着いた時間より一時間くらい前だ。それから、見てくれ。ローラが九時少し前にきちんとシステムを解除して、セットし直していることがわかる。警報が鳴りだした時間は、それから三十秒もたっていない。警報が鳴った原因の欄を見てくれ。『境界線の侵害』とある。つまり、システムは正しくセットされていて、誰かが警報を鳴らすためにドアか窓をあけたんだよ」

タッカーは、プリントアウトの最初の数行をよく見た。「彼女がシステムを正しく解除して、それからセットできたなら、どうしてドアをあけて警報を鳴らしたりしたんだ？」

「彼女じゃないんだ。警報が鳴ったときはもう犬舎に向かってた」

「彼女はそう言っているわけだ」

アイザイアの心のなかに、ローラのかわいらしい顔が浮かんだ。「彼女がうそをついていると考えるのはやめてくれ、タッカー。ミスをしたという話ならいいが、うそだけは絶対にありえない」

「おまえは少々感情的になっていないか？」

「いい加減に、いらいらしてるだけさ。この記録をちゃんと見てくれよ。事実は明らかだ。ローラがクリニックに着いたとき、すでに誰かが建物のなかにいたんだ」グラスを椅子のひじかけにのせ、アイザイアは足を組んだ。「よく考えてくれ、タッカー。夜遅くにクリニックに行ってしばらくそこにいようと思ったら、どうやって警報システムを処理する？」

「まず、ドアの鍵をあけるな」少し皮肉っぽい口調でタッカーは言った。「なかに入ったら、すぐに鍵を閉める。それから、急いでパネルにコードナンバーを打ちこんでセキュリティー・システムを解除する。ライトがグリーンになったら、もう一度コードナンバーを打ちこんで、それから3を押してシステムを作動させる」

「帰るときは？」

「建物を出るときに、今言った作業をもう一度全部やる」

アイザイアはプリントアウトをのぞきこんだ。「大正解。八時少し前、ローラが建物に入る一時間前に誰かがシステムを解除して、それからまた作動させた。ローラがクリニックに来る前に、もう一度それをした記録はない」

「その誰かがずっと建物のなかにいたとはかぎらない。たぶん、そいつは忘れ物でもしたんだよ、アイザイア。おれなら警報を解除したら、もう一度作動させる前に、オフィスに駆けこんでファイルだか研究書だかを取ってくるよ」

Ⓐ

明日への疾走
キム・ウーゼンクラフト
小原亜美〔訳〕

運命のいたずらで刑務所の監房で出会った二人の女が、復讐と愛する男への想いをこめて、脱獄という一世一代の賭けに出た。迫真のノンストップ・サスペンス！

900円

悲しみを乗りこえて
ジル・マリー・ランディス
橋本夕子〔訳〕

かつて婚約者に裏切られ、事故で身ごもった子供を失った女性私立探偵と、娘の捜索を依頼しにきた男との激しくも波乱に満ちた恋を描いた感動のラブロマンス！

870円

毒の花の香り
クレア・マトゥーロ
栗原百代〔訳〕

才色兼備の女性弁護士リリーは、次々とトラブルに巻き込まれる。強盗事件に始まり、クライアントの医師が殺され、男前の刑事が現われ…。難事件に挑むリリーの運命は？

770円

その腕のなかで
ルーシー・モンロー
小林さゆり〔訳〕

謎のストーカーに付け狙われる、新進の女流作家リズの前に傭兵のジョシュアが現われ、ボディガードを買って出る。やがて二人は激しくお互いを求め合うようになるが…

870円

カリブに浮かぶ愛
ヘザー・グレアム
山田香里〔訳〕

世界の要人を乗せてカリブ海に出帆した大型豪華帆船での悲しい過去を持つ男女の激しい愛と、待ち受ける悲劇…テロリストのリーダーを名乗る意外な人物とは!?

870円

イヴたちの聖都
ローレン・バーク
宮田攝子〔訳〕

死んだ女子大生の謎を追うため大学に潜入したレイチェルの前に現われたのは、元恋人でCIA工作員のイライジャ。二人を待ちうける〈イヴのサークル〉の謎とは？

870円

なにも言わないで
バーバラ・フリーシー
宮崎槙〔訳〕

ロシアの孤児院の前に佇む幼女の写真を目にしたとき、ジュリアの人生は暗転する。カメラマンの息子とともに真実を追うが、二人に得体の知れない恐怖が迫り……

1000円

死のエンジェル

保護監察官キャロリンは担当する元殺人犯が実は冤罪

ナンシー・テイラー・ローゼンバーグ
中西和美［訳］

ではないか、と思うようになる。やがてその疑念を裏付けるような事件が起き、二人の命も狙われるようになり…

870円

女性検事補

ミシェル・マーティネス
松井里弥［訳］

弁護士惨殺事件の現場に偶然いあわせた検事補メラニーは、この事件でキャリアを築こうとFBIのダンと真相究明に乗りだすが、なぜか検察の情報が犯人に漏れて…

940円

ロザリオの誘惑

M・J・ローズ
井野上悦子［訳］

ホテルの一室で女が殺された。尼僧の格好をさせられ、脚のあいだにロザリオを突き込まれ……。女性精神科医と刑事は事件の核心に迫るが、それはあまりにも危険な行為だった…

870円

スカーレットの輝き

M・J・ローズ
井野上悦子［訳］

敏腕女性記者に送られてきた全裸の遺体写真。ニューヨーク市警の刑事ノアとともに死体なき連続殺人事件を追う女性精神科医モーガンを描くシリーズ第2弾！

870円

影のなかの恋人

シャノン・マッケナ
中西和美［訳］

サディスティックな殺人者が演じる、狂った恋のキューピッド。愛する者を守るため、燃え尽きた元FBI捜査官コナーは危険な賭けに出る！　絶賛ラブサスペンス

940円

運命に導かれて

シャノン・マッケナ
中西和美［訳］

殺人の濡れ衣をきせられ、過去を捨てたマーゴットは、彼女に惚れ、力になろうとする私立探偵デイビーと激しい愛に溺れる。しかしそれをじっと見つめる狂気の眼が……

1000円

過去をさがさないで

ステラ・キャメロン
大嶌双恵［訳］

若い女性がアイスピックで刺殺される事件が起き、過去に類似の事件を目撃したエリーも何者かに狙われる。怯える彼女を必死に守ろうとする弁護士のジョーだが…

950円

いつわりの微笑み

ステラ・キャメロン

田舎町で休職中の無骨な刑事ガイ。そして彼に恋心を抱くベーカリー経営者ジリー。やがてジリーに殺人者の

00円

ヒロインは眠らない〈上・下〉

ドリス・モートマン
栗木さつき〔訳〕

証人保護プログラムで過去を消されたNY市警の美貌の鑑識捜査員アマンダ。が、ある日を境に不審なことが起こり始め… 過去からの刺客の正体とは!?

各830円

トスカーナの晩夏

スーザン・E・フィリップス
宮崎 槇〔訳〕

傷心の女性心理学者が静養のため訪れたトスカーナ地方で出会ったのは、美しき殺人鬼などが当たり役の大物俳優。何度もベッドに誘われた彼女は…イタリア男の恋の作法！

950円

あなただけ見つめて

スーザン・E・フィリップス
宮崎 槇〔訳〕

父の遺言でアメフトチームのオーナーになったフィービーは、コーチのダンに惹かれ、激しいセックスを交わす。しかし、勝ち続けるチームと彼女の前には悪辣な罠が…

1000円

死角

キャサリン・コールター
林 啓恵〔訳〕

あどけない少年に執拗に忍び寄る魔手——事件の裏に隠された驚くべき真相とは？謎めく誘拐事件に夫婦FBI捜査官SSコンビも真相究明に乗り出すが……シリーズ第四弾！

870円

カリブより愛をこめて

キャサリン・コールター
林 啓恵〔訳〕

灼熱のカリブ海に浮かぶ特権階級のリゾート。美しき事件記者ラファエラはある復讐を胸に、甘く危険な世界へと潜入する…ラブサスペンスの最高峰！

1000円

鏡のラビリンス

ジェイン・アン・クレンツ
中西和美〔訳〕

死んだ女性から届いた一通のeメール——奇妙な赤い糸で引き寄せられた恋人たちが、鏡の館に眠る殺人事件の謎を追う！ 極上のビタースイート・ロマンス

870円

鏡のなかの予感

アイリス・ジョハンセン他
阿尾正子〔訳〕

ディレイニィ家に代々受け継がれてきた過去、現在、未来を映す魔法の鏡……。三人のベストセラー作家が紡ぎあげる三つの時代に生きる女性に起きた愛の奇跡の物語！

1000円

リンダ・ハワード ●ロマンティックサスペンスの最高峰！

石の都に眠れ
加藤洋子〔訳〕

亡父の説を立証するため、考古学者となりアマゾン奥地へ旅立ったジリアン。が、彼女を待ち受けていたのは、死の危機と情熱の炎に翻弄される運命だった。

830円

心閉ざされて
林 啓恵〔訳〕

名家の末裔ロアンナは、殺人容疑をかけられ屋敷を追われた又従兄弟に想いを寄せていた。10年後、歪んだ殺意が忍び寄っているとも知らず彼と再会するが…

870円

青い瞳の狼
加藤洋子〔訳〕

CIAの美しい職員ニエマと再会した男は、彼女の亡き夫のかつての上司だった。彼の使命は武器商人の秘密を探り、ニエマと偽りの愛を演じること…

770円

夢のなかの騎士
林 啓恵〔訳〕

古文書の専門家グレースの夫と兄が殺された。犯人は、目下彼女が翻訳中の14世紀古文書を狙う考古学財団の理事長。いったい古文書にはどんな秘密が？

910円

Mr.パーフェクト
加藤洋子〔訳〕

金曜の晩のジェインの楽しみは、バーで同僚たちと「完璧な男」を語ること。思いつくまま条件をリストにした彼女たちの情報が、世間に知れたとき…！

830円

夜を忘れたい
林 啓恵〔訳〕

かつて他人の心を感知する特殊能力を持っていたマーリーの脳裏に、何者かが女性を殺害するシーンが映る。そして彼女の不安どおり、事件は現実と化し…

830円

あの日を探して
林 啓恵〔訳〕

叶わぬ恋と知りながら、想いを寄せた男に町を追われたフェイス。引き金となった失踪事件を追う彼女の

30円

ザ・ミステリ・コレクション
既刊案内

二見文庫

Illustration：上杉忠弘

「十秒以内で、オフィスに行ってパネルの前に戻ってこられるかい?」アイザイアが反論した。

タッカーはもう一度プリントアウトをよく見た。それから、小さく口笛を吹いた。「くそっ、おまえの言うとおりだ。八時に来たやつは、三秒後に警報をリセットしている」

アイザイアは全身の皮膚が冷たくなるような感覚を覚えた。「そうなんだよ。なにかを取りに来て、三秒以内で警報をリセットできる人間なんているわけがない。その記録にあるパターンは、夜遅くにクリニックに来て、しばらくそこにいようとする人間の行動と一致する」

「夜勤のシフトでもないやつが、どうして夜中にクリニックをうろうろする必要がある?」

「ローラがクリニックに入ったあと、わざと警報を鳴らして、彼女は役立たずでケンネル・キーパーの仕事なんかできないと見せかけるためさ」

タッカーの瞳が、荒々しい灰色がかった暗い色に変わった。「ローラは誰かを見たのか?」

その質問は、タッカーがアイザイアの主張を信じはじめたことを示していた。「いや。でも、電話で話しているときに、どこかのオフィスで物が壊れたような音がしたと言ってた。残念ながら、騒ぎの真っ最中だったから、ローラは大して気にもとめなかったし、見に行ったりもしなかったそうだ」

「ペーパーウェイトだ」タッカーは小声でつぶやいた。

「なんだって?」

「おれのペーパーウェイトだよ」タッカーは少し大きな声で言った。「去年のクリスマスに母さんがくれた陶器のでっかい牛。火曜日の朝、床の上で粉々になってた。クリーニング会社の社員が落としてそのままにしたんだろうから、騒ぎ立てることもないと思ったんだ」

「たしかにそうかもしれない。だけど、そのペーパーウェイトが落ちた音をローラが聞いたという説のほうが説得力があるだろう」

タッカーはもう一度、プリントアウトの記録を目で追っていった。「この夜のクリニックは、グランドセントラル駅並みに人の出入りがあるな。十時十五分ごろの混みようを見ろよ」

「それはぼくだよ。ローラに専用のコードナンバーをつくる設定をしてたんだ」アイザイアは手を伸ばしてグラスを暖炉の上に置き、立ちあがってタッカーの横にしゃがんだ。紙を指差しながら、ほかの部分の記録を説明した。「これは警察が帰ったとき。ここで、ぼくが到着した。少しあとのこれは全部、ローラの新しいコードナンバーを指定したときだ」

「なるほどね」タッカーが穏やかな声で言い、さらに下の部分を指差した。「これは、おまえが帰ったときか？」

アイザイアは記録をよく見た。「十時半。そう、それはぼくだ」指先でさらに下の数字をたどった。「見ろよ。十一時四十分に誰かがずいぶんすばやく解除とリセットをしてる。我らが謎の警報仕掛け人がとうとうクリニックを出たんじゃないかな。ローラは犬舎と洗濯室で働いていた。どちらもセキュリティー・システムのパネルから離れているから、ライトの色が変わっても気づくはずがない。彼女は建物のなかに誰かがいたことさえ知らなかったんだ。3番と4番のケージの餌入れがすりかえられたのも、彼女が洗濯室にいるときだろう」

タッカーはプリントアウトを下におろして、目を閉じた。「ちょっと考えをまとめさせてくれ」

「なにを考えるんだ?」アイザイアが言った。「ぼくの顔に鼻がついている事実と同じくらいはっきりしていて、超がつくくらい簡単なことだろう。あの晩、クリニックに誰かがいた。昨晩もだ。ローラがそう言っただけじゃない。ぼくも信じはじめて確認してみたら、本当に大当たりだった。記録が彼女の主張を裏づけてる」

タッカーはふたたびプリントアウトを細かく見はじめた。「なんてこった。今朝、ローラがクリニックを出たあとに、誰かが入ってきている。あの犬は死ぬところだったんだぞ。いったい、誰があんなことをしたんだ?」

その瞬間、タッカーのなかでもローラの無実の罪が晴らされたことを悟り、アイザイアは心から満足した。「いい質問だな」アイザイアは言った。「しかも、一刻も早く答えを見つけなきゃならない質問だ」

タッカーはプリントアウトを膝の上で手に持ったまま、座り直した。「つまり、ローラはケージを閉めるのを忘れていなかったわけだ」

「そうだよ」アイザイアはかすれた声で同意した。「ローラはシフトが終わった午前二時ちょうどにクリニックを出た。そのあと、朝の五時ごろに誰かが建物のなかに入ってる」

タッカーはその記録をもう一度見直すために、太ももの上でプリントアウトを広げた。「ちくしょう。あの犬のことを思ったら、そいつを殺してやりたいくらいだ」燃えるような目でアイザイアを見た。「そいつはわざとケージをあけっぱなしにして、点滴の袋もフックからはずしておいたんだ。たぶん、点滴剤が逆流したらどうなるか知っていたんだろう」

「同感だね」

タッカーのあごがぴくぴくと動きはじめた。「おまえはどう思うかわからないが、こいつは、一時間以内にスーザンが来て犬を救ってくれることも見越して綿密に練られた計画じゃないかな」

「目的はラブラドールを死なせることじゃなかったんだよ、タッカー。ローラをくびにすることなんだ」

「そんなに彼女を憎んでいるやつがいるのか？」

アイザイアは首を振るだけだった。「とりあえず、ぼくは除外できる」

いつもはどちらかというと血色のいいタッカーの顔色が青ざめていた。「こんなことをしたやつは、法的に厳しく罰せられるべきだ」

「まず、ぼくたちが犯人を見つけないと。チャンスはわずかだろうけどね」

「男だと思うか？——それとも女？」

アイザイアは肩をすくめた。「スタッフの数だけ見れば、男より女のほうが多い。でも、そのなかの誰かが犯人かもしれないと想像したら、頭がおかしくなりそうだよ。スーザンはぶっきらぼうだし喧嘩っ早いけど、思いやりがあって、ローラをとても好いている。トリシュは本当に優しい人だ。ベリンダは獣医アシスタントの資格を取ろうとして一生懸命働いているから、こんなことをして自分のキャリアを危険にさらしたりはしないだろう」

「おれのチームかもしれないな」タッカーは大きな声で言いながら考えこんだ。「誰かはわからないが。おれのところのスタッフも、みんなローラが好きだし、みんながローラはよく働くって話してるよ」タッカーはかすかに眉をしかめた。「おまえの棟にいる男のスタッフの誰かっていう可能性は捨てられないな。ジェームズと……もうひとりはなんていう名前だっけな」

「マイク。だけど、ふたりともローラとはあまり面識がない」

タッカーはまた、グラスのなかでウィスキーをぐるぐるまわした。「女に拒絶された男を甘くみないほうがいいぞ。ローラは美人だし感じもいい女性だ。ふたりのうちどちらかが彼女に思うところがあるのかもしれない。報われない愛は、もともと頭のネジがゆるんでいるやつを、さらに異常な行動に走らせることがある」

アイザイアは、もの思わしげにうなずいた。「それは本当だと思うよ」

タッカーはさらに身を乗り出した。「これからどうする、アイザイア？　まずは、犯人を突きとめるために、むこう一カ月間は相手が記録に痕跡を残すかどうか見張るとしよう。そのうえで、また事件が起こらないようにするにはどうしたらいい？」

男がローラに恋心を抱くのは簡単だろうと頭のなかで考えていたアイザイアは、タッカーの質問で会話に引き戻された。「もう手は打ったよ」

「どんな手だ?」

「今日クリニックを出る前に、ぼくの独断でコードナンバーを変えておいた。古いほうは消去したよ。もし今夜も誰かがクリニックに忍びこむために、古いナンバーでシステムを解除しようとしたら、すぐに警報が鳴るはずだ」

「うまい考えだな。新しいナンバーは?」

「前は、ぼくの社会保障ナンバーの下四桁だった。今度は兄さんのを使うっていうのは、安易すぎる。だから、父さんと母さんそれぞれが生まれた西暦の下二桁を合わせた数字にしておいた」

「4246か?」タッカーはうなずいた。「それはいい。クリニックにも、おれたちの親の生まれ年を知っている人間はいないだろう。見つけだされるかもしれないが、そうだとしても、いくつか数字を試してみないと無理だろうな」

「ぼくもそう思った」

「スタッフはどうしようか? 古いナンバーが役に立たなかったら、みんなはどうやって建物に入ればいい?」

「それぞれに専用のコードナンバーを設定しておいたよ」アイザイアはちらっと腕時計を確認した。「スーザンに電話をして、明日の朝、クリニックに入れるようにナンバーを教えないと。ほかのスタッフは明日の朝わかればいいだろう」アイザイアはポケットから、また別の紙を取り出した。「コピーを取っておいたよ」

タッカーは紙を受けとった。「おまえにはいつも驚かされるな」

「どういう意味だい?」

「その頭のなかにある脳みそは、おれと同じ大きさのはずだろ」タッカーはにやっと笑った。

「なのに、おまえはいつもおれの一歩先を行ってる。子どものころからずっとそうだ」

アイザイアに言わせれば、頭の回転がいいのはタッカーのほうだった。タッカーは何事でも、広いレンズを通して見わたすことができる。かたやアイザイアは、至近距離の一点にしか焦点を合わせられない傾向があった。ひとつでも問題に突きあたると、それが解決するまで次に進めないタイプの人間だ。

「少なくとも今夜は、おれとおまえとローラ以外の誰かがクリニックに入ろうとしたら、警報が鳴る。明日から新しいコードナンバーを使うようになれば、誰がセキュリティー・システムを扱っても、必ず痕跡が残る」タッカーが言った。

「そして、誰が犯人かはわからずじまいかもしれない」と、アイザイアは言った。

タッカーはうなずいた。「一番大事なのは、動物たちの安全を守ることだ」

そして、ローラの仕事もだ。アイザイアはほっとしながら、心のなかでつぶやいた。

車で家に向かう前に、アイザイアはタッカーとの話し合いの一部始終をローラに伝えるため、クリニックに立ち寄ることにした。犬舎に行ってみると、ローラの姿はどこにも見えなかった。中央の通路を歩きながら、ひとつひとつケージをのぞいて、寂しがっている犬の横にローラがいないかどうか確かめた。犬たちはみんな、新しくいっぱいにされた餌入れに鼻をつっこんでうれしそうに食べているか、清潔なわらの上でぐっすり眠っていた。ローラは床をなめられそうなくらいにケージを磨きあげただけでなく、そのほかのすべての作業を終わらせていた。螢光灯の明かりのもとでコンクリートが光っている。犬舎全体が、洗浄液のレモンの香りに包まれていた。ローラという女性はまったく驚異的だ。

米国種レトリーバー犬のケージまで来ると、よろめくように急いで足を止め、なかをのぞきこんだ。大きな赤い毛並の犬は、アイザイアのすぐ足元に横たわっていた。その日の朝と夕方の二回、テストステロンの注射をしたとき、レトリーバーはほとんど昏睡状態だった。

「ぼくのせいだな」

すると、見るからに足腰も立たないほどに弱りきっているレトリーバーのロッキーが、プラム色の尾をほんの少し振り、弱々しく体を起こして金網を鼻でつついた。

「ロッキー」喜びがアイザイアの体のなかを駆けぬけた。ケージの扉をあけて、なかに入った。絹のように滑らかな毛皮を両手で撫でてやると、ロッキーはその場にへたりこんで、くーんと哀れっぽい鳴き声をあげた。「おまえはまだ重病なんだよ」アイザイアは犬の歯茎をチェックした。「だけど、歯茎に血色が戻ってきたぞ。信じられないな。もうだめかと思ってた」

「アイザイア?」

ローラの声にアイザイアは驚いて跳びあがった。肩越しに振り向き、ローラの顔を見て微笑んだ。「やあ」そう言って、ふたたび犬に目を戻した。「治療の効果があったんだよ、ローラ。こいつは死にかけてた。だけどほら、今はこのとおりだ」

ローラはケージのなかに入り、アイザイアの隣りにしゃがんでいっしょにレトリーバーを撫でてやった。「ずいぶん具合が悪そうだと思ってたわ。どこが悪いの?」

「自己免疫疾患。通常の治療がどれも効かなくてね。同業者のひとりが、テストステロン注射をしてみたらどうかと薦《すす》めてくれた。不妊手術や去勢手術を受けた動物は自然なホルモンの分泌ができなくなっていて、それが健康状態や免疫システムに影響を与えているというのが彼の意見なんだ」そこまで話して、相手が脳に障害のある女性だということをふいに思いだして言葉を止めた。「ごめん。こんな話は退屈だね」

ローラの目は好奇心で輝いていた。「ちっとも退屈じゃないわ。わたしもずっと前から、犬や猫に不妊手術をするのはよくないんじゃないかと思っていたのよ。手術をすると、犬も猫もかならず太って動きがにぶくなるでしょう。きっと体調もよくないはずよ」

「獣医学の世界では、その論理は一般的とは言えないな」と、アイザイアは答えた。「獣医学校でも教えられていないし、ぼくが研修を受けた獣医にもそういうことを言う人はいなかった。むしろ、みんな逆の意見だよ」

ローラはレトリーバーの隣りに腰をおろした。螢光灯の明るい光に照らされたローラは、美しいと同時にかわいらしかった。ピンク色のニットの上に羽織っている古びたフランネルのシャツはぶかぶかで、ローラの体がすっぽりと包まれてしまいそうだ。髪は乱れ、艶やかな髪の房が触れてくれと言うようにアイザイアの指先を誘っている。淡いローズピンクの唇は、聖母のように美しいカーブを描いて微笑んでいた。

「だからって、その獣医さんたちが全員正しいということにはならないわ」ローラが茶目っ気たっぷりに、にやっとしてみせると、両頬にえくぼが浮かんだ。「わたしの母は手術で卵巣を取ったあと、悲惨な目にあったのよ」

動物の不妊を目的にした子宮摘出手術に反対する意見というものをはじめて聞かされたアイザイアは、危うく笑いだしそうになった。それから、ローラは〝子宮摘出手術〟という言葉を発音することすらできないことを思いだし、真顔になった。だが、口に出して言えるかどうかは問題ではない。講義のように退屈なアイザイアの話をローラが理解し、知的な意見を返してくるという点が重要なのだ。

「それで？」アイザイアはせかした。「お母さんになにがあったんだい？」

ローラは肩をすくめて鼻にしわを寄せた。「お医者さんたちは、母のホルモンをなかなか正常に戻せなかったの。母は太って情緒不安定になった。よく泣いてたわ。鼻の下とあごにひげもはえてきたの。爪先にまで！」ローラは形のいい眉をつりあげた。「ひどい状態だったわ。やっと薬が正しく処方されるようになったら、具合もよくなって、口ひげもなくなった。もし、あのときの原因がすべてホルモンの異常だったとしたら、犬や猫に同じことが起きても不思議じゃないでしょう？」

アイザイアはうなずいた。「ぼくにはなじみのない説だけど、きみの理論は正しいよ。ホルモンは体にとってすごく重要だ」そう言ったとたん、アイザイア自身のホルモンも刺激された。ローラにキスをしたい衝動に駆られ、かすかな香水の香りにじらされて、無意識のうちに顔を前に傾けていた。よからぬ兆候だ。ローラとの友達づきあいは楽しい。それを超えた関係になるのはもっと楽しいだろうが、ローラはそのことを重く受けとめるかもしれない。そして、自分はまだ重い決断をする準備はできていない。

アイザイアは視線を犬に向けた。「もっと研究が必要なんだ。ありがたいことに、その研究に人生を捧げているすばらしい獣医が何人もいる。彼らのおかげで、ロッキーもこうして助かった。まぐれかもしれないし、そうじゃないかもしれない。ぼくに言えるのは、テストステロン注射をしたら、ロッキーの病状はよくなったってことだけだ」

ローラはほっそりとした手で、光沢のある毛並を撫でた。「もう少し、自分の力を信じてあげなきゃ。あなたはすすんでチャンスを生かし、その注射をしたのよ」

「どんな危険があるかもわからなかったんだよ」

「だけど、何事もなかった。そして、ロッキーは回復しているわ」ローラは体をかがめて、犬の悲しげな目をのぞきこんだ。「そうよね、ロッキー？　それはみんな、アイザイアが新しいことにトライしてくれたからなのよ」

ローラとこんなふうに会話をするのはとても居心地がよかった。アイザイアが自分の考えを打ち明けると、ローラはそれについて興味深い意見を返してくる。ローラには独特の洞察力があった。たとえ長い単語をすらすらと言えなくても、思考は以前と同じ鋭さを失っていないのだろう、とアイザイアは思った。

「タッカーとの話をきみに報告しようと思って来たんだ」

ローラの瞳が翳《かげ》った。「彼はなんて?」

「今朝は急いで結論を出して失敗したってさ。それから、猛烈に怒ってる。ケージをあけっぱなしにして自分を小馬鹿にしたやつの正体を突きとめたがってるよ」

ローラの華奢な肩の力が抜けた。「犯人はわたしじゃないって、信じてくれたの?」

「もちろん。あのプリントアウトを見ればわかるさ」

クリニックを出る前に、アイザイアは建物のなかを歩きまわり、怪しい人物がどこにも隠れていないことを確かめた。ばかだな、と自分を叱った。今までも、ローラには直接なんの危害も加えられてはいない。彼女は安全で、心配するようなことはなにもない。ばかげた取り越し苦労だ。だが、それでもアイザイアは不安をぬぐえなかった。ケージをあけっぱなしにすることは、一見、ローラへのあからさまな敵意には見えないが、結果的にはそうなった。どう解釈しても、犯人がローラを標的にしたのは明らかだ。かわいそうに、罪もないダスティがどれだけ痛い思いをして苦しんだことだろう。それを思うと、アイザイアは血も凍るほどにぞっとした。

ケージの扉をわざとあけておいたのはスタッフの誰かに違いない。ということは、その人物は自分の行動が動物を苦しめ、悪くすれば死に至らしめる可能性があることをよく承知していたはずだ。正気の沙汰とは思えない。次にまたなにか企むなら、犯人はもっと直接的にローラに矛先を向けるかもしれない。

アイザイアの助手をつとめることをローラがそれほど重荷と感じていなければ、すぐにローラをケンネル・キーパーからはずし、研修を始めていただろう。スタッフが大量に病欠した際の、ローラの仕事ぶりはすばらしかった。

単純に説明すれば、アイザイアは夜のクリニックでローラをひとりきりにしたくなかった。ローラといっしょにいるといつも楽しく、昼間にもっと長い時間、同じ場所で働きたいと願っているからでもある。もちろん、アイザイアはほかのスタッフとも仲よくやっていた。かわいらしいトリシュ、辛口のユーモアが冴えるベリンダ、名麻酔医のアンジェラ。みんな大切なチームのメンバーだ。

だが、ローラとともに過ごすときのような幸せを与えてくれる者は、誰もいなかった。

9

翌朝から、ローラは昼のシフトに戻った。前の週の金曜日には、すでに新しいセキュリティー・ナンバーが告げられていたが、変更に対する不満の声は、ローラの耳にも入ってきた。トリシュは週末の間にナンバーを書いた紙をなくし、アイザイアから厳しい注意を受けた。ついにアイザイアは、オフィスの事務員も含めて全員が出席するスタッフ・ミーティングをひらく決定をした。ローラにとってははじめてのスタッフ・ミーティングだ。ふたりの獣医とそれぞれのスタッフ全員がひとつの部屋に集まっているのは、妙な感じだった。タッカーのスタッフは一カ所に集まり、アイザイアのスタッフも別の場所でひとかたまりになっている。両方のボスの下で働いているのは、ケンネル・キーパーだけだ。その日の昼間のシフトで働くケンネル・キーパーは、ローラひとり。その結果、ミーティングに出ているのは、ローラだけだった。

アイザイアはまず、それぞれに与えられた個別のコードナンバーがいかに特別で高度の機密情報であるかという点を強調することから話を始めた。「自分のナンバーは暗記するようにお願いします」アイザイアは言った。「それから、ナンバーを書いた紙は破棄してください。それは、キャッシュカードの暗証番号のようなものです。自分自身を守るものなんです」

ローラはそれで話が終わるものと思っていたが、次の展開に驚かされた。アイザイアは考え深げな目でちらっとローラを見ると、話を続けた。「先週の木曜日の朝、スーザンがクリニックに来てみると、一匹の犬が死にかけていました。大量出血です。ケージの扉があけっぱなしになっていたのが原因でした」

その場にいる全員の視線がローラに向けられた。恥ずかしさでローラの頬は燃えるようにかっと熱くなった。部屋のなかはしんと静まりかえり、周囲の人の息づかいだけが聞こえてくる。

「水曜の夜のシフトについていたのはローラだったために、ぼくとタッカーも含め、みなが責任はローラにあると思いこみました。その点で、我々は彼女に謝罪しなければなりません」

タッカーはローラに向かってにやっと笑い、眉毛に指先を当てて敬礼の真似をした。「まずはぼくからの謝罪だ、ローラ。間違った結論にとびついてしまって、すまなかった」

アイザイアはちょっと微笑んでから、話を続けた。「けっしてそんなことはしていないと彼女に言われて、ぼくはセキュリティー会社の記録をチェックしてみた。水曜の夜、ほかの誰かがクリニックの建物に侵入していないか確かめるためだ。思ったとおり、何者かが建物に出入りしていた。それから、ローラが夜勤をしている最中に誰かが建物に忍びこんだのは、その一回だけではないこともわかった。月曜の夜に警報を鳴らしてしまったのも、ローラではなかった。そのことについても、一点の疑いもなく証明された。それらを考え合わせると、警報が鳴った晩に3番と4番のケージの餌を間違えたのもローラではないかもしれない。ローラが他の場所にいる間に、この悪質な犯人がわざと餌入れをすりかえた可能性は充分にある」

女性スタッフより頭ひとつ背の高いジェームズが、心配そうな顔をローラに向けた。ベリンダはローラの肩に片手を置いた。「ひどいわ。ローラはくびになっていたかもしれないのよ」

タッカーはうなずき、その言葉に同意を示した。「だが、今はそれを追及する代わりに、今後の予防策に重点を置こうと思う。今回のような事件を二度と起こしてはいけない」タッカーはさらに数分間話を続けてから、こう締めくくった。「もしダスティが死んでいたら、クリニックは訴えられていたかもしれない。そうなれば、みんなにも影響が及ぶ」タッカーは顔をしかめた。「もちろん、我々にも。このクリニックはやっと足場が固まりはじめたところで、多額の和解金を支払う余裕はまったくない。そんな事態になったら、クリニックを閉めざるをえないだろう」

「責任保険に入っているはずでしょう」ベリンダが言った。

「たしかに」アイザイアが答えた。「でも、支払い額には上限がある」ちらっとタッカーを見た。「獣医としてこのクリニックをひらいたとき、税控除の額が大きいという理由で経済的な保険商品に加入した。実際にここで仕事を始めてみてわかったのは、飼い主がどれだけ自分のペットを愛しているかということだ。避けようのない合併症や不治の病気だったとしても、飼い犬や飼い猫を亡くすと彼らは悲嘆にくれる。クリニックのスタッフが故意にペットを傷つけたなんてことがわかったらどうなるか、想像してみてくれ」

「裁判ね」タッカーのスタッフのひとりが割りこんだ。「もしわたしなら訴えるわ。どう思う？」

「たいていの飼い主は少なくとも訴訟を考えに入れるだろうね」タッカーは同意した。「そして、もし訴えられたら、そのペットの値段よりもずっと高い金額を要求されるだろう。我々は飼い主の痛みと苦しみ、そしてもちろんペットの理不尽な死についての責任をつきつけられる。責任保険の上限額なんて軽く超えてしまうだろう」

「それに」タッカーはさらに続けた。「世間の評判という点もある。万一、そんな事件が起きて地元のニュースで報じられたとする。街の人たちは、ペットを治療に連れてくるのをためらうかもしれない。そうなれば、クリニックは損害を被《こうむ》る。もうわかってもらえただろう。もしあの犬が死んでいたら、ここにいる全員に悪影響があったはずだ。だから、犯人が捕まるまで、スタッフのみんなと我々自身を守るために可能なかぎりの予防措置を取ることにした」

「さっきぼくが、コードナンバーが自分自身を守ってくれると言った理由はそういうことなんだ」アイザイアは言葉を切って、ひとりひとりの目を順番に見た。「もしナンバーをなくして、それが悪用されたら、自分自身が不愉快な立場に追いこまれるだろう。そのナンバーを使って何者かがクリニックに入り、動物に危害を加えたら、当然、ナンバーの持ち主が疑われる。ぼくとタッカーは容赦なくその人物を追及するだろう」

「話を聞いてると、なんだか自分が犯罪者になったみたい」トリシュがおかしくもなさそうに笑った。

「おれもそう感じる」ジェームズがすぐあとに続いた。「おれたちのほとんどが、ある程度の期間ここで働いてる。それなのに信用できるかどうか試されてるような気がしてきたよ」

アイザイアは笑みを浮かべた。「みんなは、タッカーの下で働いているか、ぼくの下で働いているかに関係なく、それぞれすぐれた能力を持った、チームの大切なメンバーだ。だから、この方法を個人の責任を追及するためだとは考えないでほしい。特定の個人に指をつけるためじゃないんだ。ただ、自分のコードナンバーをなくすという不注意から、身に覚えのないことで非難を受けないように気をつけてほしいと、真剣にお願いしている」

ヴァルが発言した。「どうしても、誰がケージをあけっぱなしにしたのか考えてしまうわ」ヴァルはローラに視線を向けた。「ローラがやめさせられると思ったときはわたしも動揺したけど、少なくとも、彼女なら悪意からじゃないことはわかってた。いったい誰がこんなことをするって言うの？　そんな人間がなぜ、わざわざ動物クリニックに就職したのかしら？ここで働く人たちは、みんな動物を愛しているのに」

「答えはまだなにも出ていません」タッカーが丁寧《ていねい》に答え、それから付け加えた。「今のところは」厳しく断言するタッカーの声が部屋のなかに響いた。「最終的には、必ず犯人が誰なのかを突きとめます。そのときが来たら、みなさんにも、もっと詳しい報告ができるでしょう」

ミーティングの場は、ローラにとっても居心地の悪いものだった。話し合いが終わると、ローラはやっと少し顔をあげることができた。タッカーとアイザイアはスタッフ全員が見守る前でローラに謝罪し、ローラは晴れて無罪となった。だが一方で、マイナス面の結果も残った。自分でも気づかないうちに、同僚の目を探るようにのぞきこんでしまう。その彼女だか、彼女だかが、もしかすると巧みにローラを罠にはめようとした犯人かもしれないのだ。

感謝祭が目前に迫っていた。ローラはふたたびクリニックの飾りつけ担当になり、その後の二週間は、すべての記憶がぼやけてしまうほどの猛スピードで過ぎていった。その間、ありがたいことに、変わったことはなにも起こらなかった。クリニックのセキュリティーが厳しくなり、タッカーとアイザイアがミーティングで事実を暴露したことによって、犯人もおじけづいてあきらめたのかもしれない。

感謝祭を週末にひかえた月曜日、ヴァルはふたつの診療所に祭日用の特別なシフト・スケジュールを配った。ローラはどきどきしながら表をチェックした。週末の四連休の間、一時間たりとも働かなくてすむのはオフィスの職員だけだ。たとえクリニックは休診でも、入院している動物たちの世話を休むことはできない。ローラは、自分のシフトが金曜の午前中にあたっているのを見て喜んだ。つまり、金曜の午後からは長い週末休暇を取れるわけだ。感謝祭は、予定どおりコールター家で過ごすことができるだろう。

その週の間じゅう、仕事のない時間はすべて、感謝祭らしい色使いで部屋を飾りつけ、さまざまな感謝祭用のお菓子を焼くことに費やした。クリニックに持っていくクッキーやタルトに加えて、コールター家での感謝祭のディナーに持参するパンプキン・パイとアップル・パイを焼き、冷凍しておいた。

そうしているうちに、あっという間《ま》に感謝祭の前夜がやってきた。翌日にひかえたコールター家でのディナーの添え皿にと、キャセロール鍋にベイクトビーンズを仕込んでオーヴンのなかに入れ、クローゼットの中身をひっかきまわして明日着ていく服を必死になって探しまわっていると、電話が鳴った。ローラはののしり声をあげ、ベッドに体を投げだして反対側にある受話器をつかんだ。

「もしもし?」

「こんにちは、ローラ。ジェームズだけど」

ローラは微笑み、背中を丸めて座りこんだ。ローラはジェームズ・マスターソンが好きだった。ジェームズはアイザイアの下で獣医看護士の研修中だが、しょっちゅう犬と過ごしに犬舎にやってくる。いつも犬たちにお土産をくれて、数分間でも一匹一匹の犬と遊んだり、かまってやったりしていた。ジェームズの周囲にはいつも穏やかな空気が流れている。若い男性にしては珍しいことだと、ローラは感じていた。

「ジェームズ! こんにちは。電話をくれるなんてうれしいわ」

「いや、お……おれ……ちょっと――」ジェームズは言葉に詰まり、ごくりと音をたてて唾を呑んだ。

普通なら、言葉に詰まってどもるのはローラのほうだ。ローラの顔から笑みが消え、心配そうな表情へと変わった。「どうかしたの?」

「いや、なんでもないよ」ジェームズはまた唾を呑んだ。ごくりとのどを鳴らす音が電話を通じて聞こえてきた。「あのさ、ぎりぎりになってこんな電話をしても、た……たぶんもう予定があるだろうけど、ええっと、明日はどうしてるのかなと思って。ぼくの家族はネバダ州のリノに行ってるんだ。もしよかったら、明日いっしょに過ごせるかな。あの、ちょっとどこかに出かけるとか」

ローラは、心臓が止まるかと思うほど驚いた。若い男性が神経質になるあまり、どもりながら自分にデートを申しこんだのは、どれくらい昔の話だろう。ジェームズが? 彼はたぶん二十代前半のはずだ。ローラには若すぎる。それでも、ジェームズに好意を持たれていると知って、うれしい気持ちだった。

ジェームズの感情を傷つけないためにはどう答えればいいだろうか。ローラは忙しく頭を働かせた。

「ごめんなさい、ジェームズ。あなたといっしょに出かけたらきっと楽しいだろうけど、もう予定があるの」

「そう」

ローラはベッドの上で座り直し、目にかかった髪をかきあげた。「ごめんなさいね。明日は、祖母を友人の家に連れていくことになってるのよ」その友人というのが上司の母親だということは黙っておいたほうがいいだろうと判断した。「わたしの両親がよそに引っ越してから、はじめての大きな休‐日なの。街に残っている祖母の身‐内はわたししかいないから、明日はどうしても祖母と過ごさなければいけないのよ」

「そうか」ジェームズは明らかに落胆した声で言った。「そう、もちろん、おばあさんといっしょにいてあげるべきだ。よくわかるよ。ちょっと思いついただけなんだ。つまり――ぼくは明日ひとりだろ。もしかしたら、きみも同じ状況で、仲間がいれば喜んでくれるかもって思ったんだよ」

ローラは、ジェームズをコールター家に招待できればいいのにと本気で考えたが、自分の家でもないのに勝手なことはできない。「ほんとにごめんなさい。ほんと、感謝‐祭にひとりでいるなんていやよね」

「ああ、うん、そうだね。ぼくはビデオを二、三本借りて、ビールでも買うかな。それで……」

ローラは急いで言った。「心配してくれてありがとう、ジェームズ。うれしいわ。もし予定がなかったら、きっとオーケーしたんだけど」

「ええっと。そう、きみのことが心配だったんだ。ぼくらはいっしょに働く仲間なんだからね。それだけだよ」

ローラは顔をしかめながら、電話を切った。ジェームズが感謝祭にひとりきりだということが、気になってしかたがなかった。キッチンへ行き、バッグのなかから携帯電話を取りだした。キーを押してアドレス用のイラストを画面に表示し、風船のマークが出てくるまでスクロールした。以前、祖母にクリニックの番号をケーキのマークに設定してもらったときに、アイザイアの番号も登録してもらったのだ。休日にわざわざアイザイアに電話をしたことは一度もなかったが、これは大事な話だ。

「もしもし」低く滑らかな声が受話器の向こうから聞こえた。

「こんにちは、アイザイア。ローラです」

「ローラ！　ちょうど、ぼくも電話しようと思ってたんだよ」

「そうなの？」

「ああ、明日のことを確認しようと思ってね。予定どおりに来られる？」

ローラは食器棚にもたれかかった。「ええ。そのことで、電話をしたの。さっきジェームズから電話があって、明日いっしょにどこかへ行かないかって誘われたわ」

沈黙が流れた。しばらくして聞こえたアイザイアの声は一転してこわばっていた。「そうなのか？」

アイザイアの口調の変化に、ローラは驚いた。「ええ、ご両親はリノに行ってるんですって。だから、彼はひとりきりなのよ。とても気の毒だわ」

「きみとジェームズがそんなに親しいとは知らなかったよ」

「ただの友達よ。看護士のなかで一番顔を合わせるのは彼なの。いつも犬舎に来て、ちょっとの時間でも犬の相手をしてくれるのよ」

「へえ、そう」

ローラは眉をつりあげた。「なんだか変だわ。なにか、わたしの知らないことでもあるの？」

アイザイアは少しためらってから、言った。「木曜の夜にタッカーと会ったとき、きみを罠にかけようとしたのは、きみに好意を持っている男かもしれないと話してたんだ。きみがその男に、自分では気づかないうちに知らん顔をしたり、冷たくしたのかもってね」

ショックでその場に座りこみそうになったローラはテーブルに近寄り、崩れるように椅子に腰をおろした。「ジェームズが？」

「彼は男だよ。そして、明らかにきみに好意を持ってる」

「彼のことは、子どものようにしか思えないわ」

「まさに問題はそこだよ。子ども扱いは男を怒らせる。プライドが傷つくんだ。ぼくの言いたいことがわかるかい？」

ローラにもよくわかった。ただ、ジェームズが怒っていると感じたことは、これまで一度もない。

「よっぽど好意を持っている女性じゃなかったら、男が感謝祭をいっしょに過ごそうなんて誘わないよ」アイザイアは付け加えた。

ローラは、ジェームズが電話口で口ごもっていたこと、自分に好意があるのだろうと感じたことを思いだした。「わたしはジェームズと仲よくやってるわ。あなたが言うように、わたしに対してなにか思っていたとしても、彼を怒らせるような原因はなにもないわ」

「たぶん、ジェームズが期待するほど仲よくはないんだろう」アイザイアが言った。「ああいうことをするのは、頭のネジがゆるんだ人間だけだ。つまり、普通に話しているだけじゃ、向こうがどう感じているのかはわからないってことだ。きみのほうでは親しい同僚同士のつきあいでしかないと思っていても、彼のなかでは世紀のロマンスが進行中かもしれない。話をしていて、なにかで彼を怒らせてしまうこともありうる。たとえば、話が途中なのに、きみが仕事に戻ったとか。頭がいかれたやつがどんなきっかけで怒りだすかなんて、誰にもわからないよ」

頭がいかれた？　ジェームズが？　ローラは吐き気がしてきた。誰かが自分をやめさせようとした。それはまぎれもない事実だ。でも、まさか。それがジェームズであってほしくない。もちろん、クリニックのほかの誰であってもいやだけど。

「ねえ、アイザイア」ローラは震える声でささやくように言った。「じつはわたし、明日のディナーに彼も招待していいかどうか訊くつもりで電話したの」

アイザイアがため息をついた。ローラの耳に、受話器の向こうで歩きまわる足音が聞こえた。ウェスタン・ブーツがタイルの床を踏む音だ。「招待すること自体は問題ないと思うよ。ジェームズがきみに好意を持っているからって、すぐに犯人と決まったわけじゃない。ただ、気をつけたほうがいいというだけだ」

「感謝祭にひとりで食事をするなんてかわいそうだわ」

「ぼくが電話をして、誘ってみよう」今度は水が流れる音が聞こえた。「人が増えるのは楽しいだろうからね」

「あなたのお母さんはなにも言わないかしら?」

アイザイアはくすくす笑った。「家のなかは人で満杯だから、母はきっと気づきもしないよ。コールター家の祝日パーティーは椅子並べの大混乱から始まるんだ」

ローラはジェームズに対する心配も忘れて微笑んだ。「椅子並べ?」と訊き返した。

「そう。苦しくなるまでごちそうを詰めこむのは、数あるイベントのほんのひとつなんだ。一番最初は大量の椅子並べ。ぼくは六人兄弟で、結婚して家族が増えていないのはぼくとタッカーだけだ。ベサニーとライアン夫婦に子どもふたり、ジェイクとモリー夫婦は子どもがひとりで、もうすぐ、ひとり増える予定。ハンクとカーリーのところは赤ん坊がひとり。それから、ジークとナタリーのところも子どもはふたりで合計四人。おまけに母は、ウェストフィールド一家も招待しないと気がすまないんだ」

「どなたなの?」

「ジークの奥さんの家族さ。母によれば、タッカーも女性を連れてくるらしい。きみのおばあさんも、フランクとかいう男友達を連れてくる。ぼくときみもカップルの一組さ。それから、母ときたら、ケンドリック一家と、ジークとハンクの牧場〈レイジー・J〉の雇い人の半分も招待してるんだ」アイザイアは言葉を切り、全部で何人になるのか心のなかで数えた。

「全部で何人だった？」

「わたしに訊くわけ？」

アイザイアはまた笑った。「ママで数えてくれよ」

「たぶん二十人以上よ」ローラは言った。「あなたも数えてみて」

「無理だよ。数えるのを忘れてた。オイルサーディンが缶のなかでぎゅうぎゅう詰めになって動いているところを想像してごらん。うちの両親の家はそんなに広くもない。どうしてあんなにたくさんのお客をもてなせるのかわからないけど、母はどうにかしてやってのけるんだ。折り畳みテーブルとか椅子とかを借りてきて、ちょっと見はリネンに見える白いビニールのテーブルクロスをかける。食べはじめるまでは、テーブルは準備しない。いざそのときが来たら、リビングに椅子をずらっと二列に並べる。家に着いたら、お客もみんなまず働いて、それぞれ自分の座る場所を自分で確保する。とにかく大騒ぎだよ。みんながいっせいにしゃべるし、子どもたちは家じゅうを走りまわってる。椅子の脚に頭をぶつけて怪我をしないのが不思議なくらいだ」

ローラは毎年、家族だけでこぢんまりと祝日を祝っていたが、アイザイアの話はとても楽しそうに聞こえた。そんなに大勢の他人に会うことを想像しただけでも、手のひらがじっとりと汗ばんでくる。「なにを着ていけばいいかしら？」

「服」

ローラは鼻を鳴らし、自分がたてた音に赤面した。「わかってるでしょう？　みんなはドレスアップしてくるの？」

「ありとあらゆる服装だよ。ジーンズにスラックスにドレス。心配ないさ」

「場違いになりたくないの」

「なにを着てもきみはちゃんとして見えるよ。本当さ、心配することはない」

ローラはすでに、着ていく服を探してクローゼットを隅から隅までチェックしていた。新しい服を買いに行けたらいいけど――それとも、ミシンを出して、急いで縫ってしまうとか。会話が途切れ、しんと静かになった――ふたりの人間が互いになにも言うことがなくなったときに訪れる沈黙だ。

「それじゃ」アイザイアは咳払いをした。「ジェームズに電話をして、明日のパーティーに招待しておくよ」

ローラはうなずいてから、アイザイアには見えないということに気づいた。「もし、お母さんが本当に気になさらないのなら、そうしてもらえたらうれしいわ。少なくとも、ジェームズに行く場所ができるもの」

「ぼくは昼の十二時ごろには向こうにいる。きみも早めに来られるなら、もちろん歓迎するよ。あとで来るなら、ディナーは三時半ごろから始まる」

ローラは、ディナーの直前に到着したくはなかった。挨拶をしたりキッチンで料理を手伝ったりしないのは、礼儀知らずというものだろう。「十二時に行くわ」

「よし、じゃあそのときに会おう」ふたたび沈黙。そして、「ぐっすりお休み。ナンキンムシにかじられないように」

電話を切ると、ローラはベッドルームに戻って、もう一度洋服選びを始めた。ようやく、冬用のドレスを三着見つけだし、そのうちのどれにするか悩んでいると、またしても電話が鳴った。

ベッドの上に放り投げてあった携帯電話をつかんだ。「もしもし？」

「やあ、ローラ。またぼくだよ。今、ジェームズに電話をした。招待は断られたよ」

「ほんとに？」

「正直に言うよ」アイザイアは咳払いをした。「きみが明日はぼくといっしょに過ごすと知って、お世辞にも喜んでいるふうではなかった」

「だけど、なんでもないのに」

「きみはそれをわかってるし、ぼくもだ。でも、ジェームズにはわからないんだよ。やっぱり、彼のことはよく見張っておいたほうがいい。タッカーにも知らせておくよ。もしかしたら、犯人はジェームズかもしれない」

ローラはそんな話を信じたくはなかった。ジェームズが平気で動物を傷つけるような人間だとは思えない。ローラの目には、動物を心から愛し、いつも動物たちに優しく接している若者にしか見えなかった。たしかに、ジェームズが犬舎に来ると、いつもいっしょにおしゃべりをする。ひょっとすると、ローラがクリニックで働きはじめた最初のころから好意を持ってくれていた可能性もある。だが、もし、知らないうちにジェームズを怒らせていたとしても、その感情が表面に表われたことは一度もなかった。

「きみも彼には気をつけて。いいかい？　無茶なことはしないように」アイザイアは言った。

「もし、ひとりのときにジェームズが現われたら、すぐにぼくに電話するんだ、いいね？」

ローラは、そのとおりにすると約束した。電話を切り、ベッドの端に腰をおろしたまま、ぼんやりと床を見つめた。自分はよほど人を見る目がないのだろうか。だが、ローラの直感は、犯人はジェームズではないとはっきり告げていた。


アイザイアはキッチンのシンクの前にいた。腰を折って両腕をシンクの縁にのせ、ストレッチをするように片方の脚を後ろに伸ばした格好で、満月の四分の一ほどの大きさの月と星だけが光る窓の外の夜空を見あげながら考えこんでいた。『だけど、なんでもないのに』さっき電話で、アイザイアとローラが感謝祭をいっしょに過ごすと聞いてジェームズの機嫌が悪くなったと教えたとき、ローラはそう答えた。理性的に考えれば、アイザイアもまったく同意見だ。ふたりの間にはなにもない——あるわけがない。ひとりの女性に縛りつけられる前に、あと数年ぐらいはもっといろいろな経験をしておきたかった。真剣なつきあい？　まだ、ごめんだ。そして、ローラのような女性が相手では、真剣なつきあい以外はできそうもない。

それなら、どうして自分ははじめてのデートを楽しみにしている少年のように、明日のパーティーに期待しているんだ？　それに、なんだって彼女に早い時間に来てもいいなんて言った？　チェッカーを二、三回やっても、せいぜい一時間くらいしかかからない。残りの時間はいったいどうするつもりだ？

とにかく、ローラに関しては、もっと気を引き締めなければ。ローラがどんなにかわいらしくても、それに対して興味はわかない。だからといって油断していると、自分のなかの別の部分が別の目的のために働き、家族のディナーに早めに来てほしいと彼女を誘ってしまった。こんなことをしてはいけない。もっと注意深く振る舞わなければ、ローラを誤解させてしまう。

ローラは心のきれいな、優しい女性だ。そのローラに、いつのまにかむなしい希望を抱かせ、最後には傷つけてしまうようなことだけはしたくなかった。

翌日の正午十分過ぎ、アイザイアが片方の耳はつねに玄関のほうに集中させながら椅子を並べていると、ドアのチャイムが鳴った。椅子を運ぶ親戚の群れをかきわけ、やっと玄関にたどりついた。ドアをあけたアイザイアは、ただぼうっと見とれることしかできなかった。グレーのウールのコートを畳んで腕にかけたローラが、ポーチに立っていた。襟元がVネックになった濃いワインレッドの長袖のドレス姿だ。柔らかなニットの生地がウェストまでは体にフィットし、そこから膝の少し下あたりまで優雅なフレアーを描いている。足元には、ほっそりとした足首と形のいいふくらはぎを強調する短いドレス・ブーツが黒く光っていた。

『最高だ』

「こんにちは」ローラの頬にえくぼが浮かび、いつもの輝くような笑顔が現われた。

「早すぎてないといいんだけど。でも、十二時って言ってたわよね」

アイザイアは首を振ることしかできなかった。『なんてきれいなんだ』信じがたいほど、ローラは美しかった。男なら誰でも言葉を失うだろう。ローラがなかに入れるように、アイザイアは後ずさった。玄関口から薄暗い明かりのほうへと歩いていくローラから、アイザイアは目が離せなかった。その姿は、ろうそくの火に照らされた赤ワインのグラスを連想させた。のど元に下がったロケットが、真珠色の肌に映えて金色にきらめいている。三人の兄たちはみな、華やかな美しい女性と結婚したが、アイザイアに言わせれば、義理の姉たちもローラにはとても及ばない。

『自分の足元に気をつけろ』頭のなかで小さな声がささやいた。このままでは、ローラに恋をしてしまう。頭のてっぺんから爪先まで完全に、後戻りできないような激しい恋にどっぷりと浸かってしまうだろう。「ちょうどいい時間だよ」アイザイアは、やっとそれだけ答えた。

リビングに来ると、ローラは目を大きく見ひらいて、集まった人の群れを見つめた。その視線の先を追ったアイザイアは、顔をしかめた。コールター家の人々は少人数のときはいたって普通だが、全員集まるとその数で他人を圧倒してしまう。八カ月になるハンクの赤ん坊が金切り声をあげて泣いている。ハンクは赤ん坊を肩にのせてツーステップを踏み、そのひじのあたりで、ブロンドの髪をした小柄でかわいらしい妻カーリーが心配そうにうろうろしている。ジークは折り畳み椅子四脚を、誰にもぶつからないように頭の上に抱えあげて歩いている。ジークの妻ナタリーは、夫婦のお気に入りの歌『フォーエヴァー・アンド・オールウェイズ』を大声で歌いながら、椅子を並べている最中だ。一番上の兄ジェイクは、妊娠中の妻モリーの腰に腕をまわし、下手くそなステップで誰かの爪先を踏まないようにしてワルツを踊ろうと奮闘中。その息子で、二月に三歳になるギャレットと、四月に四歳になるベサニーの息子スライは、プラスチックのハンマーでお互いを叩きっこしている。くすくす笑ったりキャーキャー騒いだりしているところをみると、楽しくてしかたがないらしい。この騒ぎに輪をかけて騒がしいのが、ナタリーの八十五歳になる気むずかしい祖父だ。ほとんど聞こえないくらい耳が遠い老人は、テレビの前の床に座っているナタリーのふたりの子ども、チャドとロージーのほうに背を丸めてかがみこみ、ずっと大声で怒鳴るように話しかけている。「プレイステーションって言ったか？　おお、そうか、わしもやるぞ！」とか「ちょっとあれを見ろ！」とか「いったい次はどうなるんだね？」といった調子だ。

「すまないな」アイザイアはローラに言った。「ぼくの家族はちょっと人数が多すぎるんだ」声を張りあげて呼びかけた。「おーい、みんな！　こちらはローラ。少しお行儀よくして、自己紹介をしてくれないか」

　ジェイクは妻をぐるぐるまわすのをやめて、ゆったりと傍に引き寄せた。大きな手を守るように妻の腰に置き、慣れた手つきで丸くふくらんだヒップにちょっかいを出している。琥《こ》琥珀《はく》色の短いカールした髪が顔を縁取っているモリーは、くすくす笑いながら夫の手をウェストに戻し、たくましい肩をいたずらっぽく殴った。

「ようこそ、ローラ！」モリーは大きな声で言った。「わたしはモリー。こっちの大男はジェイク、アイザイアの一番上の兄さんよ」

ハンクは肩にのせている赤ん坊の位置をずらし、おむつをしたお尻の横から顔をのぞかせた。「ぼくはハンクだ。下から二番め」

カーリーはローラの顔をよく見ようとして、大きな青い目を細めた。「こんにちは、ローラ。ハンクの妻のカーリーよ。遠くのものはあまり見えないの。ちょっと前に目の手術を受けたばかりだから。今の視力は――」

「最悪」ハンクがカーリーの言葉をさえぎって、話に割りこんだ。「彼女が言いたいのは、あとできみに会ったときに、もう一度自己紹介をしても怒らないでほしいってことさ」

カーリーは笑い、泣いている赤ん坊に音をたててキスをした。「この子がリトル・ハンク。もっか、おばあちゃんのグラスを超音波で割ろうとしているところ」

ライアン・ケンドリックは運んでいた椅子を壁に立てかけ、外に出たときに風で逆立った黒い髪を大きな手で撫でつけてから、ローラとアイザイアに微笑みかけた。「はじめまして、ローラ。ベサニーの夫のライアンです」ライアンはちらっと周囲を見まわした。きっと、妻を探しているのだろう。「彼女はどこかを動きまわっているはずなんだが」

「ここにいるわよ！」車椅子に乗ったベサニーが、アーチ型の出入口を通ってキッチンから出てきた。「こんにちは、ローラ。ちょうどいいところに来てくれたわ。母が四つの鍋を全部同時にかきまぜたいって言うんだけど、わたしはレンジに手が届かないから手伝えないのよ」

ローラは持っているコートに視線を落とし、それから、アイザイアのほうに振り向いた。「食べ物を持ってきたの。車の後部座席に積んであるわ」コートをアイザイアに押しつけた。「悪いけど、取ってきてもらえる?」

それだけ言うと、ローラはアイザイアの視界から消えた。

数分後、アイザイアがふたつのパイをのせたプレートを持ってキッチンに入っていくと、ローラのすてきなワイン色のドレスは、母から借りたらしい白い刺繍《ししゅう》のエプロンでおおわれていた。ローラは鍋のなかをかきまぜてレンジの火を調節し、母がなにか言った言葉に笑っていた。

「あらまあ、ローラ。気をつかわなくてもよかったのに」メアリーはパイを見て、叫んだ。「まああ、すごくきれいに焼けてるわ」茶目っ気たっぷりにアイザイアに微笑みかけた。「びっくりだわ。お菓子がちゃんと焼ける若い女性が現代にも存在したなんて。この世の驚異が尽きることはないのかしら?」メアリーはふたたびお菓子に注意を戻した。「わたしのパンプキン・パイは、今年はちょっぴり焼きすぎたのよ。あなたのは完璧ね、ローラ」

ターキーとハムがオーヴンで焼けるいいにおいに、アイザイアのお腹が音をたてた。大皿を下に置いて、きれいに並べられたカナッペのひとつに手を伸ばすと、母親にぴしゃりと手首を叩かれた。

「いけません！」

「でも、腹が減ったんだよ」

メアリーはあきれたようにぐるりと目玉をまわし、小さなカナッペをひとつアイザイアの口に放りこんだ。それから、ほかのカナッペの位置をずらして、ひとつ分の隙間を埋めた。

「サンドイッチでもつくって食べなさい。これはお客さまの分よ」

「ぼくの分は？　レバーの細切れ？」

それは、息子たちが子どものころから、祝日のパーティーのときにかならず息子たち全員と交わされる応酬だった。「向こうに行ってなさい」メアリーはむっとした声で言った。「ここにいるなら、働いてもらうわよ」

いつものアイザイアなら、そのセリフを言われたとたんに逃げだすところだ。だが、今日はキッチンにいたい気分だった。ローラのほっそりした背中にちらっと目をやり、こう言った。「なにをしようか？」

メアリーは驚いて眉をつりあげ、アイザイアと同じようにローラをちらっと見た。それから、またもや茶目っ気を含んだ微笑をアイザイアに向けた。「よろしかったら、クランベリーソースに入れるオレンジの皮をすりつぶしてくれるかしら？」

アイザイアは、大変よろしかった。そのあと、アンブロシアとかいう名前のデザートのために果物を刻んでいるローラを手伝った。それから、スモーク・ターキーの形をきれいに整えた。電子レンジで温めれば食べられる調理済みのものを、家族の誰かが肉屋で買ってきたのだ。用意がすむと、外のデッキで鍋に油を入れ、プロパンガスのコンロに火をつけて、フライド・ターキーを仕込んだ。この料理は、数年前からコールター家の感謝祭でおなじみになっているメニューだ。

「ターキーを三羽も？」ローラは驚いて訊いた。

アイザイアは笑った。「食べる人間はいくらでもいるよ。フライド・ターキーを食べたことはある？」

「ないわ」

「うまいよ」アイザイアは音をたてて指先をなめながら言った。「舌の味覚がおかしくなったのかと思うくらい、ジューシーで風味が豊かなんだ。昔ながらのやりかたでターキーを焼くより、早くて簡単だしね」

元来、アイザイアはあまり料理が得意ではなかったが、いつもローラといるとそうであるように、今日は料理も楽しかった。そのうえ、見つかる心配がなくつまみ食いができるというおまけまでついていた。ローラは時々、アイザイアがつまみ食いをした証拠を隠すために前菜を並べ直していた。

だがそれも、ベサニーが七カ月の娘アンに母乳を与えるために、キッチンに仲間入りするまでだった。メアリーが背中を向けたすきに、アイザイアが冷蔵庫からデビルド・エッグをひとつ失敬するのを目撃したベサニーは、冬眠しているヘビも目を覚ましそうな大声で歌うように叫んだ。「ママ！　アイザイアがつまみ食いしてる！」そのセリフは、アイザイアの脳裏に子ども時代の思い出をよみがえらせたが、次の言葉で、追憶は笑いにとって代わった。

「ママはまだ食べちゃだめって言ったのに、アイザイアは食べてるよ！」

メアリーはアイザイアをにらんだ。「お客さまの前菜が足りなくなったら、ただじゃすまないからね」

「告げ口屋め」アイザイアは姉に言った。それから、甲高いアルトの声で母親に訴えてみせた。「ママ、ベシーを黙らせてよ！」

メアリーは笑って目玉をくるりとまわした。「あの時代が過ぎて感謝するわ」

オーヴンをのぞいていたローラが体を起こした。熱で頬が赤く染まり、瞳は明るく輝いている。「小さいころは、よく喧嘩してたんですか？」

「よく？　六人も子どもがいたら、一日じゅう喧嘩ばかりよ」

「この悪ガキめ」アイザイアは姉のそばに行って軽く髪を引っぱり、天使のような光の輪をつくって黒々と輝くアンの髪にキスをした。車椅子の隣りにしゃがんだアイザイアは、小さな姪に一瞬うっとりと見とれ、姉にささやいた。「ベサニー・アンは、ほんとにきれいな子だな」姉の顔を見あげた。「ママにそっくりだ」

慎み深く胸の上にハンドタオルをかけて授乳をしていたベサニーは、誇らしげににっこりとした。「それほどわたしには似てないわ。鼻はパパにそっくりよ」

「やめてくれ！」と言いながら、ライアンが現われた。妻の後ろから肩越しに小さな娘をのぞきこみ、反論は許さないという口調で宣言した。「ぼくの娘は誰もケンドリック家のでか鼻を受け継いだりはしないぞ」

「わたしは、あなたの鼻が好きよ」ベサニーが抵抗した。

「そうか、うん」ライアンは答えた。「ぼくは女じゃないしね」

「そのことには感謝してるわ」ベサニーがからかった。

そのときドアのチャイムがふたたび鳴り、ケンドリック家のほかの面々が到着した。ライアンは家族と挨拶を交わすためにその場を離れた。両親のキーフとアン・ケンドリック夫妻。やせて背が高く漆黒の髪と褐色の肌を持つ兄のレイフは、子どものころはライアンとそっくりだったろう。隣りに並んでいる妻のマギーは、小柄で黒っぽい髪の魅力的な女性だ。九月に七歳になったジェイミーと数週間前に五歳になったばかりのアメリアが、夫婦の両側にくっついて立っている。

ひとりずつ指差しながら教えてくれるアイザイアをさえぎって、ローラは訊いた。「全員の歳がわかる?」

アイザイアは一瞬考えてから、笑いだした。「ぼくがしょっちゅうバースデー・プレゼントを買うのを知ってるだろう? これが、その理由さ。一週間以上パーティーがないときなんて、めったにないんだ」

リビングルームは、今や満員の人であふれだしそうだ。ローラの祖母エッタ・パークスも、洒落た身なりの年配の紳士と腕を組んで現われ、フランクよ、とローラに紹介した。アイザイアは、こんなに大勢の人間を招待した母は頭がどうかしているに違いないとひそかに判定を下した。それから、人混みを縫ってローラを椅子のところに案内した。

「きみはお客さまなんだ」アイザイアは言った。「もう充分キッチンで働いてくれたんだから、あとはここに座って、みんなと知り合いになるといいよ」

ローラは目を丸くして、たくさんの人たちをながめた。「でも、わたし――」

その先を言う前に、ジェイクの妻モリーがローラの隣りに座った。「あなたはとっても優秀なケンネル・キーパーなんですってね。いつも話を聞いてるわ」

「まあ」ローラは赤くなった。「わたしのことを知ってるんですか？」

モリーは笑い、マギーとナタリーを手招きした。アイザイアがもう少し母の手伝いをしようとキッチンに立ち去るころには、ローラはすっかり会話に引きこまれていた。


感謝祭のディナーはすばらしかった。今日という特別な日のために、すでにリビングの家具はすべてどかしてあった。料理がすっかりできあがると、男たちは、二メートルのテーブル十個を縦につなげて数列に並べ、細長い大きなテーブルとして使えるようにした。用意ができると、女たちがテーブルクロスをかけ、料理や食器を運んだ。食器類はどれも不揃いだ。メアリー・コールターの手持ちの食器は、マクブライドおばあさんの嫁入り道具だった陶器類も含めて総動員され、さらにアン・ケンドリックが持ってきてくれた二十四枚セットの皿も加えられた。ガラスではなく、透明なプラスチックのワイングラスを使っている者もいた。

カトラリー類は数が足りず、フォークが一本ずつ配られただけだった。

だが、食べ物はどれもおいしく、たっぷりと用意されていたので、誰もが存分に楽しんだ。冗談が飛びかい、面白くてもそうでなくても、全員が笑った。大人たちは噂話に花を咲かせ、子どもたちはミルクをこぼした。食事の間、アイザイアは何度となく横にいるローラを見やり、騒がしくてごめんと謝った。

ローラはアイザイアの顔を見て微笑んだ。「こういう雰囲気は大好きよ」

アイザイアは周囲に並ぶ顔を見まわした。よく知っている顔もあれば、そうでない顔もある。ハンクとカーリーの間にはハイチェアに座った息子がいるので、ふたりは前や後ろに体を傾けて耳元でささやきあっている。まだ熱々のカップルといった様子でお尻をくっつけあって座っているジークとナタリーは、お互いと、時々両親の注意を引こうとする子ども以外は誰も目に入らないらしい。兄弟のなかで二番めに早く結婚しているジェイクとモリーは、時折見つめあって、互いの瞳に永遠の愛情を確認するだけで満足しているようだ。車椅子にのったベサニーは、テーブルの一番端に座っていた。右側にライアン、左側に息子がいる。ライアンは膝に赤ん坊を座らせて、自分が食べる合間にマッシュポテトとグレーヴィーソースを娘の小さな口に入れてやっていた。

中央のテーブルの両端には、年配のお客たちが集まっている。アイザイアの両親は名誉あるその場所にそれぞれ分かれて座り、周囲のお客の誰にも疎外感を味わわせないように、ふたりともいつもより大きな声で話していた。よく似合うブルーのドレスを着たメアリー・コールターは、どこから見ても落ち着いた美しい女主人だ。右側に座ったローラの祖母と、左側のアン・ケンドリックにはさまれて楽しそうにしゃべっている。テーブルの反対側の端にいる父ハーヴ・コールターは、息子たちが年取ったらこうなるだろうという見本のようだ。やせているが頑丈な筋肉質の体に褐色の肌。黒い髪は灰色になりつつあり、こめかみのあたりは完全に銀髪に変わっていた。食事をしながら、ナタリーの父ピートとキーフ・ケンドリックを相手に賑《にぎ》やかな議論をくり広げている。時折、それを中断して、ナタリーの祖父に話をもう一度くり返す。そのたびに老人は、耳の後ろに手のひらを添えて大声で怒鳴った。

「今なんて言ったかね?」

家族《ファミリー》。この光景こそ家族そのものだと思うと、アイザイアはふいに感傷的な気分になった。子どもたちは成長し、恋に落ち、結婚して自分の子どもを持つ。かつてはちょうどいい広さだったリビングも、今は家族全員がやっと入れるような状態だ。いつの日か、自分とタッカーが誰かと結婚して、さらに人数が増えたら、家族のパーティーのためにホールを借りなければならないだろう。だが、それもいいではないか。集まる環境がリビングでも間に合わせの場所でも関係ない。大切なのは、みんながいっしょに過ごすことだ。そこでは、こぼれたミルクも、耳が聞こえない老人も、兄弟との口喧嘩も、そして日々の試練も、大したことではないと見過ごせたり、軽々と乗り越えられてしまったりする。なぜなら、すべての根底で、愛情が小さないらだちの種を幸福に変えてしまうからだ。

アイザイアは幾度も、ローラが焦がれるような微笑を浮かべて、赤ん坊や小さな子どもたちを見つめる様子を目にした。これまでの自分なら、ローラの視線の先にあるものを見て満足感を覚えるはずだった。濡れたオムツを取りかえるなんて、まだごめんだ。その役目は兄たちに任せておけばいいと。だが、なぜかアイザイアは寂しさを感じた。

こんな気分は今日だけだと、自分に言いきかせた。祝日の行事や家族の集いは人を感傷的にさせる。だが、それだけではないことに、自分自身でも気づいていた。結婚している兄たちが妻や子どもたちを見る顔には、愛情と誇らしさがあふれている。それは、そのうち独身でいることが寂しくなってくるぞと、いやでもアイザイアに認めさせる顔だった。仕事が軌道にのったらすぐに、真剣に結婚について考えはじめるべきかもしれない。

今夜、パーティーが終わっても、ジェイクとジークとハンクは孤独を感じる必要はない。我が家に着いて、ひとりでは広すぎる、家具もない墓場のようにがらんとした部屋を歩きまわることもない。兄たちはぐっすり眠っている子どもたちを抱きかかえ、笑いと大騒ぎと混乱もいっしょに引きつれて、それぞれの家に帰るだろう。

アイザイアは思いにふけりながら、ちらっとローラに視線を向けた。そのとたん、今日、玄関に着いたローラを目にした瞬間、のど元までこみあげた強い感情にふたたび襲われた。アイザイアはその感情を押しのけようとしたが失敗に終わり、さらに全力で無視しようとした。だが、それでもローラの魅力的な姿から視線を引きはがすことはできなかった。『なんてきれいなんだ』ローラを見るたびに、心のなかでその言葉が何度もくり返された。アイザイアはローラの笑いかたが好きだった。明るい音楽のように響く、自然な笑い声。ローラの話しかたさえ好ましく思えるようになっていた――つねにとてもゆっくりで、ひと言ひと言注意深く言葉を選ぶ。ローラが話すリズムは、アイザイアをゆったりとした気分にさせてくれた。たぶん、ローラが相手のときは、アイザイア自身もゆっくり話すからだろう。

キーフ・ケンドリックが立ち上がり、ワイングラスをナイフで叩いて、全員を注目させた。「今日のすばらしいディナーが終わる前に、我々のために自宅を開放してくださったメアリーとハーヴに感謝の意を表したいと思います」部屋のなかをさっと見まわした。「大した人数だ。これほどの客をもてなす料理を用意するのは、簡単な仕事ではなかったでしょう」キーフは微笑み、メアリーのほうに頭を傾けた。「本当に完璧なディナーだったよ、メアリー。うちのアニーでさえ、これ以上の料理はつくれないだろう。そして、アニーはこの地区で一番の料理人だ」

アン・ケンドリックは頬を染め、唇をへの字に曲げて手首をひらひらと振り、夫のお世辞を受け流した。「あなたったら、調子のいいことばっかり」

キーフはにやりと笑って、妻にウィンクをした。それから、ふたたびパーティーのホストのほうに向き直った。「まことに不運なことだが、ご婦人がたが大勢の客に料理の腕前を披露してくれるときは、必ず連れ合いの懐《ふところ》の中身は寂しくなるものです。そこで、メアリーの夫である、この頑固者に対しても感謝の意を表さなければなりません。ありがとう、ハーヴ。ところで、知りたいんだが、フライド・ターキーのアイデアはどこで仕入れたんだい?」

「もちろん、あの長いコマーシャルじゃよ」ナタリーの祖父が言った。「テレビを見たことがないのかね？」

全員がどっと笑い、キーフと同様に、ディナーへの感謝の言葉を口々に述べた。騒ぎが多少おさまると、ハーヴが言った。「メイン料理はもう充分だろう、メアリー。デザートの時間だ！」

どこのテーブルからもいっせいに不満の声があがったが、次の瞬間には笑い声と、好きなデザートを叫ぶ声に取って代わった。「パンプキン・パイはおれのだぞ！」「パンプキン・パイはあなたに譲るわ。わたしはペカン・パイをひと切れ食べたいのよ」「ぼくのはアイスクリームをのせてね、お願い！」

食事がすべてすむと、ローラとメアリーはキッチンから追いだされた。ふたりとも、ごちそうづくりの段階でずっと働きどおしだったからだ。タッカーの連れ、背がとても高く、水しか口にせずに、ラングラーのタイト・ジーンズにフリンジのついたウェスタン・シャツというでたちのグレイスは、片づけを手伝うと言いはった。ライアンに赤ん坊の面倒を任せたベサニーは、テーブルの上を片づけた。タオルをかけた膝の上に汚れた皿やカトラリーを積みあげては猛スピードで車椅子を動かし、疲れも見せずにキッチンとテーブルの間を行ったり来たりした。ハーヴとタッカーとジェイクは、それぞれ自分の役割を果たそうと、シャツの袖をまくりあげた。

「あっちへ行ってなさい」キッチンに入ろうとするアイザイアに、ハーヴが言った。「おまえは料理を手伝っただろう」

アイザイアはそれほど手伝ったわけではなかったが、ありがたくその命令に従い、ローラを散歩に誘った。ローラがコートを着るのに手を貸してから、自分もジャケットを着こみ、徐々に薄闇が濃くなりつつある夕暮れの道にローラを連れだした。

「外は静かだな」ポーチに出ると、アイザイアは感謝するような口調で言った。実際のところ、アイザイアは騒がしくても平気だったが、あの大騒ぎに慣れていないローラに対しては、そう言うのが礼儀だろうと思ったのだ。

ローラは寒さに体を震わせ、コートの襟を立てた。通りの両側には窓に明かりが灯った家々が並んでいる。その金色とサクラ色が入りまじった光を背景に、中央分離帯の芝生に並んだ樫の老木の曲がりくねって伸びた裸の枝が、黒いシルエットとなって浮かびあがっていた。

「騒がしいのは好きよ」ローラは笑いながら言った。「あんなにたくさんの家族がいたら、退屈しないでしょうね」

「それはそうだね。でも、みんながいっぺんにしゃべるから、耳が変になりそうだったよ」

ポーチから歩道に通じるコンクリートの小道を歩きながら、ローラは顔を少し上向けて、薄いグレーから墨《すみ》色に近い濃いグレーへと色を変えていく空を見あげた。「もう冬ね」

「そのようだね」アイザイアはジャケットのジッパーをあげた。凛《りん》とした冷たい空気のなかに、凍ったコンクリートの上を歩くふたりの足音が鋭く響く。ローラのブーツの音は、いかにも女性らしく、アイザイアより少し速いリズムを刻んでいる。男と女。アイザイアはローラの香水の香りを嗅いだ。ローラによく似合う、太陽を思わせるような明るく爽やかな香りだ。勇気を出してローラの顔に目を向けるたびに、優雅なカーブを描くあごからコートの襟の上にのぞく象牙色の滑らかなのどへと視線を走らせずにはいられなかった。「もうすぐ、雪が舞いはじめるだろうな」

そう言いながら、冬に車を運転する面倒さを思っていたアイザイアは、ローラの顔を見て驚いた。そこには、夢見るような微笑みが浮かんでいた。「わたしは雪が大好きよ。あなたは？」

左に曲がって歩道に出ると、アイザイアは歩幅を縮めてローラと同じ歩調で歩いた。「そうだな」アイザイアは言葉の端に皮肉をにじませた。「雪ってのはすごいよ。朝の五時に車のフロントガラスについた凍った雪を砕いて、はがさなきゃならないんだからね——それに、遅くまで仕事をして帰ろうとすると、車のドアが凍りついてあかなくなってる。階段で滑って転ぶのも、もちろんすごくスリルがあるね。たしかに、ぼくも雪が『大好き』だよ」

ローラは鼻にしわを寄せた。「おじいさんみたいなことばかり言わないで。いいことだってたくさんあるでしょう？」

ローラのいらだった口調に、アイザイアは微笑んだ。「たとえば？」

「たとえば、熱いスープが入ったカップを持って窓のそばに座って、舞い落ちる粉雪をながめること」

「それはいいね」と、アイザイアは認めた。

「それから、雪合戦のために雪の玉を積みあげること」

アイザイアはにやっとした。「雪合戦が好きなの？」

「誰だって好きでしょ？」

いや、誰でもってわけじゃない、とアイザイアは心のなかで思った。実際、そんな遊びをいっしょにしてくれる女の子が身近にいたのは、どれくらい昔のことだろう？　髪はびしょぬれ、首筋を伝って冷たい雪が背中に入り、顔に雪の玉が命中する。たいていの女の子は十八歳を過ぎると、そういった遊びは身震いをしていやがるものだ。

「それから、雪の天使づくり！」ローラは付け加えた。「あれは絶対にはずせないわ」

アイザイアは、ローラが両手を広げて雪の上に仰向けに寝転がり、両脚を雪に押しつけて、うれしそうに雪の天使の形をつくっている光景を思い浮かべた。

「ビニールのゴミ袋をお尻に敷いて坂を滑りおりるのも楽しいわね」ローラは言った。

最後に、雪が積もった坂道を猛スピードで滑りおりたのはいつのことだったか、アイザイアは思いだせなかった。「雪のアイスクリームを忘れてるぞ」と、指摘した。「子どものころは、はじめて雪が降る日が待ちきれなかったよ。大人たちが上のほうの雪を取ってきれいかどうか確かめる間、いつも待たされたよ」

「わたしのうちもよ」ローラは目玉をぐるりとまわした。「雪はきれいに決まってるのにね。もしわたしが子どもを持ったら、絶対に待たせたりしないわ」

「でも、考えてごらん。待つ時間も楽しみのうちだったんだよ」兄たちや姉といっしょに、リビングの窓に鼻を押しつけて立っている自分の姿が脳裏に浮かんだ。「今でも、雪のアイスクリームがおいしいと思えるかな」

「もちろん、思えるわよ」ローラは憤慨した目をアイザイアに向けた。「最‐高においしいに決まってるじゃない。どうして、もう作らないの？」

アイザイアはくすくす笑った。「きみは今でも作ってるって意味かな？」

ローラはコートの襟をつかんでかきあわせた。繊細な指の関節が寒さでピンクに染まっている。「子どものころに楽しかったことは、今だって楽しいわ。どうしてみんな、大人になったら楽しいことを全部やめなきゃならないと思うのかしら？」

いい質問だ。そして、間違いなくそれこそが、アイザイアがローラといっしょにいるとほっとする理由だった。ローラは、四六時中真面目くさっていなくてもいいのだと気づかせてくれるのだ。「そういうことをする時間を見つけるのが、今のぼくにはむずかしいんだよ」

「時間はつくるものよ」ちらっとアイザイアを見あげたローラの瞳は、まるで琥珀のかけらのようにきらきら輝いていた。「誰でも毎‐日、一度は子どもに戻って過ごす時間を持つべきよ。時間がないなら、なんとかやりくりすればいいじゃない？　楽しい瞬間がない人生なんて、なんの意味があるの？」

「きみが言ってることは正しいよ」アイザイアは穏やかな声で言った。「それはわかってる。ただ、仕事以外に人生の意味を見つけることをつい忘れてしまうんだ」

ローラは肩をすくめてため息をついた。バラ色の唇から白い霧のような息が吐きだされた。「標語をつくったらどうかしら」ローラは提案した。「バックミラーに貼っておくの」笑顔でアイザイアを見あげた。「なにか簡単な言葉、『一日に一度は人生を楽しもう』とか」

アイザイアは今、このひとときが続く間、ローラとふたりきりの時間を楽しんでいた。どうということのない冬の夜の散歩も、ローラといっしょだと、なぜか特別な行事のように感じられる。「雪が降ったら、きみのより立派な雪だるまをつくってみせるよ。賭けてもいい」アイザイアは挑戦的に言った。

「ふーん。わたしは雪だるまづくりじゃ、いつも一番よ」

「ぼくの雪だるまを見たことないくせに」

「それじゃ、賭けは成立ね」ローラは笑いながら言った。「なにを賭ける?」

ローラの顔を見つめながら、もう少しで、勝者は敗者からキスをもらうことにしようと言いそうになった。そうすれば、どちらが勝っても望みはかなう。だが、代わりにこう提案した。「負けたほうは、フルコースのディナーを料理して勝ったほうにごちそうするっていうのはどうだい」

ローラはうなずいた。「いいわ」それから、かすかに顔をしかめた。「あなたは料理ができるのかどうか知らないいんだけど」

「できない」アイザイアは満足げに、にやっとした。「だから、きみはぼくに勝たせてくれたほうが賢明だよ」

ローラは驚いて笑いだした。「不公平だわ」

「約束は成立済みだ」アイザイアは言い返した。「取り消しは認めないよ」

ふたりが家に戻ると、若者も年寄りも入りまじり、全員がいくつかのグループに分かれてゲームが始まっていた。アンとキーフのケンドリック夫妻はペアを組んで、アイザイアの両親を相手にトランプのピノクルをやっている。タッカーとグレイス、ハンクとカーリー、ジークとナタリーはそれぞれチームになって、スプーンズという荒っぽいカードゲームで闘っていた。別のテーブルでは、ベサニーとライアン、ナタリーの両親、ピートとナオミがトランプのカナスタで大いに盛りあがっている。ナタリーの祖父は、テレビの大型スクリーンの前に脚を組んで座りこみ、プレイステーションの野球ゲームにすっかり夢中だった。

アイザイアは、床の上にずらっと置かれたキャリーのなかで毛布をかけて眠っている赤ん坊たちをよけながら、ローラとチェッカー・ゲームをするために空いている椅子を二脚探した。結局ふたりは、ジェイクとモリーがテーブルの反対側にいる子どもたち全員を相手に神経衰弱をやっている場所の一角に陣取った。自信たっぷりのアイザイアは、横にいる子どもたちがカードを取るたびに笑ったり口喧嘩をしたりする声に気が散ってしまう心配などまったくしていなかった。

三十分後、ローラは自分の駒をキングに変えることに成功し、アイザイアは敗北寸前の危機に追いつめられていた。ローラは下唇を噛《か》んで笑いをこらえ、無邪気な顔で言った。「ごめんなさい。チェッカーは得意だって前に言ったわよね」

「違うよ。きみは、チェッカーが好きだって言ったんだ。得意と好きはまったく別だよ」アイザイアをさらに打ちのめそうとするかのように、ローラが勝利する場面を見ようと、ふたりの周囲に家族たちが集まってきた。「がんばれ、ローラ」ジークが応援した。「アイザイアは何年もチェッカーで負け知らずなんだ。ここらで鼻っ柱をへし折っておかないとな」アイザイアは殺してやりたいと言うような目つきで兄の顔を斜めに見あげた。「関係ないだろ？　集中してるんだから、邪魔しないでくれよ」

タッカーは、ローラの後ろから肩越しにじっと盤をのぞきこんだ。「いくら集中しても無駄だね。ローラがおまえを負かす手は九通りもある」

アイザイアは最後まであきらめなかった。ローラが注意深くアイザイアの最後の駒を盤上から取りあげると、アイザイアは探るようにローラの顔を見て言った。「三回勝ったほうが勝ちだ」

ローラは腕時計に目をやった。

「もう遅いから、なんて言って逃げるのはなしだぞ」アイザイアが警告した。「ぼくの王座がかかってるんだからな」

「おれはローラが勝つほうに十ドル」ハンクが大声で言った。

「は！」ハーヴ・コールターは尻ポケットに手を入れて財布を探った。「その賭け、受けて立とう。ローラは運がよかっただけだ。チェッカーでアイザイアを負かしたやつはひとりもいないんだからな」

アン・ケンドリックは、背が高くて肩幅が広く、見るからにたくましい大男である夫の脇腹をつついた。キーフは黒っぽい髪の頭をかがめて妻の言葉に耳を傾け、次の瞬間には財布をあけていた。アンは二十ドル札を高く掲げた。「わたしはレディーのほうに。わたしたち女は団結しなくちゃ」

ベサニーがにやっとした。「わたしものったわ。母さんも」そう言って、ライアンのほうに手を差しだした。「お金をちょうだい。ローラに賭けたいの」

「わたしも！」エッタ・パークスが叫んだ。「わたしの孫に十ドル賭けるわ」

「信じられないよ」アイザイアが不平をこぼした。「ぼくに賭けてくれたのは、まだひとりだけだなんて」アイザイアはタッカーのほうを見た。「兄さんも裏切るつもりだろう？」

第二戦は全員の注目の的だった。盤がよく見えるように、立ちっぱなしの者までいた。残りの人々はゆったりと椅子にくつろいで見守った。最初のゲームを笑いながら始めたアイザイアとローラは、第二戦では真剣そのものの表情になり、にらみつけるように駒の動きに集中した。

ゲームが終わる前から、アイザイアは雪だるまづくりの腕を磨いておこうと決心していた。さもなければ、本当に七皿のコース料理をつくる羽目に陥るかもしれない。

探るようにローラと目を合わせた。ゲームの間、アイザイアは何度となくローラの薄茶色の瞳に知性の輝きが閃く瞬間を目にしていた。

「チェスはする？」アイザイアは訊いた。

ローラは頬にえくぼを浮かべて、アイザイアの最後の駒を跳びこえた。「しょっちゅうじゃないわ。得意とは言えないわね」

アイザイアには、ローラがチェスを避けたがっているように感じられた。「三回めは、ちょっとほかのゲームに挑戦してみないか?」と、言いだした。「今度勝ったほうが、正真正銘のチャンピオンだ」

ローラは肩をすくめて、うなずいた。アイザイアはチェスのセットを取りに走った。

結局、アイザイアのもくろみは大はずれだった。一時間後、ローラは言った。「チェック・メイト」アイザイアは信じられないという顔で盤を見つめて、つぶやいた。「そんな。チェスは得意じゃないって言ったのに」

ローラはいたずらっぽくにっと笑い、盤の上に身を乗りだしてアイザイアの耳元にささやいた。「あれはうそよ」

10

感謝祭の翌朝、ローラは六時十分前にクリニックに着いた。建物のなかに入ると、ドアを施錠し、警報を解除した。それから、急いでセキュリティー・システムをリセットしようとしていると、誰かが通用ドアをノックした。ローラはぎょっとして跳びあがり、ノックに答えようとしたが、すぐにもっといい方法を思いついた。まず、震える手で自分のコードナンバーを打ちこんでシステムを再起動させた。そうしておいてから、ドアに近づいた。

「誰？」と訊いた。

「ぼくだ、ジェームズだよ。ちょっとだけなかに入れてくれないか？」

ローラは心臓が止まりそうになった。ひとりで勤務をしているときにジェームズが現われたらすぐに電話をするようにと、アイザイアに言われている。ローラはバッグに手を入れて携帯電話を探した。

「ちょっときみと話がしたいだけなんだよ」ジェームズがせっついた。

ローラは携帯電話を見つめて、ためらった。ジェームズ。アイザイアに警告されても、この若者がクリニックでの騒動と関わりがあるとはどうしても思えなかった。ジェームズは口ーラに好意を抱いているのだろう。それを否定するつもりはない。でも、だからといって、すべてがジェームズの仕業だとはかぎらない。実際、ローラの直感はまったく正反対の答えを出していた。

ため息をつきながら、ローラはバッグのなかに携帯電話を落とした。「ちょっと待って、ジェームズ。警報を解除するから」

ローラはパネルに歩み寄り、警報を解除してからふたたびドアのところに戻って鍵をあけた。ドアがひらくと、ジェームズはすぐに跳びこんできた。大きな青い防寒着のアノラックを着て、カールした茶色の髪が朝の強い風でくしゃくしゃにからまっている。

「おはよう」ジェームズはドアを押して閉めながら、眠そうな笑顔を見せた。「ぼくがどうしてここにいるのか不思議だろうね」

そのとおり、ローラは不思議だった。外はまだ太陽も昇っていない。しかも、ジェームズはたしか、今日は休日だ。普通なら、遅くまで眠っていたいはずだろう。ドアをあけてなかに入れた自分がばかだったのだろうか。だが、ジェームズの目を探るようにじっと見つめても、そこにはなんの悪意も感じられなかった。

「ずいぶん早いのね」ローラは結局、そう言っただけだった。

ジェームズは背を向けて、ドアの鍵を閉めた。「そうだね」ローラのほうに向き直って腕組みをした。「早いほうがいいと思ったんだ。そのほうが、ぼくがここに来たことを誰にも気づかれずにすむ」

ローラは不安を感じた。だが、その感覚が強まる前に、ジェームズは言葉を続けた。「この前の晩、感謝祭をいっしょに過ごそうってきみを誘っただろ。そのあとすぐにアイザイアから電話があって、心臓発作が起きそうになったよ」

「そうなの？　どうして？」

ジェームズはため息をつき、いかにも動揺しているふうに片手で髪を梳いた。「このクリニックには、スタッフ同士でつきあってはいけないっていうルールがあるんだ。くびにされるのかと思ったよ」

「そんな」ローラは本心からうろたえ、小声でつぶやいた。

「そうなんだよ」ジェームズはうなずき、あごをかいた。「きみはとてもかわいい人だよ、ローラ。そして、ぼくときみの間には、否定できないつながりがある。少なくとも、ぼくはそう感じた。だけど、ここでの仕事を危険にさらすわけにはいかないんだ。わかってくれるよね」

ローラは、返す言葉が見つからなかった。

「ぼくは、本当にこの仕事を愛しているんだ」ジェームズはすぐに付け加えた。「アイザイアはぼくが獣医看護士の資格を取れるように、全面的にバックアップしてくれてる。去年は、X線技師の資格を取るために有給で休暇までくれた。前回の面接のときは、来年度に大学に行くことを話し合った。そうすれば、ベリンダみたいに一人前の獣医看護士になれるからね。アイザイアは、大学に行っている間はぼくのポジションを空けておいてくれるし、授業料も援助しようって言ってくれたんだ。こんなにありがたい話はないよ」

「ほんとね」ローラは同意した。アイザイアの気前のよさについては、もはや驚かなかったが。

「それなら、ぼくらの関係が深くなる前に身を引かなきゃならないこともわかってくれるね」

「ええ、わかりますとも」

ジェームズはローラの目をのぞきこんだ。「このままだと、ぼくらはお互いになくてはならない存在になるかもしれない。ぼくは本当にそう思ってる。だけど、先のことは誰にもわからないだろう？　それに比べて、ぼくのクリニックでの将来はかなり保証されてる。ぼくが今やるべきなのは、トラブルを起こさないようにすることなんだ」

ローラはただ微笑むしかなかった。「それが一番よ、ジェームズ」

ジェームズは悲しみに満ちた目でローラを見つめた。「できれば違う選択をしたかったけどね。実際、クリニックのなかにはつきあってるやつらもいて、誰も見つかってないんだ」

「その人たちは運がよかったのよ」ローラは急いで言った。「だめよ、ジェームズ。リスクが大きすぎるわ。あなたの将来がかかっているのよ」ローラはぐっと唾を呑んだ。「人生には、思いどおりにいかないこともあるわ」

「ほんとにそうだね。今は――」ジェームズは言葉を切り、物思いに沈んだ眼差しをローラに向けた。「そうするしかない。そうだろ？」

ローラはジェームズが着ているアノラックの袖に手を置いた。「わたしたち、お友達になればいいわ。それを禁止するルールはないでしょう？」

ジェームズの肩の緊張が解け、顔には笑みが浮かんだ。「ない。友達ならオーケーだ」

ローラも笑みを返した。「じゃあ、お友達になりましょう」

ジェームズはため息をつき、片手で顔をこすった。「アイザイアは疑ってないかな？　電話をしてきたとき、なんだか妙な話しぶりだった」

「大丈夫よ」ローラはジェームズを安心させた。「なにも気づいてないわ。これは、わたしたちだけの秘密よ」

「ありがたい。電話でアイザイアの声を聞いたときは、冷や汗がどっと出たよ。てっきり、ぼくたちのことがばれたと思ってさ。彼は親切だったよ。でも、なにかを疑っているような話しかただった」

ローラは首を横に振った。「違うと思うわ。アイザイアは時々心のなかで別のことを考えていたりするでしょう。たぶんそれよ」

「そう願うよ」ジェームズは頰をふくらませて、ふうっと息を吐きだした。「とにかく、ぼくらはわかりあえたわけだ。これからは友達で、それ以上はなにもない」

「友達で、それ以上はなにもなしね」ローラは腕時計をちらっと確かめて、ドアの鍵をあけた。「もう行って。もうすぐ六時よ。コードナンバーを打ちこむたびに信号が送られるから、記録を見て仕事に遅れたと思われたくないの。きっとあとで、どうかしたのかって訊かれるでしょう。今ならまだ、車に忘れ物をして取りに戻ったから警報を解除したって説明できるわ」

「そうか!」ジェームズは身をひるがえして出ていこうとした。ドアをあけてから、もう一度振り返った。「わかってくれてありがとう、ローラ」

「どういたしまして。話をしに来てくれてうれしかったわ」

「そうするのが公平だと思ったんだ。ぼくの決心は、ぼくだけじゃなくきみにも関係があることだからね」

システムを再起動させ終わっても、ローラはまだ微笑んでいた。アイザイアの意見は、ある点では正しかった。ローラは真剣なロマンスの只中《ただなか》にいたのだ。ただ、自分自身はまったく気づいていないだけだった。


十時少し前、ふいに背後のコンクリートに響いた足音に、ローラは跳びあがらんばかりに驚いた。手に持っていた餌入れを危うく落としそうになり、空いているほうの手をのど元にあてて振り向いた。ケージの外に立っているアイザイアを見た瞬間、ほっとして体の力が抜けた。

「ごめん」アイザイアは言った。「脅かすつもりはなかったんだ」

「でも驚いたわ。どうしたの?」

アイザイアは両手を腰にあてた。今朝は裏地のついたデニムのジャケットの前をあけ、なかに赤いチェックのシャツをのぞかせている。シャツの裾は、色褪せたラングラーのジーンズのウェストにきちんとしまわれていた。艶やかな褐色の髪が広い額に落ちかかり、長い部分は眉毛にかかっていた。「ひとりきりで犬舎にいるのはひさしぶりだろう。だから、ちょっと寄って様子を見ようと思ったんだ」

ローラは心を動かされずにはいられなかった。「わたしは大丈夫よ」

「なにも問題はない？」

ジェームズが今朝やってきたことは黙っておこうかとも思った。だが、やはり正直が一番の策だと思い直した。「問題というわけじゃないんだけど」

アイザイアは顔色を変えた。「なにかあったのか？」

「ジェームズが話をしに来たの」

アイザイアのあごの筋肉がこわばった。「ジェームズが来たら電話をすることになってたはずだろう」

「ごめんなさい」自分を正当化するような言い訳は思いつかなかった。ジェームズを建物のなかに入れたのは賢明な選択とはいえない。「携帯電話を出して、かけようとしたのよ。でも、どうしても彼があんなひどいことをしたとは思えなかったの」

「もしきみが間違っていたらどうするんだ？　信じられないよ、ローラ。もしあいつが犯人だったら、一瞬でおとなしい猫から獰猛な虎に変わっていたかもしれないんだぞ。きみは襲われて、助けが来るまで何時間もここに倒れていたかもしれないんだ」

「だけど、彼は犯人じゃなかったわ。わたしの直感が当たっていたのよ」

ローラは、ジェームズとの会話を詳しく話して聞かせた。話の後半になると、アイザイアの目はおかしそうに輝いた。「ジェームズは、ぼくの電話でくびにされると思ったわけだ」

ローラはうなずいた。「そう言ってたわ。だから、あなたの家のディナーにも行かなかったんじゃないかしら。わたしとのことで叱られると思ったのよ」

固く引き結んでいたアイザイアの唇が、ゆっくりと笑みをつくった。「つまり、ある意味でぼくは正しかった。ジェームズはきみと恋愛をしているっていう妄想を抱いていたんだ」

ローラは、じゃあねと言うように犬の体を軽く叩いてから、ケージを出た。「その妄想も、もう消えたわ。彼の将来を守るために、感情を殺して友達になることにしたの」

アイザイアはくすくす笑った。「きみたちふたりは大きな犠牲を払ったということかい？」

ローラは無邪気そうな顔で言った。「もちろん。わたしよりも仕事を選ぶなんて、ジェームズも辛かったはずよ。だけど、彼が言ったように、ふたりの将来はどうなるかわからないけど、仕事は違うもの。わたしは彼の判断をほめたたえるべきね。彼の将来が危険にさらされていたかもしれないんだから」

アイザイアはあきれたように首を振った。「思いやりがあるんだね。本当はわかってるんだろう？　たいていの女性だったら、それは思いこみで本当はこうだって教えてやっただろうに」

ローラは掛け金をおろし、ちゃんと閉まっているかどうか扉を引いて確かめた。「どうしてそんなことをしなきゃならないの？　彼のほうから、もうその気はないって言ってるのに」

「きみは最初からその気なんてなかったのに？」

　ローラは肩をすくめて微笑んだ。「ジェームズはいい人よ。彼の気持ちを傷つけたくはないわ」

「ほら、思いやりがあるじゃないか」ローラが中央の通路に出てくると、アイザイアもローラと並んで歩きだした。ちらっと腕時計に目をやってから、言った。「そろそろ仕事は終わるだろう？」

「もうちょっとしたら」

「早めのランチをいっしょにどうだい？」

　その誘いは、ローラを驚かせた。ローラは、もの問いたげな目でアイザイアを見た。「ランチ？」

　アイザイアはいつものように口元をゆがめてにっこりした。ローラの頭のなかに、びっくりするほどかわいらしい少年時代のアイザイアの姿がぼんやりと浮かんだ。「そうだよ」アイザイアは口に食べ物を放りこむ真似をした。「みんなが朝食と夕食の間に食べる食事さ。お腹はすいてる？」

　朝の五時にローラが食べたベーグルは、とっくの昔に消化済みだった。「ぺこぺこよ」

「そう？　オールド・タウンに小さいけどいいレストランがあるんだ。料理はおいしいし、河が見える。温かいスープを飲みながら、雪が舞い落ちるのをながめられるよ」

ローラは目を見ひらいた。「雪が降ってるの？」

「窓がない大きな建物で働く難点のひとつだな。吹雪になりそうな勢いだっていうのに、なにも知らないなんて」


アイザイアはレストランまでの渋滞した道路を車で進みながら、自分に問いかけていた。おまえはいったいなにをやってるんだ？　ランチだって？　ローラが相手だと、どうしてこうもばかな真似ばかりしてしまうのだろう？　雪が降っていたからだ。まったく、大した理由だ。ローラが雪が降るのをながめるのが好きだからといって、いっしょに窓辺に座ってスープを飲まなければならない理由はどこにもない。

ローラのこととなるとかならず襲ってくるらしい、一時の感情に囚《とら》われて行動したくなる気持ちをなんとかしなければ。まだ当分、結婚するつもりはない。自分が注意深く行動してさえいれば、結婚を迫られるような状況になったりはしないだろう。軽いランチだけだ、と自分に言い聞かせた。食事がすんだら、ローラをクリニックに停めてある彼女の車のところまで送ろう。駐車場で彼女を降ろした瞬間から、こんな愚かな真似は終わりにするんだ。面倒なことが起こる前に。

「止めて！」ローラがいきなり悲鳴のような声をあげた。

アイザイアの頭がその言葉を理解する前に、反射的に足がブレーキを踏んだ。アンチ・ロック式ブレーキが作動し、ハマーは滑りながらゆっくりと減速した。氷だ。路面が雪で一面に凍結しているのだ。アイザイアがハマーの重い車体を安全に停止させようと格闘している間にも、ローラはシートベルトをはずして助手席側のドアをあけようとした。

「大変！」ローラは叫んだ。「轢《ひ》かれちゃう！」

誰が轢かれそうなんだ？　アイザイアがその問いを口に出す前に、ローラは車から跳びおりた。外は混雑した道路の真ん中で、前からも後ろからも車が行き交っていた。「ローラ？」なんてこった。ローラが走りはじめたのを見て、アイザイアは心臓がのど元まで跳ねあがった。ローラは、氷やぬかるんだ雪の上を滑ったり転びそうになったりしながら、ハマーのフロントバンパーの前をまわって走っていく。アイザイアの位置からは、もうローラのブロンドの頭のてっぺんしか見えない。「ローラ！」

アイザイアは運転席側から跳びおりようとして、シートベルトにがっちりと体をおさえられていることに気づいた。後ろの車が、横に滑りながら停車しようとしている。フロントバンパーが、アイザイアの心の平安を乱すほどハマーの後部に接近した。

「ローラ！」汚れた雪でぬかるんだ地面にやっとブーツが着地すると、アイザイアはもう一度大声で呼んだ。降りしきる粉雪の向こうに、ちらっと金色の髪が見えた。『くそっ』ローラは道路の真ん中をゆっくりと移動している。そんなことにはおかまいなく走ってくる車は、危うくローラを轢きそうになってブレーキを踏み、横に滑って尻を振りながら通り過ぎていく。「気でも狂ったのか？　戻ってこい！」

アイザイアの大声にも、ローラは止まる気配を見せなかった。運転席のドアをあけっぱなしにしたまま、数歩進むごとにローラの名前を呼びながら、アイザイアはあとを追った。前方のローラがついに足を止めた、と思ったら、ジーンズをはいた脚を大きく踏んばって立ち、両手を広げて車の流れを止めようとしている。アイザイアは、ウェスタン・ブーツのつるつるした靴底を何度も滑らせながら、道路を走った。やっと目的地にたどりついたときには、ふたつの車線は完全にストップし、ローラがやけに大きな子犬を腕に抱きあげたところだった。

「なにをやってるんだ、死にたいのか？」アイザイアは怒鳴りつけた。

「ねえ、アイザイア。かわいいでしょう？」

ローラは子犬の鼻に自分の鼻をすりつけた。アイザイアが、今まで見たなかで一番不器量な部類の子犬だと答えるより早く、ローラは音をたてて子犬にキスの雨を降らせていた。

「頭がおかしくなったんじゃないか？」アイザイアはまた怒鳴った。

ローラは信じられないと言いたげな眼差しでアイザイアを見た。「この子は轢かれそうだったのよ。だから、助けてあげたの」

バンパーとバンパーが触れあうほど接近して長い列をつくっている両車線のドライバーたちが、クラクションを鳴らしはじめた。アイザイアはローラの腕をつかんだ。「車に戻ろう。ここにいたら交通の邪魔だ」

ローラは子犬をしっかりと抱きしめている。ちらっと見ただけで、最初の印象どおりだと確信できた。見たこともないほど醜い子犬だ。〝大きな〟という表現では、半分も言い表わせない。足のサイズはホットケーキほどもあり、四角ばった頭は、大人になるころには巨大な塊に成長すると宣言しているようだ。だが、サイズよりもさらに悪いのは、子犬の器量だった。ダルメシアンの特徴にロットワイラー犬の垂れた耳がおまけとして加わり、中国産のシャーペイ犬のようにだらんとしわの寄った皮膚は不器量を通り越して醜いとしか言いようがない。白い毛に黒いぶちがあるのだが、かわいそうに、ぶちや点々が重なりあって全体の毛色を青っぽい薄汚れた色に見せている。

「さあ」アイザイアはローラをハマーのほうに引っぱった。「車は全部停まってる。犬を放しても大丈夫だよ」

ローラは、二十五セント硬貨のように目を丸くした。「そんなことできないわ!」

アイザイアはいやな予感に囚われはじめた。ローラは車のボンネット越しに哀願するような眼差しでアイザイアを見ている。「どうして?」アイザイアは慎重に訊いた。

「どうしてもよ!」

アイザイアは、女性がよく使うそのセリフが大嫌いだった。〝どうしても〟。いったい、どういう意味だ? アイザイアの経験によれば、そのセリフは必ず面倒を引きおこす。母のメアリーも、よくその戦術を使った。姉のベサニーも三人の兄嫁もだ。自分たちの言動に理論的な説明ができないとき、彼女たちは決まってこう言う。『どうしてもよ』そのセリフは暗に、男という種類の生き物には複雑な理由など理解できないのだと言っている。なぜなら、男はみんな精神的に不完全だから。

「ローラ」アイザイアは冷静な声で言った。「これはたぶん飼い犬だよ」

「違います。首輪をしていないわ」

やれやれ。周囲の車がついにクラクションを鳴らしっぱなしにしはじめたのもかまわず、アイザイアは舞い散る粉雪を透かしてしばらく子犬をじっと見つめた。子犬の両目のまわりは殴られてあざになったように黒ずんでいる。耳は奇妙なほど左右違う形だ。片方は一部分が黒く、右目の上まで垂れている。もう片方は灰色で、こちらはぴんと立っていた。

「首輪がないから飼い主がいないとはかぎらないよ」アイザイアは言った。「大きくなるまで首輪をつけない人もいる」

「こんなにあばら骨が浮きでてるじゃない。置いていくなんてできないわ。もう少しで轢かれそうだったのよ！」ローラは、アイザイアが突然、恐ろしい怪物——血も涙もない子犬殺し——になったとでも言いたげな顔をした。「よくそんなことが言えるわね？」

やれやれ。アイザイアは周囲の車をちらっと見まわした。反対側の車線はすでに動きだしていた。この道路の道幅は狭い。脇を通り過ぎる車のためにハマーのドアを閉めておくべきだった。アイザイアはため息をつき、議論の続きは後まわしにしようと決めた。

「車に乗るんだ」と、命令した。「交通の邪魔だ」

「この子もいっしょに？」

「ああ」あきらめのにじむ声で言った。「いっしょに」

ふたりと一匹が無事に車の座席に収まると、アイザイアはゆっくりと車をスタートさせた。ローラは小声で子犬に語りかけた。「よしよし、かわいそうに」ワイパーがシューッ、トン、シュー、トンと音をたて、フロントガラスの両脇に雪を掃きよせている。

「きみの家では犬を飼えないだろう」

「もちろん、そうよ。でも、かならず飼ってくれる人を見つけるわ」ローラはまた音をたてて子犬にキスを浴びせ、子犬の頭のてっぺんに頬をすりつけた。「かわいいわね」

アイザイアのほうは、この子犬のもらい手はとても見つからないだろうと考えていた。血統を引きあいに出して犬を評価するのは大嫌いだが、この子犬の醜さはよほど悪いかけ合わせの結果だ。ローラは赤ん坊のように子犬を仰向けにして両腕で抱きかかえているので、股間の部分が丸見えだった。間違いようがなく、雄だ。しかも、かなりの〝巨体〟に成長するだろう。普通なら、アイザイアは雑種犬を見ただけで、豊富な知識にもとづいて、どんな犬種のかけ合わせなのか予想できたが、この子犬は染みだらけの毛皮をまとった図体のでかい厄介者としか見えなかった。マスチフ犬の血も混ざっているのだろうか？　耳は明らかにロットワイラー犬のものだが、頭と肩あたりのしわが寄ってたるんだ皮膚はシャーペイ犬の血を主張している。どこかの不注意者が庭の門を閉めておかなかったのだろう。それもたぶん、ひとりではない。子犬にはさらに、ダルメシアンの血もたっぷりと流れていた。

「さてと」アイザイアは元気よく言った。「ランチの前に、動物愛護協会にその子犬を預けに行くっていうのはどうだい？」

「だめ！」ローラは大声で言った。「それで飼い主が見つからなかったらどうするの？」

おやおや。アイザイアは心のなかでつぶやいた。ということは、どう見ても外見的にすばらしい子犬とはいえないと思っているのは、ぼくだけじゃなかったらしい。「そんなにかわいいのに？　二、三日もすれば飼い主が見つかって、晴れて出獄できるさ」

ローラはあごを突きだした。「収容所になんて絶対に行かせないわ」

「収容所？　ねえ、きみ。その呼びかたはもう古いよ」アイザイアは、名前ではなく『ねえ、きみ』と恋人のように呼びかけた自分に驚いた。しかも悪いことに、それが自然なことに思える。「最近の迷い犬たちは、飼い主が見つかるまでぜいたくな暮らしをしているんだよ。クリニックと同じような寝床をもらえて、動物を心から愛しているボランティアたちが世話をしてくれる。愛護協会はホームページも持っていて、一匹ずつの写真とコメントをそこにのせる。ラジオで宣伝もしてるよ。その子犬はいい里親を探す最高のチャンスを得られるんだ。しかも、希望者が名乗りでたら、念入りに審査までしてくれる」

「この子をかわいそう《ハプレス》な子って呼びましょうよ」ローラは言った。「かわいい名前でしょう？　この子を最初に見たとき、思わず『まあ、かわいそうな子』って言ってたわ」

アイザイアは心のなかでうめいた。〝どうしても〟の問題を引き延ばすと、面倒が起こるのはわかっていたのだ。「ねえ、き――」慌てて言葉を飲みこみ、言いなおした。「ローラ」大げさに言い聞かせるような口調でさとした。「先のことをきちんと考えているかい？」ちらっと横目でローラを見た。ローラの瞳には当惑の代わりに、戦闘的な知性の光が宿っていた。合理的に行動する気はまったくないようだ。「飼い主が見つかるまで、子犬をどこに預けるつもりだい？」

ローラは黙ってアイザイアを見つめている。〝あなたの家で〟。前方に視線を戻すと、信号は赤だった。とっさに叩きつけるようにブレーキを踏むと、子犬がローラの腕からダッシュボードの上に転げ落ちそうになった。「ジーザス！」

「そんな言葉を使わないでちょうだい」ローラは厳しい口調で言った。「いくら腹が立っていても、神様の御名をみだりに口にするのは許されないわ」

「すまなかった」おい、いつからきみは母親になったんだ？「ただ……」なんて言うつもりだ？満足そうにしているハプレスのせいで、危うく信号無視をして全員死ぬところだったよ、とでも？「うちでは犬を飼えない。もし、きみがそう考えてるなら」

「この子は犬《ドッグ》じゃないわ」

そのとおり。そいつはヨーロッパを侵略したフン族のアッティラ王だ。「だったら、なんなんだ？」

「ちっちゃな子犬《パピー》よ」

〝ちっちゃな〟という表現はそぐわないぞ。アイザイアは、ローラの腕にかけられた前足を横目でにらんだ。「わかった、子犬でも犬でもどっちでもいい。うちでは飼えない。そんな考えは今すぐ捨ててくれ」

その四十分後、アイザイアは家の裏手の作業場でハプレスのためにベッドをつくってやっていた。タオルや毛布を重ねた上に古い枕をどすんと落としながら、生まれてはじめて自分の父親のことが理解できた気がした。父が母と激しい口喧嘩をしては敗北に終わる場面を、何度も目撃したことがある。母のメアリーはかなり小柄なのに対して、父のハーヴ・コールターは身長が一八〇センチ以上もある筋骨たくましい男だ。それなのに、どうして議論になると両親の力関係が逆転してしまうのか、今までどうしても納得がいかなかった。誰にもばかにされたりしない立派な大の男が、なぜ妻との口論ではいつも敗者になってしまうのか？

今、アイザイアはその答えを悟りつつあった。ハプレスを進んで預かろうと申しでた覚えはまったくない。だが、どういうわけか、そうするように仕向けられてしまった。きっと、ローラの瞳になにかがあるのだろう。ローラはじっとこちらを見つめていた。思いだしただけで、感傷的としか言いようのない気分にさせられるような目だった。そして、いつのまにか自分はこう言っていた。『わかったよ。だけど、二、三日だけだぞ』その結果、こうして生意気な子犬の寝床をつくっているわけだ。

「いい子ね、きっとここが気に入るわよ」ローラはいつものゆっくりと穏やかな話しかたで言った。「わかるわね。アイザイアはお医者さんなの。きっと、とってもよく面倒をみてくれるわ」

ハプレスは、半分ぐずって半分うなっているような、悲しげな鳴き声をあげた。アイザイアが肩越しに振り向くと、ローラはしゃがみこんで子犬を優しく撫でてやっていた。子犬はすでにローラの膝の上にのしかかっている。

「こらこら、だめよ」ローラはアイザイアを見あげた。「ここで凍えてしまうんじゃないかしら」

アイザイアは、うんちやおしっこを垂れ流す子犬を家のなかに入れるつもりは、これっぽっちもなかった。「いや。ここで大丈夫だよ。犬には驚くほどの生命力があるんだ」

「この子は犬じゃないわ。赤ちゃんよ」

そして人に取り入る天才だ、とアイザイアは思ったが、それは問題の根本とずれている。ローラは釣り針に餌をつけ、おもりをつけて釣り糸をくり出し、アイザイアはどうしても針にひっかかるのがいやだと言えなかった。いったい、自分になにが起こったのだろう？　今まで女性にノーと言えずに困ったことなど一度もなかったのに。簡単な言葉じゃないか。『ノー』表現のしかたでいくつかのバリエーションもある。ただ単純に『ノー』と言うほかに、『そんなことは無理だよ』とか。もっと差し迫った状況では、『絶対にだめだ』というセリフもありうる。だが、なぜかローラといると、簡単でわかりやすい拒否の言葉でさえ言いだせなくなってしまう。

「電気座布団は持ってる？」

勘弁してくれ。たぶん気がついたときには、子犬とベッドをともにする羽目になっているんだろう。「いや、電気座布団なんて必要ないよ。さっきまで外の道路にいた子犬なんだぞ、ローラ。このガレージは充分暖かいよ。この子犬にしたら宮殿並みの豪華さのはずだ」

「よしよし、ハプレス」ローラが優しく子犬に呼びかける声には、強い同情がこめられていた。「うちに連れて帰ってやれたらいいのに」

「心配ないよ、ローラ。食べ物もたくさんある」アイザイアは、クリニックから持ってきた子犬用ドッグフードの袋を指差した。「これは安物じゃないって知ってるだろう。犬用のTボーンステーキだぞ。それに、水と歯固め用の骨もある。もちろんふかふかのベッドも。二、三日ここで暮らしても、まったく問題ないよ」アイザイアは念のために、釘を刺した。「きみが飼い主を見つけるまでだよ、いいね？」

ローラはうなずき、子犬の頭のてっぺんにキスをした。「大丈夫よ、ハプレス。きっと大丈夫」

ハプレスはウ〜と不満そうにうなったり、く〜んと哀れっぽく鳴いたりしながら、精一杯首を伸ばしてローラの顔をなめようとした。アイザイアは背筋を伸ばして両手を腰に置いた——女性にしてやられたときにコールター家の男たちが見せる、お決まりのポーズだ。父や結婚している兄たちが、まったく同じ格好で妻に反論しようとしている場面を、アイザイアは何度も見たことがある。

「きみはどうだか知らないが、ぼくは腹ぺこだよ。ぼくらが昼食を食べている間に、ハプレスもここで餌を食べればいいさ」

ウ〜、クーンクーン、ウ〜。この図体の大きなぶち犬は、知能テストをしたら上位二パーセント以内に入るに違いない。そして、間違いなく、前世では舞台で『ロミオとジュリエット』の主役を演じていた類《たぐい》まれなる犬だ。

「おいおい、ローラ。ぼくはこの犬を二、三日うちで面倒みてやることにして、ここですばらしい環境を与えてやった。これ以上、どうしろって言うんだ?」

こちらを向いたローラの目は、アイザイアがたった今口にした言葉を撤回したくなるような表情を浮かべていた。「この子が家のなかに入れてもらえたら、安心できるわ。ここより暖かい場所にね。こんなに小さくて、かわいそうな子なのよ。いったいどんな人が、車が多いダウンタウンの道路に子犬を置き去りにしたりするのかしら?」

アイザイアは黙って手で髪を梳いた。「なぜ動物を捨てたり、まだ小さい子犬を置き去りにしたりする人間がいるのかは、ぼくにもわからないとしか言えないな」しばらくしてから、やっとそう答えた。

ローラの意見に同意せざるをえなかったアイザイアは、自分の感情の変化を振りかえり、なぜこの捨て犬に理不尽な反感を抱いてしまうのかを分析せずにいられなかった。自分は獣医だ。毎日、あらゆる動物たちの幸せのためにすべてを捧げている。それなのにどうして、惨《むご》い仕打ちを受けた、罪もないこの子犬に腹を立ててしまうのだろう?

アイザイアはいつも、どんな動物でもひと目見ただけで好きになる。だが、ハプレスに対しては、最初に見た瞬間から悪印象を抱いた。その理由は明らかに、ローラが危険もかえりみずにハプレスを助けようとしたからだ。ローラが無謀にも車の流れに跳びこみ、ドライバーたちが危うくローラを轢きそうになってブレーキを踏んだ場面を思い返すと、アイザイアのなかでゆっくりと怒りが燃えあがってくる。さらに、その車が次々と尻を振って氷の上を滑っていく光景がよみがえるたびに、股間のものがピーナッツくらいになるまで縮みあがってしまう。

わかった、問題は犬じゃない。犬じゃないなら、いったいなんなんだ？　ローラだ。だが、たとえ心のなかだけでもその事実を認めてしまうと、これまで避けてきた領域に足を踏みいれることになってしまう。一貫してすべてを子犬のせいにしてしまえば、ことは安全だ。少なくとも、今より面倒な事態にはならずにすむだろう。

「しばらくなら、ここに置いても大丈夫だよ」アイザイアは譲歩した。「ぼくは、今日は仕事が休みだ。ランチがすんだら、様子を見に戻ってくるよ」

ローラはため息をついた。それから、子犬の目をじっとのぞきこんだ。ローラの表情は優しく、輝くような喜びにあふれている。「ほんとにかわいいわ。そう思わない？」

アイザイアは子犬に近づき、値踏みするようによく見た。たしかにかわいいやつだった。不思議なことだが、人間の赤ん坊でも子犬でも、不細工なほど愛情をかきたてられるものだ。

昼食のあと、ローラをクリニックの駐車場まで送ってから、アイザイアは約束どおりハプレスの様子を見に家に向かった。自宅が建っているオールド・ミル・ロードにつづく角を車が曲がったちょうどそのとき、携帯電話がブーッと鳴った。メッセージを聞くと、すぐにアイザイアは車をUターンさせ、全速力でクリニックに戻った。生ゴミバケツをあさった犬が、アルミ箔《はく》に包まれたターキーの残骸を食べてしまったという。飼い主によれば、不運にも犬の胃袋に入ったのはターキーよりもアルミ箔のほうが多いらしい。

手術の助手をつとめるために、急遽《きゅうきょ》、ベリンダも出勤した。手術前のレントゲン写真で影が写ったのは大腸だった。そのため、最初の予想よりもはるかに複雑な手術になってしまった。やっと縫合《ほうごう》が終わると、ベリンダは誘いかけるような微笑みをアイザイアに向けた。

「ハンバーガーでもどう？　そろそろ夕食の時間だし、お腹がすいて死にそう」

ハンバーガー・ショップなら健康的で安全な環境だろう。ベリンダが休日の午後を丸々犠牲にして手術を手伝ってくれたことを思うと、アイザイアとしても感謝の印に夕食をごちそうしたいところだった。

「すまない、ベリンダ。じつは、我が家に若い下宿人がいてね。様子を見に家に帰らないといけないんだ」

「下宿人？」ベリンダの目が好奇心で光った。「どういうことか教えて」

アイザイアは、危険きわまりないハプレス救出劇を詳しく話してきかせた。めったにない、面白く脚色して話す必要がないような大事件だった。

「きっと、すごくかわいい犬なのね！」ベリンダは言った。「ハプレス。とってもキュートな名前」

「名前だけはキュートだな」アイザイアは子犬の外見について話を続けた。「まるで、魔女との闘いに敗れて、醜くなる魔法をかけられちゃったみたいな子犬なんだ。かわいそうに。

ローラはすぐに里親を見つけられると思っているようだけど、どうだろうね」

ベリンダは微笑んだ。「でも、ほら。最悪の事態にはならないわよ。誰も引きとり手がいなかったら、ローラが飼えばいいわ」

「無理だな。もしも家主が折れてペットを許可してくれても、あの部屋じゃ犬は飼えないよ」

「行ったことがあるの？」

「ああ、二回だけね」アイザイアは、壊れやすい置物でいっぱいの小さな部屋を思い浮かべた。成長したハプレスが尻尾をひと振りしただけで、テーブルの上の物がすべて叩き落とされてしまうだろう。「仕切りはなにもないし、もともと部屋のなかで向きを変えるのもむずかしいくらいなんだ。あそこじゃ飼いようがない」

ベリンダの顔から笑みが消えた。「困ったわね。誰か親切な人がもらってくれるといいけど。かわいそうな子犬ちゃん」

一時間後、アイザイアは〝かわいそうな子犬ちゃん〟が、作業場のありとあらゆる物をかじりまわっていたことを知った。買ったばかりの、油を吸いとる吸収力にすぐれた丈夫なペーパータオルも子犬の歯には勝てなかった。作業場のなかは、大量の紙吹雪をまき散らしたような状態になっている。アイザイアは肩をすくめて、作業場に置いてある掃除機を引っぱりだし、子犬のいたずらの後始末をしようとした。だが、樽《たる》のような形をした掃除機から伸びているホースにはいくつも穴があいていた。さらに、ナイロン製のスキーバッグがずたずたに引き裂かれ、三百ドルもするスキー靴のマジックテープは全部引きちぎられていた。

「こら！」アイザイアは怒鳴った。「大事なスキー靴なんだぞ！」

当のハプレスは、何事もなかったかのように知らん顔で枕の上で寝そべっている。アイザイアはハプレスに詰め寄った。

「このとんでもない小悪魔め。ぼくがいない間に、ほかにはなにを壊した？ 歯固め用の骨も置いていってやっただろう。どうして、それを噛んでなかったんだ？」

幸せそうな低いうなり声が、子犬の答えだった。それから、ベッドから跳びでて、アイザイアのジーンズをはいた脚に突撃した。鋭い歯でがっちりとデニムの生地を捕えると、四本の足を踏んばって、アイザイアの足を引きずりながら後ずさろうとした。

「こら、放せ。ぼくは怒ってるんだからな。放せと言ってるだろう」

結局、ジーンズを救うには、子犬を抱きあげるしかなかった。またもやうれしそうにうなりながら、ハプレスはアイザイアの顔をなめはじめた。

「ローラはおまえに〝うなり屋〟って名前をつけるべきだったよ。それとも、〝マジックテープ〟のほうがいいか？ おまえにぴったりだ」ほかになにか大切なものはなかっただろうかと、アイザイアは作業場をぐるりと見まわした。うれしいかな、家型テントはまだ子犬の気を引いてはいなかった。「よし、これには触らせないからな。ローラがおまえの家を見つけてくれるまで家事室で寝るんだぞ」

11

アイザイアは、悲しげな遠吠えと、それに続くキャンキャンとせわしない鳴き声で目が覚めた。うなりながら寝返りを打って暗闇に赤く光る目覚まし時計の数字をにらみ、頭に枕をかぶせた。午前二時だって？　今日は祝日の週末で、めったにないひと晩ゆっくりと眠れる日だ。それなのに、恩知らずのちび公は午前二時に起床したいというのか？　冗談じゃない。アイザイアが耳をふさいだことがわかったかのように、ハプレスは鳴き声のボリュームをぐんとあげた。キャンキャン、キャンキャン、ワオーーン。家じゅうに響き渡る鳴き声は何度もくり返され、そのたびにどんどん大きくなっていった。アイザイアは聞こえないふりを決めこもうとした。頭の上に枕をふたつ積み重ねて騒音をシャットアウトしようとしたが、息が苦しくなっただけだった。眠れないときに羊を数えるように、鳴き声を数えてみたりもした。

そして、ついに枕をどけてベッドから跳び起きると、家のなかを全速力で走り抜けた。「わかったよ、おまえの勝ちだ」家事室のドアをあけた。「だけど、二晩か三晩だからな。わかったか？　ローラが里親を見つけたらすぐに出ていくんだぞ」

そう言ったとたん、アイザイアの裸足の足が、なにか冷たくてぐにゃりとしたものを踏んだ。「あー、くそっ!」ドアからは遠く、すぐに電気をつけることもできない。臭いから察するに、自分は子犬の糞が散らばる危険地帯のど真ん中に立っているらしい。ドッグフードか。アイザイアは苦々しく思いついた。急に食べ物が変わると、子犬はよく腹を下す。「くそったれめ」湿った物体に両足がどっぷりと浸かったまま、アイザイアは毒づいた。

一時間後、家事室はきれいに掃除され、アイザイアとハプレスはシャワーを浴びて、ベッドで並んで昼近くまで眠った。安眠するにはその方法しかないと、アイザイアが決断したのだ。たぶん、誰かの温かい体に寄り添っていれば、ハプレスもうるさく騒がず、用を足そうとすれば、こちらもすぐに目が覚めるだろう。まぶたを閉じて眠りに落ちながら、アイザイアはしわがれた声でささやいた。「これが当たり前だと思うなよ」

ハプレスはうれしそうに小さくうなり、アイザイアのわきの下に濡れた鼻を押しつけた。

次の週の間じゅう、アイザイアは同じ言葉か、同じ意味で似たような言葉をくり返していた。『今回だけだぞ。うちには犬は必要ないし、欲しくもないんだ。わかったか?』この宣言は、特別な出来事の終わりに決まってなされた。たとえば、ハプレスがはじめて持つベッドとして、発泡プラスチックを詰めた大きな丸いシープ・スキンのクッションを買いに行ったり、子犬用のオモチャを買いにペットショップに寄ったりしたときだ。夜にクリニックから帰る途中、アイザイアとハプレスは、気晴らしによくペットショップに立ち寄った。そう、ハプレスはアイザイアについてクリニックに通っていたのだ。単なる現実的な解決策だ、とアイザイアは自分に言い聞かせた。そうしなければ、留守の間に、ハプレスは犬用のオモチャ〝以外〟のあらゆるものを嚙みちぎってしまう。クリニックにいれば、周囲にはつねに人がいるし、壊しそうなものもあまりない。悪さをする前に外に連れていってくれる大人が大勢いるクリニックは、子犬をしつけるのに理想的な場所だ。

「うちで飼うつもりはないんだ」アイザイアはことあるごとに、誰にでもそう言い、最初のうちはそれが本心だった。だが、一週間ほど過ぎたころには、アイザイアと子犬の間には絆のようなものが生まれはじめていた。クリニックでは、ハプレスはアイザイアの行くところ、どこにでもついていき、離れ離れになるのは、ご主人様の都合で鼻先でドアが閉められたときだけだった。家に帰っても、ハプレスのおかげで空《から》っぽの部屋がそれほど寂しく感じられなかった。ハプレスがとりわけ大喜びするのは、家に帰った瞬間だ。玄関に着く前に、ハプレスは大はしゃぎで前庭を走りまわる。足が短いので、時々、雪の吹き溜まりにはまって姿が見えなくなることもあった。そして、アイザイアが玄関のドアをあけると、まっしぐらに自分のオモチャのところへ駆けつけ、うなったり吠えたりしながらにおいを嗅ぎまわった。

ハプレスが来てから二週間め、アイザイアは、日に一回はローラに訊いていた。「誰か、広告を見て連絡してきたかい?」

広告とは、小さな新聞社が発行している週刊新聞〈セントラル・オレゴン・バーゲン〉紙の広告欄にのせた、ハプレスについての三行の記事のことだ。スペースは小さいが、広告代は安く、多くの人に読まれている。

「いいえ」ローラの答えはいつも同じだった。「毎日ヴァルと、誰かが連絡してきていないか電話をチェックしているけど、今のところなにもないわ。ハプレスの飼い主だっていう人は現われそうもないわね」

その週の終わりに、アイザイアは、自分以外は誰も驚かない決断をした。「広告はキャンセルしよう」と、ローラに言った。「ハプレスの飼い主だと名乗りでる人はいないようだし、きみが引きとり手を探している様子もない。ぼくが飼うよ」

「ほんとに？」ローラは賢明に笑みを抑え、真面目くさった顔で訊いた。というのも、クリニックの誰もが、アイザイアはもはや、あの大きくて不器量な子犬と離れられないだろうと見なしていたからだ。「本当にそれでいいの？　わたしの友達のケスラー家が、もしかしたら引きとれるかもしれないって検討してくれてるわよ」

アイザイアは顔をしかめて首を横に振った。「もらい手を探している迷い犬はほかにもたくさんいるだろう。ハプレスは、ぼくのところですっかり落ち着いてる。今さら、また新しい環境に移すのはかわいそうだよ」

アイザイアが意地を張って言い訳をしていることはわかっていたが、ローラは言わずにいられなかった。「だけど、ハプレスのことをかわいくない子犬だって思ってたんでしょう？　別の、もっと気に入った犬を飼わなくてもいいの？」

アイザイアは目を狭めてローラをじっと見た。「この結果を面白がっているんだろう？

たしかに最初は、ハプレスのことを気に入っていなかったさ。で、きみはそれを当てこすっているわけだ。男だって心変わりしてもいいじゃないか？」

「もちろん、いいわよ」ちょうどそのとき、ハプレスが犬舎に現われ、アイザイアを見つけると、中央の通路を跳ねるようにすっとんできた。うれしそうにワウワウと吠え、あまりにも激しく尻尾を振るので体全体が反動で前後に揺れている。ローラはしゃがんで子犬に挨拶をした。「これからも、ずっとここにいられるのよ」子犬の頭を撫でてやりながら、そう言った。それから、アイザイアに向かって付け加えた。「看板猫の代わりに、クリニックの看板犬ね。あなたとこの子が仲よくなってくれてうれしいわ。ハプレスには我が家が必要で、あなたにはかわいがる犬が必要だった。これは運命だったのよ」

「たぶん、そうだな」アイザイアもその場にしゃがみこんだ。ふたりの間でうれしくて身をよじらせている子犬を撫でながら、束《つか》の間《ま》、沈黙が流れた。「ぼくに犬が必要だなんて思ったこともなかったけど、そうだったのかもしれない。こいつが傍にいてくれて、ほんとにうれしいんだ。実際、不思議なものだな。人生にとって大切なものは、まったく期待していないときに現われるんだ」

ハプレスが、よだれでべちょべちょのキスをローラの口に浴びせた。ローラは笑って、唾を吐いた。「もうー！」

アイザイアと視線が合うと、ローラの顔から笑いが消えた。アイザイアは奇妙な目つき――なにか言いたげな――でローラを見つめていた。「なに？」ローラは訊いた。

「なんでもない。ちょっと考えてたんだ」
「なにを?」
アイザイアの目がいたずらっぽく輝いた。「ぼくは知るべきで、きみはいつか見つけるべきことさ」

アイザイアがローラに言わなかったこと、そして、自分でもまだ認められないこと。それは、ローラの存在も、まったく予期せぬときに現われた大切なもののひとつだという事実だった。もしもローラがいなければ、クリニックはクリスマスのイルミネーションや花輪で飾られていなかった。スタッフのクリスマス・パーティーも企画されなかったろう。ローラがいなかったら、お腹をすかせて食べ物を探しても、冷蔵庫も食器棚も空っぽだっただろう。そして、絶対に犬を飼ったりしていなかっただろう。なぜなら、いつも忙しい自分はペットなど飼えないと思っていたからだ。

もし、ローラがいなかったら。あの十月の夜に、ローラをケンネル・キーパーとして雇ってからというもの、ローラは着実にアイザイアの世界を変えていった。クリニックのほかのスタッフたちも、ローラといっしょにいるときは笑顔が多く見られる。コーヒー休憩も、クリームや砂糖があったらと願いながら苦い液体をすする短時間のわびしいものではなくなった。ローラのおかげでクリームや砂糖が常備され、コーヒーのお供には、どれも手づくりの味がするクッキーやドーナツ、シナモンロールなどが用意されている。最近は、仕事を終えてクリニックをあとにするときも、以前ほどは疲れきっていない。仕事の合間に軽食を取っているので、危機的なレベルまでエネルギーを消耗していないのだ。

『ローラ』彼女がやってくる前のクリニックがどんなふうだったか思いだそうとしても、なぜか記憶がはっきりとしない。不思議なことに、ずっと前から彼女は自分の人生の一部だったような気がしていた。そのため、例の事件以来、まだ一度もローラが夜勤中のトラブルにみまわれていないことに、アイザイアはほっとしていた。もしも、誰かがローラをくびにしようと企んでいたとしても――アイザイアはそうだと信じているが――セキュリティー・システムが厳しくなり、アイザイアとタッカーがスタッフ・ミーティングで率直な厳しい意見を述べた時点でおじけづいたのだろう。

十二月半ばになった、ある日の夕方、アイザイアが仕事を切りあげようとしているところへ、お腹に子どもがいるロットワイラー犬が運びこまれてきた。飼い主が仕事に出かけている最中に、家で産気づいたらしい。はじめての出産では時々あることだが、なんらかの合併症が大量の出血を引き起こした。飼い主が帰宅したときには、ロットワイラー犬はすでに死に瀕していた。アイザイアは犬をひと目見て、奇跡でも起きないかぎり、助かる見こみはないと悟った――青白い歯茎、冷たい唇、どろんとした目。

「帝王切開！」アイザイアは叫んだ。「ベリンダ、アンジェラ、緊急手術の用意だ」

その場に居合わせた全員がすぐさま手術台を準備し、スーザンが手際よく犬に手術の準備をほどこした。だが、その努力もむなしい結果に終わった。大量出血のため、ロットワイラー犬は手術中に息絶えた。

アイザイアは残念でならなかった。その雌犬は、理想的なぶち模様と体つきを持った、純粋な血統の美しいロットワイラー犬だった。生まれたばかりの赤ちゃん犬の世話はスタッフたちに任せ、アイザイアは飼い主と話をするために待合室に行った。夫婦は隅の椅子でうつむき、寄り添って座っていた。職業上の勘で服装から予想するに、ふたりとも三十代半ばだろう。夫は仕立てのいいグレーのスーツの上に、血の染みがついた丈が短いカジュアルなストリート・コートを羽織り、妻は黒っぽいスカートとジャケットを着ている。妻が夫の肩に顔を埋めてすすり泣いた。「ああ、神様。どうか助かりますように。かわいそうなフィービ」

「どうも」アイザイアは夫のほうに右手を差しだした。「コールターです」

夫は妻の肩を軽く叩き、そっと体を離しながら、立ちあがってアイザイアの手を握った。

「どうですか、先生？」

アイザイアが答える前に、妻が叫んだ。「わたしたちが仕事でいないときに始まったんです！」

「はあ」出産予定日が近い雌犬を家に置いて出かけるのは無責任だと非難することもできる。だが、そんなことを言っても、この場の状況を悪化させるだけだ。辛い授業によって得たこの教訓を、夫婦はきっと次の機会で生かすだろう。「時々あることです」

妻はうなずいて、鼻をすすった。「家に帰ったら、そこらじゅう、血だらけでした。クローゼットのなかに出産用のベッドをつくってあげてたんです」妻の声はしだいに細く、甲高くなった。「そこに死んだように横になってました」

多くの経験から、悪いニュースは手早く簡潔に伝えるのが一番だと学んでいた。それでも、その知らせを伝えるのは容易ではなかった。「申し訳ありませんが、フィービは助かりませんでした」

妻は両手で顔をおおった。夫は首を絞められたような声をもらし、頭を垂れた。

「ベストは尽くしましたが」アイザイアは、こういう瞬間にいつも味わう無力感に襲われていた。「手遅れでした。手術中に息を引きとりました」

「家に置いていったわたしたちがいけなかったのよ！」妻が泣きながらとぎれとぎれに言った。「ああ、かわいそうなわたしのフィービ」

「こういう合併症は誰も予測できないものなんです」アイザイアは優しく言った。「起きてしまってからあれこれ言うのは簡単ですが、そんなことをしても悲しみが増すだけです。今、一番大事な事実は、あなたは彼女を愛し、最善を尽くしてすばらしい我が家を与えたということです。すべての犬がそんな幸運を得られるとはかぎらないんですよ」

夫も横から妻に言った。「先生の言うとおりだよ。自分たちを責めるのはよそう。フィービの出産でなにか問題が起こるなんて、ぼくらは知らなかったんだ」夫はちらっとアイザイアを見た。「ぼくらはフィービのためにできることはすべてやった。ただ、こんなことが起こりうるとは知らなかった」

アイザイアはうなずいた。「次のときは、あなたがたも合併症が起こる可能性があることを知っている。でも、今朝はなにも知らなかったんです」アイザイアは、妻のすすり泣きが少し静まるまで待った。それから、話を続けた。「少しでも慰めになるかどうかはわかりませんが、フィービの子犬は助かりました」

「助けてくださったの?」妻の目に希望の光が差した。

アイザイアは微笑んだ。「フィービは十三匹の美しい赤ちゃんを遺してくれましたよ。ここに来る前にちょっとのぞいてきましたが、みんな元気そうでした」

妻は涙の入りまじった震える笑みを夫に向けた。「ああ、スタンリー。聞いた? 赤ちゃんは助かったのよ」

スタンリーは首を横に振った。「母犬は死んでしまったんだよ、ナン。ぼくらはふたりとも働いているのに、十三匹の子犬を家に連れては帰れないよ」

アイザイアは片手をあげた。「子犬用のミルクがありますよ。生まれてすぐに母犬を亡くしても、子犬は立派に成長します。二時間おきにミルクをやればいいだけです」

「二時間おき?」ナンがおうむ返しに言った。「一日じゅう、夜もずっと?」

アイザイアはうなずいた。「こういう場合には、普通、四週間ほどで乳離れをさせます。一カ月くらいはかなり大変でしょう。その点をごまかすつもりはありません。ただ、フィービはとても美しい犬でした。これはわたしの予想ですが、フィービの子犬ならかなり高額で売れるでしょう。それで得られる金銭的な利益からすれば、ご夫婦のどちらかが一カ月間仕事を休む価値もあるんじゃないでしょうか」

スタンリーはふたたび首を横に振った。「緊急の場合なら休暇も取れます。でも、飼い犬の死はそれにはあたりません」妻に顔を向けた。「それに、きみは二週間後に展覧会をひかえているはずだ。今、投げだすわけにはいかないだろう」

ナンは頬の涙をぬぐった。「わたしは画廊を経営してるんです」

「はあ」アイザイアはまた、その言葉で答えた。こういう場合にアイザイアがいつも使うお気に入りの返事だ。攻撃的でもなく、とくに意味もない。相手は好きなように受けとれる。

「おわかりでしょう」スタンリーは頭痛でもするのか、眉毛の上を指でこすり、言葉を続けた。「ナンは週に七日、一日二十四時間、身を粉《こ》にして働いています。わたしはプロジェクト・マネージャーで、ある事業がちょうど大詰めを迎えるところなんです」悲しげな顔で妻を見た。「現実を見なきゃいけないよ、ナン。わたしたちが子犬の面倒をみるのは無理なんだ」

「つまり、子犬たちを処分するということですか？」

スタンリーはアイザイアと視線を合わせた。「こちらのクリニックに、面倒をみてもいいという方はいませんか？　フィービが美しい犬だというあなたの意見は当たってますよ。ドイツのチャンピオン犬の純粋な血筋で、子犬たちの父親も立派な血統の犬です。それを考慮に入れれば、どこに出しても一匹八百ドルから二千五百ドルくらいで売れるでしょう」

アイザイアは、なにも確約はできなかった。「スタッフに訊いてみます。きっと、そのうちの一匹には興味がおありでしょうね」

「一匹だけ譲っていただけるなら、喜んでほかの子犬の権利は放棄しますよ」スタンリーはちらっと妻を横目で見た。「それでいいだろう、ナン？　育ててくれた人はたくさんお金をもらえて、わたしたちはフィービの子どもを一匹もらえるんだ」

　無理に微笑もうとすると、ナンの唇は震えた。「ええ、ええ。すばらしいわ」

　アイザイアはうなずいた。「わかりました、訊いてみましょう。たぶん、スタッフの誰かが手をあげてくれるでしょう。万一、誰も引きとれない場合はどうしますか？」

　スタンリーの顔にけわしい表情が浮かんだ。「誰も育ててくれないなら、処分するしかありませんね」


　むこう一カ月間子犬の世話ができるスタッフは、ひとりもいなかった。タッカーのほうがどうなっているかはわからないが、アイザイアのスタッフは全員、そんな大仕事を引き受けられない事情があった。トリシュは断りながら泣いていた。だが、仕事に加えて、夫とふたりの子ども、二匹のエアデールテリヤの世話までしているトリシュには到底無理だった。スーザンは母親といっしょに小さな家に住んでいるので、十三匹の子犬を置いておく部屋がない。ベリンダはペット不可のアパートに住んでいる。アンジェラ、ジェームズ、マイクも同様だ。

　アイザイアは、こうなったら自分で子犬たちを育てようとも思ったが、現実的に考えると、とても無理だった。最初の数週間は、二、三時間おきにミルクをやらなければいけない。すなわち、ひと晩じゅうクリニックに置いておくのは不可能だ。夜勤が終わってから、クリニックがあく朝の六時までには四時間の空白がある。六時になっても、誰かが朝の仕事を片づけて子犬の世話ができるまで、さらに一時間はかかるだろう。生まれたばかりの子犬には、規則正しくたっぷりとミルクを与える必要がある。時間が狂わないようにするには、アイザイアが毎晩自宅に子犬たちを連れ帰るしかないだろう。もし、急患で呼びだされたらどうする？　十三匹の子犬を荷車に積んで連れて歩くわけにもいかない。

重い心を抱えて、アイザイアは安楽死の準備を始めた。子犬の心臓に注射するための麻酔を注射器いっぱいに吸いあげた。と、ちょうどそのとき、ローラが手術室に現われた。アイザイアはローラの姿を見て驚いた。もうすぐ六時になる。ローラが働く午後のシフトは二時間も前に終わったはずだ。

「こんにちは！」ローラは帰る前に食べ物のストックを確認しておこうと、部屋を横切った。

「今までなにをやってたんだ？」アイザイアが訊いた。無意識のうちに、口調が少し鋭くなっていた。

「ランボーのそばにいたの。まだ脚が痛そうだったから」

ランボーという名のピットブルの雑種は、テラスからコンクリートの上に跳びおりて前脚を骨折してしまったのだ。犬舎の犬がちょっとした余分なケアを必要とするとき、終業時間を過ぎてもローラが犬舎に残っているのは珍しくなかったが、アイザイアとしては、今日だけはローラにいてほしくなかった。十三匹の子犬が処分されると聞いたら、ローラはどんなに悲しむだろう。アイザイアはすでに充分、打ちのめされた気分でいた。もしローラが泣きだしたりしたら――そうなることは確実だ――今やろうとしていることができなくなってしまうかもしれない。

アイザイアは、部屋続きになっている隣りの休憩室に入っていくローラを目で追った。バッグを左右の手に持ちかえながらコートを着て部屋に足を踏みいれた一瞬後、ローラは子犬たちを見つけた。

「まあ、なんてかわいいの！」

アイザイアは、ローラに子犬たちの世話をする気があるかと、わざわざ訊いたりはしなかった。ローラの家主は絶対にペットを認めない主義だ。

「見ないほうがいいわよ」トリシュが大きな音で鼻をすすりながら言った。「辛い思いをするだけよ。アイザイアはその子犬たちを安楽死させなきゃならないの」

「どうして？」ローラはぎょっとした顔で目を見ひらいた。アイザイアのほうに向かいながら、視線はタオルの上に寝かされてもがいている黒い子犬たちに向けている。「どこか悪いの？」

「いや」アイザイアは答えた。「母犬が死んだんだ。飼い主の夫婦はふたりとも仕事があって、子犬の世話はできないと言ってる。これから二、三週間は二時間おきにミルクをやらないと死んでしまうんだよ。二、三週間たっても乳離れするまでは、たぶん少なくとも三時間おきにはミルクをやらなきゃならない」

ローラはほっそりとした手を一匹の子犬の体にそっとかぶせた。その表情から、ローラが必死で頭を働かせて、子犬の世話を引き受ける方法を考えていることがわかった。

「あきらめたほうがいい。そんなことをしたら、大家さんが、かんかんになって怒るぞ」アイザイアは上に向けた注射器のピストンを親指で押して、わずかに麻酔の液を飛び散らせた。

「これも仕事のひとつなんだ。こんなことは誰もしたくないけど、獣医ならけっして逃れられない仕事なんだよ。一日が終わって家に帰りながら、雲の上で踊ってるような気分のときもあるけど、今夜はきっと地獄に落ちたような気分だろうな」

「だめ」ローラはささやいた。ローラの視線がアイザイアの目と合い、今度は少し大きな声で、もう一度言った。「だめよ」ローラがごくりと唾を呑むと、のどが大きく動いた。「殺したりしないで、アイザイア。三、四週間もすれば、すっかり大きくなって普通の餌を食べるようになるのよ」

アイザイアは、きらきらと輝く大きな薄茶色の瞳を透かしてローラの心が見えるような気がした。「ねえ、きみ。ほかにどうすればいいんだい？」また『ねえ、きみ』だ。どこから、そんな甘いセリフが出てくるんだ？　「きみの家には置いておけない。引き受けられる人は誰もいないんだ。子犬が十三匹だよ。考えてもみてごらん」

「祖母に電話をさせてちょうだい」ローラは震える声で言った。「たぶん、祖母の家でわたしに世話をさせてくれるわ」

アイザイアはため息をつき、注射器にキャップをかぶせた。「わかった、やってみてくれ。ぼくだって、できればこんなことはしたくない」

ローラは電話をかけに、隣りの部屋に行った。少したってふたたび戻ってきたローラの顔を見たアイザイアは、なにも訊かなくても祖母のエッタに断られたのだとわかった。ローラの目は涙に濡れ、あごが震えていた。手術台に近寄り、顔にしわが寄った小さな子犬を一匹抱きあげた。小さな黒い体に頰をすり寄せてから、また、タオルの上に寝かせた。

「新しいカーペットをね」ローラは静かに言った。「室内と室外兼用のをキッチンとバスルームに敷いたんですって。もし子犬が箱から出たら、新しいカーペットを駄目にしてしまうって」

最後に辛くてたまらないという目をアイザイアに向けてから、ローラは手術室を立ち去った。スイングドアを力いっぱい閉めたために、ドアがしばらく小刻みに揺れていた。アイザイアは考えこみながらローラが出ていったドアをじっと見つめ、それから子犬たちに視線を落とした。『ちくしょう』アイザイアは、これから自分がしようとしていることを心の底から嫌悪した。

「もしかしたら、動物愛護協会の誰かが引き取ってくれるかもしれないわ」トリシュが無理に元気な声を出した。

「電話をして、訊いてみましょうよ」ベリンダも賛成した。

アンジェラが口をはさんだ。「それが最後の方法なら、その前にこのへんの獣医さんたちに電話をしてみたらどう？　いいことをして、お金も儲けたい人がいるかもしれないわ」

アイザイアは有害廃棄物容器に近づき、蓋をあけてキャップをしたままの注射器を押しこんだ。「もっといい考えがある。保温器に入っている毛布を子犬にかけてやってくれないか、トリシュ？　ぼくがいない間に凍えたら困るからね」

「どこに行くの？」トリシュが訊いた。

アイザイアは謎めいた笑みを浮かべた。「すぐに戻るよ」


自分の車に乗りこもうとしていたローラは、いきなり大声で呼びとめられた。声の主がアイザイアだと気づいて振り向いた。ジャケットを着たアイザイアは寒さに身を縮め、薄暗がりのなかをこちらに向かって歩いていた。吐く息が白い霧のように流れている。あちこちに氷が張った駐車場の地面を歩いて近づいてくるアイザイアを、ローラは待った。ローラの車にたどりつくと、アイザイアは足を止め、しばらく黙って暗くなりかけている空を見あげた。

「きみに提案があるんだ」アイザイアはやっと口をひらいた。

ローラは車のなかにバッグを放り投げた。やり場のない怒りを感じ、必死に涙をこらえていた。「なんなの？」

アイザイアの顔にゆっくりと笑みが浮かぶと、やせた頰のしわが深くなった。「かなりびっくりするような提案なんだけど、いいかい？」夕暮れの弱い日差しに照らされて、アイザイアの瞳が溶けた銀のようにちらちらと光り、暗い褐色の髪や肌との間にどきっとするようなコントラストを生みだしていた。「子犬が乳離れするまで、きみがぼくの家で世話をするのはどうかな？」

ローラの頭にいくつかの言葉が浮かんだが、まるで赤く熱した鉄板の上で水滴が跳ねるように、それぞれの意味が脳の回路をめちゃくちゃに跳びまわった。「なんですって？」

アイザイアの笑みが大きくなった。「びっくりするような提案だって言っただろう？　だけど、よく考えてみれば、そんなに驚くことでもないんだ。ぼくの家の床は全部フローリングかタイルだ。子犬たちの邪魔になるようなものもなにもない」

「わたしが、あなたの家に泊まるってこと？」ローラは、まだ信じられないという顔で訊いた。

「ああ。家を建てたときに、思いきって寝室を五つつくったんだ。いつか——もちろん、すぐじゃないが——結婚して家庭を持ったら、部屋が少ないのはいやだと思ってね。それから、ジェイクの家の納屋に子ども用のビニールプールがある。生まれたての子犬にはちょうどいいだろう。タオルを重ねればベッドになるし、つるつるしてるから乗り越えられない。もう少し大きくなったら、持ち運びができる金網のケージに移して、床に新聞紙を敷きつめればいい」

ローラはなんと答えていいのかわからなかった。

「きみが仕事に行くときは、いっしょに連れていくしかないな」アイザイアは付け加えた。

「それが一番頭が痛い点だ。だけど、クリニックに着いてしまえば、仕事が終わるまでケージに入れておけばいい。きみが仕事をしている間、ミルクをやるのを誰かに頼むこともできるだろう」

はじめて出会った日から、ローラはアイザイアに対する感情と闘っていた。そして今、その闘いに敗れた。この人は、こんなにも思いやりにあふれた人間なのだ。どうして、恋に落ちずにいられるだろう？　彼は間違いなく今まで出会ったなかで一番ハンサムな男性だ。それに加えて内面も優しさにあふれていることが、この提案で証明された。できることならアイザイアのたくましい首に両腕を巻きつけて、熱いキスをしたいくらいだった。

ローラにとってはいい提案とは言えなかった。アイザイアの家で暮らすのは精神的に辛い体験だろう。今までも、いつも彼への感情を抑えてきた。だが、職場だけでなく、家に帰ってからも四六時中顔を合わせるようになったら、果たしてそれができるだろうか？　たぶん、いっしょに食事をすることになるだろう。夜には並んでテレビを見たりするかもしれない。チョコレートが大好きな人間が、チョコレート工場に住むようなものだ。始終、誘惑にさらされながら、熱望に身を任せることは許されない。

もしも、これが子犬のことでなければ、ローラはアイザイアの提案を断っただろう。だが、どうして十三匹の子犬の命を秤《はかり》にかけることができる？　そう、たしかに自分は心をすり減らすことになるだろう。だが、それがどうしたというのだ？　自分自身を守ろうとすれば、子犬たちを死なせてしまう。それはあまりにも大きな代償だ。

「どうしたんだい」アイザイアは低く笑いながら、言った。「ぼくは見知らぬ他人ってわけじゃない。変なことをしたりしないよ、約束する」

「そんな心配はしてないわ」ローラは張りつめていた息を吐いた。それしか選択肢がないならしかたがない。胸の激しい鼓動を感じながら、こう答えた。「すてきな考えね、アイザイア。断るわけがないでしょう？」

「それじゃ、相談を始めよう」アイザイアが足元の氷にブーツのかかとを打ちつけると、白い破片がぱっと飛び散った。「子犬用のミルクはクリニックにある。ぼくかきみが、今夜帰りにデパートに寄って人形の哺乳瓶を何本か買ってくることにしよう。それまでは、注射器でミルクをやればいい」

　ローラの頭のなかでは、さまざまな考えが渦巻いていた。「着替えをかばんに詰めて持っていかなきゃ。それから、冷蔵庫！　あの食べ物を全部だめにするわけにはいかないわ」

「大丈夫だよ。一度家に帰って用事をすませておいで。ぼくはジェイクの家に寄ってビニールプールを借りてから、子犬たちを家に連れていくよ。きみが来るまではひとりでやれるさ。きみは家の用事がすんだら、デパートに行って人形の哺乳瓶を買ってきてくれるかい？」それから、アイザイアはどんな哺乳瓶がいいのか説明した。「ミルクの時間を複雑にしないために、できれば十三本欲しい。お金はぼくが払うよ。領収書をもらってくるんだぞ」

「あなたの家がわからないかもしれないわ。ハプレスを連れていったとき、よく道を見ていなかったから」

　アイザイアはクリニックのほうに頭を振ってみせた。「地図を書くよ」

その夜は、ローラの記憶に残るような大忙しの晩になった。自分の部屋に寄って日持ちのしないものを冷蔵庫から取りだし、アイザイアの家に滞在するための身のまわりの品を旅行かばんに詰めてから、哺乳瓶を買いに街に出た。子犬の口にちょうど合う柔らかい乳首がついた小さな哺乳瓶はなかなか見つからなかった。とうとう、一軒の人形ショップで目当てのものを見つけた。思ったより値段は安かったが、そこにたどりつくまでには、同じような店を五軒も探しまわっていた。

やっとアイザイアの家に着いたのは、もうじき八時になるころだった。円形のドライブウェイに車を停め、ローラは感嘆の目で堂々とした切妻《きりづま》造りのログハウスを見あげた。昼間に見たときとは、まったく印象が違う。正面の三角型をした屋根から床まで縦に並んだ大きな窓から温かなバター色の灯りがもれ、家全体を明るく大きく見せている。両側には少し背の低い三角屋根が並び、二階のバルコニーの出入口はガラス入りのフレンチドアになっていた。建物の土台に沿って低木が植えられ、その根元に点々と据えつけられた投光照明が正面玄関の位置を示してくれている。照明の光は、雪が積もった緑の葉の隙間《すきま》から周囲を明るく照らし、ログハウスの壁を琥珀色に染めていた。

ローラは車から降りた。運転席のドアを前に倒して後部座席から荷物を取りだそうとしていると、アイザイアとハプレスが家から走りでてきた。ハプレスはうれしそうに吠えながら、転げ落ちるように階段を駆けおりてローラを迎えた。アイザイアの顔にもローラの到着を心から喜ぶ笑みが浮かんでいた。

「道に迷ったのかと思ったよ！」アイザイアは、ハプレスよりはかなり上品な足取りで階段を降りてきた。

「地図は完璧だったわ」ローラは車の屋根にダンボール箱を置いてから、かがんで車内に頭をつっこみ、衣類がぱんぱんに詰まった大きな旅行かばんを引っぱりだした。「思ったよりちょっと時間がかかっただけ。大変だったのは哺乳瓶よ。ほとんどの店で、最‐近はもう扱ってないって言われたの」

「近ごろの女の子は昔のように赤ちゃんの人形で遊ばないってことか。それでも、きみは見つけてきたんだろ」

ローラは袋を掲げた。「十三個。店員さんが、わたしが数えたので合ってるって保証してくれたわ。完璧のはずよ」

アイザイアは袋を受けとり、灯りのほうに向けて口をひらいた。「いいぞ。これなら上出来だ」

両腕に荷物をいっぱいに抱えたローラは、車のドアを尻で押して勢いよく閉めた。「それが見つかるまで、五軒も店をまわったのよ」

「五軒？　すごいな」アイザイアはマツダに近寄り、屋根の上の箱と旅行かばんを手に持った。「疲れただろう」

「少しね」

ふたりは前後に並んで、ローラの荷物を家まで運んでは玄関を入ってすぐのところに置いた。互いに前になったり後ろになったりしながら、順番に話し手と聞き手になった。アイザイアは、注射器で子犬にミルクをやって、ビニールプールに寝かせたと報告した。「母犬の飼い主に電話をしたよ。子犬が乳離れをしたら一匹欲しいと言ってたからね。残りはきみが売って、お金をもらうといい」

子犬につく値段の予想を聞くと、ローラは耳を疑った。「いくらですって？」

「今、聞いただろう」アイザイアはにやっと笑った。「もし子犬たちが何事もなく無事に育てば、ずいぶんの利益になるはずだ」

ローラは、金銭的な報酬のことなどこれっぽっちも考えていなかった。「犬にそんな値段がつくなんて、わたしにはわからないわ」

「そうだな。特定の血統だけだろう。あの子犬たちは、明らかに母犬も父犬も優秀な血統だ。ドイツのロットワイラー犬の血筋だと言っていたよ。子犬たちの何匹かは、目玉が飛びでるくらい高い値段で売れるだろうね」

荷物をすべて運び終わると、アイザイアは玄関のドアを閉め、家のなかに向かって片手を振った。「むさくるしい我が家へようこそ」

ローラは、広々としたリビングに足を踏みいれた。ほとんど家具がないので、実際よりもさらに広く感じられる。節《ふし》の多いパイン材の天井の真ん中にある梁《はり》から、錬鉄《れんてつ》製のシャンデリヤがさがっている。その柔らかな光は、部屋の奥で勢いよく燃えている石造りの暖炉の炎の明かりとまじりあい、ログハウスの簡素な板壁を温かな琥珀色に照らしだしていた。一段高くなった暖炉の前には、ワインレッドのビーンバッグ・シートがふたつ並んでいる。ほかには大きなスクリーンのテレビ以外、家具らしいものはひとつも見当たらなかった。

「立派な家ね」がらんとしているが、美しい。

アイザイアがなぜソファや普通の椅子を置かないのか、ローラは不思議に思った。だが、失礼にならないようにどう質問すればいいのか思いつく前に、アイザイアが答えてくれた。

「家のなかをなんとかしなきゃいけないんだが、いつも時間がなくてね」

「そうだったの」ローラは少し微笑みながら言った。いかにもアイザイアらしい。毎日、この仕事からあの仕事へとつねに忙しく働き、余分な時間などまったく持ちあわせていないのだ。「家にぴったりの家具を探すのは時間がかかるものよ。急ぐことはないわ。そのうちソファと椅子を買ったら、しばらくはそこから離れられなくなるでしょうね」

「きっとそうだな」アイザイアは探るような目でローラをじっと見つめた。「きみはそういうことが得意だろうね」

「そういうことって？」

「家具を選ぶことさ。インテリア・コーディネーターを雇おうかとも考えたんだけど、電話番号を押しはじめるたびに、いつも決心がつかなくて受話器を置いてしまうんだ」

「どうして？」

アイザイアはため息をつき、首の後ろを手でこすった。「わからない。タッカーが雇ったインテリア・コーディネーターは、あの家をすばらしく飾りつけている。ただ……」アイザイアは手で周囲を示した。「彼女がこの家もタッカーのところと同じように、やたらと飾りつけるかもしれないと思うと心配なんだ。ぼくは、ああいう雰囲気は好きじゃない。自分の家は、自分らしくしたいんだよ。ほかの誰の家とも違うように。ぼくが言いたいことがわかるかい？」

ローラにはよくわかった。なにも知らないインテリア・コーディネーターがやってきて、あらゆる空間を繊細な装飾品でおおいつくし、華やかな空間を演出しようとしても、この家にはそぐわない。アイザイアは、どちらかというと家以外の生活を重要視する、仕事熱心な男性だ。必要なのは、アイザイアの個性を反映した家具と壁の飾りだけだろう。ローラは、丈夫な革張りのソファと大ぶりでゆったりとした椅子、その横に置く古びた味わいの木のテーブルを思い描いた。家とそこに住む男の個性に合った、頑丈で温かな風合いの家具だ。

部屋の奥に進みながら、ローラは頭上のロフト部分を見わたした。たくさんの丸太を使ってつくられた手すりが気に入った。表面が滑らかな柱はひとつもない。自然にねじれていたり、節やこぶがあったり、どの柱もそれぞれ個性的な表情を見せている。左手の壁際には、ロフトに上がるために、斜めに伸びた階段があった。

「上には三つ、下にはふたつ寝室がある」アイザイアは説明した。「好きな場所を選んでもらいたいところだけど、ベッドがあるのは一階の寝室だけなんだ」

ローラは思わず笑いだした。床の上で寝てくれとは言われないらしいとわかっただけでも、うれしかった。「二階でいいわ」

「たぶん、そのほうがいいと思う」アイザイアは頭上の手すりを身振りで示した。「上の部屋で子犬がビニールプールから逃げだしたら、危険だからね。あの高さから落ちたら大変だ」

ローラは、それを想像しただけで身震いをした。「あなたがこの家を設計したの？」ローラは、家全体を見まわしながら訊いた。

「どうして、そう思うんだい？」

「なんとなく、あなたに似た感じがするから」

ローラは、うまく説明する言葉を見つけられなかった。ただ、この家はどことなくアイザイアを連想させた。大きくて頑丈そうで不思議な魅力があり、まっすぐで正直だが、それでいて想像力をかきたてられる。ローラは、玄関の右脇にある窓辺に置かれた椅子も気に入った。幅が広く、座席の部分が長いので、ゆったりと寄りかかることができそうだ。よくふくらんだ明るい色のクッションがいくつか並べてある。一日じゅう窓から自然な光が差しこむその席は、居心地よく読書を楽しむのに打ってつけだろう。

「コートをもらおう」アイザイアが言った。「家のなかを案内するよ」

ローラがコートを脱いでアイザイアに手渡していると、ハプレスが撫でてもらおうとしてローラの脚に跳びついた。「わかったわよ、ハプレス。はいはい、わたしもあんたが大好きよ」耳の後ろを優しくかいてやった。「いい子ね、よしよし」

「そいつは悪ガキだよ」アイザイアが、クローゼットを閉めながら訂正した。「いやになったら、すぐにどこかに追いやったほうがいいぞ」

「犬の相手がいやになることなんてないわ」

最後にハプレスの頭を軽く叩いてやってから、ローラはアイザイアのあとをついて、はじめて家のなかを見てまわった。両面から使えるようになっている暖炉の反対側は、家具がなにもないダイニングスペースだった。その奥には同じくらい広いキッチンがあり、ヤナギ細工の背もたれがついたスツールが並んでいる長いカウンターで仕切られていた。

「立派なキッチン」ローラは驚きの声をあげた。「スツールまであるわ。すてきね。あそこに座って食事もできるわ」

アイザイアは目を狭めてローラをじっと見た。「そんなにほめると、そのうちきみに家具を選ばせて、飾りつけをやってもらうぞ」

ローラは心のなかで、アイザイアがその脅し文句を実行してくれますようにと願いそうになった。新しい家全体の飾りつけをした経験は一度もない。きっと楽しいだろう――大きな挑戦でもある。

「本格的なキッチンが欲しかったんだ」アイザイアはローラにキッチンを見せながら説明した。下にオーヴンがふたつついた大型のレンジに、ふたつ並んだ巨大な冷蔵庫。つくりつけのアイランド式カウンターの下は広い収納スペースになっている。「最新式だよ」アイザイアは誇らしげに言いながらも、ばつが悪そうな笑みをローラに向けた。「それなのに料理ができないなんて、情けない」

ローラはまた笑った。アイザイアのそばにいると、自分にできることがたくさんあると思えてくる。「料理教室に通ったらどうかしら」

アイザイアは肩をすくめた。「そうだな。時間があればね？」

「きっと、あなたの奥さんは楽しく料理ができるわ」ローラは言った。

アイザイアはわずかに微笑んだ。「たぶん、そうかな」

アイザイアは、ほどよい広さの洗濯室にローラを案内した。「洗濯機と乾燥機」にこりと笑って、ウィンクをした。「洗濯石鹸もある」ドアをあけると、外は三台分の駐車場になっていた。「きみが部屋に落ち着く間に、そこにきみのマツダを停めておくよ」それから、ニュースを告げた。「天気予報では、今夜から明日にかけて雪になるそうだよ」

「ほんと？」ローラの顔がぱっと明るく輝いた。

「ああ」とアイザイアは答えたが、ローラの口調よりもはるかに気のない返事だった。「明日はドライブウェイを雪かきしなきゃならないよ、賭けてもいい。フロントガラスに凍りついた雪をはがさなきゃならないのも間違いないな」

ローラは、アイザイアについてふたたびキッチンを通り抜けた。ローラの視線はアイザイアの背中をさまよった。クリニックでは、青いうわっぱりを着ていないアイザイアを目にすることはめったにない。ウェスタン調のベルトをよく見ると、ファーストネームが革に刻まれていた。前を歩く、余分な贅肉《ぜいにく》のない尻の筋肉に、ローラは賞賛の眼差しを送った。アイザイアの歩き振りは、人生の大半を鞍《くら》の上で過ごしてきた男のものだった。

「馬を飼ってるの？」ローラは訊いた。

「まだだよ。春になったら、二頭手に入れたいと思ってる」アイザイアはちらっとローラのほうを振り向いた。「きみは馬に乗る？」

ローラは首を横に振った。「もう何年も乗っていないし、ほんの少し乗ったことがあるだけよ」

「そう、それは困ったな。きみに乗馬のレッスンをしないと。このへんには、すごくいいコースがたくさんあるんだ。土地管理局の所有地なんだけどね」

事故にあう以前のローラは、土地管理局や、そのほかの政府機関に依頼されて生態学の研究を行なうことがよくあった。

「一軒の家もない土地が何千エーカーも広がってる。きみもきっと好きになるよ」

その意見は当たっているだろう、とローラは心のなかで思った。自分はきっと、その土地が好きになってしまう。それこそが問題なのだ。アイザイア・コールターの周囲にあるすべてを愛し、彼といっしょにいると幸せを感じてしまう。子犬が乳離れをしたら、もっと彼を避けるようにしなければ。ディナーの誘いをすぐに受けたりしてはいけない。かわいそうな老婦人に子猫をいっしょに届けに行くのもやめよう。必ずアイザイアと顔を合わせる手術室で、コーヒー休憩をしながらうろうろするのもおしまいにしよう。

ガスコンロの横を通ると、火口のひとつにのった鍋のなかでなにかが煮えていた。ステンレスの蓋の下から漂うトマトスープのいいにおいに、ローラは夕食をまだ食べていないことを思いだした。ふたたびリビングに戻ると、アイザイアは階段の下にあるドアの前にローラを連れていった。それから、ドアを大きくひらき、天井のライトのスイッチをつけて、広い寝室のなかをローラに見せた。戸口に並んで立ちながら、ローラは隣りにいるアイザイアの肉体をはっきりと意識していた――彼の背の高さとがっしりとした体格、体から発せられる熱、男らしいにおい。気をそらすために、ローラは全神経を寝室の家具に集中させた。そり型のかわいらしいベッドと、それと対の鏡がついたドレッサーがある。持ってきた衣類は、引き出しがたくさんある背の高いチェストにしまえばいい。

「すまないな」アイザイアが言った。「きみは、壁にいろんなものが飾ってある部屋に慣れているのに」

「快適そうな部屋だわ」ローラはアイザイアを安心させた。そして、その言葉はうそではなかった。ベッドはきちんと整えられている。ベッドカバーはないが、代わりにかけてあるカラフルなパッチワークのキルトが丸太造りの壁によく似合って、それだけで充分に洒落て見えた。ローラはベッドに近づき、マットレスを試してみた。端に座って少し体をはずませると、スプリングがキーキーと音をたてた。「気持ちいいわ。赤ん坊みたいによく眠れそうよ」

ふたりの目と目が合った。ローラは、ふたりの間の空間に突然強い電流が流れたような錯覚を覚えた。男と女、スプリングがきしむベッド。慌てて勢いよく立ちあがると、立ちくらみに襲われて頭がふらついた。

アイザイアは軽い咳払いをして、視線をそらした。「そっちがバスルーム」戸口のほうを示しながら言った。「ジェット・タブとシャワーがある。不自由はないと思うよ」アイザイアはふたたび咳払いをした。「ともかく、シャワーの順番で喧嘩をしなくてもすむな」

まだ頭がぼうっとしてなにも考えられないまま、ローラはバスルームのなかをのぞいた。

「まあ！」緊張を追いはらうほどのうれしい驚きに、ローラは声をあげた。「なんて、きれいなの」バスタブは、まるで何エーカーも続く広い草原のような緑色のタイルで囲まれていた。天井は、濃い赤と緑と透明の三色のガラスを組み合わせたドーム型だ。「すごいわ、アイザイア」ローラは、深いバスタブのまわりに植物を吊るしたところを想像した。ドーム型の天井から降りそそぐ三色の光を浴びて、さぞやよく成長することだろう。いくつか装飾の手を加えれば、王様を招いても恥ずかしくないようなバスルームになるはずだ。「あなたがデザインしたの？」

「多少はね。ぼくの希望をスケッチに描いて、実際に設計図を書いてくれる人を雇ったんだ」

「とてもすてきね」舌をからませずに〝信じられないほどすばらしい〟と言えたらいいのに、とローラは思った。

「ありがとう。主寝室も居心地はいいよ。少し片づけないと、とても見せられないけどね。ぼくは、根っからのずぼらなんだ」

「どこも清潔に見えるけど」

「掃除婦さんのおかげだよ」

「そうなの」

バスルームから出ると、ローラはベッドと壁の間に置かれた青緑色のビニールプールをそっとのぞいた。「かわいい赤ちゃんたち！」ローラはそっとささやいた。

アイザイアが、ローラの隣りに並んだ。「どうしたら、こんなにぐっすり眠れるのかな」低く笑いながら言った。

ローラはしゃがんで、これから面倒をみることになる十三匹の子犬たちがぐっすり眠っているさまを、畏敬《いけい》の念をもって見まわした。ずんぐりした小さな体と不恰好な頭、つぶれた鼻がなんてかわいらしいのだろう。「お尻にハートがついてるみたいな尻尾ね」

アイザイアはふたたび笑い、ローラの隣りにしゃがみこんだ。「そういうものなんだよ。明日クリニックに連れていって、短く切ってやらなきゃな」

ローラは、そんなことは考えてもいなかった。「痛そうだわ。そんなに早くやらなきゃいけないの？　まだこんなに小さいのに」

「早くしたほうがいいんだよ。大きくなればなるほど、もっと痛いだけだ」

ローラにとっては、想像しただけでも耐えがたい行為だった。「すごく残酷に思えるわ。どうして、このままにしておいたらいけないの？」

「いけなくはないよ」そのとき、ハプレスが部屋に駆けこんできた。いたずら好きの大きな子犬がビニールプールに跳びこもうとするのを、アイザイアは引き戻した。「そこは立ち入り禁止だ。こいつらはまだ小さくて、おまえの遊び相手にはならないよ」ハプレスの頭をこぶしでごしごし撫でた。「ロットワイラーは大型犬だから、切らないでいたら、尻尾もかなり大きくなるんだ。成犬になったら、テーブルの上のものを叩き落としたり、うれしくて尻尾を振るたびに飼い主の脚をひっぱたいてしまうよ」

ローラには、それほど困った事態だとは思えなかった。

「この子犬たちは高価な純血種だってことも忘れちゃいけない。ロットワイラー犬は、尻尾を切ってあるのが普通だ。切っていなかったら、ロットワイラーの外見としては、評価が低くなる」

ローラは、アイザイアの言葉が正しいと判断した。外見がおかしいとなれば、愛情あふれる家庭にもらわれるのもむずかしくなるかもしれない。「痛いの？」

アイザイアはその質問に考えこんだ。「子犬に直接訊いてみたことはないからなあ。でも、それほど痛くはないと思うよ。たぶん、ちくっとする程度だろう。そのあと、なるべくすぐに鎮痛麻酔剤の入った軟膏を塗る。たいていは、すぐにまた眠ってしまうよ」

ローラはため息をついた。「わたしは見たくないわ」膝をついて身を乗りだし、一匹を抱きあげた。子犬の不機嫌そうなしかめ面を見て、ローラは笑った。「かわいい男の子じゃない？」

「女の子だよ」ローラが突きだしたしわの寄った小さな顔を、アイザイアはしげしげと見た。「そうだな、なかなかかわいくて生意気そうだ。この顔を見たら、どうしても笑いたくなる」

ローラは子犬を兄弟たちの横にそっと戻した。「ここで世話をさせてくれてありがとう、アイザイア。あなたは本当に親切な人ね」

アイザイアは肩をすくめた。「ぼくだって、こいつらの命を救えてうれしいよ。それに、親切なのはきみのほうさ。簡単な仕事じゃないぞ。これから四週間、きみはぐっすり眠ることもできないんだよ」

「平気よ」

「そうだね、わかってるよ」アイザイアはローラの顔に目を向け、すべての線や角度を記憶しようとするように視線を走らせた。「だからこそ、きみは特別な人なんだ」

ローラは旅行かばんから荷物を出して引き出しに片づけてから、リビングのほうに戻った。アイザイアはキッチンでカチャカチャと音をたてて、なにかをつくっていた。口に唾がたまるようないい香りが周囲の部屋にまで漂っている。寝室から出てきたローラを見ると、アイザイアは訊いた。「お腹はすいてるかい？」

ローラは、両手をジーンズにこすりつけた。この状況のなにもかもが落ち着かない気分にさせる。いつもクリニックで顔を合わせているのと、こうして家でいっしょに過ごすのはまったく違っていた。

「お腹はぺこぺこ」と、白状した。

「ぼくはちっともグルメじゃないからね。グリル・チーズのサンドイッチと缶のスープだけだよ」

ローラはスツールの上にお尻を持ちあげて、腰をおろした。「おいしそう。まだ夕食を食べていないの」

「そうだろうと思った。今夜、帰る途中で店に寄ってきたんだ。基本的な食べ物はあるよ——卵、ベーコン、パン、果物も少し、それからランチョンミート。明日はもっと買ってこよう。ここにいる間、料理をしたいだろう？」

ローラは、一カ月間も外食を続けることなど想像もできなかった。「ええ、もし、よかったら」

「よかったら？」アイザイアは笑った。「大歓迎だよ。二人分つくるのは、いやじゃない？」

「いつもそうよ。四人分のときもあるわ。わたしに必要なのは、一人用の分量がついたお料理の本ね」ローラはカウンターに両ひじをつき、手首の内側に顔をのせた。「よければ、買い物もするわよ」

「きみに代金を払わせたくないんだ」

「どうして？　少なくとも、半分はわたしに払わせてほしいわ」

アイザイアは首を横に振った。「だめだよ。きみに部屋と食事を提供するのが、子犬の命を助けてくれたことへのぼくからの感謝の気持ちなんだ。きみが買い物をした代金をあとから渡してもいいけど、そういうやりかたはきみも面倒だろう？　ぼくが変なものを買ってきそうで心配だったら、いっしょに買い物に来てくれればいい。そうすれば、きみは料理に必要な材料を買えて、ぼくは勘定を払うことができる」

「わかったわ」買い物に行って店の通路を歩くときにアイザイアがあまり話しかけてきませんように、とローラは願った。気が散ると、必要な品を忘れずに買うのがむずかしくなってしまう。「そうしましょう」

アイザイアは、スープを深皿に注ぎ、鉄板の上のサンドイッチをひっくり返した。一方、ローラはまったく別の角度からアイザイアを盗み見ることに没頭していた。ラングラーのジーンズはゆったりとして尻のまわりでだぶついていたが、たくましい太ももの輪郭ははっきりと見てとれた。しわくちゃの緑のチェックのシャツはきちんとジーンズのなかにたくしこんである。明るい色の幾何学模様が目を引き、アイザイアがなにかをするたびに、シャツの布越しに胸や肩、腕の筋肉が動く様子が見てとれた。

ちらっと目をあげたアイザイアとローラの視線が合った。束の間《ま》、互いにばつの悪い空気を感じながら、作業の手を止めたアイザイアとローラはじっと見つめあった。それから、アイザイアは口を閉じたままにこりとしてその場をごまかし、ふたたび手元に注意を戻した。

その少しあと、ローラはチーズ・サンドイッチのひと切れをスープにひたしていた。それから、いかにもおいしそうな音をたてて汁気をすすりながら、サンドイッチを食べた。「ごめんなさい。スープにひたすなんて、お行儀悪いわよね」

「かまわないよ。じつは、ぼくもひたして食べるのが好きなんだ」口いっぱいにほおばりながら、アイザイアはいたずらっぽい目でローラを見た。「母には内緒だよ。母は、ものすごくマナーにうるさいんだ」

ローラは笑った。「いいわよ。貸しができたわね」

ふたりが食事を味わっている間、心地よい沈黙が続いた。アイザイアが音をたててスプーンからスープをすすったおかげで、ローラもすっかりリラックスして、自分も少々音をたてながら食べた。そのうち、うっかりあごにスープを垂らすと、アイザイアはにやっと笑ってウィンクをした。

食後はキッチンでいっしょに後片づけをした。その最中、振り向いた拍子にアイザイアの胸に顔をつっこんでしまったローラは、心臓がのど元まで跳ねあがった。「大丈夫かい?」アイザイアはローラの両肩をつかみ、膝を少し折り曲げて顔をのぞきこんだ。「痛かっただろう?」

鼻の痛みと、アイザイアの大きな手が触れている肌のうずきと、どちらがより辛いのかローラにはわからなかった。「大したことないわ」

「氷で冷やす?」

「いいの、いいの」ローラは首を横に振ったが、鼻を撫でずにはいられなかった。「そんなにひどくぶつかったわけじゃないわ」

食器を食器洗い機に入れ、カウンターの上もきれいに拭き終わると、ふたりは人形の哺乳瓶を洗い、温めた子犬用のミルクを入れた。ミルクをやる作業はリビングの暖炉の前で行なわれた。アイザイアは片方のビーンバッグ・シートに、ローラはもうひとつに陣取った。ふたりとも脚を組み、片腕に子犬を抱きかかえた。

「わたし、ミルクをやるのははじめてなのよ」ローラが言った。

アイザイアはくすくす笑った。「お腹をすかせた口が十三個もあるんだ。すぐにベテランになれるさ」

最初の二匹に飲ませ終わると、次の子犬に移るために寝室に戻った。二匹の子犬をビニールプールに戻したとたん、ローラはある問題に気づいた。

「どうしよう。ミルクを飲ませた子と飲ませていない子をどうやって区別すればいいの？みんなそっくり同じに見えるわ」

アイザイアはちょっと困った顔をしたが、しかめ面はすぐに消えた。「一卵性双生児と同じことだよ。タッカーとぼくはそっくりだけど、ぼくらをよく知っている人はみんな簡単に区別してる。それは、やることが全然違うからなんだ」

「でも、相手が子犬のときはどうすればいいの？」

アイザイアはにやりとした。「行動が違うのさ、名探偵君。ミルクを飲ませた子犬はもう眠ってるよ。ほらね？」アイザイアは満足げに眠っている二匹の赤ん坊を指差した。「じたばたしてるやつに、ミルクをやればいいんだ」

ローラは笑い、体をくねらせている一匹をすくいあげた。暖炉の前に戻ると、アイザイアは言った。「今はまだ目新しくて楽しいけど、午前三時にミルクをやるころにはうんざりだろうな」

「心配ないわよ。手巻き式の目覚まし時計をちゃんと持ってきたから。夜は、わたしひとりでやれるわ」

「今日は週末だよ。ぼくも起きられるさ」

ナイトシャツ一枚の姿でアイザイアと並んでビーンバッグに座っている自分の姿など、ローラは思い描くことすら恥ずかしくてできなかった。「だめ、だめ。もともと、やると言ったのはわたしなんだから。ちっとも辛くないわ」


結局、その夜の最初のミルクの時間は午前三時ではなく、二時だった。アイザイアは、かすかに聞こえる女性の声で目が覚めた。子犬たちと魅力的な泊り客のことを思いだす前に、アイザイアはもうベッドから跳び起きていた。ベッドの足元にあったジーンズをつかみ、足をつっこんだ。ハプレスが自分の枕から頭をあげ、眠そうにまばたきをした。

「もう一度おやすみ。おまえは起きなくていいよ」

ハプレスは頭を落として枕の上にこすりつけ、目を閉じた。アイザイアはリビングに向かいながら、シャツを羽織った。ボタンをかける面倒は省いたまま、ゲストルームから聞こえてくるローラの優しい声に引き寄せられた。ドアが少しだけあいて、部屋のなかからもれた光が堅い木の床に金色のV字型を描いている。アイザイアは首を伸ばして、ドアの隙間からなかをのぞいた。ドアのすぐ内側で、ローラがビニールプールに身をかがめ、子犬たちに優しくささやきかけていた。まっすぐ立ったらなんとか膝上ぐらいまでは隠れそうなフランネルのナイトシャツ一枚の姿だ。

ただ、まっすぐ立ってはいなかった。

アイザイアは急いで体をひっこめた勢いで、側頭部を激しくドアにぶつけた。だが不運にも、ちらりとかいま見た引き締まった裸の脚とその上の三角形の陰は脳裏に焼きついたままだった。解剖学的に意思の力ではコントロールできない体の一部分が完全に固くなっていた。

ローラは、片手に子犬を抱いたまま振り向いた。眠そうなとろんとした目に、枕の上で乱れたくしゃくしゃの髪。それだけ見れば、十二歳の少女と言っても通るだろう。だが、着古した柔らかそうなフランネル越しにくっきりと浮かび上がった女らしい体の曲線が、アイザイアを狼狽させた。暖炉の火が消え、家の周囲の温度もかなり下がっているために乳首が寒さでつんと立っていることまではっきりとわかる。

「アイザイア」ローラが息を殺してささやいた。「びっくりしたわ。今、なにかぶつかるみたいな音がしたけど？」

頭で木のドアを叩いたら、ちゃんとノックになった。「ここにいることを知らせようと思って、ノックしたんだ」

「そうだったの」

「きみの声が聞こえたから、なにか手伝おうと思って」

「わたし、服を着ていないのよ」ローラが注意した。

わかってるよ。言われなくても知ってる。はじめてローラを見たときから、アイザイアはローラに性的な魅力を感じないように努めていた。なぜそんなことをしたのか、今はもう思いだせない。ローラは美しく、内面も優しく、しかも気楽につきあえる相手だ。いっしょに過ごすと楽しく、ひとりの人間としても尊敬できる。これ以上、女性になにを求めるというのだろう？

なにもない、とアイザイアは悟った。ローラはこれまで自分が求めてきた理想の女性そのもの、いや、それ以上だ。美しき救世主。午前二時という時間は、女神の出現と向きあうには最悪だ。コーヒーを一杯飲もう。それとも、頭の検査が必要なのだろうか。本来の自分は、たとえて言えば敬虔《けいけん》な牧師のような男のはずだ。きちんとした人生設計を持ち、近い将来、妻に煩《わずら》わされる予定はまったくない。たとえ、相手がどんなに美しくすばらしい女性でも。

「大丈夫？」ローラが訊いた。

いいや、大丈夫なんかじゃない。自分がローラに恋してしまったことを悟るという不意打ちをくらったのだ。アイザイアは、母の首を思いきりひねってやりたい気分だった。これは、すべて母のせいだ。母がいなければ、ローラ・タウンゼンドに出会うこともなかった。

「アイザイア？」

アイザイアはまばたきをして、我に返った。脳裏に焼きついた光景はなにも変わっていない。フランネルのナイトシャツがこれほど魅力的に見えたのは、はじめてだ。

「なんでもないよ」

「ほんとに大丈夫なの？　ベッドに戻ったほうがいいわ」

『ひとりぼっちで？』アイザイアは片手で顔をこすった。タイム。落ち着いてよく考えよう。コーヒーを飲めば頭がすっきりするかもしれない。そう、それだけのことだ。眠くて頭が混乱していたんだ。ちゃんと目が覚めれば、自分を笑いとばしたくなるだろう。アイザイア・コールターが恋をする？　少なくとも、あと五年はありえない。

「心配ないよ」アイザイアはもう一度言った。それから、漠然と肩越しに後ろを指して付け加えた。「きみがミルクをつくっている間に、暖炉の火をおこしてくるよ。それでいいかい？」

キッチンに行き、なによりもまず必要なコーヒーのポットのスイッチを入れた。そして、暖炉に火をおこした。アイザイアが焚きつけを燃えあがらせようとして息を吹きかけていると、ローラが裸足でキッチンに歩いていくぱたぱたという音がした。ローラがスウェットパンツをはいていてくれて、アイザイアはほっとした。ピンクのスウェットパンツが、ナイトシャツの小さなバラの花模様とよく似合っている。

少なくとも、彼女のほうの感覚は正常に働いているということだ。と思うと同時に、まるでじらすようなローラの下半身の映像が脳裏に閃《ひらめ》き、すべての思考が交差した。彼女が欲しい。アイザイアの体の声は、ローラが魅力的な脚をスウェットパンツでおおい隠したことを喜んではいなかった。

コーヒーだ。血管に目覚めを促《うなが》す成分が送りこまれれば、もっと頭がはっきりと――もちろん、もっと理性的に――働くだろう。アイザイアはキッチンに急いだ。ローラはシンクの前に立ち、顔をしかめて真剣にミルクを調合していた。アイザイアはカップにコーヒーを注いで大きくすすり、さらにもう一度すすった。熱いコーヒーが舌を焼いた。

哺乳瓶を空中に掲げたローラが振り向いた。ナイトシャツの下でなんの束縛も受けていない胸の先端を盗み見るのではなく、ローラの顔の繊細な造作を見つめている自分に、アイザイアは肉体の緊張が去ったことを悟った。

「水の量はこれでいいの?」ローラが訊いた。

アイザイアは無理やり、哺乳瓶の中身に注意を向けた。「完璧だよ」と保証しながらも、実際はミルクの分量のことなどなにも考えていなかった。そう、彼女は完璧だ。本当は、出会った瞬間から彼女のとりこだった。どうにかして彼女といっしょにいたくて必死だった。彼女がくびにされそうになったときは、心のなかで取り乱してしまった。彼女がうそをついているとほのめかしたタッカーに激しい怒りを覚えた。自分はとうの昔に彼女を愛するようになっていたのだ。ただ、鈍感でそれに気づかなかっただけだ。

OK、わかった。恋に落ちたからといって死ぬわけじゃない。この前の感謝祭の晩、二、三年後には身をかためようかと考えていたじゃないか。それが、予想より少し早かっただけだ。大したことじゃない。とはいえ、こう忙しくてはローラと過ごす時間があまりないかもしれない。だが、それもなんとかなるだろう。もっと休みが取れるように新しい獣医を数人雇おうと、数カ月前からタッカーと相談していたところだ。その計画がうまくいけば、プライベートな生活にもっと時間を割けるようになる。それ見たことかと母がほくそ笑むだろうという点以外に、感情に従って行動してはならない理由は見あたらない。べつに毎日恋に落ちようというわけでもないのだ。

唯一の問題。それは、今夜はローラがこの家で過ごす最初の晩だということだ。もしも、今夜、行動を起こしたら——いや、妙な視線を送っただけでも——、はじめからローラをこの家に誘いこんで思いどおりにしようと企んでいた不埒《ふらち》な男だと誤解されてしまうだろう。

「ほんとに、なんともないの？」ローラが訊いた。

アイザイアは、はっと我に返った。「元気そのものさ。コーヒーが効いたよ」

その言葉は事実だった。いまやすっかり頭のなかは整理され、ローラと恋に落ちることへの警戒心は薄れた。脳細胞のエンジンがすべて点火され、アイザイアの関心は、今後どうやってこの恋を進めていくかに移った。ゆっくりだ、と自分に言い聞かせた。だしぬけに愛していると口走ったりしたら、きっとローラを怖がらせてしまう。

それだけは絶対に避けなければならない。

12

夜のミルクはさらに二度必要だった。翌朝の六時、ビニールプールの前にいるアイザイアの心からロマンチックなムードはすっかり消え去っていた。十三匹の子犬は体こそ小さいが、全員に二時間おきにミルクをやるとなると、かなりの混乱状態となった。眠くてあかない目で汚れたタオルをぼんやり見つめながら、それを洗うといういやな現実よりも一杯のコーヒーを優先させようと、アイザイアは決意を固めた。

コーヒーメーカーを作動させておいてから、ローラを手伝って子犬たちにミルクを飲ませた。ハプレスがふたつのビーンバッグの間に割りこんで、体をよじりながらアイザイアの腕に抱かれた子犬のにおいを嗅ぎ、哀れっぽい鳴き声をあげた。

「たぶん、やきもちをやいているのよ」ローラが言った。

アイザイアはくすくす笑い、哺乳瓶をあごの下にはさんでハプレスの頭を軽く叩いた。

「愛してるよ、でか頭くん。おまえの代わりになる犬なんて、どこにもいないさ」

ハプレスがまた悲しげにくーんと鳴き、ローラの笑いを誘った。「きっと、そのだまし文句を前にも聞いたことがあるのね」

アイザイアは子犬にミルクを飲ませながら、複雑な表情で微笑んだ。だまし文句だって？事故にあう以前のローラにどれくらい恋愛の実体験があったのかはわからないが、男の不誠実な手口に無知ではないようだ。昨夜の判断は正しかった。この恋には時間が必要だ。

子犬たちがビニールプールのベッドに戻ると、アイザイアは、当然ローラもついてくるだろうと思いながら、一直線にキッチンに向かった。一杯めの目覚ましのコーヒーに口をつけてはじめてローラがいないことに気づき、慌てて探しに行った。ローラは洗濯室にいた。『フロスティー・ザ・スノーマン』のメロディーをハミングしながら、子犬のベッド代わりに敷いている汚物のついたタオルを、洗濯機に入れる前に下洗いしている。アイザイアとは違って、ローラの頭のなかは目覚ましのコーヒーのことでいっぱいではなかったらしい。ローラはまだきちんと服を着てもいなかった。任務についた小さな兵士のように、自分のことにかまけるよりも、目の前の仕事を優先していた。

「なにをしてるんだい？」

ぼうっとした目つきで髪は雄鶏のとさかのてっぺんのようにあっちこっちにはねていても、一般的な法則に反して、振り向いてアイザイアを見たローラは充分美しかった。「子犬の世話よ」その声は眠そうにかすれていた。「あなたはなにをしてるの？」

アイザイアは、コーヒーのカップを背中に隠したくなったが、傍のカウンターの上に置いて、こう言った。「そこを代わるよ。コーヒーを飲んで、シャワーでも浴びておいで」

「でも、これはわたしの仕事だから」

「〝ぼくたちの〞仕事だ」アイザイアは訂正した。「きみに全部押しつけるつもりはないよ、ローラ」

「でも――」

「〝でも〞はなしだ」アイザイアは片手をあげてローラの言葉をさえぎった。「ぼくだって、きみと同じように子犬たちを助けたかったんだよ。ただ、ぼくひとりではどうにもできなかった。ふたりで協力すれば、お互いの負担が大きすぎなくてすむ」

ローラは蛇口の下で最後にもう一度タオルをゆすいだ。「手伝ってくれるなら、子犬を売ったお金は半分にわけなきゃ」

アイザイアは金のことなどこれっぽっちも気にしていなかったが、ローラもまったく同じだということがわかった。「取引成立」と、同意した。「きみはタオルを半分洗った。あとは、ぼくがやるよ」

ローラはうなずき、手をよく洗ってから、シンクの上のフックにかかっているタオルに手を伸ばした。「ビニールプールのなかのタオルは全部取りかえておいたわ。子犬たちはみんな、ぐっすりおねんねよ」

「よかった。じゃあ、シャワーを浴びて朝食を食べるひまがあるな」

三十分後、シャワーを終えて出てきたアイザイアの鼻先に、おいしそうなにおいが漂ってきた。アイザイアは急いで服を着て、ひげを剃った。それから、においを頼りに家のなかを歩き、まだ真新しいレンジの前に立っているローラのところにたどりついた。洗いたてらしいジーンズとクリスマス色の緑のセーターを着た上に、布巾《ふきん》地でできたエプロンをつけている。キッチンを幸せで満たしているのが、思わず引き寄せられたほどのいい香りなのか、それともローラ自身なのか、アイザイアにはわからなかった。が、ローラが食べてしまいたいほど魅力的なことは疑問の余地がなかった。足元にはハプレスが寝そべり、崇拝の眼差しでローラを見あげていた。

「ハプレスに食べ物をあげてないだろうね?」

ローラは無邪気な顔でアイザイアを見た。「誓って、あげてないわ!」そう言いながらすでに、首の皮がたるんだぶち犬に、ソーセージのかけらを投げてやった。「おねだり屋さんになっちゃうかもね」

だが、アイザイアもハプレスを責める気はなかった。この家のキッチンに、こんなにいいにおいが漂っているのははじめてだ。「うまそうだね」ふたつのフライパンの蓋をあけてみると、ひとつにはハッシュドポテト、もうひとつには輪になってつながっているソーセージが入っていた。「オーヴンのなかはなんだい?」

「ビスケットよ」

「手づくりの?」間《ま》の抜けた質問だ。チューブに入ったビスケットの素《もと》が冷蔵庫にあるわけでもあるまいし。

「ただの落とし焼きビスケットよ」ローラは泡だて器を握って、卵と牛乳をかき混ぜた。

「高級でもなんでもないわ」

それは、アイザイアの最新式のキッチンではじめてつくられたまともな朝食——つまり、事実上はじめてのちゃんとした食事——だった。「ビスケットと名がつくものなら、ぼくにとってはすべて高級だよ。なにか手伝おうか？」

アイザイアはカウンターに紙のテーブル・マットを敷き、食器棚や冷蔵庫から香辛料を総動員した。ローラができあがった料理を並べるころには、アイザイアの口のなかには唾がたまっていた。バターとはちみつをかけたビスケット、ハッシュドポテト、いい具合に焼けたソーセージ、ふわふわのスクランブルエッグと、脇にはオレンジジュース。

アイザイアは馬のようによく食べた。食事が終わると、ハプレスといっしょに後片づけを手伝った。ハプレスの仕事は、後ろ足で立って食器洗い機のひらいた扉に前足をのせ、卵の黄身やソーセージの油がステンレスの扉の上に滴った瞬間、それをなめることだ。

「汚いよ」アイザイアが文句を言った。

「なにも壊したりしてないでしょ」ローラは言い返した。「食器洗い機は、ばい菌も殺してくれるのよ」

ハプレスはすました視線をアイザイアに送り、今度はフォークの歯をなめはじめた。食器洗い機がブーンと音をたてて働きはじめると、また、ミルクの時間になった。ローラは低く笑いながら、小さなロットワイラー犬の一匹を引き寄せ、口に哺乳瓶の乳首をつっこんだ。

「なんてかわいいぼくちゃんなの！」

ローラが今度は子犬の性別を間違えなかったことが、アイザイアはうれしかった。「ほんとに、みんなかわいいよ」

だが、実際は、アイザイアがかわいいと思っているのはローラのほうだった。ローラはひと晩じゅう二時間おきに起きていた。どんな人間でも機嫌が悪くなるようなスケジュールだ。それなのに、ビーンバッグに脚を組んで座り、洗いたてのつやつやした顔で、どんな仕事でも来いという表情をしている。前の晩、途中で何度も起きて細切れに六時間ほど寝ただけだとはとても思えない。

「食料品を買いに行かないとな」最後の子犬をビニールプールに戻しながら、アイザイアが言った。

「今日はクリニックに一度も行かなくていいの？」

「今週末は、タッカーが土曜日に仕事に出る番なんだ。これから何時間かたって緊急事態が起きなければ、ぼくは完全にオフだよ。日曜日になにかあったときは、ふたりで分担してる」

「〈セイフウェイ〉に行くの？」ローラは明るい声で訊いた。

アイザイアには、とくに行きつけの店はなかった。「そうだね、〈セイフウェイ〉がいいだろう」

「よかった。あそこなら、どの通路も知ってるわ。わたしみたいな人間にとっては、それがとても重 - 要なの」

四十分後、アイザイアは片足の爪先をせわしなくトントンと上下させていた。ローラは、かたつむりのようにのろのろと棚から品物を取ってはじっと見つめるが、カートにはめったに入れない。そのうちアイザイアもやっと、ローラはラベルをなかなか読めないのだと気づき、欲しい品物を見つけるのを手助けしてスピードアップを図った。通路を進むペースはすぐに速まり、カートは食料品であふれんばかりになった。

アイザイアがレジに並んでいると、ローラは新しいミステリー小説のカバーをじっと見つめていた。それも買おうかと言うと、首を横に振った。「朗読のテープになるまで待たなきゃだめなの」残念そうな口調で、そう言った。

アイザイアは、ローラが背を向けたすきに、二、三冊の本をカートに放りこんだ。ローラが家に泊まっている間、夕食の後に朗読して聞かせるのも悪くないだろう。

スーパーマーケットを出ると、ローラはうれしそうに目を輝かせて店の前にずらりと並んだクリスマス・ツリーに釘づけになった。アイザイアは、自分の家にクリスマスの飾りつけをしたことはない。クリスマスのイルミネーションが見たければ、両親か、結婚している兄たちの誰かの家に行けばいい。なんの面倒も、問題もない。おまけに、祝日が終わったあとでツリーをしまったり、山のようなデコレーションを箱に片づけたりする手間もいらなかった。

だが、今年はそうはいかない。今や、人生は自分ひとりきりのものではなくなった。そして、傍らにいる大切な女性がクリスマス・ツリーを欲しがっているのだ。ハマーの後部座席

らきら輝いた。

　ツリーを買うつもりなのだとわかると、ローラの目は大きく見ひらかれ、うれしさにきらきら輝いた。


に食料品を積み終わってから、アイザイアはローラをもう一度店に連れていった。アイザイアがツリーを買うつもりなのだとわかると、ローラの目は大きく見ひらかれ、うれしさにきらきら輝いた。

「好きなのを選んで」と、アイザイアは言った。

　その五分後、ふたりは街の反対側にあるツリー売り場にいた。クリスマス・ツリーを選ぶのは、ローラにとって重大事だった。ローラは必ず木のまわりをぐるりと一周して、枝振りを批評した。この木には枝が少なすぎるところがあるとか、あの木のてっぺんは貧弱すぎるとか。ローラの好みに合う木には永遠に出会えないのではないかと、アイザイアが心配しはじめたとき、とうとう気に入ったトウヒの木が見つかった。

「よさそうじゃない？」と、ローラが訊いた。

「きれいな木だね」アイザイアは相槌を打った。やっと買い物が終わるのがうれしくて、枝にキスしたいほどだった。「これにしよう」

　ローラはしかめ面で、まだためらっていた。「もう少しほかも見たほうがいいかしら」

　アイザイアは腕時計に目をやった。「子犬のミルクを忘れるなよ」

　結局、ローラも時間にせかされ、そのトウヒを買うことに決めた。ハマーのルーフ・ラックにロープで常緑樹を固定しながら、アイザイアはツリーに下げる飾りがなにもないことを思い出した。急いで家に戻り、食料品を片づけて子犬たちにミルクをやってから、ふたりはツリーのライトやデコレーションを買いにふたたび街に出た。買い物が大嫌いなアイザイアは、適当なもの――まず電飾とボールを何箱か、それからたぶんリースも、といった具合――を買ってすませるつもりだった。だが、ローラはクリスマスの買い物のレベルを一気に引きあげた。家がログハウスなのだから、カントリー調のデコレーションが一番だろうと。

ローラは、アイザイアをクリスマス用品の専門店に案内した。そこでまず、よくあるライト式の電飾ではなく昔懐かしい豆電球がついたものを選んだ。そして、ぴかぴか光るガラスのボールの代わりに、ハンドメイドのオーナメントを買うことにした――サンタクロース、洋服を着たかわいらしい小さなネズミ、犬、猫、馬、牛、いろいろな形や大きさの天使、それから、ほかにもいろいろ。アイザイアは、ずっと昔、兄や姉といっしょにツリーに飾るためにポップコーンをひもに通してつくったものとそっくりなリースも見つけた。

自分でも驚いたのだが、アイザイアは買い物を楽しんでいた。店内にはオーナメントを下げたツリーが二十本ほどもあり、どの商品もセール中だった。アイザイアは、犬のオーナメントばかりが下がったツリーの前で、二十分近くもかけてハプレスと同じ種類のミニチュア犬を探した。だが、残念ながら、あの雑種犬は世界にふたつとない特別な種類だ。結局、ハプレスの数知れないご先祖を代表して、ダルメシアンとシャーペイ犬とロットワイラー犬を選びだした。

すべてを合わせた金額は三百ドルを超えていた。

「高すぎるわ」店員が告げた金額を聞いて、ローラは大声をあげた。「少し返しましょうよ」

「いや、いいんだ」アイザイアは、クレジット・カードを渡した。「ぼくはどれも気に入った。それに、この先何年も使えるんだよ、そうだろう?」

「そうね、でも——」

「全部もらうよ」アイザイアは店員に言った。

家に帰り着いたふたりは、まず子犬にミルクを飲ませてから、荷物を運んだ。アイザイアがリビングの窓の前にツリーを立てている間に、ローラはキッチンに行った。

「ジムおじいちゃん直伝のスペシャル・ワインなしにツリーの飾りつけはできないわ」肩越しに、リビングのアイザイアに向かって言った。

あとを追ってアイザイアもキッチンに行ってみると、ローラはすでにワインラックから一本七十ドルのメルローを選びだして、中身を鍋にあけているところだった。ローラが栓をあけたのは、特別なときのためにとっておいた、かの有名なオレゴン州ウィラメット・ヴァレー産で賞も取っているワインだったが、アイザイアは黙っていた。キッチンに立っているローラをながめていられるのは、アイザイアにとって充分に特別だった。ローラは、メルローワインにオレンジジュースとシナモンスティック、そのほかのスパイスを加えた。それらをかき混ぜると、すばらしくいい香りが立ちのぼった。

「どれくらいで飲めるんだい?」アイザイアは訊いた。

「もう少し煮立ってからよ」と、ローラは教えた。

ワインが温まる間に、ツリーにまず電飾をつけた。それからキッチンに戻り、熱いスパイシーなワインをカップに注いだ。「うーん」ひと口飲んで、アイザイアはうなった。「これはすごいよ、ローラ」

ローラは頬にえくぼを浮かべ、うなずいた。「それじゃ、今度は飾りつけね」

アイザイアはすばやくツリー全体を見まわした。行き当たりばったりで適当にオーナメントを吊るすわけにはいかない。すべての飾りが、あるべき場所に収まるようにしなければ。

夜も更けたころ、ふたりはやっとツリーから離れて後ずさり、自分たちの作品を賞賛の眼差しでながめた。ふたりとも、少々ほろ酔い加減だった。アイザイアは長いこと味わったことのなかった満足と幸福感を嚙みしめていた。ツリーの小さな電球の光が暖炉の炎と相まってリビングに明るい温かさをもたらし、引っ越してきた当初とは比べ物にならないような、我が家らしい雰囲気をかもし出している。

「今まで見たなかで、一番うつくーしいツリーだわ」ローラがつぶやいた。

「きれいだね」そう相槌を打ちながらも、アイザイアが賞賛の目を向けているのはツリーだけではなかった。ちらちらと揺れる灯りのもとで、ローラはいつにも増して美しく見える。溶けた黄金のようにゆらめいて見える髪の色、輝く瞳、滑らかで完璧な肌。これほどまでに、誰かにキスしたいという衝動に駆られたのははじめてだ。でも、残念ながら、今はまだ焦らないほうが賢明だろう。女性——とくにこの女性——を相手にするときにもっとも大事なのはタイミングだ。結局、アイザイアはこう言った。「次に必要なのは家具だな」

ローラはほとんど空《から》っぽの部屋をちらっと見まわした。「そのうち買えばいいわ」

「すぐに欲しいんだ」アイザイアは、室内の装飾という、より安全な方向に思考を切りかえた。「選ぶのを手伝ってくれないかな、ローラ？」

「わたしが？」

その声に含まれている疑わしげな響きが、アイザイアはおかしくてたまらなかった。「そう、きみだよ。ぼくは、きみのアパートの部屋がすごく気に入ったんだ。両親の家になんとなく似ていたよ。小さな四角いスペースが、きみの手にかかると楽しい我が家に変身していた」

「ありがとう」

アイザイアはローラの目をのぞきこんだ。「ぼくがこの家を我が家に変えるのを手伝ってくれないか？」

信じられないという表情のまま、ローラは首を横に振った。

「頼むよ？」

「どうやって始めればいいのか、わからないわ。ここはあなたの家よ。あなたという人間にふさわしい家にしなくちゃ」

「きみは、ぼくをよく知ってるじゃないか」アイザイアは、がらんとした部屋を身振りで示した。「ツリーを飾ったら、ますますそれ以外のところが空っぽに見える」ゆっくりと笑みを浮かべた。「きっと楽しいよ。うんと言ってくれよ」

ローラは両腕をこすりあわせてから、左右にゆっくりと視線を動かした。「予算はどれくらい？」

「いくらでも。ぼくはけっこう稼いでいるけど、ごらんのとおり、あまり使い道もなかったんだ。二、三千ドルくらいぱっと使い果たすのを手伝ってくれよ」

ローラは笑い、もう一度じっくりと部屋のなかを見まわした。「革《レザー》」穏やかな声で言った。「この家には、田舎の牧場のような雰囲気がふさわしいと思うわ。あなたはアウトドアが好きでしょう。それに、あなたの人生の大部分を占めているのは動-物たちよ。こまごまと飾りつけた家じゃ、きっとくつろげないわ」

アイザイアは全面的に賛成した。アイザイアとしては、自分と同じくらいローラの好みにも合う家にしてほしかった。なぜなら、もし自分の思いがかなえば、ローラに整えてもらったこの家は、ローラとともに住む場所になるはずだったから。


翌週、ローラは月曜日から夜勤についた。アイザイアは、ローラが子犬たちをクリニックに連れていかなくてすむように面倒をみると言ってくれたが、ローラは断った。毎日ローラよりもずっと長時間働いているアイザイアは、誰にも邪魔されずに八時間の睡眠を取るべきだ。ローラのほうは、もし必要ならいくらでも寝る時間はある。ローラは子犬を入れて運べるように、大きなヤナギ細工のバスケットを買った。そして、子犬たちを犬舎に連れていき、いつもの仕事をしながら時間をやりくりして、子犬にミルクをやった。それは仕事のストレスを増すだけでなく、終了時間も延ばす結果になった。ローラもすぐに悟ったのだが、子犬の世話もしながらいつもどおりの時間に仕事を終わらせるのは不可能だった。

たいてい朝の四時ごろになってやっと家に帰ると、アイザイアはまだ眠っていた。時折、ハプレスが寝室から跳びだして迎えてくれることもあったが、そうでなければ、頭のなかが静まって眠気が訪れるまでの三十分間、ローラはいつもひとりぼっちだった。正午ごろに起きると、アイザイアはとっくに仕事に出かけている。そのまま、夕方に帰ってくるまで顔を合わせることはない。ふたりがいっしょに家具を選びに出かけることができるのは、アイザイアがいつもより早く帰れた日だけだった。

お互いの空いた時間をうまく調整して買い物に行くために、ローラは、スロー・クッカーという、火からおろしたあとも余熱で調理ができる鍋を利用した。早めに仕込みをすませ、ふたりで買い物に出かけている間に余熱で煮込んでおくのだ。アイザイアはまったく気にしなかった。ある日はローストビーフと野菜料理を絶賛し、別の日にはチキンの自家製煮込み《チキン・アンド・ダンプリングス》を三回もおかわりした。

日々の慌ただしさは余計な考えを抱かせないようにしてくれるものだが、実際には逆のことが起こった。次々と家具が届きはじめると、ローラはいつのまにか、自分自身の家が思いどおりの形に実現されつつあるような錯覚を抱きはじめていた。ばかね、ローラ。かないっこない夢を見るなんて。ここはあなたの家じゃないし、永久にあなたのものにはならないのよ。アイザイアはあなたのものじゃないし、永久にそうはならないように。それでも、ローラは心のなかで夢見ずにはいられなかった。

地元の画家による山の風景画をどこの壁にかけるのが一番だろうかと悩みながら、ローラは夢見ていた。スロー・クッカーに料理の材料を入れるときも。夜、仕事から帰ってきたアイザイアをおかえりなさいと迎えるときも。

半分はアイザイアのせいだ、とローラは決めこんだ。アイザイアが投げかける微笑みには、自分は彼にとって特別な人間なのだと感じさせるなにかが含まれている。時には明らかに求めるような眼差しでこちらを見つめていることもあった。それに、なによりもこんなふうに優しくされて、どうやって感情を抑えろというのだろう？　夕食が終わってローラが夜勤に出かけるまでの時間、アイザイアは声に出して本を読んでくれる。ふたりの定位置は、美しい革張りのソファと安楽椅子が届いたあとも、暖炉の前のビーンバッグだった。

それはくつろぎの時間だったが、ローラの心の平穏のためには少々アイザイアとの距離が縮まりすぎるひとときでもあった。ふたりの背後で暖炉の火がぱちぱちと音をたて、ちかちかと点滅するクリスマス・ツリーの電飾が色とりどりの温かな光を部屋全体に投げかける。ローラはアイザイアの低く滑らかな声に包まれ、うっとりさせられてしまう。時折、本の内容を聞くのを忘れて、アイザイアに突然キスをされる情景を想像してしまうことすらある。

ローラはアイザイアに恋していた。訂正しよう、数週間前から完全に恋に落ちていた。そのことをアイザイアに悟られてはならないと、ローラは自分を戒《いまし》めた。彼は最高の上司であり、いい友人でもある。もしも彼がいなければ、今では心から愛している十三匹の子犬たちも処分されていたはずだ。その親切のお返しに、愛情に応えられないという気まずさを彼に感じさせることは絶対にできない。

だめよ、とローラは自分を叱った。友情っていいものよ、それで満足しなさい。もうすぐクリスマスもやってくる。ローラはクリスマスが大好きだった。そのことに神経を集中し、すべてを楽しもうと努力した。家具屋の配達員を迎えて部屋のどこに置こうかと頭を悩ませなくていい午後には、お菓子を焼いた。自分のアパートからクリスマスの柄がついた缶をたくさん持ってきて、クッキーやキャンディー、フルーツケーキやチョコレートバーを詰めてツリーの下に置いた。アイザイアはまだまだやせすぎだ。がつがつと食べるアイザイアを見守るのが、ローラは大好きだった。アイザイアの好物がチョコレートだと知って、ローラはチョコレートがたっぷり入ったクリーム・ファッジをつくった。ある日の午後は、子犬のミルクの時間を縫って街へ行き、家を飾るさまざまな雑貨を買った。花瓶やクッション、フローリングの床を彩《いろど》るカラフルな敷物などだ。

十二月十六日の木曜日には、アイザイアの家は居心地のよい我が家として完成しつつあった。仕上げのひとつにシルク・フラワーの花束を飾っていると、電話が鳴った。ローラは最後にシルクの花びらをぽんと叩き、カウンターの上の受話器をつかんだ。

「もしもし?」

「こんにちは、メアリーよ。アイザイアの母です」

アイザイアの家に来てから、祖母とはたまに電話で話していたが、メアリーと話すのははじめてだった。「メアリー」ローラは心からの喜びをこめて言った。「声が聞けてうれしいわ」

「子犬ちゃんたちはどう?」

「すくすく育ってますよ」ローラは笑いながら言った。「今はミルクも三時間おきになって、楽になりました」

「そう、よかったわ」メアリーはため息をついた。「じつは心配なことがあって。アイザイアの誕生日がいつだか知ってる?」

キッチンのスツールに腰かけたローラは、部屋の向こう側のテーブルに飾ったシルク・フラワーをながめ、その出来ばえに満足した。これでいいわ。「いいえ」と、うわの空で答えた。「知りません。いつなんですか?」

「今日よ」

ローラはスツールから跳びおりた。「え?」

メアリーは笑った。「ほんとに知らなかったのね。今朝、タッカーにも電話しておめでとうと言ったら、驚いてたわ。アイザイアは牧場に行っていて、まだ話してないの。たぶん、アイザイアも忘れてるんじゃないかしら」

自分の誕生日を忘れるなんて、ローラには到底信じられなかった。「まさか」

「わたしだって信じられないわ。だいたい、アイザイアは日ごろからいつもうわの空なのよ。いつもなにか考え事をして、まわりで起きていることにも気がつかないの。自分の誕生日を忘れていたって、わたしは驚かないわ。でも、タッカーまで?」メアリーはまた、ため息をついた。「ええ、わかってるわ。ふたりとも忙しすぎるのよ」

ローラは自分のアパートから料理の本を一冊しか持ってきていなかった。祖母がすべての料理のレシピの横に小さなイラストを描いてくれたものだ。〝カップに半分〟と書いてあれば半分のカップの絵、というように。ローラが一番よく使うのはその本だった。イラストで確認すれば、材料の分量を読み間違える心配をしなくてすむからだ。その本にケーキのレシピがのっていたかどうかは思いだせなかった。世間一般の人たちと同様に、ケーキは傷《いた》みやすいし、ほかのお菓子に比べて冷凍に向いていないという理由で、めったにつくらない。だが、アイザイアの誕生日だというなら、今日は絶対にケーキを焼こう。

「それでね」メアリーの話は続いた。「今夜、サプライズ・パーティーをするっていうのはどうかしら？　ディナーと、そのあとはケーキとアイスクリームで。家族だけでね——もちろんあなたもよ、ローラ。パーティーのことは内緒にして、うまくアイザイアをうちに連れてこられる？」

ローラはにやっとした。「ええ、できると思います。子犬たちを連れていっても気にならないですよね？」

その晩、これから両親の家に行くとローラに告げられ、アイザイアは思わずうなり声をあげそうになった。ローラが家に来てからもうすぐ一週間になるが、アイザイアはローラの体にはまったく触れていなかった。この状況を、今夜こそ変えるつもりでいたのだ。これだけ日数がたてば、子犬の世話にかこつけてよからぬ動機で家に泊まらせたわけではないとわかってもらえるだろう。ローラに自分の思いを告げ、できれば結婚を申しこみたい。そして、自然の摂理に従った行動を取りたかった。

「今日は疲れてるんだ」両親の家でのディナーに呼ばれたと聞いて、アイザイアは言った。

「別の日にできないかな?」

「だめなのよ、ごめんなさい。あなたのお母さんとクリスマスのクッキーをつくる約束をしてしまったの」

アイザイアはツリーの下や冷凍庫にあるたくさんのお菓子のことを考えた。あれを全部たいらげたら、体重が百キロを超えてしまうだろう。だが、ローラの懇願するような薄茶色の瞳で見つめられると、どんな頼みにもノーとは言えなくなってしまう。アイザイアはため息をついた。結局のところ、今夜は愛の告白にはふさわしくないかもしれない。ローラは夜勤のシフト中だ。土曜の夜まで待てば、夕方からひと晩じゅういっしょにいられるようになる。

「わかった」アイザイアはいやいやながら承知した。「シャワーだけは浴びさせてくれよ」

「急いでね。ディナーに遅れたくないから」

アイザイアはなにも知らないまま、ローラからのバースデー・プレゼントを自分で両親の家に運んだ。ハマーの後部座席からダンボール箱を運びだしながら、クッキーにデコレーションをする道具が入っているのだろうと思いこんでいた。暗くなりかけたリビングルームに足を踏み入れた瞬間、心臓発作を起こしそうになるほどびっくり仰天した。部屋じゅうの電気がぱっとついたかと思うと、家族みなが口々に叫びながらキッチンからリビングになだれこんできたのだ。「サプライズ！」

アイザイアは、ただ口をぽかんとあけて、みなの顔を見まわした。サプライズ？　それから、ふいに思いだした。今日は十二月十六日、自分とタッカーの誕生日だ。忘れていたことに自分でも驚いた。先に着いていたタッカーは、すましてにやっと笑い、肩をすくめてみせた。「いろいろとあって忙しかったんだよ。おれも忘れてたんだから、教えようがないだろう？」

長兄のジェイクがアイザイアの肩を叩いた。「誕生日おめでとう。三十四年たっても、おまえは相変わらずおれの悩みの種だよ」

妻のモリーは爪先立って、アイザイアを抱きしめた。「忘れんぼさん」と、ささやいた。「その歳でもう忘れっぽくなったなんて聞いたことないわ」

モリーの言葉は、ほんの始まりにすぎなかった。タッカー以外の全員が、アイザイアをからかう義務があると感じているようだった。アイザイアは機嫌よく、それを受け入れた。タッカーと同様、ほかに考えるべきことが山ほどあって、誕生日を忘れてしまったのだ。すなわち、目に映るたびにアイザイアの脳の機能を停止させてしまう、大きな薄茶色の目とブロンドの髪を持った、小柄な美しい女性のことだ。

ディナーはすばらしいのひと言に尽きた。メアリーは二種類のメインコースを用意していた。タッカーにはシーフードのフェットチーネを、アイザイアには最高級のリブステーキを。

「それぞれの好物を用意したのよ！」メアリーが説明した。

「母さんは、ほんとにすごいよ」アイザイアは言った。タッカーは最大限のお世辞を口にした。「母さんは世界一の母親だね」それを聞いたメアリーが顔をそむけて涙をおさえると、タッカーはしてやったりと言いたげにアイザイアに向かってにんまりとし、低い声で言った。

「さて、おれたち双子のどっちが一番かな？」

「どうかな」アイザイアはすかさず言い返した。「兄さんには魅力があるけど、ぼくには脳みそがあるからね」

ケーキとアイスクリームを食べ終わったころ、ちょうど子犬にミルクをやる時間になると、家族全員が参加した。甥っ子のスライとギャレットは十三匹めの子犬にどちらがミルクをやるかで、大喧嘩になった。ローラは、哺乳瓶が空《から》になるまでかわりばんこにミルクをやるという方法で騒ぎを収めた。ローラと子どもたちのやりとりを見ていると、アイザイアはローラが最高の母親になるだろうと確信せずにはいられなかった。そして、ローラと結婚して子どもを持ちたいという思いを強く抱いた。

十三匹の子犬が全員ヤナギ細工のバスケットに戻ると、アイザイアとタッカーはリビングの床に座りこみ、愛する人々に囲まれてプレゼントをあけた。アイザイアは、母からは手帳、父からはカウボーイ・ハット、兄たちからはシャツやネクタイ、そして姉からは灰色のウールのブーツソックス十二足入りのパッケージをふたつもらった。

「これで、あんたの靴下も左右違わなくてすむわよ」茶目っ気たっぷりに、ベサニーが言った。

ローラがアイザイアの服を洗濯するようになった今は、靴下はきちんとひと組ずつ畳んでしまわれていた。そのローラからのプレゼントをあける前に、アイザイアはちらっと問いかけるような視線を贈り主に向けた。添えられている〈ホールマーク〉社製のカードは、遠くに人を乗せた馬が佇《たたず》んでいる美しい風景画だ。なかにはローラが苦労して書いたに違いない文字があった。『あなたがあなたでいてくれ、ありかとう。愛こめて。ローラ』

カードを封筒に戻すアイザイアの目は、こみあげる涙でひりひりした。誰にも見せずに、脚の下に封筒を隠した。いたって簡単な文章だったが、アイザイアにとってはこのうえなく大切な宝物のような手紙だった。キッチンのテーブルで背中を丸めて、懸命に文字を形づくろうとしているローラの姿が目に浮かぶ。

プレゼントの包みをあけると、部屋のなかはしんと静まりかえった。アイザイアはみなによく見えるように、どっしりした像をゆっくりと持ちあげた。セントヘレンズ山の火山灰からつくられているその像は、小さな子犬たちに囲まれた雌のロットワイラー犬だった。

「ペーパーウェイトだ」アイザイアはかすれた声で言った。それは単なるプレゼント以上のものだった。その後何年も過ぎてからも、ペーパーウェイトを見るたびに、アイザイアはローラといっしょに過ごしたこのサプライズ・パーティーを昨日のことのように思いだした。

アイザイアは顔をあげた。ローラの輝く瞳には涙が光り、アイザイアへの愛情があふれていた。それを見た瞬間、アイザイアはまるでロバに思いきり胸をけとばされたような衝撃を覚えた。ローラはぼくを愛しているのか？　肺の空気がなくなり、胃袋をぎゅっとつかまれたような気がした。鼓膜をハンマーで叩くような大音量で、自分の心臓の鼓動が聞こえる。彼女はぼくを愛していた。いかにして彼女を抱きしめようかと頭を悩ませ、いつもそばにいていっしょに過ごしたこの一週間の間もずっとそうだったのだ。どうして気がつかなかったんだ？

自分に問いかけている最中、心のなかですでに答えは出ていた。ローラは、失語症のせいで自分には魅力がないと信じこんでいるのだ。たくさんのプレゼントからはがした包み紙の残骸をかき集めながら、のどが詰まるような感覚に襲われた。『ローラ』決してかなわない恋なのだと、アイザイアへの思いを注意深く隠している。脳に障害を負ったために、自分は価値がない女だと感じている。妻として、母としての能力も失ってしまったと。小切手が切れず、簡単な単語のスペルも間違え、うまく話すこともできないような女を、まともな神経の男が求めるわけはないと思いこんでいるのだ。

アイザイアは包み紙の山をこぶしでつぶした。本来なら喜ぶべきだった。心の奥底から愛した女性が、同じくらい自分のことを愛しているとわかったのだ。だが、アイザイアは強い後悔にさいなまれていた。その理由は、彼女への欲求を悟られまいとして、キスも体に触れることもしていないというだけではない。どんなに彼女をすばらしい女性だと思っているかを、まだ伝えていないことに対するやりきれなさでもあった。

パーティーが一段落すると、アイザイアは外に出て携帯電話からある場所に連絡をした。

家に戻るとすぐに、もらったプレゼント、それにローラと子犬たちを連れて帰る準備をした。

「今日は疲れてるんだ、母さん」シンクでデザートの皿をゆすいでいる母親を後ろからハグしながら、アイザイアは言った。「ぼくらは早めに失礼してもかまわないかな？　家に帰ってベッドに倒れこみたいんだよ」

振り向いたメアリーは爪先立ちで伸びあがり、息子の頰にキスをした。「ちっともかまわないわよ」アイザイアの頰に片手を添えた。「もうすぐ、ほかにも獣医さんを雇ったら、そんなにいつもいつも働かなくてすむようになるわ」

アイザイアは、母が想像しているよりもかなり早い時期に、そうするつもりだった。結婚したら、花嫁を一日に十二時間や十四時間もひとりぼっちにさせたくはない。「タッカーとそのことを話し合ってるところだよ」メアリーの額に軽くキスをした。「サプライズ・パーティーをありがとう。楽しかった。リブステーキも最高だったよ」

アイザイアが体を離すと、メアリーは息子の腕を軽く叩いた。「ローラが、あんたに内緒で連れてきてくれて、ほんとによかったわ」

ローラが隠していたのはパーティーだけではない。ローラはアイザイアを愛していたのだ。最初の衝撃からおよそ一時間たった今も、その事実は頭のなかで渦巻いていた。

アイザイアは、家に帰ったら、今度こそふたりの関係を修正するつもりでいた。うまくいけば、ローラは今夜、自分が世界じゅうで一番の女性だと思われていることを知って眠りにつくことができるだろう。

みなにひととおりお休みなさいの挨拶をしてから、アイザイアはプレゼントを車に運び、ローラと子犬たちを迎えに行った。全員が無事に車の座席に落ち着くと、アイザイアは暗がりを透かしてローラの顔をじっと見た。フロントガラスを通して差しこむ街灯の明かりで、ローラの表情を確かめたかった。ローラはいつものように微笑んでいた。だが、以前と違うのは、ローラがけっしてこちらと目を合わせないことに、アイザイアが気づいている点だ。アイザイアの父はいつも、『目は、その人の魂を映す窓だ』と言っていた。そして今、アイザイアはもうひとつの真実も知った。『目は恋心を映す窓だ』

家に帰る道中、アイザイアは無口だった。なにか怒っているのだろうかと、ローラは心配になった。家に入ったとたん、ハプレスがまずアイザイアの、次にローラの脚に跳びついた。八の字を描いてふたりのまわりを駆けまわり、のども破れんばかりに吠えながら、ちぎれそうに激しく尻尾を振った。

「ただいま、ハプレス」ローラは子犬が入ったバスケットを床に置き、お兄さん犬だけに注意を向けるようにした。ローラがしゃがんで撫でてやると、ハプレスは体を震わせて喜んだ。

「わたしたちがいなくて寂しかったんだわ」ローラはアイザイアに言った。

アイザイアはプレゼントをソファの上に置き、ジャケットを脱いだ。すばやくクローゼットにしまうとリビングに戻り、弱った暖炉の火に新しく薪《まき》をくべた。ローラは足元にハプレスを従えながら、子犬たちを寝室に運んだ。あと一時間もたたないうちに夜勤に出かけなければならないため、子犬たちはバスケットに入れたままにした。哺乳瓶はアイザイアの両親の家で洗っておいた。バスケットのそばの床の上に、粉ミルクの袋とそのほかの必要なものをそろえて用意した。

顔をあげた拍子に、戸口に立っていたアイザイアと目が合ったローラは、はっとして跳びあがりそうになった。物思わしげな表情をしたアイザイアは、ローラの胸が詰まり呼吸が苦しくなるほどハンサムだった。

「子犬たちをビニールプールに入れていいよ」アイザイアは言った。「今日は、きみの仕事は休みだ」

ローラは当惑した目でアイザイアを見た。「でも、わたし――」

「エリー・キングストンに電話しておいたよ。今晩と明日の夜勤をきみの代わりに引き受けてくれた」

「でも――」

「今日はぼくの誕生日なんだ」アイザイアはローラに思いださせた。「この家できみと丸ふた晩ゆっくり過ごすのは、ぼくから自分へのプレゼントさ。もし、給料のことが心配なら、ぼくがいつもどおりの金額を払うよ」

「ばかなこと言わないで。お金なんていらないわ」

「よかった。エリーは働いてお金を稼ぎたがってる。クリスマスやらなんやらでね。きみは彼女を助けて、しかも、ぼくを幸せにしてくれる。いいことずくめだよ」

ローラは残りの人生すべてを使ってアイザイアを幸せにできたらと願った。だが、残された時間はたったの三週間だ。子犬たちは明日で、生まれて七日になる。アイザイアとの日々は飛ぶように過ぎていた。気づいたときには、ガレージの上の自分の部屋に戻っているのだろう。

「しばらく本を読もう」アイザイアが提案した。「ツリーのライトをつけておくよ。楽しかった夜の締めくくりにふさわしいようにね」

彼の瞳にあるなにか——深いブルーの瞳に閃く、これまで見たことがないような激しさ——が、ローラを落ち着かない気分にさせた。ローラはまたもや、パーティーでなにかアイザイアを怒らせるようなことをしただろうかと不安になった。口に出して訊く前に、アイザイアは戸口からいなくなってしまった。ローラは子犬たちをビニールプールに移し、リビングに戻った。

アイザイアはすでにビーンバッグに背中をもたれさせていた。背後に暖炉の火を従え、長い脚を少し曲げて前に投げだしている。膝の上には、読んでくれている最中のミステリーの本がのっていた。青いチェックのシャツが青い瞳を引きたてている。

ローラは用心深く、隣りのビーンバッグに腰をおろした。すかさずハプレスが膝に跳びのってきた。すっかり大きくなった子犬を胸に抱き寄せ、耳をくしゃくしゃに撫でてやりながら、ちらっと横目でアイザイアをうかがった。

「いいかい?」アイザイアはしゃがれ声で訊いた。

ローラはうなずいてビーンバッグに寄りかかり、昨夜読んでもらった場面を思いだそうとした。一丁の拳銃を探して強盗が主人公の家に押し入った。おそらく、その拳銃で殺人を犯すつもりなのだろう、という場面だった。変わった小説、というのがローラの評価だ。まだひとつの犯罪も起こっていない。誰が殺されるのかも、まったく予想がつかなかった。ただ、これから強盗がなにかを行ない、その罪を主人公にかぶせるつもりだということだけは予想がついた。

アイザイアは読みはじめた。その声は低く滑らかで、どの単語も完璧な発音だった。ローラはストーリーに引きこまれたおかげで、しばらくすると、すっかりリラックスした。ハプレスはローラの胸の谷間に頭をのせて眠ってしまった。犬のいびきが、暖かな冬の夜の居間に、さらにくつろいだ雰囲気を加えていた。

突然、アイザイアが読むのをやめて、炉辺《ろへん》に置いてあった別の本に手を伸ばした。最初のページをひらいたアイザイアに、ローラは問いかけるような視線を送った。

「今夜は、もう少し軽いものを読みたい気分なんだ」と、アイザイアは説明した。「かまわない?」

ローラはうなずいた。正直なところ、なにかが起こるのを待つのに、しだいにいらいらしてきたところだった。今まで読んだところはすべて、まったく事件の起こらない準備段階の部分だった。

アイザイアは咳払いをして読みはじめた。「その夜を振り返ると、なぜ彼女を目にした瞬間に、この人こそぼくが人生をともにする人だとわからなかったのだろうと不思議に思う」アイザイアはまた咳をして、ビーンバッグにさらに深く体を沈めた。「オフィスのドアをあけてはじめて彼女を見たとき、ぼくはすぐに彼女に惹きつけられた。でも、単に外見に惹かれただけだと思い、そんな自分を恥じた。ただのちょっときれいな女性じゃないか、とぼくは自分に言い聞かせた。ところが、彼女の人柄を知るにつれて、しだいに外見が美しいだけではないということがわかってきた。彼女は文字どおり、ぼくの人生を変えてくれた。最初はごく小さなことだったが、それが少しずつ積み重なって、どんどん大きくなっていった。今では、ぼくは心から彼女を愛している。彼女を失うことを思うと頭がどうにかなりそうだ。そして、悲しいことに、この気持ちを彼女にどう伝えればいいのかわからない」

アイザイアは読むのを中断して、ローラのほうを見た。ローラは身をよじって、さらに深くビーンバッグに寄りかかった。「ロマンスなの?」うれしそうに、にっこりとした。「すてきね」

アイザイアは、突き刺すような視線でしばらくじっとローラを見つめた。それから、ふたたび咳払いをして、読みだした。「はじめは友情だけで満足できると思っていた。つまり、親友になればいいと。でも、今のぼくはそれ以上のものを求めている。そして、彼女も同じ気持ちでいてくれたらと願っている」

アイザイアは言葉を切り、ページをめくった。ローラは膝の上のハプレスを抱き直した。

「三人称じゃないのね」

アイザイアはまたもや奇妙な視線でローラをじっと見つめてから、ふたたびページに注意を戻した。「いつからそうなったのか、ぼくにはわからない。いつ彼女と恋に落ちたのか、という意味だ。今思えば、はじめて彼女のかわいらしい顔を見たときだったような気もする。それとも、もう少しあと、彼女がどんなにすばらしい人間なのかを知りはじめたころだろうか。彼女の信じられないほど美しい薄茶色の瞳。その目をのぞきこむと、ぼくはまるで、ずっと道に迷っていた自分がやっと我が家にたどりついたような気持ちになる」

ローラの心臓がぴたりと止まった。薄茶色の瞳？　暗い陰になっているアイザイアの顔を探るように見た。よく考えて、ローラ。そういうことかもしれないのよ。

「いつからだったのかは、重要じゃない」アイザイアは読みつづけた。「ぼくにわかるのは、それはたしかに起こったということだ。彼女はぼくの生活を笑いで満たしてくれた。ほかの誰とも違うやりかたでぼくを幸せにしてくれた。時々、ぼく自身より彼女のほうがぼくのことをよくわかっているんじゃないかと思うこともある。老婦人の猫が死んだとき、ぼくの辛さをわかってくれた。動物たちの治療についての話も聞いてくれた。そして、チョコレートが大好きなぼくのためにファッジをつくってくれた」

ローラの目には涙があふれていた。わたしの思いこみじゃなかった。これはわたしのことなんだわ。「アイザイア」

アイザイアはゆっくりと本を閉じ、ローラと目を合わせた。「古臭いやりかただろう？　今まで、女性に愛の告白をしようとして困ったことなんてなかった。だけど、きみに打ち明けようとするたびに、頭も体も固まってしまって、言葉が出てこなくなるんだ」

ローラの目は涙でくもり、アイザイアの顔もぼやけてよく見えなかった。「あなたはわたしを愛してくれてるの?」うわずった声で訊いた。

アイザイアは親指で、ローラの頬を伝う涙を優しくぬぐった。「きみを崇拝しているよ、ローラ。きみは、ぼくが知っているなかで一番すばらしい女性だ。ぼくは、残りの人生をきみといっしょに過ごしたいんだ」アイザイアは周囲の室内を身振りで示した。「きみが手をかけてくれたこの家も気に入ってる。ここで、ぼくと暮らしてほしい。二、三週間じゃなくて永遠に」

ローラは首を横に振った。「でも――」

「〝でも〟はなしだよ。きみがその言葉を使うときは、必ずなにかばかげたことを言いだすからね。ぼくはきみを愛してる。母はとうとう、完璧な女性を見つけてくれたわけだ。きみはきれいで頭がよくて、楽しくて、ぼくの親友だ。しかも、料理の腕はピカいちだ」

ローラはのどを詰まらせそうになりながら笑いだした。「料理が上手だから、わたしを好きになったの?」

アイザイアはローラの頬に流れた涙を、ふたたび指でぬぐった。「キッチンにいるとき、きみはただ料理をしているわけじゃない。贈り物を用意してくれてるんだ」

それは真実だった。キッチンにいるとき、ローラは料理を食べてくれる相手のことを考えている。アイザイアのために料理をするのは大好きだった。アイザイアには栄養が必要だからというだけでなく、彼が心からの感謝の気持ちを示してくれるからだ。

アイザイアはローラの頰をそっと指先でなぞり、指で金色の髪を梳いた。「ところで」アイザイアの声はかすれていた。「今日は、ぼくにとってすてきな誕生日だった。きみもぼくを愛していると言って、生涯忘れられない誕生日にしてくれるかい？」

アイザイアに跳びついて首に両腕を巻きつけたい衝動を抑えるには、自制心を総動員しなければならなかった。「わたしは脳に障害があるのよ、アイザイア。小さなできないことが山のようにあるの。それはいつか、大きなは‐腹」

「腹立たしい欠陥？」アイザイアが助け舟を出した。

ローラはまた笑った。アイザイアはローラを笑わせる名人に違いない。「わたしが言おうとすることが、よくわかるのね」

「欠陥」アイザイアは言った。「きみのその考えは間違ってる。ぼくらはふたりでバランスを取りあえばいいんだよ、ローラ。たしかに、きみにはできないことがたくさんある。だけど、ぼくの手には負えないことだってたくさんある。ふたりで組めば、ぼくらは怖いものなしさ」

「あなたには、仕事の面でも手助けできる人がふさわしいわ」

「緊急のときに手術を手伝ってくれる人とか？」

ローラの頰が熱くなった。

「それとも、動物の扱いがすごくうまいとか？」

アイザイアはローラのほうに体をかがめた——唇から彼の温かな息が感じられるほど近くまで。「ぼくを愛しているかい？」

ローラの心臓は、骨が痛むほどの渇望に締めつけられた。「あなたの首にかかった鎖にはなりたくないわ」

アイザイアはローラのあごを片手で包んだ。「ぼくを愛している？　簡単な質問だよ」

「ええ」ローラはとうとう、ささやくようにそう答えた。

その言葉が唇から完全に離れないうちに、アイザイアは頭を傾けてローラにキスをした。濡れたシルクのような唇で。キスは最初、ささやきのように優しく、そして舌先で探るようにしだいに深くなっていった。ローラはめまいを覚え、息が止まりそうになった。アイザイアのシャツをぎゅっと握りしめてしがみつきながら、アイザイアにふさがれた唇を誘うようにひらいた。

ふたりの真ん中で押しつぶされていたハプレスがふいに目を覚まし、濡れた冷たい鼻をふたりのあごに押しつけた。アイザイアは毒づきながら顔を離した。一方、ローラはビーンバッグに倒れこんだ。頭のなかがぐるぐるまわっている。

「おまえはしばらく外にいろ」アイザイアはハプレスに言い聞かせた。

立ち上がってドアに向かい、ハプレスを閉めだしてから、ゆっくりと暖炉の前に戻った。ローラはぼうっとアイザイアを見あげながら、今まで気づかなかった男らしさを感じていた。ゆっくりと歩くたびにブーツがたてる力強い足音、広い肩と左右に揺れるすらっとした腰の対比、そして色褪せたラングラーのジーンズの下で動く太ももの筋肉。瞳は欲求に燃え、深いコバルトブルーに色を変えている。歯をくいしばるたびに、あごの腱が浮かびあがる。

アイザイアはビーンバッグの一歩手前で足を止め、シャツのボタンをはずしはじめた。

「きみが欲しい」欲求に迫られたかすれ声で言った。「こんなに欲しいと思った人は、きみがはじめてだ」

ローラは夢を見ているようだった。なんて幸せなんだろう。だが、あと少しだけ時間が必要だ。「アイザイア」ローラの声は震えていた。「ひとつだけ、言いたいことがあるの」

アイザイアはもうひとつボタンをはずした。「なんだい？　言ってごらん」

ローラは内心、小さく縮こまっていた。それは、三十一歳という歳で認めるのは恥ずかしい事実だった。とくに、相手は明らかに数えきれないほどの女性を相手にしていると悟ったあとでは。「わたし、全然――経験がないの」

アイザイアの手がボタンの上で動きを止めた。視線がさっとローラに向いた。「なんの経験がないって？」

ローラは立ち上がって手を振ってみせた。「これの」

アイザイアが息を吐きだす音がローラに聞こえた。まるで風船から空気が少し抜けたような音だ。「つまり、男と抱きあったことがないっていう意味？」信じられないという口調だった。ローラがうなずくと、アイザイアは隣りのビーンバッグにどさっと座りこんだ。脚を曲げ、立てた膝の上に両腕をのせてだらりと垂らし、心底驚いた顔でローラをまじまじと見た。「一度も？」

ローラの頰は火のように熱くなった。「あの、言いかえれば、機会がなかったの。忙しかったのよ——まず学校、それから仕事も」我ながら、下手な言い訳だ。「ただ、時間がなかったの」

アイザイアは褐色の眉をつりあげた。「わかるよ」

いいえ、わかるわけがないわ。わたしはうそをついているんだから。ローラは深く息を吸って勇気を奮い立たせ、だしぬけに言った。「今のはうそ。忙しくなんてなかった。いいえ……忙しかったわ。でも、それが理由じゃないの」恥ずかしさでローラの顔全体はかっと熱くなり、その熱は頭のてっぺんまで伝わった。「わたしは特別な男の人を待っていたの。それはあなたよ、アイザイア。今ならわかるわ。あなたは、なかなか現われてくれなかった。わたしは事故にあって、デートに誘ってくれる人もなくて、ただ——」

アイザイアはローラの唇に指先を当てた。「ストップ」優しく命令した。アイザイアの目はローラの視線をじっと捉えた。「つまり、きみは夫になる男のために自分を大事にしていたって言いたいんだろう？」

ローラはうなずき、視線をそらして言った。「時代-遅-れだってことは、わかってる。でも、他の誰-かじゃだめなの」ローラは言葉を切って、肩をすくめた。「弁解させてもらえば、まるっきり変な考えでもないのよ。去年のミス・アメ-リカもわたしと同じ意見だったけど、誰も変だとは言わなかったわ」

アイザイアはため息をつき、片手で顔をこすった。「ねえ、ローラ。時代遅れだなんて思わないよ。実際、すてきなことじゃないか」ちょっと間《ま》を置いてから、言った。「ただ、ぼくも同じように、ずっと待っていたと言えたらいいのにって思ってる」

ローラは、その答えについて瞬時に考えを巡らせた。もしふたりともお互いがはじめての相手なら、それはすばらしいだろう。だが、一方で、知っておくべき手順というものもある。

「わたしたちのうちのひとりがどうすればいいのか知っていて、よかったって気もするわ」

アイザイアは吹きだした。それから、まるでいつもしているかのような自然な仕草で、両腕をローラの体にまわして膝の上に抱きあげた。「心配いらないよ。万一、途中で手順を忘れても、ナイトテーブルの引き出しにマニュアルが隠してあるからね」

ローラは、アイザイアがすべての手順を完全に知っているということに、ひそかに傷ついていた。ふたりが抱きあっているとき、アイザイアは過去の女性たちと比較して、ローラの欠点を見つけるのだろうか？　自分は男性を喜ばせる術《すべ》をまったく知らないも同然だ。知っていることといえば本や映画で仕入れた知識、そして、姉から聞いたわずかな経験談だけだ。

ローラは、アイザイアのきらめくブルーの瞳を探るように見つめた。「たくさんの女の人とつきあったことがあるの？」どうしても訊かずにはいられなかった。

「いい質問とはいえないな」アイザイアは口の端をちょっとあげて微笑んだ。「過去につきあった人は——過去のことだからね」頭を下げて、誘うようにローラの唇を軽く噛んだ。

「きみに会った瞬間、昔つきあった女性は全員忘れたよ。名前も思いだせないし、どんな顔だったかも忘れた。ぼくにとってきみがすべてだよ、ローラ。過去も今も、神に誓って未来も。ぼくと結婚してくれるかい？」

心の奥底では、アイザイアがローラの期待する言葉だけを口にしているのだとわかっていた。だが、アイザイアが気にしてくれただけでもうれしかった。しかも、プロポーズまでしてくれたのだ。おそらく、自分はアイザイアの記憶にある女性たちより勝ってはいない。だが、なぜかアイザイアは、ローラは彼女たちよりも価値があると見なしてくれた。それだけで充分満足だった。

ローラは、幸せで体が張り裂けてしまいそうな気持ちを味わった。「ええ。あなたと結婚します、アイザイア。結婚するわ」

アイザイアはふたたびローラにキスをした。はじめはためらうように、徐々に深く。アイザイアの唇は温かく、シルクのようにしっとりとしていた。ローラの頭のなかがぐるぐるまわりはじめた。必死で息を吸いこみ、震える両腕でアイザイアのたくましい首に抱きついた。

「わたし、どうしていいのかわからない」キスの合間にささやいた。

アイザイアの唇が、ローラの肌を燃え立たせるように首筋に沿って下におりていった。

「きみはなにもしなくていい」安心させるようにローラに言い聞かせた。「なにも。ただ、いっしょにいてくれればいい」

その言葉を聞いたローラは、それ以外にもなにかあるのだろうと思い、緊張で体をこわばらせた。だが、意外にもアイザイアは暖炉に向かいあうように体の向きを横に変え、ローラを膝からおろして太ももの間に座らせた。両手をローラの腹にまわし、体を丸めてローラの頭のてっぺんにあごをのせて、ただじっと暖炉の炎を見つめた。『ただ、いっしょにいてくれればいい』ローラはそれを、要求を曖昧にするための言葉として受けとっていた。直接的な表現を避けてはいるが、じつは服を脱ぎ捨てるための序奏であり、許すのは恥ずかしいような行為をローラの体に求めているのだろうと。だが、その言葉はそのとおりの意味だった。アイザイアは魅力的なだけでなく、芯から正直な人間なのだ。

アイザイアは強い腕でしっかりとローラを胸に抱きしめた。その体の熱はローラの不安を吹き飛ばし、緊張して固くなった背骨から余計な力を抜き去った。ローラはアイザイアのたくましい腕に抱かれてすっかりリラックスしながら、踊るように燃える炎を見つめた。そうしながらも、アイザイアの呼吸、肩甲骨に感じる心臓の鼓動、腰にまわされた指先のわずかな動きまでも鋭く感じとっていた。

ふたりを包む空気は驚くほど優しく、お互いの体と心を結びつけた。それは、ローラが想像していたものとはまったく違っていた。アイザイア。なぜかローラの感情を理解し、緊張を解いてくれる。ほかの男なら、すぐさまローラを寝室に連れていき、ローラをリラックスさせることなどまったく考えもせずに体を求めていただろう。

そのまま、しばし時が過ぎた。どのくらいたったのかわからないが、ローラの最初のパニックを沈め、消し去るには充分な時間だった。アイザイアがふたたび暖炉に背を向けてローラを横向きに膝にのせたとき、これからキスするつもりなのだと、ローラにも察しがついた。

今度は心の準備もできていた。

『ただ、いっしょにいてくれればいい』アイザイアの顔が近づいてきたとき、その言葉がローラの心のなかによみがえった。アイザイアの唇が蝶の羽のように軽く触れた。ローラは息を浅くあえがせた。期待をこめて、両腕をアイザイアの首に巻きつけた。しだいにキスはローラの唇を強く捕らえた。何カ月も飢えに苦しんだあげくやっと食べ物を見つけたかのように。

暖炉の炎、そしてアイザイア・コールター。ローラの心のなかでふたつが重なった。どちらも熱を発し、目を閉じていてもその輝きがはっきりと感じられる。アイザイアは寝室に行き、羊の毛皮の敷物を持ってきて暖炉の前の床に広げた。それから、細部に心を配り最終的な行動に移る前に相手の準備を完全に整えるという、アイザイアらしいやりかたでローラを愛した。まず、ローラの手のひらの線や裂け目を唇と舌先でなぞった。手のひらが敏感な部分だとは思ってもいなかった。だが、アイザイアの唇が軽く触れただけで、その刺激が腕を駆けあがったかと思うと、また駆けおり、稲妻のように体の芯を貫いた。

その余震にローラがまだ震えていると、アイザイアはローラのセーターの裾をつかみ、バナナの皮をむくようにするりと頭から脱がせてしまった。一瞬、ローラは羞恥心《しゅうち》を覚えた。ビキニで人前に出るのは平気だというのに、ブラジャーがとても小さく、ふしだらなように感じる。だが、アイザイアはふたたびローラの手を取り、今度は手首の内側にキスを這わせた。思いもよらないところを優しく愛撫され、ローラはブラジャーのことなどすっかり忘れてしまった。すぐに、アイザイアのキスは、腕の内側の敏感な箇所にたどりついた。肩に、鎖骨に、そしてのどに。いつのまにか、キスや軽く噛まれる合間にブラジャーのホックがはずされていた。ローラの体は、熱い八月の太陽の下に置かれたアイスキャンディーにかかっているチョコレートのように、あっという間《ま》に溶けていった。

「なんてきれいなんだ」アイザイアがささやいた。

アイザイアに乳首をなめられて、ローラはうめき、首をのけぞらせた。アイザイアはすばやくローラを柔らかい敷物の上に抱きおろし、ローラはまばたきする間《ま》もなく身長一八〇センチ以上もあるたくましい男の下に組み敷かれていた。アイザイアはローラの乳首を口に含んだ。爆発するような強い快感に、ローラは息もできず、ただ、そのまま続けてほしいと願うだけだった。もう耐えられないと思うと、アイザイアの唇はもうひとつの乳房に移り、同じことをくり返した。

心のどこかで、ローラはなにかしなければと思っていた。映画に出てくる女性たちは、うめき、体を震わせて横たわっているだけではない。でも、ああ、すばらしい快感だった。頭が働かなくなってくる。逃がさないように、彼の髪をつかんだ。アイザイア。

熱を帯びた興奮の渦に巻きこまれながら、ローラは柔らかな敷物の上で体がぐいっと引っぱられるのを感じた。ジーンズがずり下げられていく。アイザイアがさらに二回、強く引っぱると、足首のまわりにジーンズがからまった。次に下着、スニーカー、靴下。すべてがはぎ取られた。男の前で裸になったのは生まれてはじめてだ。だが、なぜかむきだしにされたという感覚はなかった。体じゅうをアイザイアにおおわれていたからだ――彼の唇、大きな固い手、強く押しつけられている鋼《はがね》のような体。

アイザイアの手が、ローラの太ももの狭間にある三角形をおおった。中指がくぼみにそっと滑りこんだ。ローラは大きくのけぞった。驚きながら、腰を浮かせてあえいだ。

「力を抜いて」アイザイアがささやいた。「ただ、こうして……大丈夫だから。ぼくに任せて」

ローラは呆然とするほどの快感に襲われていた。アイザイアが途中で言葉を濁したことに気づいてはいたが、そんなことはどうでもよくなっていた。時には、言葉よりも行動のほうが物を言う。アイザイアは徐々に力をこめながら、今にも火山が爆発しそうな感覚へとローラが昇りつめるまで指を動かした。

「アイザイア」ローラは叫んだ。

「しーっ。いいんだよ。それでいい」アイザイアはささやいた。

ほかにどうすればいいというの？　アイザイアは指一本でローラの体をコントロールしている。もう後戻りはできない。ひとりでに腰が浮いてしまう。背中が弓なりにのけぞる。自分の体が、まるで矢をつがえて引き絞られた弓になったようだ。だが、そこからはなにも起こらなかった。ローラは羊の皮の敷物をきつく握りしめた。瀬戸際の快感に体を震わせながらも、あと少しで頂上に達することができないでいた。

アイザイアは小さくうなった。次の瞬間、ふたたび乳房にキスをし、さらに深みまで指を滑らせた。ふたつの刺激がローラの体を揺さぶった。ついにローラは頂点を越え、砕けたグラスのように百万ものかけらとなって暗い宇宙にきらめきながら飛び散っていった。はるか遠くで、息をあえがせている自分をながめているような気がした。同時に、隣りでアイザイアの体が動いているのも感じられた。だが、体が散り散りになったような感覚はまだ消えず、アイザイアが実際になにをしているのかはよくわからなかった。

「大丈夫?」アイザイアがささやいた。

ローラはうっすらと目をあけた。おおいかぶさっている褐色の体がぼんやりと見える。まばたきをすると、視界がはっきりとした。青い目、彫刻のように整った顔。ローラは無理にこわばった笑みを浮かべ、早口で言った。「平気よ」

「ああ、ローラ。ここが一番いやなところなんだ。誰かほかのやつと代わりたいくらいだよ。きみを傷つけるなんて耐えられない」

ローラはふたたび薄目をあけた。脚の間を突かれる感触があった。『やめて』なにか大きなもので突かれている。指じゃない。思わず上に乗っているアイザイアの胸を平手で叩いて、こう言いそうになった。『ちょっと待って。そんなの無理よ』だが、そう言う前に、それは押し入ってきた。

まるで、野球のバットで体をふたつに引き裂かれるようだ。『いやよ、こんなことおかしいわ』入口は小さいのに、入ってくるものは大きいなんて。男の人のペニスはタンポンより小さいって、どこに書いてあったんだろう?

「大丈夫かい？」

ローラはまだ痛みに震え、息を殺していた。歯をくいしばったままで、どうやって、もう耐えられないって言えというの？

「ローラ？」

ほんの少し痛みが和らいだ。ローラはやっと息を吸いこむことができた。あらためて、アイザイアの顔を見あげた。アイザイアは両腕を突っぱって体を支えている。腕の筋肉が盛り上がっていた。そのまま、じっと動こうとしない。暖炉の明かりにくっきりと照らしだされて琥珀色に輝く体は、彫像のように美しかった。ローラは少し前の宇宙を漂うような快感を思い出し、もう一度あの感覚に戻りたいと願った。

「痛いわ」体を引こうとした。

「少しの間だよ」

どうしてそんなことがわかるの？　ローラは裏切られたように感じた。アイザイアは最初からローラが苦痛を味わうことを知っていたのだ。どのくらい続くのかも知っているのだろうか？　痛みはまだあったが、さっきほどではなかった。少なくとも、耐えがたいほどではない。

「いやよ」わたしには拒否する権利がある。こんなことは、ちっとも楽しくない。「もうやめたいわ」

アイザイアの体が震え、肩と腕の筋肉がこわばった。そして、ふいに表情が大きくゆがんだ。「ああ、くそっ」

　そう言ったかと思うと、ローラの体内でアイザイアが動いた——ほんの少し。今度は、さほどの痛みはなかった。それどころか、体の奥を突かれた瞬間、かすかな快感の手がかりを感じた。体の内側がクリスマス・ツリーのように輝きだした。もう一度突いてほしくて、ローラはアイザイアの肩にしがみついた。だが、アイザイアは彫像のように動かない。その体はこわばり、かすかに震えている。

　ローラは自分から腰を突きあげた。

「ああ！」アイザイアはうめいた。

　ローラは快感にあえぎ、もう一度腰を上に突きだした。「ああ、アイザイア。いいわ」

　アイザイアは苦しそうなうめき声をあげると、ローラの上に崩れ落ちた。ローラは目をぱちぱちさせ、アイザイアの肩の上にあごをのせて息をついた。終わったの？

「ごめんよ」耳元でアイザイアがつぶやいた。

　ごめん？　やっと楽しくなりかけたところだったのに。

「終わったの？」ローラは訊いた。

「ああ」アイザイアはもう一度うめいた。

13

アイザイアは、熱いシャワーの下で顔を上向けながら、このシャワーで溺れ死んでしまえたらと、到底ありえないことを願っていた。それは、最低としか言いようのない行為をした自分にふさわしく思えた。ちくしょう、おまえはうまくやれなかったんだ、そうだろう？遊び半分でヴァージンの女の子と寝てはいけないと、父親がいつも言っていたわけがやっとわかった。初体験の女性の体は繊細で扱いがむずかしく、どんなに気をつけても結果的に傷つけてしまうのだ。

アイザイアは目を閉じ、歯をくいしばった。あのとき、ローラの体が引き裂かれるのをはっきりと感じた。彼女を深く愛しているからこそ、彼女の体が引き裂かれるのがわかったのだ。思い出すたびに吐き気がこみあげてくる。こんないやな気分は、ティーンエイジャーのころ、ある少年たちがヴァージンの女の子と遊んだ経験をみなに言いふらし、まるでこの世で最高のセックスだったように自慢しているのを聞いて以来だ。たぶん、自分は男として普通ではないのだろう。だが、誰かを、とくに愛する女性を傷つけてうれしいわけがない。

しばらくシャワーの下に立ちつくしていると、熱いお湯が筋肉のこわばりをほぐしてくれた。できれば、頭のなかも洗い流してほしかった。叩きつけるように蛇口を閉めたときには、少しは気分がよくなっていた。世のなかのすべての女性が一度はこの経験をするのだ。ローラのなかにいたときは、なるべく動かないように努力した。二、三日もすれば、今夜おそらく負わせてしまった傷も回復するだろう。そのころにもう一度試みれば、今日よりも少しはうまくいくはずだ。今度こそ、どんなことをしても彼女を楽しませてやりたい。

数分後、アイザイアはリビングに戻った。ローラはビーンバッグに座って、何事もなかったかのように子犬にミルクをやっていた。アイザイアを見ると、申し訳なさそうな笑みを浮かべた。

「ごめんなさい」ローラは言った。「台無しにするつもりはなかったの」

アイザイアはシャツのボタンをはめ終えた。今の気分にぴったりのブルーの無地のシャツだ。隣りに腰をおろしながら、ローラに訊いた。「どんな具合？」

「なんともないわ」ローラは両腕で子犬を抱え直し、ふたたびミルクをやりはじめた。「最初はとても痛かった。でも、だんだんよくなったわ。少し出血しているけど、大したことないわ」

アイザイアは顔をしかめた。多少の出血はごく普通のことだとは知っていた。さらに、女性は誰でもいつかは処女を失うということもわかっていた。ただ、自分がそれを奪う役にはなりたくなかった。

「二、三日したら、きっとまた試せるよ」

そう言ったとたん、アイザイアは舌を嚙みちぎりたくなるほど後悔した。また試せる？ ローラが悲鳴をあげて部屋から逃げださなかったら奇跡だぞ。

だが、ローラは微笑み、肩をすくめて言った。「もう少し早いといいけど」

とんでもない。「しばらく安静にしたほうがいいよ」

「べつに怪我をしたわけじゃないわ」

「出血しているんだろう？」

アイザイアのなかでは、これでこの件はひとまず決着した。

翌日、アイザイアが仕事に出かけてしまうと、ローラはひとりで広いログハウスのなかをぶらぶらと歩きまわった。その間に十二回はビーンバッグの傍らに立ち、昨夜ふたりで過ごした時間の記憶をたどったが、何度思い返してもすてきなラブシーンとは言いがたかった。途中でやめたいと言いだすなんて、まるで体の大きな幼い女の子だ。この世界には毎年何千人もの赤ん坊が生まれてくる。精子バンクに行かないかぎり、セックスをしなければ妊娠もしない。

子どもを産んだ女性のなかには、処女を失ったきりセックスをやめてしまった女なんていないということだ。わたしだって、そんなことはしない。アイザイアは本心から二、三日も間《ま》を置きたいのだろうか？　まさかね。本当はどうだかすぐにわかるわ。

アイザイアは緊急を要さない午後の予約をすべてキャンセルして月曜日にまわし、五時にはクリニックを出た。今週末は、先週と同様にタッカーが土曜日の当番だ。緊急の呼びだしがなければ、週末を丸々休むことができる。

三十分後に家に着くと、すでに部屋のなかは真っ暗だった。ローラの姿はどこにも見あたらない。クリスマス・ツリーの灯りがつけられ、アイザイアを迎えるように、暖炉の炎がぱちぱちと音をたてて燃えている。アイザイアは微笑み、ジャケットをフックにかけてから、おいしそうなにおいを頼りにキッチンにたどりついた。カウンターの上にスロー・クッカーが置かれ、吹きだす蒸気によって蓋が持ちあげられるたびにいいにおいが漂ってくる。鍋のなかをのぞくと、赤いソースに特大のミートボールが浮いていた。スパゲティー？　これはこれは。大好物だ。

誘惑に逆らえず、引き出しからスプーンを取りだして、熱々のミートボールをひとつすくった。ソースが垂れないようにスプーンの下に手を添え、ふうふう吹いて冷ました。充分に冷めただろうと判断すると、幸せにひたりながら大きくかぶりついた。

「おかえりなさい。そこにいたのね」背後のどこからか、なんともセクシーな声が聞こえた。

アイザイアは口いっぱいにミートボールをほおばったまま、振り向いた。そこにいたのはローラだった。キッチンとダイニングスペースとの仕切りの上に細い腕をもたれさせて立っている。着ているのは――なんてこった、こんなものは見たこともない――ピーチ色のシースルー生地でできた丈の短いガウンだ。裾についた長い房飾りが、アイザイアの視線を形のいい裸の太ももに惹きつけ、釘づけにした。胸をおおっているのは、デンタルフロスとほとんど変わらないほど細いピーチ色の布地だけだった。両脚の狭間には、パンティーの代わりに黒いレースのTバックがのぞいている。これまでに目にしたどんな女性よりもセクシーだ。ローラは誘うような視線を投げかけ、男の目玉が飛びだしてしまうような体を惜しげもなく見せつけていた。

驚きのあまり、アイザイアは息を吸いこんだ。それが間違いの元だった。ミートボールのかけらが気管に入ってしまったのだ。アイザイアはむせた——それから、息ができなくなった。最初はそれほど深刻だとは思わなかった。だが、咳きこみ、のどが詰まって苦しんでいるうちにまったく息ができなくなった。シンクの前に走り、懸命に吐きだそうとした。

「大変！」ローラが叫んだ。

アイザイアが気づいたときには、ローラが背中を叩いてくれていた。さらに地獄のような数秒が過ぎた。一秒一秒が永遠のように長く感じられ、このまま死ぬかもしれないと想像した。こんな苦しみははじめてだ。どうすればいいんだ。息ができず、声も出ない——そのうち、咳きこむことすらできなくなった。その場に立ちつくしたまま、体が激しく痙攣《けいれん》し、酸素不足のために頭がずきずきと痛み、目の前に黒い点が踊りはじめた。

ローラはアイザイアの胴に両腕を巻きつけ、小さなこぶしを横隔膜の少し上に当てた。「膝をついて！」ローラは大声で怒鳴った。「あなたは大きすぎるわ」

なんだって？

「膝よ、アイザイア！　膝をつくのよ！」

混乱した頭のなかに、パニックの霧の向こうからやっとローラの声が聞こえてきた。ローラが処置しやすいようにアイザイアが膝をつくと、ローラは驚くほどの力で両腕を上からしっかりとアイザイアの体に巻きつけた。そして、胸と背骨がくっつくかと思うほど強く、胸にあてたこぶしをぎゅっと持ちあげた。アイザイアの肺から空気が押しだされると同時に、ミートボールの小さなかけらが口からぽろりと転がりでた。

ヒューッと音をたてて気管に空気が吸いこまれた。アイザイアは崩れるようにシンクの上に体をかがめ、懸命に息をした。助かった。ひじの横で、ローラが右往左往していた。

「大丈夫？　アイザイア、お願いだから返事をして。大丈夫なの？」

アイザイアは、うなずくだけで精一杯だった。さらに二、三回呼吸をすると、やっと弱々しいガラガラ声をしぼりだすことができた。「ああ、なんとか」

「神様、感謝します。あのまま、死んでしまうのかと思ったわ」

まだ震えながら、アイザイアはシンクから顔をあげて体を伸ばした。「ぼくもだよ」肉のかけらをちらっと見やりながら、二度とミートボールは食べまいと心に決めた。「やれやれ。こんなことは生まれてはじめてだよ」

ローラはアイザイアの腕を軽く叩いた。アイザイアはタオルを手に取って湿らせ、顔を拭いた。視界がはっきりすると、ローラの姿は消えていた。アイザイアはカウンターの上にタオルを投げだした。薄いピーチ色の布地以外なにも身につけていなかった姿を思いだして微笑み、ローラを探しに行った。ローラは、ベッドルームでスウェットシャツを頭からかぶっているところだった。青いフリース生地におおわれる前に、アイザイアはちらっと美しい胸をかいま見た。すでに黒いTバックも脱いで、おとなしい白のパンティーにはき替えている。

アイザイアはがっかりして泣きたい気分だった。

ローラは鼻にしわを寄せ、ベッドの足元にかけてあったジーンズに手を伸ばした。「ごめんなさい。よくない思いつきだったわ。あなたを窒息させるつもりじゃなかったの」

アイザイアはなんとかして、ピーチ色の房飾りを取り戻したかった。「あんまり驚いたから、窒息しそうになったんだよ。あんまり、きみが……」うまい言葉が見つからない。「きみがきれいだったから」

「それで、わたしがあなたを窒息させた。そういうこと?」ローラは笑い、華奢な片足をジーンズにつっこんだ。「店の女の人は、あれを着れば男の人はきっと興奮するって言ったわ。年配の人だった。今度買うときは、男性のことをもっとよく知っていそうな若い店員さんを探すわ」

アイザイアは、ローラがもう片方の足をジーンズにつっこむまで待った。それを見届けると、戸口から突進し、ローラの腰にフライング・タックルを仕掛けた。ゴールはベッドの上だ。ローラは悲鳴をあげて体を起こそうとしたが、足首にはジーンズがまとわりつき、アイザイアに体重をかけられて、まるでボーリングのピンのように無抵抗の状態だった。アイザイアはローラに続いてマットレスに倒れこみながら、ローラを押しつぶさないように両腕で体重を支えた。

ローラは当惑して目をぱちぱちさせ、額に垂れたブロンドの髪の房を通してアイザイアの顔をじっと見あげた。「ほんとに、もう気分は悪くないの？」

いまだかつて、これほどいい気分だったことはない。そして、房飾りがなくても、充分にホットな気分だ。「説明してくれ。きみは本当にぼくを誘惑しようとしたのかい？」

ローラは、また鼻にしわを寄せた。「昨晩はわたしが台無しにしてしまったから。挽回しなくちゃって思ったの」

もう、してくれたよ。ああ、きみを愛してる。アイザイアはローラの美しい輪郭の唇を軽く嚙んだ。「次はふたつのことに注意してくれないか。まず、ぼくの口が食べ物でいっぱいのときに、突然ああいう格好で現われないでくれ。それから、前もって注意してくれないかな。『アイザイア、落ち着いてね』とか言ってくれるといいね。とにかく、ぼくを大喜びさせるつもりだって教えてくれればいいよ」

「気に入ってくれたの？」

「まるで夢のなかにいるみたいだったよ。これからぼくが外に出て、もう一度戻ってきたら、あれを着て待っていてくれるかい？」

「すっかり、ムードがなくなっちゃったわ」

アイザイアのムードは準備万端だった。「頼むよ」

ピーチ色のシースルーのガウンを着たローラがクリスマス・ツリーの脇に立っている……こんなに美しいものがこの世にあったのか。こんなに美しい存在は、今まで夢に見たことすらなかった。ちかちか光るツリーの灯りに照らされ、ほれぼれするような体のカーブがくっきりと浮かびあがっている。あとはリボンをかければ、世界じゅうの男たちを喜ばせる夢のプレゼントのできあがりだ。

「愛してるよ」その言葉しか思いつかなかった。

「わたしもよ」ローラは頬にえくぼを浮かべた。「そんなに見ないでちょうだい。なんだか笑いたくなってくるわ」

アイザイアは笑いたい気分ではなかった。ローラのそばにたどりつくまで、まるで一キロも歩いたような気がした。ブロンドの髪に触れたとき、アイザイアの手は震えていた。「ああ、ローラ。きみがきれいすぎて、触れるのが怖いくらいだ」

ローラはくすくす笑った。「それは予定外ね。あなたを夢中にさせたくて買ったのよ」

その任務は完了だ。アイザイアは両腕でローラを引き寄せた。今度こそ、と心のなかで誓った。完璧にやりとげてみせる。

すべてが終わったあと、ローラは自分の体がすっかり溶けた熱い蠟《ろう》になったような気がした。片方の腕は脇に投げだし、もう片方はアイザイアの首にしっかりと巻きつけたまま、ローラはビーンバッグの上にぐったりと横たわっていた。アイザイアは、ローラの胸の谷間に顔を埋めている。セクシーな衣装は、どこに消えてしまったのか、まったくわからなかった。結局のところ、あれは完全なる無駄づかいだった。アイザイアは、ほんの三秒もかけずに、すべてをはぎ取ってしまったのだから。

それにしても、今回はほんとにすてきだった。ローラはアイザイアの髪に手をやった。ひんやりとした絹糸の束のように、指の間を髪が滑り落ちる。アイザイアの心臓はまだ激しく脈打っていた。トクントクンと動くたびに、その振動がローラのへそに伝わってきた。

「あなたが窒息しなくて、ほんとに、ほんとによかったわ」

アイザイアは弱々しく笑い、ローラの乳房を軽く嚙んだ。「ぼくも同感だよ。ああ、ローラ。きみはすばらしい。愛してるよ」

ローラはあごを引いてアイザイアを見おろした。暖炉の火にぼんやりと照らされ、アイザイアの褐色の顔が自分の白い肌に押しつけられている光景は、妙に刺激的だった。ローラはアイザイアの背中を片手で撫でおろした。

「今度は痛くなかったわ。ちっとも」

「うーん」アイザイアは、ただうなった。

痛くなかったという結果は、正確にはローラが長いこと思い描いていたものとは違っていた。ローラは考え深げに、梁がむきだしになっている天井を見つめた。「アイザイア？」

「うん？」

ローラは、アイザイアの裸の尻の上で指先を踊らせた。「また、さっきの服を着たら、もう一度できる？」

アイザイアはうめいた。「ぼくは、とんでもないモンスターを生みだしたらしいな」

ローラは頭を持ちあげ、アイザイアの表情を確かめようとした。「わたしが欲しくない？」

アイザイアは笑い、ひじをついて顔をあげた。「そう思わせてくれるのかな？」

ローラは具体的にどうすればいいのか、わからなかった。だが、思いつくかぎりのベストを尽くすつもりだった。蓋をあけてみれば大した努力はいらなかった。というより、実際、ほとんどなにも必要なかった。

その晩、子犬にミルクをやる合間に、ふたりはまったく眠らなかった。お菓子屋に解き放たれた小さな子どものように、飽くことを知らず互いを貪欲に求めあった。ついに日が昇り、ベッドルームのカーテンの襞《ひだ》越しに最初の弱い朝の光が差しこんだとき、アイザイアは疲れきってほとんど動くこともできなかった。ローラは、丈が足りないベッドカバーのようにアイザイアの上におおいかぶさっていた。華奢な爪先がアイザイアの足首をつつき、滑らかな髪があごをくすぐっている。

これほどエネルギーを使い尽くしても、アイザイアはまだローラが欲しかった。ローラを抱きしめているのは本当に幸せな時間だった。ぴったりと強く押しつけられた裸の体はどこまでも柔らかく温かい。だが、さすがに限界だ。体を動かす力もほとんど残っていない。

アイザイアはため息をつき、手探りで毛布をつかんでふたりの体をおおった。ローラは少し体をよじってベッドに滑り落ち、体を丸めてアイザイアの温かな脇腹に寄り添った。アイザイアは片手をローラの腰に添えてさらにぴったりと抱き寄せ、それから死んだように眠りに落ちた。


目をあけるとローラの姿はなく、隣りのシーツは冷たくなっていた。毛布をはねのけて立ち上がり、ジーンズをつかんだ。跳びはねながら急いで足をつっこみ、まだ半分ジーンズを引きずりながらベッドルームを出ようとした。

「ローラ？」

暖炉の前で子犬にミルクをやっているかと思ったが、そこにはいなかった。アイザイアは箱のなかから薪を取って、消えかけている火にくべた。それから、またローラを探した。とうとう洗濯室で、タオルをゆすいでいるローラを見つけた。ナイトガウンの代わりにアイザイアのシャツを着ている。シャツの裾は、ほとんど膝が隠れるほど長かった。

「おはよう」アイザイアは言った。

ローラは肩越しに振り向いてにっこりとした。その首筋にキスをしながら、アイザイアはなんとも言えず幸せな気分を味わった。

「どうして、そんなに元気なんだい？」アイザイアは訊いた。「ぼくらは、昨夜ほとんど寝てないのに」

「幸せでハイになってるのよ」

「ぼくだってそうだよ。だけど、どんなにセクシーな男でも生きていくのに食べ物は必要だ。きみが朝食を用意してくれる間に、これを終わらせておくよ」

ローラは手を洗ってアイザイアにキスをしてから、急ぎ足でキッチンに向かった。勢いよく水を出しはじめたアイザイアの耳に、ローラの鼻歌が聞こえた。アイザイアは信じられないというように首を横に振り、くすくす笑った。

「今週も、タッカーが土曜日の当番で助かったよ」数分後、キッチンに現われたアイザイアは言った。「戦車に轢かれたみたいにへとへとだ」

ローラはベーコンをひっくり返しながら、あくびをした。「子犬のミルクはすんだわ。これを食べたら、もう一度眠りましょう」

「いい考えだ」

三十分後、ふたりはローラのベッドで倒れるように寄り添って横になった。ふたりとも、ビニールプールのなかの子犬たちと同じくらい満腹で、眠くてたまらなかった。眠りに落ちる前、アイザイアはもう一度ローラと愛しあいたいと考えたが、体を動かすより早くまぶたが落ちてきた。それとほぼ同時に意識を失った。

十三匹のお腹をすかせた子犬がキャンキャン、クンクン鳴く声で、ふたりは目が覚めた。アイザイアは哺乳瓶を洗い、ローラはミルクを温めた。「これでも子どもが欲しい？」アイザイアは訊いた。

ローラは微笑んだ。「ええ。でも、十三人じゃなくてもいいわ」

一日じゅう、ふたりはお互いだけを見つめて過ごした。愛しあう合間に映画のビデオを二本見て、チェッカー・ゲームをし、お腹がすくと軽い食事を用意した。この世にこんな幸せがあることを、アイザイアは生まれてはじめて知った。ローラのほうは、夢がかなったことがまだ信じられない気持ちだった。失語症の女には不可能だと思っていたことが、今、すべて現実になりつつあるのだ。

ふたりはしょっちゅう見つめあっては、意味もなくただ微笑んだ。「あなたがわたしを愛してくれているなんて、信じられない」と、ローラが言う。「ぼくこそ、世界で一番ラッキーな男だよ」と、アイザイアが言葉を返す。そして、すぐさまベッドに戻り、はじめてのときと同じように情熱的に求めあった。

真夜中を少し過ぎたころ、アイザイアの携帯電話が鳴った。留守番サービスの伝言だ。街の北側で自動車事故があったらしい。ピックアップ・トラックで眠っていたジャーマン・シェパードが車から路上に投げだされたという。

「わたしも行ったほうがいい?」ローラが申し出た。

ローラに助手をしてほしい気持ちはあったが、犬の容態が悪ければ手術が長引くこともわかっていた。「きみには子犬たちの面倒を頼むよ。もしかすると、何時間もかかる手術になるかもしれない。ベリンダに電話してみよう」

数分後、アイザイアは家の玄関を出た。振り向くと、ドアがひらいたままの玄関口に、ローラとハプレスが影絵のような黒っぽいシルエットになって立っていた。まるで、アイザイアが振り向くことを予知していたように、ローラは投げキッスをした。

「これはひどいな」レントゲン写真をひと目見て、アイザイアは小声でつぶやいた。「折れていない骨はないのか?」

手術台の前にはベリンダが立っていた。シェパードはすでに麻酔をかけられている。舌がだらりと垂れ、気管にチューブが挿入されていた。「かなり悪い状態ね」ベリンダは悲しそうに言った。「助かるかしら?」

アイザイアはシャツの袖をまくり、さっと手術着を羽織った。いまごろになって、この二十四時間にもう少し睡眠を取っておけばよかったと後悔した。タッカーとアイザイアはいつも週末の仕事を公平に分担している。それぞれ月に二回ずつ土曜日に出勤し、月に二回ずつ土日休みの週末がある。そして、土曜日が休みのときは、その代わりとして夜間の急患に対応することにしていた。

「助かるかどうかはわからないな」しばらく間《ま》があってから、アイザイアは答えた。「だけど、やれるだけのことはするよ」手術台に歩み寄りながら、訊いた。「なんだって、盲導犬がピックアップ・トラックの荷台になんか乗ってたんだろう?」

ベリンダは肩をすくめた。「わたしも詳しいことは知らないのよ。あなたは警察に事情を聞いてると思ってた」

「目の見えない女性が、シカゴから飛行機で家族に会いに来たってことだけだよ。空港に迎えに来たピックアップ・トラックの運転台に犬を乗せられなかったんだろうな」

「無知もいいとこね」ベリンダは激しい口調で言った。「オレゴン州では、シートベルトの着用が法律で義務づけられてるのよ。テレビの公共放送でも、しょっちゅう宣伝してるじゃない。犬にも安全のためにシートベルトと同じものが必要なことぐらい、誰だってわかるはずよ」

それからしばらくの間、治療と関係のない会話は途切れた。アイザイアは手術に全神経を集中させた。もし、この盲導犬が死んでしまったら、飼い主の目の見えない女性が新しい犬を得るまでには長い月日がかかるのだ。

朝の四時ごろになると、アイザイアは疲れ果てて視界がぼやけてきた。ベリンダが、ペンキ代わりに壁を塗れそうなほど真っ黒い色をしたコーヒーをいれてくれたが、効果はなかった。

「なにか話してくれよ」アイザイアは言った。「ぼくが眠らないように」

そこでベリンダは手術を手伝いながら、大学での毎日についてとめどなくしゃべり続けた。アイザイアがまばたきをし、またもやあくびをしたのを見て、ベリンダは不思議そうに小首をかしげた。「そんなに疲れてるあなたは見たことないわ」ベリンダは言った。「家でなにかあったの？」

アイザイアはまた、大きなあくびを噛み殺した。「ローラとぼくは昨夜、ほとんど寝てないんだ」

「まあ。子犬になにかあったの？」

アイザイアは笑みを押し殺そうとしたが、失敗した。「いや、ほかのことでね」

ベリンダは忙しそうに手を動かし、器具をまっすぐにそろえた。ずいぶんたってから、質問をした。「彼女のことを愛してるのね？」

アイザイアは否定しようとしたが、すぐに、そんなことをしても無意味だと考えた。自分は、仕事とは別の生活を持った。そして今後、もうひとつの生活においては、ローラの存在が大部分を占めることになるだろう。その事実を隠すことはできないだろうし、隠すつもりもなかった。

「ああ」と、アイザイアは認めた。「彼女を心から愛してるよ」

ベリンダは微笑んだ。「よかったわね、アイザイア。この地上に幸せになるべき男がいるとしたら、それはあなたよ」

「ありがとう」

「わたしもローラが好きよ」ベリンダは付け加えた。「だけど、わたしだけじゃなく、みんなローラのことが好きよね？　ほんとにかわいらしくて優しい人だから」ベリンダはにやっと笑い、好奇心むきだしの目でアイザイアを見た。「これはわたしの予想だけど、すぐにウエディング・ベルが鳴るんじゃない？」

「そういう話もしてる。まだ、はっきりとはなにも決まってないけどね」

二時間後、アイザイアはやっと最後の傷を縫合した。シェパードの生命徴候《バイタル》は安定していた。悪くない経過だ。

「電話をかけてくれないか」アイザイアは、ベリンダに言った。「あと数時間は、こまめに状態を監視する必要がある。ぼくらはふたりとも、もう限界だろう。今からクリニックに来て、このシェパードについていてくれるスタッフを探してみてくれ」

アイザイアが家に帰り着いたときには、もう日が昇っていた。家のなかに入ると、ローラが安楽椅子で眠っていた。母のメアリーがつくったアフガン編みの毛布を肩から下にかけている。脚を体の下に折りたたみ、片方の肩に頭をうずめていた。

アイザイアは爪先立って静かに部屋を横切り、ローラをキスで起こした。「おはよう、朝《サンシャイン》だよ」

そう言いながらアイザイアは、自分にとっては、ローラこそが光り輝くサンシャインのような存在だと思いついた。ローラは、まるで太陽のようにアイザイアの人生を明るく照らしてくれたのだ。

「アイザイア」ローラは眠そうに目をこすりながら、座り直した。「今、何時?」

「もうすぐ七時だよ」

「ずっと起きて待っていたのよ」

ローラの顔は、アイザイアと同じように疲れていた。「子犬にミルクをやったのはいつだい？」

「一時間くらい前よ」

「きみの寝室でいっしょに寝よう。そうすれば、子犬がお腹をすかせたら、鳴き声で目が覚める」

ベッドルームに歩いていきながら、ローラはアイザイアの腰に腕をまわした。「疲れたでしょう」

「ああ、死にそうだよ」

「怪我をした犬はよくなった？」

アイザイアは首を横に振った。「できることはすべてやった。あとは神様にお任せするだけだ」


九時きっかりに、目覚まし時計のように鳴りはじめた子犬たちの声で、ローラは目を覚ました。アイザイアも一瞬、泥のような眠りから目覚めた。

「起きなくていいわよ」ローラがささやいた。「わたしがやっておくわ」

アイザイアは反論しようとしたが、口をきくほど長い時間目をあけておくことができなかった。ローラ。次に体を揺さぶられて目が覚めたとき、それからほんの数秒しかたっていないような気がした。目をあけると、そこにローラの笑顔があった。

「クリニックに電話をして、犬の容態を訊いたの。いい状態を保ってるって、レナが言って

ずに眠気に負けた。
「よかった、よかった」アイザイアは微笑もうとしたが、唇の端を持ちあげることさえでき
たわ」

アイザイアがやっと完全に目を覚ましたのは、午後三時近くになってからだった。リビングにいるローラの耳に、ベッドルームで動きまわる音が聞こえた。ミルクの時間のたびにアイザイアの目を覚まさないですむように、ローラはビニールプールをリビングに移動させていた。そして今は、脱走した子犬をビニールプールに戻すのに大わらわだった。

「コーヒーができてるわよ」寝室から出てきたアイザイアに、ローラは言った。

アイザイアはジーンズのファスナーは閉めていたものの、シャツのボタンはあけたままで、褐色の毛におおわれたがっしりとした胸をのぞかせていた。眠そうにまばたきをしてから、ビニールプールの壁のてっぺんに前足をかけて頭から床に転げ落ちようとしている子犬を見た。「どういうことだ？　まだこんなことはできないはずだぞ」

ローラは両手を上にあげた。「この子たちに訊いてみて。突然、立ちあがって跳びはねるようになったのよ」

アイザイアはあくびをしながら、キッチンに向かった。それから、大きな手に湯気のたったマグを持ち、行きよりほんの少しきびきびとした歩きかたで戻ってきた。またもや逃げだした子犬をビニールプールに戻しているローラを目にすると微笑み、やれやれというように

首を横に振った。「移動用のケージに入れる時期だな。きみも一日じゅう子犬と追いかけっこしてるわけにはいかないだろう」

アイザイアの意見が正しいと、ローラにもわかった。が、ローラ自身はこの状況を楽しんでいないとは言いきれなかった。「ハプレスは喜ぶわね。この子たちも、もうすぐ遊び相手になれるくらい大きくなったわ」

アイザイアは安楽椅子に腰をおろした。ゆっくりとコーヒーをするアイザイアを見ながら、ローラは下唇を嚙みしめた。

「アイザイア？」

「うん？」

「わたしも一匹もらっていい？」

「なにを？」

ローラは、わかってるでしょと言いたげに目玉をぐるりとまわした。「子犬よ」

アイザイアは顔をしかめた。「ハプレスは、これからどんどん大きくなるんだよ、ローラ」

「わかってる」ローラは、傍らで眠っているハプレスの体を軽く叩いた。「でも、これはあなたの犬よ。わたしも自分の犬が欲しいの」ローラはお気に入りの小さな雄を抱きあげた。しわの寄った小さな鼻を見ると、いつも微笑まずにはいられない。「『しかめっ面《フラウン・フェイス》』って名前にしたいわ」

「フラウン・フェイス？　どうして、そんな名前なんだい？」アイザイアは子犬の顔をじっと見た。そして、とうとう笑みを浮かべた。「たしかに『しかめっ面《フラウン・フェイス》』だな」そう言ってから、表情をくもらせた。「だけど、ローラ。母犬の飼い主にも一匹渡すことになってるんだ。この子犬を選ぶ可能性は高いよ。いい顔をしてる」

ローラは息が止まりそうになった。「この子を隠しておいちゃいけない？」

「数えたらすぐにわかってしまうよ。むこうは、子犬が十三匹だってことを知ってるんだ」

ローラは子犬をぎゅっと胸に抱きしめた。少し考えこんでから、ぱっと顔を輝かせた。

「一匹は死んだことにすればいいわ」

アイザイアは頭をのけぞらせて、げらげら笑いだした。


月曜の朝になっても、シェパードの容態は非常に安定していた。アイザイアはやっと、安堵のため息をついた。犬の状態を報告するために、警察に電話を入れた。じきに回復するだろうと報告するのは、うれしい仕事だった。

「それはいいニュースですね」警察の女性通信員が言った。「飼い主は悲嘆にくれていましてね。彼女にとってはただの犬じゃなくて、世界に一匹だけの親友なんですよ」

「この犬が本当にその人の親友なら、なぜ、凍った道路を走るピックアップ・トラックの荷台になんか乗せたんですか？　季節が夏で短い距離ならまだわかりますけど、アスファルトが滑りやすくなっている冬にそんなことをするなんて狂気の沙汰でしょう」

「わかります」女性は同意した。「でも信じてください。二度とこんなことはしないと言っていました。次は絶対にタクシーを呼ぶそうですよ。たぶん、こういうことでしょう。座席が一列しかないピックアップ・トラックで、ふたりの人間が彼女を空港に迎えにきた。三人が席に座ったら、犬を乗せる場所はなかった。荷台に乗せることで犬を傷つける結果になるとは思わなかったんでしょうね。距離も大してなかったようですし」

「たとえ短い距離でも、凍った道路はとても危険ですよ」間違った相手に不平を言っていることに、アイザイアは気づいた。「すみません。時々、耐えられなくなるんです。毎日、数えるのもいやになるくらいたくさんの無知な飼い主がここにやってくる。ペットをちゃんと世話するのに、ロケットをつくる科学者のような頭脳はいらないんですよ。少しの常識があれば充分なのに」

女性の声には同情がこめられていた。「わかります。あなたが、車から投げだされた犬を思うのと、我々が、同様な扱いを受けている子どもたちを思うのはいっしょです」

それを想像しただけで、胃袋がひっくり返りそうな気分だった。そのあとアイザイアは、最後には女性通信員に通話料金のことを言われるほど長々と話しこんでしまった。

火曜日、アイザイアはクリスマスの買い物をするのにあと三日しかないことを知った。診察室で処方箋を書いている最中のことだ。日付を書きいれようとして、ふいに、今日はただの二十一日ではなく、まぎれもない十二月の二十一日だということに気づいた。

ローラはすでに午前中の勤務を終えて家に帰っていた。アイザイアは手術室に戻ると、腰のベルトから携帯電話を取って自宅の番号を押した。ローラが電話に出るまで、その場をそわそわと歩きまわった。

「四時ごろ、子犬を連れてクリニックに来られるかい？」ローラの声が聞こえるとすぐに、アイザイアは訊いた。

「どうして？」

「誰かにここで子犬たちを見ていてもらって、ぼくらはクリスマスの買い物に行くからだよ」

「クリスマスの買い物がまだ終わってないの？」

アイザイアは、神経がいらだつといつもズキズキ痛みはじめる眉間に手を当ててこすった。

「終わる？　まだ始めてもないよ」

長い沈黙が流れた。「でも、アイザイア。すぐにクリスマスよ」

「知ってる。なにを勘違いしていたのかわからないんだけど、まだまだ時間はたっぷりあると思ってたんだよ。いっしょに買い物を手伝ってくれるかい？」

「何人分のプレゼントを買うの？」

「ざっと見積もって三十人くらい。それに、〈レイジー・J〉牧場の年配の雇い人の人たちもいる。あの人たちのほとんどは子どものころからぼくを知っているから、家族みたいなものなんだ。それに、もちろん、きみも。きみのご両親とおばあさんにもなにか買わなきゃな。きみのお姉さんと家族の人たちにも。たぶん、最終的には全部で四十人、いや、四十五人かな」

「ずいぶんたくさんね」

「そうだね」アイザイアは憂鬱そうな声を出した。「うちは大家族で、しかも毎年人数が増えていくんだ」アイザイアはため息をついた。「ぼくのハマーで出かけたほうがいいと思う。きみの車は明日までクリニックに置いておこう」

「子犬を迎えに戻らなくていいかしら?」

「戻るよ。だけど、どうせまたすぐに朝から仕事に来るんだ。わざわざきみの車も家まで走らせて、ガソリンを無駄づかいすることはないだろう? クリニックの裏に停めておけばいいよ」

「わかった。じゃあ四時にね」

「ありがとう、助かるよ。外でディナーにするのはどうだい?」

アイザイアが電話を切ると、ベリンダが笑いながら、あきれたように首を横に振った。

「またプレゼントを買うのを忘れたんでしょ」それは質問ですらなかった。

「正確には忘れたわけじゃないよ。来週行けばいいと思ってたんだ」

「来週?」ベリンダはこげ茶色の眉をつりあげた。「あなたって人は、いったいどこの星に住んでるの?」

ローラは約束の時間より遅れてクリニックにやってきた。アイザイアは、キャンセルできなかった予約をすべてタッカーに代わってもらい、十五分近く、犬舎の窓から外をのぞいてローラが現われるのを待ちわびていた。やっとローラの車が駐車場に入ってくると、倉庫部屋のドアから外に出て、急ぎ足で車に近づいた。

「ごめんなさい」そう言いながら、ローラが車から跳びだしてきた。「子犬が大変で」

「子犬がどうかした？」

フードつきのピンクのコートを着たローラは、元気いっぱいの小さなエスキモーのようだ。顔の周囲をフェイク・ファーが縁取り、くるりと丸まったブロンドの髪がフードの端からはみ出している。「みんな、バスケットのなかにじっとしていないのよ。道路に出てからすぐ、ブレーキペダルの下に子犬がいるって気がついたの」

アイザイアの心臓は凍りついた。「事故を起こしていたかもしれないじゃないか」

「そうなのよ。ブレーキを踏めなかったの。エンジンを切って、惰性で車を停めたわ」

「ぞっとするよ」アイザイアは体をかがめて、後部座席の窓から車のなかをのぞきこんだ。

「それで、子犬はどこにいるんだい？」

「トランクのなか」そう言うと、ローラはぽんとトランクをあけた。アイザイアは後ろのバンパーに歩み寄った。まるでびっくり箱をあけたように、子犬たちがいっせいに跳びはねた。

「手伝って！」ローラは、子犬がトランクから跳びだして地面に落ちないように捕まえはじめた。「わたしの手はふたつしかないのよ！」

アイザイアはすぐには動けなかった。大笑いしていたのだ。だが、いざ跳ねまわる子犬を捕まえようとして、そのたびに狙いがはずれると、アイザイアも笑っていられなくなった。やっと一匹をバスケットに入れたかと思うと、別の一匹が逃げだしてしまう。「おいおい、ローラ。こいつらには、まだこんなことはできないはずだぞ。ミルクになにか混ぜたんじゃないのか?」

いくら子犬をバスケットに戻しても、捕まえるよりも速いスピードで脱走する。ついにアイザイアはジャケットを脱ぎ、バスケットにかぶせて蓋にした。そして、子犬をバスケットのなかに滑りこませるときだけ手伝い、ローラが次を捕まえに行く間はジャケットをしっかりおさえておく係になった。ようやく十三匹がバスケットのなかに収まると、ふたりは縦一列に並んで協力しながらクリニックまで運んだ。毛むくじゃらの小さな脱走者をアイザイアが捕まえるときは、ローラもまわりで跳ねまわっていた。

「ひどい経験だな」やっと犬舎のケージのなかにバスケットをおろすと、アイザイアは息を切らしながら言った。「しかも、きみはこの怪物を一匹欲しいんだろう?」足がはえた黒いふわふわのボールが一匹、バスケットから跳びだして、アイザイアのブーツの爪先によたよたと這いのぼろうとした。小さな前足を踏んでしまいそうで、アイザイアは足を動かすこともできなかった。手を伸ばして子犬を爪先から引き離すと、子犬は歯をむきだしてそれに応えた。「チビ公め。一人前になってるぞ」

「チビ公なんて呼ばないで。フラウン・フェイスよ」

アイザイアは子犬の顔を自分のほうに向けて、まだ白く濁っている目をじっと見た。「目がはっきり見えるようになったらすぐに、しっかりわからせてやるからな」

アイザイアは、クリスマス・プレゼントの買い物が大嫌いだった。毎年恒例のやりかたは、デパートに直行し、売り場を巡りながらどんどん棚から品物を取っていくというものだ。女性へのプレゼントは家庭用品売り場で、男性には工具売り場で。そして、最後にオモチャ売り場で、子どもたちへのプレゼントを一気に片づけてしまう。

店に着いてからすぐに、アイザイアは自分とローラの贈り物の選びかたがまったく違うことを知った。母のメアリーにとトースターを手に取ると、ローラはぎょっとした非難の目でアイザイアを見た。

「アイザイア、お母さんはトースターを持ってるわよ」

「だけど、これは焼く場所が四つもあるよ」

「そういう問題じゃないわ。相手が欲しーがっているものをあげなくちゃ。お母さんに新しいトースターは必要ないわ。それに、楽しい贈り物だとも思えない」

「母はいつもトースターを気に入ってるよ」

ローラは信じられないという目でアイザイアを見つめ、爪先でとんとん地面を叩きはじめた。「まさか、これまでに何度もお母さんにトースターをあげてるなんて言わないわよね」

誰かにトースターをプレゼントするのが、どうしてそんなに悪いのか、アイザイアにはわからなかった。誰だってトーストを食べるじゃないか？　母がすでにトースターを持っていたとしても、いつかは壊れるに決まっている。それに、新しいのを買ってくれて本当にうれしい、と去年も母は言っていた。

「この状況じゃしかたがないよ」アイザイアは言った。「これから四十五人分もプレゼントを買うんだ。ひとつ選ぶたびにゆっくり悩んでいたら、一週間ぐらいかかってしまうよ」

ローラはトースターを棚に戻した。「もっといいものが見つからなかったら、戻ってきて買えばいいわ」

アイザイアはうめき声をあげそうになったが、おとなしくローラのあとについて店のなかを歩きまわった。品物を手に取っては、すべての角度から、しまいにはひっくり返して底までじっくりと検分するローラの姿に、アイザイアは微笑んだ。まあ、いいじゃないか？　買い物するひまはあと三日もある。充分間にあうはずだ。

だが驚いたことに、結局は、アイザイアもローラのやりかたが楽しくなってきた。おそらく、プレゼント選びはただ辛いだけではなく、時間を費やす価値がある仕事なのだと、少しずつ思いはじめたからだろう。母へのプレゼントにはキッチン・スツールを選んだ。使いやすい折り畳み式で、ひらくとシート部分が滑って出てくるので、食事の用意の合間に座るのにちょうどよさそうだ。家族が集まるディナーのときに、キッチンで立ちっぱなしのメアリーが足首を腫らしていたり、腰をさすっているところを何度も見かけている。このスツールなら、きっと役に立つだろう。

そのあと、ローラはアイザイアをショッピング・モールに連れていき、さまざまな専門店に立ち寄っては愛する人たちのために心のこもったプレゼントを選んだ。ひとつの店を出るたびに、ふたりは冬の夜空のもと、車を停めた場所まで猛スピードで走り、買いこんだたくさんのプレゼントを車内に詰めこんだ。そのうち雪が降りだし、完璧なクリスマス・ムードとなった。

　ローラは、モールのレストランに飾られている、人形が動く大がかりなクリスマス・ディスプレーを見ていかなくちゃと主張した。今年のディスプレーは、北極にあるサンタの仕事場という設定だった。トナカイたちが頭を下げて餌を食べている。白く凍った窓ガラスの向こうでは、サンタに仕える妖精たちがクリスマス・イヴまでに仕事を終わらせようと、金色に輝く灯りの下でせっせと働いていた。

「ねえ、アイザイア、見て。サンタの奥さん《ミセス・クロース》よ！」ローラが大声をあげた。「かわいいわね？」

　アイザイアは体をかがめて窓のなかをのぞきこみ、小さなかわいらしいミセス・クロースをながめた。いかにもおばあさんらしい鼻眼鏡をかけてバラ色の頬を輝かせ、青いドレスにエプロンをかけて、頑丈そうな靴をはいている。満面に笑みを浮かべたミセス・クロースは、幸せいっぱいで満足げな顔のサンタ・クロースにお盆を差しだしていた。サンタは規則正しく盆の上のクッキーをつかんでは、こう言う。「ホッ、ホッ、ホー！　ありがとうよ、ミセス・クロース」

「もしも本当にサンタがいて、願い事がみんな現実になったらすてきよね？」ローラが言った。

うるんだ瞳で見あげるローラと目が合った瞬間、アイザイアの一生分のクリスマスの願いはすでにかなった。ローラこそ、アイザイアが欲しいもの、必要とするものであり、夢見ていた以上のすべての望みをかなえてくれた贈り物だ。モールのスピーカーから流れてくるクリスマスの歌――今は〈シルバー・ベル〉――に耳を傾けると、家にはステレオも、もちろんクリスマスのCDもないということを思いだした。もっと最悪なのは、仕事ばかりにかまけてローラへのプレゼントをまだ選んでいないこと、どんなものがいいのか考えてさえいなかったことだ。

心に思い浮かぶ今の自分のイメージがいやでたまらなかった。まるで、ディケンズの〈クリスマス・キャロル〉に出てくるスクルージの現代版だ。機械のように味気ない人生を送っている。もちろん仕事は大切だ。懸命に働くのもいいだろう。だが、だからといってほかのことをすべて排除していいわけがない。街はクリスマスの空気に包まれている。イエス・キリストの誕生を祝う祝日はもうすぐだ。一年に一度のすばらしいこの行事を、二度と忘れたりしたくはなかった。

「サンタはいるよ」アイザイアはローラに言った。「いると信じていれば、ぼくらと同じようにサンタも生きている。サンタはいるんだって、自分に言い聞かせていればいいんだ」

ローラは笑い、ぎゅっと目を閉じた。「クリスマスの願い事をするの」

「なにを願ったんだい？」ローラが目をあけると、アイザイアは訊いた。

「内緒よ。言ったら、願いがかなわなくなるわ」

サンタの仕事場のディスプレーの反対側には貧しい人々への寄付を募るクリスマス・ツリーがあり、たくさんの封筒が吊るしてあった。ツリーのてっぺんの紙の星に『好きな家族を選んでください』というメッセージが書かれている。アイザイアはいつも、この種のディスプレーの前は素通りだった。そうでなくとも、大勢の家族に山ほどプレゼントを買わなければならなかったからだ。だが、今夜のアイザイアは立ち止まらずにはいられなかった。自分はこんなに、なにもかも手に入れているというのに、世のなかにはほんのわずかしか、いや、なにも持っていない人々がいるのだ。

「貧しい人たちに、すてきなクリスマスをプレゼントしよう」アイザイアは提案した。

ローラはためらった。「まだお金があるかどうかわからないの。クレジット・カードで買い物をすると、いつもは銀行の女の人が、あといくら残っているか教えてくれるのよ。だけど、今月もそろそろ終わりだから、しばらく連絡をもらってないの」

自分がいくら買い物をして銀行の残高がいくらなのか理解できない暮らしがどんなものか、アイザイアには想像もつかなかった。「ぼくが全部払うよ」と、ローラを安心させた。「それができるくらい収入があることに感謝して、多少の出費は気にしないことにしよう」アイザイアはローラをツリーのほうに向かせた。「目を閉じて、封筒をひとつ選んで」

ローラが伸ばした手は、五人家族の赤い封筒に触れた。母親と、年齢のさまざまな四人の子どもたちの簡単なプロフィールが書かれている。六歳、九歳、十一歳の女の子と、十四歳の男の子。子どもたちはそれぞれクリスマスのお願いをリストに書いていた。どれも遠慮深い願いばかりで、なかにはスノーブーツや防寒手袋のような悲しくなるほど実用的なものも含まれていた。母親の服のサイズも書かれていたが、母親自身が希望しているのは冷凍のディナー用ターキーが五人分、缶入りのクランベリーソース、ディナー・ロールパンひと袋、冷凍のパンプキン・パイだった。

「ねえ、アイザイア」アイザイアが声を出してリストを読みあげると、ローラは震える声でささやいた。「この人たちは、クリスマスのディナーも買えないのよ」

「きっと食べられるよ」アイザイアは頭をかがめ、多くの人が行き交う路上でローラにキスをした。重なりあった瞬間、ローラの唇は震えていた。ツリーの飾りつけのときにつくってくれた特製ワインのように温かく甘い味のキスだった。アイザイアは思わず、家に帰ってふたりきりになりほかの部分も味わいたいと熱望した。だが、今は無理だろう。ローラの瞳から夢見るような表情がゆっくりと消えて現実に戻るのを見守りながら、しぶしぶ体を離した。

「それに、この子どもたちはリストに書いたものを全部、それとおまけも手に入れるんだ。ぼくらがサンタになればいい」

アイザイアは、ローラの手を取った。「おいで、お嬢さん。ぼくらは贈り物を運ぶ妖精になるんだよ。もうすぐクリスマスだ！」

大嫌いなはずのクリスマスのショッピング・ツアーは、アイザイアの人生でもっとも幸せな夜になった。アイザイアとローラは非常識だと責められそうなほど気前よく、赤い封筒の家族にプレゼントを買い集めた。母親には丈の長いバスローブとナイトウェアとスリッパ。子どもたちにはリストにあったもののすべてのほかにも、おまけ——オモチャ、本、画材道具、スポーツ用品、服——を買い足した。ディナーのためにと、地方のスーパーマーケットで使える百ドルのギフト券を添えることにした。母親はその券で付け合わせも全部そろった本物のクリスマス・ディナーを用意できるうえに、余った分で必要な生活用品も買うことができる。

両脚が麻痺している姉のベサニーには、冬の寒い夜に足を暖められるように電気式のホット・スリッパを買った。次兄ハンクの妻のカーリーには拡大鏡を選んだ。いろいろな角度に調整できる金属のアームに付属のライトも付いていて、ほとんどの場所に留め金で固定することができる。アイザイアは、義姉が空いた時間にはいつも視覚皮質のトレーニングをしていることを知っていた。拡大鏡を使えば、読書をしたり雑誌をながめたりするのもずいぶん楽になるだろう。

買い物がやっと半分くらい終わったころ、アイザイアもローラもお腹がすいてきた。ふたりはワインとチーズを出す店でひと休みすることにした。テーブルにつくと、アイザイアはキャンドルの光に照らされたローラの卵形の顔を見つめ、これがなによりもすばらしいクリスマス・プレゼントだと思った。ローラになにをプレゼントすればいいのかはまだわからないが、全世界を差しだしたいくらいだという自分の気持ちはよくわかっていた。

「きみはすばらしい存在だってことをわかってるかい？」アイザイアは言った。

ローラは緑色のオリーブを口に放りこみ、もぐもぐと嚙みながら微笑みかけた。「いいえ。でも、そう言われるのは悪くない気分よ」

「きみと出会ったことは、ぼくの人生で最高の出来事だよ」

ローラの目に幸せの涙が光った。「そして、あなたと出会ったのは、わたしの人生で一番すばらしい出来事よ」

「愛してるよ。クリスマスの買い物なんて大嫌いだったのに、きみが好きにさせてくれた」

ローラは、ふたりの間にあるオードブルの皿からもうひとつオリーブを取った。「よかったわ。買い物もほかのほとんどのこととといっしょよね。自分次第で退屈にもなるし――芸術にだってできる」

アイザイアは物事をそんなふうに考えたことはなかった。だが、ローラはこれまでそうやって、自分が取り組むものすべてに全身全霊をこめてチャレンジしてきたのだろう。

「きみはすごい人だよ。自分でわかってるかい？　名前を書いた紙なんてないのに、プレゼントを買う人をひとりも忘れたりしない。いったい、頭のなかはどうなってるんだ？」

「それはね、アイザイア。読んだり書いたりする能力に障害はあるけど、記憶力は元のままなのよ」

「ぼくも記憶力はいいほうだよ。だけど、きみのようには頭が働かない。きみは何個ボールをお手玉しても、ひとつも落とさないじゃないか。仕事に子犬たちの世話、家の飾りつけ、掃除に洗濯、それに毎晩、完璧な夕食まで用意してくれる。どうすればそんなことができるのか、ぼくにはわからないよ。ぼくときたら、柔軟仕上げって書いてあるクリーニング屋のタグをシャツの背中につけっぱなしにして、クリニックのお客さんに取ってもらったことだってあるんだ」

ローラは、しまいには横腹を抱えてしまうほど大笑いした。アイザイアは、とある午後に銀行で、はいているズボンの裾からソックスが片方ぶらさがっているのを発見した話をしても、こんなに笑われるのだろうかと内心でいぶかった。笑いがおさまると、ローラはテーブルの上に手を伸ばしてアイザイアの手に触れた。「あなたは命を救う仕事をしているのよ、アイザイア。お手玉じゃないわ。いつも大きな心配事を抱えているから、小さなことは忘れてしまうのよ」

アイザイアはため息をついた。「そうかもな。だけど、時々いやになるよ。自分が仕事ばかりで、ほかのことはなにもできないような気がしてね。たとえば、買い物とか」アイザイアは手のひらを上に返してローラの指をぎゅっと握った。「ぼくを助けてくれてありがとう。きみがいなかったら、正直言ってどうしようもなかったよ」

「心配しないで。あなたにプレゼントを選ばせるつもりなんてないから」

14

アイザイアとローラがクリスマスの買い物を終わらせてショッピング・モールを出ると、まだ雪が降っていた。

「きみは命の恩人だ」夜の空気のなかに踏みだしながら、アイザイアは言った。「商品券のことも。ぼくも前に商品券をあげたことがあるけど、特別な売場とか、女性、男性、それぞれが気に入るような品物がある店のものじゃなかった」

「プレゼントを選ぶ時間がない人はたくさんいるわ。誰でも自分にできる範囲のことをすればいいのよ」ローラは微笑みながら、答えた。「みんなに気に入るプレゼントを選んであげられればもちろんいいけど、それが無理なら、自分で選んでもらえばいいと思うわ」

「相手がなにを選ぶのかわくわくするね」

最後の買い物をハマーの後部座席に積み終えると、ローラは両手を大きく広げて顔を上に向け、舌を出して雪を受けとめた。

「やってみて」ローラは笑いながら言った。「子どものころにやったことがあるでしょう？」

アイザイアは恥ずかしい気がしたが、この際、威厳なんてどうでもいいと決心し、空に向かって口をあけた。

「雪の味はひとつひとつ違うのよ。知っていた？」目に飛びこんできた白い雪のミサイルを、ローラはぱちぱちとまばたきをして溶かした。

アイザイアは顔をおろして、ローラに目を向けた。街灯がふりまく柔らかな光に包まれたローラは、まるで天使のようだ。ローラには彼女だけが持つ独特の魅力がある、とアイザイアは感じた。この先何百年探し続けたとしても、ローラのような女性にはけっして出会えないだろう。

車でクリニックに戻ると、アイザイアは倉庫部屋のひとつを隅から隅までひっくり返して、金網でできた携帯用のケージを探した。それは積み重ねた箱の裏側に隠れていたため、結局、見つけるまでに一時間近くかかった。それから、子犬たち全員に新しい牢屋に収まってもらわなければならなかった。

「これなら、よじ登って脱走するわけにはいかないだろう」金網に鼻をぶつけている子犬を見て、アイザイアは笑った。「脱出の名人もこれでおしまいだな、フラウン・フェイス」

「もっと大きくなったら、これじゃ狭くないかしら？」

「ああ、だけど今のところは平気だろう」アイザイアはローラの首に腕をまわし、柔らかな唇に深いキスをした。「いっしょに家に帰れてうれしいよ。買い物の間ずっと、そのコートの下に手を入れたくてしかたなかったんだ」

ローラはまぶたを半ば閉じながら、言った。「あとでそうしてくれる？」

家に到着したとたん、外で遊びたくてたまらないハプレスが猛ダッシュでふたりの脇を駆け抜け、アイザイアは危うく腕に抱えた荷物を落としそうになった。ローラは子犬で満員のケージを家の床に降ろすと、大急ぎでアイザイアよりも早くハマーに戻り、プレゼントを運んだ。

すべての荷物を家に運び入れると、ハプレスと雪のなかで遊ぶために外に駆けだしたローラを見て、アイザイアはびっくり仰天した。床の上にうず高く積まれた、まだラッピングもしていないプレゼントの山を見つめ、すぐに作業に取りかかろうかと真剣に考えた。が、ローラの笑い声は磁石のようにアイザイアをポーチに引き寄せた。

「ローラ、もう九時をまわってるぞ。外で羽目をはずすにはちょっと遅すぎやしないか？」

パシッ。雪の玉が、アイザイアの顔に見事に命中した。アイザイアは頬についた雪をはらい、目を狭めた。「ぼくが〈クリスタル・フォールズ・コメッツ〉で四年連続ピッチャーをやっていたってことは話したっけ？」

ローラの姿が暗闇のなかに消えたかと思うと、雪の玉が今度はアイザイアの胸に命中した。自分だけが明るい場所に立っているのは圧倒的に不利だ。アイザイアはポーチから跳びおり、片手に雪をつかんで、ひとっ飛びにローラのあとを追った。「そっちが仕掛けたんだからな、お嬢さん。攻撃開始だ」

ローラは笑い、舌を突きだしてみせた。アイザイアが完璧なフォームで投げたゆるく握った雪の玉が、ローラの顔の真ん中に命中した。ローラはぺっぺっと雪を吐きだし、吹き溜まりに駆け寄って新たな弾丸をつくりはじめた。

三十分後、アイザイアとローラはふたりとも溶けた雪でびしょぬれになり、口に入れたとたんに溶ける雪の玉をくわえようとして走りまわっていたハプレスもくたびれ果てた。アイザイアはポーチにどさっと腰をおろした。ローラも隣りに来て座った。ふたりは並んで、暗い夜の闇に白い粉雪が舞い落ちる景色をながめた。

「きれいだな」アイザイアはささやいた。

「ええ」ローラは一瞬宙を見つめた。そして、いきなり立ちあがった。「まだ、雪のアイスクリームをつくってないわ！」

「冗談だろう。もうすぐ十時だよ」

「あなたは、夜中になったらかぼちゃに変身しちゃうの？」

アイザイアは立ち上がり、ローラのあとを追って家のなかに入った。すでに、ローラはキッチンの棚からボウルを取り出している。「わたしが他の材料を用意している間に、雪を取ってくる？」

アイザイアがしたいのは、キッチンのテーブルの上でローラと情熱的に愛しあうことだった。だが、喜びにおどる薄茶色の瞳を見て、雪のアイスクリームが先だとあきらめた。アイザイアは買ってきたばかりのポータブル・ステレオとCDを取りに、リビングに戻った。どうしてもアイスクリームをつくらなければならないなら、手を動かしながらクリスマスの歌でも聞くとしよう。

翌朝、アイザイアとローラは六時少し前にクリニックに着いた。角を曲がって駐車場に車を乗り入れたとき、アイザイアの心臓はのど元まで跳ねあがった。そこらじゅうで警察車の回転灯が光り、白い雪に赤と青の光が旋回していたのだ。それは夜明け前の薄暗がりのなかでは、なおさらぎょっとするような光景だった。

「大変、なにかあったんだわ！」ローラが叫んだ。

アイザイアは急いでハマーを駐車場に停め、ギアをパーキングに叩き入れてエンジンを切った。アイザイアとローラはほとんど同時に、転がるように車から跳びおりた。裏口のドアに行くと、そこには警官が立っていた。

「申し訳ありませんが、なかには入れません」

アイザイアはローラの腕をつかんだ。厚いコートの袖を通してさえ、ローラが震えていることがわかった。「犬や猫たちは無事なの？」ローラはか細い声で言った。

「動物は無事です」警官が答えた。「犯人の狙いはドラッグです」

「ドラッグ？」アイザイアが信じがたいという口調で訊き返した。動物病院が麻薬中毒者に押し入られることが珍しくないことも知っていた。クリニックに大量の麻薬があるのは事実だ。それはどこの医療機関も同様だろう。だが、ここは大都市ではない。オレゴン州の片田舎、クリスタル・フォールズだ。「誰かがドラッグを盗みに入ったんですか？」

「そうです。あなたは経営者のかたですか？」

「アイザイア・コールターです。兄のタッカーとぼくでここを運営しています。侵入者がいたなら、なぜセキュリティー会社から連絡がなかったんでしょう？」

「警報は鳴っていません」警官はポケットからメモ帳のパッドを取りだした。「コールターさん、でしたね？　ファーストネームをもう一度お願いします」

アイザイアは名前をもう一度教えた。「警報を鳴らさずに、いったいどうやってなかに入れたんでしょう？」と、警官に訊いた。

「どうやら、内部の人間の犯行らしいです。犯人はセキュリティー・コードを使って警報システムを解除しています。ここの従業員の――」ちらっとメモを見て確かめた。「スーザン・ストロングという女性が最初にここに到着し、警察に通報したんです」

クリニックのなかでは警察が指紋の採取を行なっている最中だった。三十分後、アイザイアとローラはやっと建物のなかに入れた。薬棚を見たアイザイアは自分の目を疑った。かなてこかなにかで鍵がこじあけられ、中身はほとんど空《から》っぽになっている。

「なんてことだ」つぶやくように、ローラに言った。「これだけあったら、六カ月はハイになっていられるだろうよ」

ローラは、コートを着たままだというのに震えていた。アイザイアはローラの肩に腕をまわし、近くに引き寄せた。「大したことじゃないよ。棚は修理すればいいし、薬はまた買えばいい」

「すぐに犬たちのことが頭に浮かんだわ」ローラは小声で言った。「もしかしたら、傷つけられていたかもしれないのよ」

「ああ。でも、無事だった」

薬物保管室に現われた警官の姿が、ローラの頭越しにアイザイアの目に入った。警官はちらっとローラに目をやり、制帽を脱いで脇にはさんだ。「ちょっとよろしいですか、ドクター・コールター？」

アイザイアはローラの体を離した。「はい？」

警官は手元のメモを一瞬見おろしてから、言った。「こちらのクリニックで、ローラ・タウンゼンドという女性が働いていますか？」

三十分前に続いてまたもや、アイザイアの心臓が跳ねあがった。「それがどうかしたんですか？」

「駐車場に停めてあった、その女性の車を発見しました。トランクのなかに盗まれたドラッグが入っていたんです」

アイザイアはローラの顔を見おろした。まるでミルクのように真っ白になっている。「わたしがローラ・タウンゼンドです」ローラの声は震えていた。

警官はローラを鋭く一瞥《いちべつ》し、目を細く狭めた。「規制薬物が、どうやってあなたの車のトランクに入ったのか説明できますか、ミズ・タウンゼンド？」

「いいえ」

アイザイアはほんの少しローラより前に進みでて、ローラを後ろにかばった。「ちょっと待ってください。彼女は無関係です。彼女が犯人でないことは、ぼくが保証します。昨夜はずっとぼくといっしょでした」アイザイアは口早に前日の午後の行動を説明した。「ぼくたちは、ここに車を置いていったんです。そのあと、彼女は駐車場に戻ってきてもいないんですよ」

警官は横目でローラを見た。それから、鋭い視線をアイザイアに戻した。「ふたりだけでお話しできますか、ドクター？」

アイザイアの胸のなかに怒りがわきあがった。「いや、それはできません。彼女に隠し事はできない」

「いいのよ、アイザイア」ローラはアイザイアの手に触れた。「わたしは犬舎にいるわ」

ローラは怖かった。もちろん、それがばかげた恐怖であることはわかっていた。なにもやっていないのに逮捕されるわけはない。だが、心のどこかに不安が残っていた。盗まれた薬は、なぜか自分の車のトランクで発見された。なぜそこにあったのかは見当もつかない。だが、そんなことは関係ないだろう。警察は事実をもとに捜査をする。そして、すべての証拠はローラが犯人だと示していた。

ローラは仕事に没頭した――寝わらを取り替え、皿に新しい餌を入れた。それでも、アイザイアが中央の通路に姿を現わすまで、永遠とも思える長い時間がかかった。アイザイアの顔をひと目見て、ローラは自分がむずかしい状況に追いこまれていることを悟った。青い瞳が苦悶に満ちている。固く引き結んだ唇は、苦々しげにカーブを描いてゆがんでいた。

「それで?」ローラはケージを出て、アイザイアと向かいあった。「早く話してちょうだい。心配でどうにかなってしまうわ」

アイザイアは、大きな手をローラの両肩に置いた。「詳しく話す前に聞いてくれ、ローラ。きみのために、もう弁護士を呼んでおいたからね」

「なんですって?」

「弁護士だよ」アイザイアは頭をかがめて、ローラの額に自分の額をつけた。「麻薬の窃盗は重い罪になるんだ」

ローラは、心臓が跳ねあがって肋骨が砕けたかと思うほどの衝撃を受けた。「でも、わたしはなにもしてないわ」

「わかってる。警察も、すぐにわかってくれるよ」アイザイアは、ローラの両腕をぎゅっと握った。「ああ、ローラ。犯人が建物に入ったときに使ったセキュリティー・コードは、きみのだったんだ」

ローラの血が凍りついた。「でも、どこにも書いたりしてないわ! それに、誰-にも教えていない」

「だけど、誰かがどうにかして手に入れたんだ」アイザイアはローラの額にキスをした。

「ぼくは、スタッフ全員のコードをコピーした書類をファイルに入れて持っている。タッカーも同じだ。ぼくもタッカーも、キャビネットに鍵をかけてファイルをしまってある。だけど、ふたりのどちらかが鍵の扱いをしくじったのかもしれない」

ローラは、アイザイアのシャツの袖をきつく握りしめた。「わたし、どう‐どうなるの、アイザイア？　逮捕されたりしないわよね？　わたしはなにもしてないって、わかってるでしょう？」

「もちろん、わかってるよ。だけど、規制薬物法違反、しかもこれだけ大量となれば重罪だ。A級薬物かB級薬物かはよくわからないけど。ぼくもこういうことには詳しくないんだ。ただ、ぼくがどうにかできるレベルじゃないってことはわかる。信じられないけど、薬はきみの車のトランクから発見された。きっと誰かが仕組んだ罠だよ。だけど、鍵もないのに、どうやってトランクをあけたんだろう？　無理やりこじあけた形跡もないんだ」

ローラはただ首を横に振るばかりだった。

「誓って、ぼくが必ず真相を突きとめる」アイザイアはローラに約束した。「それに、街で一番の弁護士に連絡もした。少し前に、ジークもその弁護士の世話になった。見かけは歩く死体みたいだけど、針のように鋭い男なんだ。きみをずっと拘置所に入れておいたりはしないよ。約束する」

「拘置所？」ローラの脳はショートしはじめた。アイザイアの言葉がほとんど理解できない。

「いやよ、アイザイア。逮捕なんてさせないで。あなたはずっといっしょにいたじゃない。わたしは車に近づいてないわ。わたしはやってないって知ってるでしょう」

「知ってるとも、ローラ。でも、警察はわかってくれないんだ。きみはずっとぼくといっしょにいたと言ったら、ぼくがひと晩じゅう起きていて、きみが絶対に家を出ていかなかったと証言できるのかと言われた。きみは自分の車に乗っていないと言ったら、ぼくの車を使っていないと言いきれるのかと言うんだ」

「あなたの車を使ったなら、なぜ、わざわざ自分の車に薬を入れておくの？　筋が通らないわ」

「そのとおりだよ。だから、警察もすべてをよく捜査すれば、きっと間違いに気づくはずだ」

アイザイアの背後に警官が姿を見せた。警官は咳払いをひとつした。「ミズ・タウンゼンド？」礼儀正しい口調だった。「我々といっしょに署まで来ていただく必要があるようです」

アイザイアはふたたび、ローラの額にキスをした。それから、脇に下がった。ローラはすがるような目をアイザイアに向けた。「ぼくを信じて」アイザイアは言った。

警官が腰のベルトから手錠をはずした。それをローラの手首にはめながら、被疑者の権利を読みあげた。

警察に逮捕されることは、ローラが想像していたほど恐ろしくはなかった。とにかく、テレビでいつも見るような場面はひとつもなかった。警官たちは礼儀正しかった。誰も、ローラを乱暴にこづいたり、両腕を背中にねじりあげて痛い思いをさせたりはしなかった。手錠をかけられていることを除けば、運転席と仕切られたパトカーの後部座席に座っているのは、日曜日のドライブとなんら変わりはなかった。

だが、いったん警察署に着くと、周囲の対応は少し厳しくなった。ローラは机のある部屋に連れていかれ、有無を言わせず椅子に座らされた。質問をする刑事が単語の頭文字を並べた略語を好んで使うので、ローラは相手の言っている意味が半分も理解できなかった。しかも、刑事は同じ質問を何度もくり返した。明らかに、ローラの答えをまったく信用していないのだ。一時間後、ローラの頭はしだいに麻痺してきた。二時間後には、自分の名前すら言えなくなってしまった。

「なにを使ってる?」刑事は答えを迫ってくる。

ローラは、質問の意味がわからなかった。「な‐なんのことですか?」

「なにを飲んでるんだ?」

ドラッグのせいで普通にしゃべれないのだと思われていることに気づき、ローラは笑いだした。相手の刑事はまったくユーモアを解さないタイプだった。相手が怒れば怒るほど、こちらはますますおかしくなってくる。そのうち、ローラはどうしようもなく笑いが止まらなくなった。

この苦境からローラを救いだしたのは、アイザイアからの連絡を受けて警察署にやってきた弁護士だった。ローラが覚えられないような名前を持ち、骸骨のようにやせて年老いたその弁護士は、警官の扱いには慣れている様子だった。すぐさま、ローラの言葉が途切れたり止まったりする理由を説明し、それを聞いて刑事も怒りを和らげた。およそ一時間後、ローラは家に帰っていいと告げられた。脇から助けられながら椅子から立ちあがると、手首から手錠がはずされた。それから、弁護士がローラを支えて部屋の外に連れだしてくれた。

正面玄関のロビーで、アイザイアは同じ場所を何度もうろうろと歩きまわっていた。ローラの姿を見つけると、そばに駆け寄った。ローラは頭のなかが麻痺したようにぼんやりとして、アイザイアに抱きしめられても、黙って体をもたれさせることしかできなかった。

警察署の建物をあとにしながら、ローラの耳には、頭の上でふたりの男が交わす会話が聞こえてきた。いくつかの単語は聞きとれたが、意味はまったく理解できなかった。『保釈、告訴、重罪、規制薬物』頭がずきずきと痛み、吐き気がする。今はただ、体を丸めてベッドに横になり、頭から毛布をかぶって、しばらく静かにじっとしていたかった。

道路わきの縁石で立ちどまり、アイザイアは弁護士に手を差しだした。「すばやい対応をしてくださって感謝します」

弁護士はローラの肩をそっと叩いた。「ミスター・コールターのお姉さんのご主人は、ライアン・ケンドリック氏です。ケンドリック一族の友人は、わたしの友人ですからね。なにも心配いりませんよ、ミズ・タウンゼンド。この件は、すぐにわたしが解決します」

ローラはアイザイアに支えられて、ハマーのところまでたどりついた。うれしいことに、アイザイアはローラのウェストを抱えあげ、座席に座らせてくれた。まるで両脚がのびた麺になってしまったように力が入らない。数分後、街を抜けて車を走らせながら、アイザイアは片手を横に伸ばし、ローラの手をしっかりと握った。

「クリニックのスケジュールを組み直しておいたよ。きみのシフトは全部代わりの人に入ってもらった。この事件が解決するまで、なにも心配することはないからね」

ローラは犬舎の犬たちのことを思った。犬たちに毎日会えないのは、きっと寂しいだろう。

「まだ、なにか問題なの？」もっと、具体的な質問をするべきなのは承知していた。誰が鍵もなしにわたしの車のトランクをあけたかわかった？　わたしのセキュリティー・コードはどうして盗まれたの？　わたしのほかにも疑われてる人はいるの？　わたしは保釈されたの？　もしそうなら、このあとはどうなるの？　だが、ローラの脳は限界に達していた。

「また警察に連れていかれて、牢屋に入れられるの？」

「そうならないことを願ってるよ」アイザイアはちらっとローラを見やった。「急患はほかの病院に引き受けてもらうように頼んだし、予約も全部キャンセルして、今日一日クリニックは休診にした」横目で腕時計を確認してから、サイドミラーを見た。「一時間後にタッカーが家に来てくれて、話をすることになってるんだ。ぼくたちが必ず真相を突きとめるよ、ローラ。ぼくを信じてくれ」

ローラは、ほかの誰よりもアイザイア・コールターを心から信じていた。だが、すべてがアイザイアの思いどおりにはならないことも悟っていた。要するに、自分はまだ深刻な状況にある。ほかの人物に容疑が向けられるような事実が出てこないかぎり、どう転んでも拘置所に入れられるだろう。

だが、ローラはなぜか悲観ばかりもしていなかった。刑事に問いつめられているときはうまく答えられなかったが、だからといって法律についてまったく無知なわけではない。検察官には有罪を立証する責務がある。事件が再検討されたら、有能な弁護士なら、このケースにはフットボールチームの一団が通り抜けられるほど大きな穴があることに気づくはずだ。前科もない。ローラはアイザイアとひと晩じゅういっしょにいた。その間、車には近づいていない。血液検査をすれば、ドラッグを使った形跡がないこともわかるはずだ。その日が終わるころには、ローラは警察を納得させることができるという確信を抱いていた。

ただ、拘置所のなかから納得させるような結果になりませんように、とだけ祈った。

家に着くと、ローラは逆らうことなく、赤ん坊のようにアイザイアに世話をしてもらった。体は元気だが、ダメージを受けている脳が休息を必要としていた。アイザイアは、ローラをベッドの端に座らせて靴を脱がせた。それから、横になれるようにベッドカバーをはがした。次にポータブル・ステレオを持ちこんでクリスマスのCDを心地よいくらいの低いボリュームで流し、熱いハーブティーのカップを運んできた。

「ありがとう、アイザイア。すっかり役立たずになって、ごめんなさい。少し気分がよくなってきたわ」

アイザイアは体をかがめて、ローラの頬にキスをした。「おいおい、謝ることはないよ。逮捕されるっていうのは、すごくおっかないものなんだから」

ローラは問いかけるような目でアイザイアを見た。「あなたも逮捕されたことがあるの？」

「大学時代に一度。すぐに釈放されたけどね」

アイザイアは子犬たちにミルクをやりながら、ほんの少しだけ事実に脚色を加えて、ローラの問いに答えた。「ぼくはタッカーといっしょに大学のバーのカウンターに立っていた。ほかのやつらとは別に」そこで、にやっと笑って、ローラにウィンクをした。「そのバーには木の格子でできたパーテーションがあった。そのうち、ぼくたちも顔見知りの二、三人の男子学生が酔っぱらって、なぜだか知らないが、パーテーションを壊そうとしたんだ」

ローラはハーブティーをすすった。「あなたもやったの？」

「まさか。やらないよ」アイザイアはケージに歩み寄り、次の子犬を引っぱりだした。ベッドの足元に座り直し、話を続けた。「もちろんタッカーもやってない。問題は、一九五センチも身長があると、人混みのなかにいても目立ってしまうことだ。ぼくらは犯人たちの近くにいた。ぼくらのうちのひとり――タッカーだったかぼくだったか忘れたけど――は彼らを止めようとした。部屋の反対側にいた用心棒とバーテンダーは、ぼくらが犯人だと思った」

アイザイアは最後の子犬にミルクをやり終えた。「パトカーに押しこまれて手錠をかけられる経験をしたのは、そのとき一度きりだ。二度と味わいたくはない経験だな」

ローラはかなり気分がよくなりはじめ、なんとか笑みを浮かべることができた。「わたしもよ」

「大丈夫だよ」アイザイアは励ました。そのとき、ドアの呼び鈴が鳴った。アイザイアはケージの前で体を起こした。「タッカーが来た」アイザイアは、ローラに向かって人差し指を立ててみせた。「きみは休んでいるんだぞ。いいね？　少なくとも一時間。きみの脳を回復させるためだよ」

「はい、先生」

誰かが怒っているような大きな声で、ローラは眠りから覚めた。最初に頭に浮かんだのは、警察が自分を逮捕するためにやってきたという考えだった。怒鳴っているのはアイザイアだ。ポータブル・ステレオから静かに流れているクリスマスの歌をかき消すように、アイザイアの怒った声が聞こえてくる。どこまでも誠実に自分を守ってくれたアイザイアに、ローラは心から感謝していた。彼のためにも、警察とトラブルを起こしたりしてほしくない。

ベッドから跳び起きて、裸足のまま部屋を出た。意外にも、リビングに人影はなかった。声を頼りに、恐る恐るキッチンのほうに近づいていった。石造りの暖炉の前を通り、リビングとダイニングスペースの境まで来たとき、大声で怒っているのはアイザイアではなくタッカーだと気づいた。ローラは凍りついたように足を止めた。その一瞬後、生まれてはじめて、ある古い格言が真実であることを悟った。『盗み聞きで耳にするのは、けっしてほめ言葉ではない』

「気でも狂ったのか、アイザイア？」立ち聞きされないように声を押し殺しながら、タッカーが激しい口調で怒っている。「ほんとに彼女と結婚するつもりじゃないよな？　よく考えろ。今はまだ目新しいだろうけど、そのうち、飽きてだめになるに決まってる」

「このことに口出ししてくれって、いつ頼んだ？　ぼくの人生はぼくのものだ。人生の選択は、ぼくの好きにさせてもらう」

「おまえが将来を棒に振ろうとしてるなら、口出しするさ。ローラはいい子だ。それは認めるよ。美人なのも否定しない。だけど、頭を使ってよく考えてみろ、アイザイア。彼女は脳に障害があるんだぞ。長い単語は発音できないし、ドッグフードを間違えずに配ることもできないんだ」

「ドッグフードは間違えてなかったじゃないか」

「胸に手を当てて、自分の心に訊いてみろ」タッカーは少し穏やかな声で言った。「べつにローラ個人を否定してるわけじゃない。わかるだろう。おれだって、彼女のことは好きだ。だけど、おまえの結婚相手にはふさわしくない」

「ちょっと訊きたいんだが、それを決めるのはぼくじゃないのか？」

ローラは片手を腰に当てた。今にも倒れそうな気分だ。

「今は、なにもかもがすばらしく思えるだろうよ」タッカーが言い返した。「だが、彼女と結婚してしまったら、きっと彼女と出会ったことを後悔するようになる。彼女には、おまえの刺激になるような知性もないし、クリニックでおまえを手伝うこともできない」

アイザイアがなにか反論しようとしたが、タッカーがさえぎった。「とにかく、最後まで話を聞いてくれないか？」

アイザイアはそれに対して小声で答えたが、ローラには聞き取れなかった。タッカーの言葉はすべてはっきりと聞こえた。

「彼女と結婚して子どもを持つなんていう愚かなことをしたら」タッカーは畳みかけるように言った。「子どもが本を読んだり計算したりするのを手伝うのは誰だ？　おまえだぞ。ローラは買い物のリストをつくることすらできない。ベーコンを買ってきて料理をつくるのもおまえだ」

「ローラの料理は最高だよ」

「くそったれ、そういう意味じゃないことはわかってるだろう。彼女みたいな女性と結婚したら、彼女の障害をカバーするためにおまえがつねに犠牲を払わなきゃならないって言ってるんだ」

「ちょっとした問題は、ぼくらがふたりで解決する」アイザイアが言った。

「ちょっとした問題？　アイザイア、おまえには獣医としての将来があるだろう。ふさわしい女性と結婚すれば、限りなく未来はひらけるんだぞ。ローラはそういう女性じゃない。そのうち恋愛感情が冷めたら、彼女となんの話をするんだ？　賭けてもいいが、知的な会話を楽しむなんて無理だ。大勢の人が集まる会に出席するときはどうする？　きれいなドレスで彼女を人形みたいに着飾らせて、ひと晩じゅう、笑顔で口は閉じておけとでも言うのか？」

ローラは顔をしかめた。

「ぼくは、出世になんて興味はない」アイザイアは言い返した。

「ああ、そうだろうな。今はそれで充分だろう。だけど、いつか研究の分野に進んだり、大学で教えたくなったらどうする？　汚れた政治の世界をちょっとのぞいてみたくなったら？　どこかの有名大学や研究センターを訪問しなきゃならない。そうなれば、美人で知的で教養があって、なおかつ社交的で会話のセンスがある妻が隣りにいることが想像以上に強みになるんだ。おれの言うことを信用しろ。ローラじゃ、その役はつとまらない」

ローラは胸が張り裂けそうだった。子どものころに歌った歌、『棒や石なら骨が砕ける。だけど、言葉はあたしを傷つけられない』あれはうそだった。言葉は肉体よりもっと奥深くまで人を傷つけることができる。最悪なのは、ローラ自身、タッカーの意見にまったく反論できないことだ。タッカーの言うとおり、アイザイアと出会う以前、脳に障害のあるローラはトイレ掃除や犬の散歩で生活費を稼ぐしかない暮らしをしていた。

ほかの部分でも、タッカーの言葉は真実だった。アイザイアの前途には華々しい未来が待ち受けている。彼の妻には、頭がよくて魅力的で、彼の足りないところを補い、夢の実現を手助けしてくれるような女性がふさわしい。ローラは、アイザイアが免疫不全にかかった米国産レトリーバーの話をしてくれた夜のことを思いだした。一生を研究に捧げた仕事仲間について、敬意をこめて語っていたことも。アイザイアは自分も同じようになりたいとは言わなかったが、今思えば、その目には憧れのようなものがあった。ただ、そのときのローラは気づかなかっただけだ。たぶん、気づきたくなかったからだろう。

このままダイニングスペースにいては、アイザイアかタッカーが急に振り向いたら見つかってしまう。ローラはそのまま部屋に戻り、静かにドアを閉めた。崩れるようにベッドの端に座りこみ、涙の乾いた目で呆然と床を見つめた。事故にあう前なら、アイザイアにふさわしい妻になれると思えただろう。でも、正直に言って、今の自分ではそう思えない。もちろん、彼を愛している。心の底から彼にもっと多くのものを与えられたらと願っている。だが、自分にはそれができないのだ。

アイザイアは結婚してくれるだろう。それはわかっている。彼は親切で思いやり深い、すばらしい男性だ。そして、本心からローラとの結婚生活がうまくいくと信じている。だが、それによって、彼はどれだけの犠牲を払うことになるだろう? 彼の夢を邪魔するお荷物にだけはけっしてなりたくなかった。

時に、女は心から男を愛するがゆえに身を引くものだ。

アイザイアは、タッカーの言葉にかっとなって怒りだしたりはしなかった。タッカーの考えはよくわかった。ローラと結婚すれば、アイザイアは人生最大の間違いをおかすことになると思っている。そして、アイザイアへの愛情から、そのことをわからせようとしているのだ。

「わかった」とうとう、アイザイアは言った。「兄さんの意見は聞いたよ。今度はぼくのを聞いてくれるかい?」

タッカーは片手をひらひらさせて、カウンターに尻をもたれさせた。「もちろん」

アイザイアはタッカーの向かい側にある、アイランド式のカウンターにもたれた。「ぼくはローラ・タウンゼンドを愛してる」

「おまえのモノが、だろう」

「黙って最後まで聞いてくれないか？　今まで、しょっちゅうみんなから、立ちどまってかわいい女の子に目を向けろって言われてきた。『そんなに人生を深刻に考えるなよ、アイザイア』とか、『本にばかり鼻をつっこんでるな』とか、『人生には仕事よりも楽しいことがある』とか、『いい加減に結婚相手を見つけなさい』とかなんとか、いろいろとね。だけど、ぼくも、ぼくのモノも、ずっといっしょにいたいと思う女性にまだ巡りあっていなかった」

タッカーは自分の耳を引っぱった。「オッケー、わかったよ」

「いや、わかってない。兄さんはこれまで一度も、誰かを心から愛したことがない。ぼくの言うことをまったくわかってないよ」アイザイアは、手でリビングを示した。「向こうで眠ってる女性は、ぼくの人生を変えてくれた。セックスは楽しいさ。それは否定しない。だけど、つい最近になって発見したことがある。それはセックスに負けないくらいすばらしいものだよ。そして、ぼくが愛してるのは彼女の体じゃない。絶対に違う」

「じゃあ、なんなんだ？」

「舞い落ちる粉雪をいっしょにながめることだよ！　夜になったら暖炉の前に座って、医学書を読みふける代わりに、彼女に本を読んでやる。ぼくの話を聞いてくれる誰かが、いつもそばにいてくれるんだ。ローラとじゃ、知的な会話はできないだって？　大間違いだよ。彼女の知性は失語症とはまったく関係ない。たぶん、彼女は兄さんよりも頭がいいだろうね。学歴もぼくらと同等なのは言うまでもない。長い単語が使えなくたって、ちっともかまわない。大事なのは、彼女が話す中身なんだ」

タッカーはうなずいた。考えこむように眉をしかめている。

「自分の子犬を飼ってからは、毎晩、玄関で犬が出迎えてくれる。まるで、ぼくが月を持って帰ったみたいに大騒ぎしてさ。それから、ローラとふたりで横腹が痛くなるまで笑ったりすることもある。そんな人生を送れるんだよ、タッカー——仕事とはまったく別のぼくだけの人生、心から幸せだと感じさせてくれる人生なんだ。我が家に帰るのがうれしいと思わせてくれる誰かが家にいる。その女性が微笑むだけで、くもった空にいきなり太陽が顔を出したように思えるんだ」

タッカーはテーブルをまわって、どさりと椅子に腰をおろした。「くそっ」

「そのとおり、くそさ。てっきり、クリニックでの事件をいっしょに解決するために来てくれるのかと思ったよ。ところが、いきなりぼくの人生に口をはさみはじめた。どうかしてるんじゃないか？　大体、兄さんの人生はそんなにすばらしいのか？　ぼくより、たった三分早く生まれただけだろう。自分の気持ちくらい、自分でよくわかってるよ」アイザイアは、リビングのほうを指した。「もし、この話を彼女が聞いてたら——彼女を泣かせることになったら——彼女が流した涙のぶんだけ、兄さんの面の皮をはぎ取ってやる」

「悪かった」タッカーは、ぶっきらぼうに言った。「おまえが彼女をそんなに愛しているなんて知らなかったんだ——彼女がそんなにおまえを幸せにしてくれてることも」タッカーは片手で顔をごしごしとこすった。「そういうことなら、きっと彼女がおまえにふさわしい結婚相手なんだろう」

「そうとも」アイザイアは、燃えるような目で兄の顔を見た。「さて、未来の義妹《いもうと》が刑務所に入るような羽目になってほしくないなら、別のことに頭を使ったほうがいい。ローラは昨夜はひと晩じゅう、ぼくといっしょにいた——ぼくのベッドで寄り添って。たしかに、ぼくは眠ってたけど、彼女は絶対にベッドから出ていない。クリニックの誰かが彼女をはめようとした。それが誰で、いったいどうやったのかを突きとめるんだ」

一時間半後、アイザイアはキッチンのテーブルで、一枚のリストの上にかがみこんでいた。『誰なんだろう』アイザイアとタッカーは、クリニックのスタッフのなかで、なんらかの理由でローラを追いだしたがっている可能性がある人物は誰なのかと頭をしぼった。今のところ、一番の容疑者はジェームズだ。だが、アイザイアはほかにも目を向けろと自分に言い聞かせた。ローラによれば、彼は無害な若者だ。ローラの直感は信じたほうがいい。

もう一度、スタッフのリストに目を通していると、ドアの呼び鈴が鳴った。来客の予定はなかったはずだ。タッカーが、また戻ってきたのだろうか。アイザイアが大股でリビングを横切っていると、ベッドルームからローラが出てきた。ローラは眠っているとばかり思っていたアイザイアは、フェイク・ファーつきのコートを着た姿を見て驚いた。

「どこかに出かけるのかい？」笑みを浮かべて言った。

「ええ」ローラの声は虚《うつ》ろだった。「祖母が来たの。わたしが電話で、迎えに来てくれるように頼んだのよ」

そのとき、ベッドルームのドアの外側に置いてあるローラの旅行かばんが目に入った。アイザイアの胃が口から跳びだしそうになった。彼女の瞳。これほど傷ついた悲しげな瞳を見たことはない。タッカーめ。ローラはさっきの会話を立ち聞きしていたのか。

「ローラ、タッカーが言ったことなんて気にするな。彼は自分の考えを口に出しただけだ。ぼくがちゃんとわからせた。もう心配ない」

目を合わせないようにしたまま、ローラはアイザイアの脇を通って玄関に出た。ポーチにはエッタが立っていた。年齢を感じさせない、きれいな女性だ。キャメルのパンツスーツの上に茶色のスウェードのジャケットを重ねた洒落たいでたちに、カールした銀髪を頭のてっぺんで束ねている。アイザイアにちらっと悲しそうな視線を投げ、それから孫娘の顔を見て微笑んだ。

「調子はどう？」そう言いながら、ローラを抱きしめた。「できるだけ急いで来たわよ」

アイザイアはふたりに歩み寄った。「エッタ、これは全部誤解なんです」意味ありげな目でローラを見た。「ふたりで話し合う必要があります――〝分別のある〟大人らしく」

ローラは挑発にはのらなかった。耳を貸そうともしないローラの態度に、アイザイアは深く傷ついた。「荷物をまとめるから少し待って、おばあちゃん。すぐだから」

言葉どおり、ローラはすぐに戻ってきた。肩にバッグをかけて、片方の腕に何着かの服を抱え、もう片方の手に旅行かばんを持っている。祖母と並んでポーチに出る前に、ローラはアイザイアのほうを振り返った。

「トリシュに電話しておいたわ。あとで子犬を連れに来てくれるそうよ。あと二週間もすれば乳離れをして、今みたいに日に何度もミルクをやらなくてもよくなるでしょう。子犬を売れば、トリシュもお金を稼げるわ」

アイザイアの口のなかは、砂を嚙んだように乾ききっていた。ローラは本気で出ていくつもりだ。「フラウン・フェイスはどうするんだ？」

ハプレスがポーチに駆けてきて、うれしそうに吠えた。ローラは子犬を見もしなかった。

「事情が変わったのよ。わたしはフラウン・フェイスを飼えないわ。トリシュがきっと、いい飼い主を探してくれるでしょう」

「ローラ」アイザイアはローラを追ってポーチに出た。すがるような目でエッタを見たが、エッタはさっさと階段を降り、エンジンをかけっぱなしにしてある車のところに行ってしまった。「行かないでくれ、ローラ。きみを愛してる」

ローラは肩をすくめ、無理に笑みを浮かべた。「うまくいきっこないわ」

「違う。そんなことはない。タッカーはなにもわかってないんだ。タッカーの言葉なんかで、ぼくたちのことを終わりにしないでくれ」

ローラの瞳のなかでなにかがきらりと光った。ローラは涙をこらえているのだ。アイザイアはローラの腕をつかんで無理にでも抱きしめたい衝動を覚えた。だが、もしそうしたら、抵抗されるのではないかと不安だった。腕力で女性を従わせてはいけないという戒めは、父から受けたいくつかの教えのひとつだ。この問題の唯一の解決法は、座ってじっくりと話し合うことだ。

「きっとうまくいかなかったわ」ローラの声は震えていた。「こういう形で終われてよかったのよ。わたしたち、まだ友達でいられるもの。お互いに憎みあったりせずに。ちょうどいい潮時だったんだわ」

「ぼくがきみを行かせると思うのか？　そうはいかない」

「決めるのはわたしよ」ローラはまばたきをして、光る涙の粒をはらいのけた。まっすぐにアイザイアを見つめる眼差しが、決心は変わらないと言っていた。「電話はしないで。訪ねてもこないで。もう終わったのよ」

「そして、ぼくの言い分はなにも聞いてくれないのか？」

「ええ」

ローラはくるりと後ろを向き、急ぎ足で階段を降りていった。アイザイアはティーンエイジャーのころに何度か、胸が張り裂けるような失恋を経験していた。そのときは、これで人生も終わりだと思ったものだ。だが今、本当の心の痛みとはどんなものかを知った。

目に涙がにじんでくる。そんな自分に腹が立った。去っていく女性に追いすがるつもりか？　タッカーの見当違いな言葉を聞いたぐらいでローラがすべてを投げだすというなら、行くなと懇願したりするものか。

「わかったよ！」アイザイアは怒鳴った。「出ていきたいんだろう？　好きにしろ！　だけど、いい気になるなよ。そっちが考え直すまでぼんやり待っているつもりはないからな！女は地球上にきみひとりしかいないわけじゃないんだ！」

ローラは振り返らなかった。祖母の車に荷物を放りこみ、続いて自分も乗りこんで、ばたんとドアを閉めた。エッタのクライスラーは、凍った雪の上でガリガリと音をたてて走りだした。アイザイアは焼けつくように痛む目で、テールランプを見つめた。白い車が視界から消え去ると、力が抜けたように階段に座りこんだ。ハプレスがくんくんと悲しげに鳴きながら、アイザイアの膝に這いあがろうとした。まるで、とてもよくないことが起こったとわかっているようだ。

アイザイアはハプレスを抱きあげた。そして温かな毛皮に顔を埋め、子どものように泣きじゃくった。

15

「今夜はわたしの家に泊まりなさい」車が街に入ると、エッタがなだめるように言った。

ローラはまっすぐ自分の家に帰って、泣きたいだけ泣きたかった。「今日は遠慮しておくわ、おばあちゃん。しばらくひとりになりたいの」

「ふん」エッタはローラの家に向かう脇道を通り過ぎた。「あそこには食べ物もないだろうに」

「冷凍庫に入ってるわ」なにかを食べることなど、今は考えられなかった。「朝になったら、ミルクと卵を買いに行くわ」

「ああ、そうしなさい。だけど、今夜はこの年寄りにつきあってもらうよ。おまえと話をしなくちゃ」

祖母の言葉を予想はしていた。「もし、これは間違いだって説得するつもりなら、余計な口出しはやめてね」

家に着くと、エッタはローラの肩を押すようにキッチンの椅子に座らせ、ポットに紅茶を入れて、クッキーを皿に盛った。「なにかお腹に入れたほうが気分がよくなるよ」エッタは言い聞かせた。

ローラは祖母の忠告を聞いて、ほんの少しクッキーをかじった。普段なら祖母が焼いたお菓子は大好きだが、今日はまるで味覚が麻痺してしまったようだ。

「さあ」エッタは、ふしくれだった両手で、縁にバラの花がついている上品なカップを包みこむように持った。「話してちょうだい。おまえたちふたりはお似合いのカップルで、ほんとに幸せそうだったのに、今は、ぼろぼろに傷ついてる。なにか理由があるはずだよ」

ローラの携帯電話が鳴った。バッグのなかを探って電話を取りだしたローラは、画面に表示されている風船のマークをふさぎこんだ顔で見つめた。

「アイザイアから？」ローラが電話に出ずに、そのままバッグに戻したのを見て、エッタが訊いた。

「彼とは話したくないの」声を聞いたら、決心がにぶりそうで怖かった。「このほうがいいのよ。早くきれいにケリをつけられる」

エッタはため息をつき、紅茶をひと口すすった。「たぶん、おまえの言うことが正しいんだろうね。男ってやつは、結局、みんなろくでなしだから」

祖母の言葉に、ローラは驚いた。「アイザイアはろくでなしじゃないわ」

エッタはカップをソーサーの上に置いた。「そうね」と、認めた。「例外はあるわね。ジムもそのひとりだった」横目でローラを見ながら言った。「そして、たぶんアイザイアもそうじゃないかしら。だとしたら、なぜ彼と別れようとしているの？」

ローラは、立ち聞きしたアイザイアとタッカーの会話を祖母に話してきかせた。「タッカーは真実をついてたわ」

「たとえば？」

ローラは話しながら、のどが締めつけられるような気がした。「わたしは、上流階級の人が集まるディナーや資金集めのパーティーで大勢の人と会話したりできないわ。いつか、アイザイアは大学で教えたり——研究をしたいと思うかもしれない。そのためにはお金が必要よ。政‐治的なゲームがすべてで、勝った人だけが賞品をもらえるのよ。勝つためには、とにかくいろんな人に会って、たくさんしゃべらなきゃならないわ」

エッタはうなずいた。「想像はつくよ。だけど、どうしておまえには無理なの？　おまえは充分にすてきな女性だよ、ローラ」

「わたしは上手にしゃべれないわ」

「最近はずいぶんうまく話せるようになったよ。たしかにゆっくりだし、単語と単語の間が少しあいたりはするけど、ほとんど気がつかないぐらいよ」

ローラは、アイザイアの姪のロージーが言った率直な言葉を思いだした。『言葉に障害があるの？』家族はみんな、自分を愛してくれる。それはうれしいし、感謝もしている。でも、彼らは多くのことを見過ごしている。他人は見過ごせないし、見過ごそうともしない事実を。

「アイザイアの重荷にはなりたくないの」ローラは祖母の目をまっすぐに見つめた。「そんなことはないって言ってみて、おばあちゃん。政‐治っていうゲームに勝つことが一番大事な有名大学の教授の妻たちのなかで、わたしがちゃんとやっていけるって言って。そう言ってくれたら、今すぐアイザイアに電話をして、わたしが間違ってたって謝るわ」

エッタは、しばらくローラをじっと見つめていた。と、しわに囲まれた目が涙でいっぱいになった。エッタは黙って首を横に振った。

それこそ、ローラが必要としている答だった。

ローラは両親に電話をした。電話に出たのは父親だった。なるべく落ち着いた声を出そうと努めながら、言った。「パパ?」

「ローリー? 元気でやってるのかい?」

ローラは涙ぐみながら、微笑んだ。父の穏やかな低い声を聞くのがうれしかった。「まあまあよ」

「あまり元気じゃなさそうだな。仕事でなにか困ったことでもあったのか?」

できるだけ簡単に、なにがあったのかを父に説明した。ローラがひととおり話し終わると、マイク・タウンゼンドは一瞬黙りこんだ。

「もし彼が本当におまえを愛しているなら、大学も研究の仕事も、彼にとってはちっとも重要じゃないだろうね」

だが、ローラには重要に思えた。そして、いつかアイザイアにとっても重要だと思える日が来るのではないかと恐れていた。「本当は、そのことを話すために電話したんじゃないのよ。今話したとおり、面倒なことになってるの。弁護士さんに払うお金を貸してもらえないかしら？　かならず返します。すぐには無理だけど」

「いくら必要なんだい？」マイクは訊いた。

ローラはため息をついた。「わからないの。とりあえず二千ドルあれば足りると思うわ」

「明日、振りこんでおくよ」

ローラはぎゅっと目を閉じた。「このごたごたが解決したら、そっちに移ろうと思うんだけど」

「フロリダにってことかい？」

「そっちには家政婦の仕事がたくさんあるでしょう」ローラは、落ち着かない笑い声をあげた。「老後をフロリダで過ごす主婦たちはみんなランチやパーティーで忙しいはずだから」

「それはそうだな」父は同意した。「それに、犬もたくさん散歩してる」

「雪ばかりの土地は、もううんざり」ローラはうそをついた。「そっちに行けば、太陽をいっぱい浴びられるわ。もしかしたら、もう一度泳ぎにも挑戦できるかも」

フロリダに行くもうひとつの、もっと大きな理由を父には言わなかった。それは、アイザイア・コールターから六千キロ近く離れた土地に行けるということだ。この街にいて、ある日ばったり彼と出くわしたくはない。遠くから姿を見かけただけでも、きっと胸が張り裂けそうになるだろう。二度と顔を合わせないよう、遠い土地に行き、過去はけっして振り返らないほうが幸せなのだ。

「もちろん、おまえがいっしょに住んでくれたらうれしいよ、ローラ」

たぶん、母はまた、脳に効くというさまざまなサプリメントを無理やり飲ませようとするだろう。それを思うと思わず身がすくんだ。両親を愛している。だが、緩衝材《かんしょうざい》代わりに適度な距離があるというのはありがたいことだった。


その夜、アイザイアはほとんど眠れなかった。トリシュが子犬たちを連れていってからも、きっかり三時間おきに目が覚め、そのたびにベッドに横になったまま静けさを噛みしめていた。ベッドに入る前に、何度かローラに電話をかけてみた。だが、ローラは電話に出なかった。


翌朝六時にクリニックに着いたときは、目が痛み、体は疲れきっていた。スーザンはすでに仕事を始めていた。いつもと変わらぬ月曜の朝だ。犬舎を通り抜けながら、低い力のない声でスーザンに挨拶をした。手術室に足を踏みいれたアイザイアは、ベリンダを見て驚いた。

「ずいぶんはりきって、早く来てるんだな」コートをかけ、新しいカウボーイ・ハットを脱ぎながら、アイザイアは言った。

「早く来て、いろんなことがうまくいってるかどうか確かめたかったのよ」ベリンダは言った。「だけど、強盗は毎日来るわけじゃなさそうね」

アイザイアはシンクのところに行って、手を洗った。それから、予約表をチェックした。世のなかはいつもと同じように動いている。お昼前に手術の予定が三つ入っていた。午後は、続けていくつか診察の予約がある。そのあと、手術がふたつあった。アイザイアは盲導犬の様子を見に行った。すっかり元気そうになったシェパードは、アイザイアの姿を見て喜んでいるようだった。

「やあ、どうだい?」アイザイアはしゃがんで、シェパードの歯茎を調べた。「なかなか、いいじゃないか」いつものように快活に振る舞おうとしたが、なぜか微笑むことすらできなかった。ローラが恋しい。ローラが去ってからたった十二時間と少ししかたっていないというのに、まるで一年も会っていないような気がする。「すぐに、立派に歩けるようになるぞ」シェパードはくんくん鼻を鳴らし、かまってもらおうとして、アイザイアにすり寄った。

アイザイアはシェパードをちょっと撫でてやってから、立ちあがった。プライベートでなにがあったとしても、自分にはやるべき仕事がある。朝一番にするのは、患者たちを診てまわることだ。個人的な事柄がうまくいかないからといって、責任を投げだすわけにはいかない。自分は動物たちにとって必要な存在なのだ。

「ローラのことで、なにかわかった?」ベリンダが訊いた。

「いや、新しいことはなにも」

ベリンダはケージに肩をもたれさせ、二日前に爪を抜いて去勢手術を受けた雄猫の具合を診ているアイザイアの手首に豊かな胸が触れるような位置に立った。「こいつは昨日、退院してもよかったな」アイザイアが言った。

ベリンダはアイザイアの手首をつかんで、自分の胸に引き寄せた。「ああ、いい気持ち」

ベリンダはこれまでにも何度か誘惑めいた態度を見せていたが、この日はあまりにも唐突だった。アイザイアはケージに近づきながら、手を引っこめようとした。するとベリンダは、まるでアイザイアに抱き寄せられたように倒れこんできた。アイザイアの胸に乳房がぶつかった。ベリンダは腰をくねらせ、誘うようにアイザイアの腰に尻を押しつけてきた。アイザイアはなにがどうなっているのか理解できず、唖然《あぜん》としてベリンダの茶色い目を見つめた。

「ローラはもういないわ。ここにいるのはわたしよ」かすれた声で、ベリンダが言った。「ローラは刑務所に入れられるかもしれないわ。麻薬を盗んだんだから」舌打ちをした。「大変な事件よね。重罪でしょ？　彼女と結婚するつもりなら、ずいぶん長く待たされるわよ」ベリンダはまた尻を押しつけてきた。「男には女が必要でしょ。喜んであなたの相手になるわ」

アイザイアの体は頭と違う反応を示しはじめた。ベリンダに体をこすりつけられて、それは起こった。欲求でもなく愛情でもない。いまいましいことに、ただ放出を求めて体の一部が固くなりはじめた。

「ベリンダ――」

「おしゃべりのしすぎよ」ベリンダがささやいた。

なにが起こっているのかわからないまま、ベリンダが首に両腕を巻きつけてきたかと思うと、口のなかに舌がつっこまれた。アイザイアはベリンダを引き離そうとしたが、ベリンダはまるでヒルのようにぴったりと貼りついている。力をこめて、やっと顔を横にそむけた。

て脈打ってる」

「こんなことはだめだ」うなるように言った。

ベリンダは胸をこすりつけてきた。「わたしが欲しいでしょ。感じるわ。岩みたいに固く

アイザイアの一部は半ば固くなっていた。招かれざる刺激による、解剖学的な反応だ。

「やめてくれ、ベリンダ。すまない」アイザイアはやっとベリンダの両腕をほどき、体を引きはがした。「きみはきれいな人だ、でも──」

ベリンダは体にぴったり張りつくジップアップ・セーターを着ていた。ジッパーをつまんでゆっくりとおろし、胸を露わにした。ブラジャーはつけていなかった。つんと上を向いた乳首を指でもてあそびながら、ベリンダは微笑んだ。「ここにキスするところを想像して、アイザイア。わたしのなかに入っているところを思い浮かべてちょうだい。わたしはもう熱く──濡れてるわ。このテーブルの上でも、倉庫部屋の箱の上でもいいわ」

アイザイアは目の前の光景が信じられなかった。「服を着てくれ。スーザンが来る」

「彼女は男と女が抱きあうところを見たことがないとでも思ってるの?」ベリンダはくるりと目玉をまわした。「はん、ないかもね。岩でできてるみたいな女だものね」

アイザイアは背中を向けた。「ジッパーをあげてくれ。ぼくはなにも感じない」

沈黙が流れた。アイザイアはカウンターに歩み寄った。患者の記録表を付けるためにページをめくりながら、両手が震えた。記録の文字もまるで理解できない。

「この、ろくでなし!」ベリンダが叫んだ。「役立たずのインポ男!」

最初は〝脈打ってる〟で、次は〝インポ〟だって？　面白い。アイザイアはペンを放り投げて、ベリンダのほうを向いた。

ベリンダは怒りで顔を真っ赤にして体を震わせ、あごをぐいっと突き出した。「愛してるのよ！」全身で叫ぶと、裸の胸が揺れた。「あなたにふさわしいのは、このわたしよ。なぜ、それがわからないの？　わたしを無視して、まぬけで低能なケンネル・キーパーの尻を追いまわすなんて」

その瞬間、すべてを悟ったアイザイアは凍りついた。「なんてこった」ささやくように言った。「きみだったのか」

ベリンダはこぶしを握りしめ、怒りにまかせて大股で近づいてきた。口にパンチをくらう前に、アイザイアはベリンダの両手首をつかんだ。「全部きみだったんだな」まだ信じられない思いで、言った。「きみはぼくとつきあいたいと勝手に思ってた。そこにローラがやってきた。きみはローラに嫉妬して、クリニックをやめさせようとしたんだ」

ベリンダは顔を引いて、アイザイアの顔に唾を吐きかけた。アイザイアは目をしばたたいた。生まれてこのかた、これほど女性を殴りたい衝動に駆られたことはない。だが、それはコールター家の男のやりかたではない。こんな女のために自分の主義を曲げる気はなかった。「薬を盗んで、ローラの車に置いたのもきみだな」アイザイアはさらに迫った。「なにかの方法で、彼女のセキュリティー・コードを盗んだんだろう。きみの目的は彼女を追いだすことだった」

「証明してみなさいよ、くそったれ」

ベリンダは手首を振りほどき、むきだしの胸を揺らしながら身をひるがえして部屋から走り出た。アイザイアは、すぐにあとを追った。「そんなに急ぐなよ。もう少し質問に答えてくれたら、あとは警察に面倒をみてもらうから」

「くそったれ！」

アイザイアはベリンダを追って廊下を走った。ベリンダの腕をつかんで捕まえたいのは山々だが、それを実行したら、間違いなく相手は暴れるだろう。ベリンダはか弱いとは言いがたい女だ。その上、男であるアイザイアは、やり返せないという不利な立場にある。もちろんその気になれば抑えつけることはできるが、その過程で相手を傷つけてしまうかもしれない。やはり、警察に任せたほうがいいだろう。

ベリンダと、あとを追うアイザイアは玄関ホールにたどりついた。こんなに早い時間に来ていた唯一の事務スタッフ、ヴァルがファックスの前に立っている。ヴァルが振り向くと、ちょうどベリンダが受付カウンターをまわって事務所に駆けこんできた。ベリンダはヴァルの顔を見るなり、わっと泣きだした。あとから事務所に跳びこんだアイザイアは、あっけにとられた。

「助けて！」ベリンダは金切り声で叫び、まるで保護を求めるようにヴァルの後ろに隠れた。「助けて、ヴァル。彼を近寄らせないで。彼はわたしをレ－レイプしようとしたのよ。手術室にいたら、い－いきなり襲ってきたの。ほら、彼を見て。ズボンの前がまだふくらんでるわ」

アイザイアは思わず股間を手でおさえそうになった。ちくしょう、こっちの言い分は彼女の話とまったく正反対だ。誰が男の主張を信じてくれるだろうか？

ヴァルはしばらくじっとアイザイアの顔を見つめた。それから、ベリンダの裸の胸に目をやった。「うそつき女」ヴァルは言った。「わたしはクリニックがオープンしたときからここにいるのよ。今までも、魅力的な女性スタッフがたくさん入ったりやめたりしたけど、こんな騒ぎが起こったことは一度もないわ」

「今、起こったのよ！」ベリンダが叫んだ。

「あなたの夢のなかでじゃないの？」

ベリンダののどから獣のような低いうなり声がもれるとほぼ同時に、ファックスが床に叩きつけられた。

「おい！」アイザイアは怒鳴った。ベリンダが狂ったように、今度はファイル・キャビネットに向かったのだ。「やめろ、ベリンダ。どうするっていうんだ？　それは、何百匹もの動物たちの診療記録だぞ！」

アイザイアは、キャビネットからファイルを引っぱりだして床に投げつけようとするベリンダの片腕を背後からつかんだ。ベリンダは振り向き、こぶしと爪と歯で反撃した。できれば暴力をふるわずにすませたいと思っていたアイザイアだが、ついに、今すぐ殴り倒してやりたいという衝動がこみあげた。

「ベリンダ、やめろ！」アイザイアは怒鳴りつけた。

ベリンダは静まらなかった。アイザイアはベリンダの右フックを目に、左フックを鼻にくらった。パンチ自体は大して痛くなかったが、なんとか顔をガードするために、両腕を頭の上で交差し、体をふたつに折って縮こまるしかなかった。

ベリンダは完全に常軌を逸していた。アイザイアは、こんな状態に陥った人間を目の当たりにしたのははじめてだった。

「ヴァル、警察に電話してくれ！」すると、ヴァルは電話に走り寄る代わりに、こちらに近づいてきた。「ベリンダ？」

ベリンダがアイザイアへの攻撃をやめて肩越しに振り向くと、針金のようにやせたヴァルはにっこりと微笑み、次の瞬間、こぶしを固めてベリンダの顔に強烈なパンチを叩きこんだ。ベリンダは、まるでどろどろのセメントを流しこんだ袋のように、がっくりと膝をついた。

「鼻が！　わたしの鼻が！」ベリンダはわめいた。

ヴァルは、いつでも二発めのパンチをくりだせる準備をして立っていた。「アイザイアは、女のあなた相手に手を出せないわ。この性悪なヒステリー女。わたしが喜んで相手になるわよ。あと一ラウンドか二ラウンド、闘ってみない？　楽しませてちょうだいよ」

ベリンダは立ちあがろうとしてもがいた。そして、アイザイアが電話に跳びついている間によろよろと立ちあがると、建物の外へと駆けだした。ヴァルはあとを追おうとしたが、アイザイアが腕をつかんで引きとめた。

「放っておこう」アイザイアは言った。「あとは警察が捕まえてくれる」

ヴァルはため息をつき、スラックスで両手のほこりをはたいた。「残念だわ。まだウォーミング・アップが終わったばかりなのに」


一時間後、アイザイアは自分のオフィスに座っていた。祖父のような警官が数えきれないほどの質問をして、すべての内容をノートに書きとった。アイザイアは、その警官が気に入った。グレーの髪に血色のいい顔、青い目には知的な光が見える。

「これは単なる執着心ではなく」アイザイアは要約した。「病的な強迫観念です。ぼくは一度もベリンダに誤解されるような行動を取っていません。でも、どういうわけか彼女の頭のなかでは、将来ぼくと結婚するという想像が勝手にふくらんでいったんです」

「よくあることですよ」キーナン巡査は言った。「人はつい、犯人は男だと思いこんでしまう。でも、それは大きな間違いです」巡査はノートを閉じて、ポケットにペンをしまった。「麻薬窃盗事件についてのあなたの主張は、とても筋が通っている。もし、あなたとミズ・タウンゼンドがあの日の夕方、子犬に気をとられて車をロックするのを忘れたのなら、ミズ・バクスターが車に忍びこんでなかからトランクをあけ、薬を隠してからドアを全部ロックしておくのは簡単だったでしょう。ミズ・タウンゼンドのセキュリティー・コードについても、あなたかお兄さんがクリニックの鍵をコートのポケットや机の引き出しに入れておく習慣があったら、誰でもこっそりそれを持ちだしてファイルをのぞくことができる」

「それじゃ、ローラの疑いは晴れたんですね？」

キーナンは微笑んだ。「そのお嬢さんのことを、とても好いていらっしゃるんですね」

アイザイアはうなずいた。「そのとおりです」

巡査は立ちあがった。「まだ完全に容疑が晴れたわけではありませんが、わたしがその方向で捜査をしますよ。まず、ミズ・バクスターの過去を洗ってみましょう。異性に対して異常な所有欲を持つ人物は、たいてい過去にも同じような事件を起こしているものです」

「それを調べるのに、どのくらい時間がかかりますか？」

「あなたが提供してくれた情報をもとに調べれば、明日までにはなにかわかるでしょう。経歴を調べるには、もう少し時間がかかりますが」

「彼女が通っている大学にも連絡を取るんですか？」

「それと、履歴書に書いてある雇い主全員にも」キーナンは、鳥のくちばしのような形の制帽を頭にのせた。「今度から、スタッフを雇うときには、履歴書の内容をご自分でチェックなさることをおすすめしますよ、ドクター・コールター。今の世のなかには、本当にいろいろな人間がいますからね」

アイザイアに反論の余地はなかった。ベリンダが職を求めてきた際、アイザイアは簡単に採用を決めた。ベリンダはスタッフとして文句のない資格を取得していた。それだけで、ろくに採用試験もせずに、すぐに契約をしてしまったのだ。「これからは、もっと気をつけます――お約束しますよ」

キーナン巡査が帰ったあと、アイザイアはふたたびローラに電話をした。呼びだし音が延々と鳴り続け、とうとう留守番電話の声が応答した。ローラの時々途切れる穏やかな声を聞いて、アイザイアは危うく涙ぐみそうになった。話ぐらいしてくれてもいいじゃないか。きっとローラは呼びだし音を聞いて携帯電話をひらき、画面に風船のマークがあると電話に出ないことにしているのだろう。

直接、ローラの部屋に行こうかと思いついて腕時計に目をやったアイザイアは、驚いて跳び上がった。手術の時間が十分後に迫っている。とりあえず、愛は後まわしだ。

夕方の四時半、若いラブラドールの不妊手術を終えたところへヴァルが駆けこんできた。
「キーナン巡査から電話よ」

アイザイアは両腕を後ろにまわして背中の中心に引き寄せ、肩甲骨の間の凝りをほぐした。
「ここはもう終わったから、自分のオフィスで出るよ」アイザイアは、午後じゅうずっとベリンダの穴を埋めてくれたスーザンを横目で見た。「あとをお願いしていいかな?」

どこもかしこもがっしりとした頼もしいスーザンは、ブロンドの頭を縦に振った。アイザイアは手術用の手袋をはぎ取って廃棄物容器に捨て、手術着を脱いで、扉を押しあけながら洗濯かごに放り投げた。

アイザイアが受話器を取ると、キーナンはすぐに本題に入った。「ビンゴ」キーナンは言った。「ベリンダ・バクスターには忌まわしい過去がありましたよ」

アイザイアは、聴診器を首からはずして机の上にぽんと投げた。「今朝の騒ぎを目撃したあとですから、それを聞いても驚きませんよ。どんな事件があったんです?」

「コロラド大学に在籍中の一九九三年。ミズ・バクスターはある男子運動選手にレイプされたとして訴えを起こしました。予備審問の段階で、男性も女性も含む信頼に値する目撃者の証言によって彼女の主張はくつがえされています。目撃者によれば、彼女は相手の男性にのぼせあがり、興味がないと言われて拒否された腹いせに仕返しを企んだということです」

「最悪だ」

「翌年、今度は大学の教授に熱をあげています。盛んにアプローチしましたが、鼻であしらわれました。腹を立てた彼女は、単位をもらう代わりにセックスを強要されたと言って教授を訴えました。今度も、彼女の主張は通りませんでしたがね」

「信じられない」アイザイアは弱々しくつぶやいた。

「つまり」キーナンは続けた。「あの女性は、少々頭のネジがゆるんでいるんです。我々は参考人として彼女を連行しようとしたんですが、残念ながら、自分のアパートには戻っていないようです。たぶん、もう街を出たんでしょう」

出ていって二度とこの街に戻ってきませんようにと、アイザイアは願った。そうすれば、これっきりベリンダの顔を見なくてすむ。「それで、ローラの疑いは晴れたんですね?」

「これまでにわかった事実を整理しただけでも、ミズ・タウンゼンドは罠にかけられたとわたしは確信しています。この電話を切ったらすぐに彼女にもかけて、新しいニュースを報告しましょう」

「もし手続き上の問題がなければ、電話をかけるのを待ってもらえませんか？」アイザイアは言った。「彼女には、ぼくの口からもう大丈夫だと教えてやりたいんです」

キーナンは笑った。「二時間の猶予を差しあげましょう」

「感謝します。それと、キーナン巡査。本当にありがとうございました」

「わたしは職務を果たしただけですよ」

その日ローラは、祖母に食料品店に連れていってもらっていた。自分のマツダは押収されていたからだ。新しく買った生鮮食料品を冷蔵庫にしまっていると、ドアをノックする音が聞こえた。ローラは牛乳の瓶を手に持ったまま、その場に凍りついた。朝からずっと、そのうちアイザイアがやってくるだろうと予想はしていた。クリニックでの仕事を終わらせてから来るのは、いかにも彼らしい。

そう考えながら、ローラは心に痛みを感じた。ほかの女性なら、犬や猫より下に扱われたら腹を立てるかもしれない。だが、自分は違う。そもそも、動物たちに対するアイザイアの献身的な姿勢が、彼を愛するようになった理由のひとつなのだ。

ローラは冷蔵庫に牛乳を押しこみ、玄関に向かった。永遠に彼を避けつづけるわけにもいかない。すでに、彼は十回以上電話をかけてきている。アイザイアの性質からすれば、一度はきちんと話し合わないかぎり、けっしてあきらめはしないだろう。ローラの精神状態は、一度前の日よりはましになっていた。そう簡単に決心がにぶったりしない自信も昨日よりはある。

たとえ何百回愛していると言われても、彼のところには戻るまい。そうするほうが楽だからではない。こうしてふたりの関係を終わらせることが、長い目で見ればアイザイアのためになるのだ。

大きく息を吸って勇気を奮い立たせてから、ドアをあけた。階段をのぼりつめたポーチに立っているベリンダの姿を見て、ローラは心底驚いた。挨拶をしてなかに招きいれようとしたとき、ベリンダの目に浮かんでいる凶暴な表情と、鼻の下にこびりついて乾いた血の痕に気づいた。その直後、ベリンダの手に握りしめられている肉切り包丁が目に入った。

ローラの反応はすばやかった。全体重をぶつけてドアを閉めようとしたが、ベリンダのほうがスピードも体重も上だった。ローラがバランスを崩したすきにベリンダは部屋のなかに押し入り、ローラが体勢を立て直すひまもなく体の上にのしかかり、馬乗りになった。

リハビリ期間中、ローラは心を落ち着かせて平静さを保つ術《すべ》を学ぶために太極拳を習っていた。今ではすっかり弱ってしまったが、右半身を鍛えるトレーニングもした。太極拳の型のひとつに『プッシュ・ハンズ』と呼ばれる技がある。相手を攻撃することなく自分の身を守るために、体重と体のバランスを利用して相手の体をひっくり返すというものだ。

ベリンダが肉切り包丁を振りおろしたとき、まさにその技がローラを救った。ローラはベリンダの手首をつかみ、巧みに体重を移動させて相手を振り落とした。ベリンダは床に叩きつけられた。助けを求めながら外に走りでようとしたが、ベリンダもすぐに起きあがって追いつき、ふたたび襲いかかってきた。

「この売女《ばいた》！」ベリンダが怒鳴った。「彼がかわいいなんて思えないようにしてやるからね！」

ローラはまるで死のダンスを踊っているかのように、ベリンダが突きだす包丁の刃を相手に、膝を曲げたり爪先立ちになったりして逃げまどった。凶器は横からつっこんできたかと思うと反対にはねあがり、あと数センチで致命傷となるひと突きが何度もローラをかすめた。

「やめ‐て」ローラは声をしぼりだした。「お願い――やめて」

ベリンダは狂ったような笑い声をあげ、またもや襲いかかってきた。さっと体をひねってかわしたが、ほんの少しタイミングが遅かった。うなり声とともに、ベリンダが冷酷に包丁を振りおろす。その腕をローラは力いっぱい押し返し、なぎ倒した。そして、相手が体勢を立て直すより早く突進し、肩から体当たりをくらわせた。

驚きに顔を醜くゆがめたベリンダは後ろによろけてバランスを崩し、そのままの勢いでひらいたドアから体が外に投げだされた。ベリンダがどこにどうやって着地したのか、ローラは見届けたりしなかった。全身の力でドアを押して閉め、がちゃんと鍵をかけた。それからバッグに駆けより、携帯電話を取りだした。

恐ろしさのあまり、祖母が入力してくれた警察のシンボル・マークが思いだせない。パニックを起こし、いつベリンダが窓を割って襲いかかってくるかわからないという恐怖におびえながら、狂ったようなスピードで画面をスクロールさせた。風船、馬、ケーキ、猫、犬。『ああ、どうすればいいの』そのとき、画面に現われたマークが目にとびこんだ。星。警察バッジを表わすマーク。

両手が激しく震えた。思いどおりに動かない指で、ローラは通話を示す小さな緑の電話のマークを押した。

アイザイアのハマーは尻を振りながら急停車した。ローラの部屋があるガレージの前の縁石にはパトカーが何台も停まり、たくさんの回転灯が光っている。制服を着た警官たちが、忙しそうに前庭を歩きまわっていた。壊れたように雪の上に横たわっている女性を目にしたとたん、恐怖に駆られたアイザイアは、ローラに違いないと思った。

「ああ、神様」アイザイアは通りの真ん中にハマーを置き去りにした。「ローラ?」

縁石と雪におおわれた中央分離帯を跳び越え、凍った歩道にたどりついた。倒れている女性の髪が黒っぽいことに気づくまで全速力で走った。やっと速度を緩めたアイザイアは我が目を疑いながら、捻《ね》じ曲がったように倒れている女性の体を凝視した。『ベリンダ?』上を見あげると、階段の手すりが壊れている。

「なにがあったんですか?」重そうな青いボマージャケットに身を包み、耳あてつきの帽子をかぶっている警官に訊いた。「ここに住んでいる女性は無事ですか?」

「ああ、無事だよ。たぶん、上の部屋にいる」

アイザイアは一度に三段ずつ階段を駆けのぼった。ポーチに着くと、目の前のひらいた玄関口に、立ったまま警官と話をしているローラの姿があった。少し取り乱し、寒さのために震えている以外は、いたって元気そうだ。

「今、救急車がこちらに向かっているところです」警官が話している。

「彼女――を、傷つけ――るつもり――は、なかった――んです」ふと顔をあげたローラは、警官の背後にアイザイアの姿を見つけた。ローラの目は、アイザイアが知りたかったすべてを正直に物語っていた。「アイザイア?」ローラは叫んだ。

アイザイアは警官を押しのけ、両腕でローラをしっかり抱きしめた。「いったい、なにがあったんだ?」

ローラは、アイザイアの首にしがみついた。激しい震えがアイザイアの全身に伝わった。つっかえつっかえ、ローラは一部始終を話した。足りないところは警官が補ってくれた。アイザイアは階段の下にちらっと目をやった。ベリンダの体にはすでに毛布がかけられ、雪の上に広がる髪の毛しか見えない。多少の責任は感じたが、それでも、ベリンダは当然の報いを受けたのだと思わずにはいられなかった。

「死んだんですか?」と、警官に訊いた。

「いいえ。首を怪我しているだけです。救急隊が今、こちらに向かっています」

アイザイアはローラの腰にしっかりと腕をまわして、家のなかに入った。とりあえず、話し合いは後まわしだ。

一時間後、ローラは二人掛けソファの端に体を丸め、二杯めの紅茶をすすっていた。反対側の安楽椅子には、アイザイアが腰かけている。ベリンダはずいぶん前に救急車で病院に搬送された。そして、ほんの数分前、怪我はごく軽傷だったと警察から連絡があった。地面に積もった雪のおかげで衝撃が和らげられたのだ。大した怪我ではなく、ただ気絶していただけだった。ベリンダは医師に放免されると、すぐに警察署に連れていかれ、殺人未遂を含めたいくつもの罪で調書を取られることになった。

ローラも、すべてを理解できるだけの落ち着きを取り戻していた。両手の震えもおさまり、頭のなかもはっきりしている。もう、アイザイアがいなくても大丈夫だ。だが、アイザイアはまるで根がはえたようにどっかりと椅子に体を沈め、ローラの心が痛むほどハンサムな顔でこちらを見つめている。

もう帰ってくれと言えばいいのはわかっていた。だが、それは想像していたよりずっとむずかしいことだった。「もう大丈夫よ、アイザイア」

アイザイアはわずかに微笑み、うなずいた。「よかった」

ローラはティーカップを脇に置き、脚を伸ばしてクッションにまっすぐ背中を当てた。

「もう帰ってもらえるかしら」

「ぼくにうそをつくなよ、ローラ。きみのうそは下手すぎて見ちゃいられない」アイザイアも、まっすぐに座り直した。それを見たローラは、どこかに逃げだしたくなった。「きみはぼくを愛してる。ぼくは、きみがずっと待っていた男だ。覚えてるかい？　きみは三十一歳で、今まで誰とも寝たことがなかった。その話から考えただけでも、ぼくがきみにとってどういう存在なのかわかる。そのきみが、ぼくに立ち去ってほしいと願うわけがない」

ローラは片手でさっと目をこすった。ぐらついいちゃだめ、と自分に言い聞かせた。彼のために、二度と彼が近づかないような言葉を口にしなければ。

「わたしもいい加減にセックスを経験する年齢だったのよ。そうでしょ？」ローラは立ちあがった。一瞬、めまいがしたが、すぐに元に戻った。キッチンへ行き、ほったらかしになっていた食料を片づけはじめた。「わたしは忙しいの、アイザイア。わたしたちのことは、もう終わったのよ。ふたりとも動きはじめるときよ」

「きみが言うことは正しい」アイザイアは立ちあがり、ゆっくりとローラに歩み寄った。「ぼくらは動きはじめるべきだ――いっしょにね。今夜はクリスマス・パーティーがある。きみなしで行く気になんてなれないよ。そのあとのクリスマス・イヴとクリスマスは？　きみと過ごせないなら、ぼくにとってはなんの意味もない」

ローラは、まるで万力《まんりき》で締めつけられているように胸が苦しくなった。「帰って。お願いだから。ここにいてほしくないの」

「帰らないよ。ローラ、きみを愛してる」

ローラは、そっと横目でアイザイアを盗み見た。それは致命的な失敗だった。アイザイアはハンサムだった。背が高く、褐色の肌をして、風になぶられた髪が乱れている。緑色のボタンダウン・シャツのまくりあげた袖から、引き締まった褐色の腕がのぞいている。細いウエストには、光るバックルがついたウエスタン・ベルトをしめていた。筋肉質のたくましく長い脚と男らしい立ち姿を目にすれば、どんな女性の心臓も鼓動を速めるに違いない。

「あの日、きみがタッカーの演説を立ち聞きしたことはわかってる」アイザイアの口調は穏やかだった。「でも、そのあとのぼくの話は聞いてないだろう。心からきみを愛してるよ、ローラ。きみなしの人生なんて、ぼくには耐えられない。タッカーも帰るときにはわかってくれて、もうすぐきみが義妹になることを喜んでくれた」

ローラは首を横に振った。「彼が最初に言ってたことは正しいわ。あなたには、頭がよくて魅力的で教養のある女性がふさわしいのよ。あなたの可能‐性を理解‐してくれる人。いつかあなたが研究の道に進むことになったら、あなたのために資金集めもできるような社交的な奥さんよ」ローラの手から卵のカートンが滑り落ちた。発泡スチロールのカートンは騒々しい音とともに床に落ちた。わざわざのぞいてみなくても、卵が全部割れてしまったのは明らかだった。こみあげるいらだちに、ローラはぎゅっと目を閉じた。しゃがんでカートンを拾いあげると、黄身と白身が流れ出し、濁った水たまりのように床の上に広がった。

「わたしは絶‐対に、そんな女性にはなれない」

「研究になんて興味はないよ。獣医学の今後に関心はある。それは否定しない。だけど、ぼくが本当にやりがいを感じて価値を見出せるのは、実際に動物たちと向き合って元気にしてやることなんだ。ぼくの幸せは研究室にはない。まったく同じ理由で、大学で教えるつもりもない」

打ち寄せる波のように、ローラの心に希望が押し寄せた。

「仕事の将来について、妻になる人の助けがいらないことはわかってる。だけど、別の意味での手助けは欲しい。それは、たったひとりの特別な女性にしかできないんだ。その人は、ぼくと同じくらい動物を愛していて、きつい汚れ仕事をしているときもつねに笑顔で、ぼくが患者のことを心配しながら家に帰ると、それを察していっしょに心配してくれる」

ローラは涙をこらえ、落ち着いて息を吸いこもうとした。混乱しながらペーパータオルで卵をやみくもに床にこすりつけていたが、とうとうあきらめて、べたつく紙の塊をゴミ箱に放りこんだ。「いつかきっと、わたしはあなたの人生をだめにしてしまうわ」

「どんな人生を？　きみは、ぼくが心に思い描いていたとおりの理想の女性だよ、ローラ。きみはあの子犬たちをすごくかわいがっているから、十三匹全部欲しいのかもしれないね。ぼくが心の底から愛しているきみがそうしたいなら、全部飼ってもいい」

その言葉はローラを喜ばせた。

「ぼくがすぐに食事を忘れる男だってことを思いだしてくれよ。きみがいなかったら、まともな生活もできないんだ」アイザイアは、ローラに向かって一歩踏みだした。「きみと出会うまで、ぼくがどれくらい、小説も読まなきゃ映画も見ない暮らしをしていたと思う？　何年もだよ！」

「そんな暮らしは変えたほうがいいわ」

「やってみるよ。ただし、きみの手助けが必要だ」

アイザイアの声にこめられた誠実さに、ついにローラはアイザイアと目を合わせた。

「きみがいてくれると」アイザイアは続けた。「今まで気づかなかったことに気づくんだ——雪が降ったあとの空気のにおいとか、雪の粒はみんな違う形をしてるとか、子犬の息はすごくいいにおいがするとか」アイザイアの目に涙が光った。「きみは本当に、ぼくがまた元の暮らしに戻ってもいいと思ってるのかい？　きっとまた、食事は忘れるし、靴下はいつも左右ばらばら。襟の後ろに柔軟仕上げのタグをつけたまま仕事に行ったり、赤い縞のワイシャツに紫の水玉のネクタイを締めて年間最優秀獣医の賞を受け取ったりしてしまうよ」

ローラの目にも涙がにじんだ。唇にはわずかに微笑みすら浮かんでいた。アイザイアの言葉は現実になるだろう。仕事で心配事があったり夢中になったりすると、アイザイアはほかのことがなにもできなくなってしまう。

アイザイアは、ローラの唇にかすかに浮かんだ笑みを見逃さなかった。それこそ、彼が求めていたものだ。あっという間《ま》にキッチンを横切り、ローラが逆らう間もなく両腕で抱きしめた。

「愛してる。きみが必要なんだ。どう言えば、いや、どうすれば、それをわかってもらえる？」

ローラは首をそらせて探るようにアイザイアの顔を見つめた。その瞬間、それ以上の言葉はいらなかった。アイザイアの瞳には、たしかにローラへの愛情があふれていた。

「きみは、ぼくと結婚してくれると言った」アイザイアは強い口調で言った。「そう約束してくれたんだ。ぼくの子どもを産んでほしい。きみといっしょに歳を重ねていきたい。ぼくの可能性と将来の夢をつぶしたくないと言ったね？　だったら、ぼくが仕事だけに生きて人生を楽しめなくてもいいって言うのか？」

「アイザイア」震える声で、ローラは言った。「わたしもあなたを愛してるわ」

「わかってるよ」アイザイアはささやいた。

それから、ローラにキスをした。優しく誘うようなキスは、すぐに飢えたような深いキスへと変わった。アイザイアの唇のうっとりするような感触に、ローラはもはや逆らえなかった。ローラはアイザイアの首に両腕を巻きつけて、爪先立ちになった。そして、心の奥底ではずっとわかっていたひとつの真実をようやく受け入れた――わたしのいるべき場所はここ、彼の腕のなかだと。

エピローグ

二〇〇五年一月八日

コルクがぽんと音をたてて抜けると、フランス産のシャンパンが温泉のように噴きだし、黒いスーツ姿のジェイクの袖を濡らした。ジェイクは笑い、アイザイアの家のダイニングテーブルをぐるりとまわって、新郎新婦のフルートグラスにシャンパンを注いだ。

ローラとアイザイアは腕を組んで互いの目をじっと見つめあいながら、夫婦としてはじめていっしょにシャンパンをひと口飲んだ。ローラは幸せに目がくらみそうだった。この世界はなんてすばらしいんだろう。事故の日以来、自分の人生は完全に終わったと思いこんでいた。だが今、夫となったアイザイアの輝く青い目に見つめられ、あのとき人生を失ったのは彼に出会うためだったのだと悟った。そして、きっと彼も、形は違っても同じ思いを嚙みしめているはずだ。

この数週間、ふたりはさまざまなことを確かめあった。つまり、幸せは成功やお金や華やかな未来とはなんの関係もないということ。幸せは今、ふたりがともにいるこの瞬間にあり、お互いがその時々をどれだけよりよく生きるかにあるということだ。

その考えにもとづいて、アイザイアとローラはいっしょに過ごす時間を一秒でも無駄にしないために、小さな教会で簡単な式をあげ、愛する人々だけにふたりが誓いを交わす証人になってもらうという計画を立てた。ローラの両親はすでに引退して収入もそれほど多くないため、ローラはすべてを――ウェディング・ドレスもブーケも――自分の手で用意した。招待客には、直接、電話で連絡した。ジークの妻ナタリーが音楽を担当してくれた。なによりすばらしかったのは、ナタリーがアイザイアとローラのためにオリジナルの歌を作曲してくれたことだ。その歌は、これからの人生で折に触れてふたりを勇気づけてくれることだろう。お祝いの席は持ち寄りパーティーとなった。大皿から取り分ける方式で、たくさんの料理がテーブルに並び、混乱はほとんどなかった。

「乾杯！」ハンクが音頭を取った。

ローラの父親もグラスをあげ、ローラとアイザイアのほうを向いた。大事な娘を失った代わりに息子を得ましたというような、お決まりの感傷的なスピーチをするのだろうと、ローラは思った。だが、父はローラにウィンクをして、こう言った。「新郎新婦のふたりにひと言。死がふたりを分かつまで、ふたりが仲睦まじく幸せに暮らせますように。しかし、万一うまく行かなかったときは、ローラにひとつ大事なお願いがある。もしも、母さんとわたしの家に舞い戻ることになったら、犬を十四匹も連れてくるのは勘弁してほしい」

それが合図のように、ハプレスが部屋に跳びこんできて、うれしそうに吠えた。その後ろから、十三匹のロットワイラー犬の子犬たちがとことこついてきた。集まった全員がどっと笑った。ローラはフラウン・フェイス以外の子犬は手放すつもりだったが、ウェディング・パーティーで十三匹の子犬たちがそこらじゅうを走りまわっているのはうれしいながめだった。フラウン・フェイスはローラの父のズボンに嚙みついてうれしそうなうなり声をあげ、小さな四本の脚を突っ張って、力いっぱい布を引っぱっている。ふたりが思い描いたとおりの人生をともに歩んでいく一日めに、動物たちが主役を演じるなんてすてきじゃない？

「誰が犬を放したんだ？」アイザイアが言った。

ジェイクの息子のギャレットが堅い木の床の上で横滑りしながら止まり、ばつが悪そうにちらっと母のモリーを見た。「スライがやった」

アイザイアはくすくす笑いだし、ローラのウェストに腕をまわした。「ほら、コールター家の男に昔から伝わる悪しき伝統だ。すぐにほかのやつのせいにする」

モリーとカーリーは子犬たちを捕まえにかかった。ベサニーは車椅子であとをついてまわり、ふたりが残りの逃亡犯を追いかけている間、小さな毛むくじゃらのいたずらっ子を膝の上でしっかり捕まえておく役を引き受けた。タッカーとライアンも手を貸した。

「これで、アイザイアたちがどうして自分の家でパーティーをすることにしたのかわかっただろ、母さん」タッカーが肩越しに振り向き、メアリーにウィンクをした。「すぐにおもらしする子犬は、母さんのカーペットの大敵だ。幸運の星に感謝するべきだね」

メアリーは、ローラの祖母エッタにそっと目をやり、微笑んだ。タッカーの言葉とはまったく違う意味で、メアリーは幸運の星に心から感謝していた。ローラとアイザイアがお互いを見つめる目は幸せに満ちていた。母親にとって、これほど心温まる光景はない。しかも、ふたりが出会うように計画したのが自分であれば、喜びもひとしおだ。アイザイアはリラックスし、ローラは輝くように美しい。ふたりは完璧なカップルだ。

こうなるってわかっていたのは、わたしだけだわ。

満足げな笑みを浮かべながら、メアリーはタッカーに視線を戻した。そのとたんに、結婚していない息子があとひとりだけ残っていることを思いだし、ため息をついた。タッカーは、昔から一番扱いにくい息子だった。いつも期待と正反対のことをしでかしてくれる。

メアリーはかすかに顔をしかめた。タッカーには、女性に対して傲慢《ごうまん》に振る舞うところがある。そのせいで花嫁探しはむずかしいだろうが、そのぶんやりがいも大きいというものだ。タッカーには気の強い女性が似合うだろう――と言うより、そうでなければならない。ハンサムな彼とつりあうように美しく、彼と対等にやりあえるような気概があって、なにか言われても負けずに言い返せるような。

幸運にも、わがままで頑固な息子にぴったり合いそうな、四人も兄がいる女性に心当たりがあった。

そうよ、彼女に決まり。メアリーはシャンパンをひと口飲んだ。また面白くなりそうだわ。

訳者あとがき

本書は、動物病院を舞台にくり広げられるローラとアイザイアの恋物語です。全編どことなくほのぼのとした雰囲気に包まれた、このラブ・ストーリーを読み終えたあと、なんとも心温まる気分になったのは訳者だけではないでしょう。

アイザイア・コールターはとびきりハンサムな獣医ですが、恋人もなく、頭のなかはいつも仕事のことでいっぱいという男性。そんな息子を心配して、母親のメアリーは、機会を見つけてはなんとか若い女性を紹介しようと企んでいます。今回は、近所に住むお茶飲み友達の孫娘に目をつけ、息子の病院で動物たちの世話をするケンネル・キーパーに推薦するところから、この物語は始まります。

母メアリーが『ほんとにきれいだし、すごく人柄もいい』と大絶賛するローラ・タウンゼンドは、事故の後遺症から、失語症という障害を負っています。むずかしい言葉を発音できず、ゆっくりとしか話せない、計算ができないなど、さまざまなハンディを抱えるローラですが、天性の明るさやおおらかさ、前向きに生きようとする強さを知るにつれ、アイザイアはローラを心から愛するようになります。そして、ローラもアイザイアを。しかし、謎の犯人がローラを病院から追いだそうとしたり、アイザイアの双子の兄タッカーが弟とローラの恋に反対したりと、いくつもの壁がふたりの前にたちはだかります。ふたりそろって恋愛に対してどちらかといえば不器用で純情なこのカップルの恋の進展に、訳者もはらはらしたり、じれったくていらいらしたり、まるでお見合いおばさんのような心境でした。

このストーリーの鍵となる要素は、ローラが障害を負っているという点です。ローラの障害は失語症ですが、なんらかのハンディを負った人間がどのように生きていくかということは、本書の大きなテーマでしょう。

作者は、ローラをつねに明るく前向きで、できるかぎり自力で生きていこうとする人物として描いています。ローラのように、基本的な生活はひとりでできるレベルの障害を持った方が、偏見などを受けることなく、ごく自然に自立して生きていくことは、わたしたちが想像するよりもずっとむずかしいことなのかもしれません。この作品を翻訳するにあたり、失語症と闘う患者さん方のホームページなどを読ませていただきました。知性は衰えていないのに、口がうまく動かない、考えてはいるのに物の名前は思いだせないなど、ローラと同じ症状に悩んでいる方がたくさんいらっしゃいました。本書はラブ・ストーリーですが、読者の方がこの作品を読んだことによって失語症という病気を知り、もしも現実に同じ病気の方に出会ったとき、少しでも温かい目を向けられるきっかけになってくれたら、と訳者は願っています。

さて、そろそろ、今回日本初登場となる作者キャサリン・アンダーソンについて簡単にご紹介しましょう。キャサリンは一九四七年生まれ。すでに数十冊に及ぶ作品を世に発表している、米国では押しも押されもせぬ人気ロマンス作家です。現在は夫とこよなく愛するロットワイラー犬たちと一緒に、この作品の舞台と同じオレゴン州に在住。壮大なパノラマが臨める尾根に建つ山小屋風の家に暮らしているとのことです。キャサリンのホームページには、かわいい愛犬や家の近くから撮影した美しい景色の写真が紹介されています。機会がありましたら、ぜひご覧ください。コールター家秘伝のフライド・チキンのレシピなども紹介されている、とても楽しいページです。読者へのメッセージ、家族やペットについての文章からは、キャサリンの温かな人柄、周囲の人々に対する愛情が伝わってきます。この作品が持つ独特の温かさやユーモアは、作者自身の人柄によるものが大きいのでしょう。

もうお気づきでしょうが、キャサリンが飼っているのは、アイザイアとローラが育てる子犬と同じロットワイラー犬です。キャサリンは無類の動物好きで、それが高じてついに肉を食べるのがいやになり、ベジタリアンになってしまったくらいだそうです。この物語の随所に顔を出す、迷い猫の問題、避妊手術の是非、動物を車にのせる際の危険性などは、作者自身が日ごろ感じている疑問なのでしょう。それに加えて、訳者と読者のみなさんにとっては、かわいい動物たちがローラとアイザイアのロマンスをいっそう盛りあげてくれる立役者となりました。特に、『今まで見たなかで一番不器量』とアイザイアに言わしめた雑種犬ハプレス。彼は、主人公ふたりの縁結び役として、この物語では欠かせない存在です。本書の描写だけではちょっと想像もつきませんが、ひょっとして実際のモデルはいるのでしょうか？読者のみなさん、もしも「これぞハプレス！」というようなわんちゃんに出会いましたら、ぜひ当方までご一報ください。

最後になりましたが、この作品を訳出する機会をくださった二見書房翻訳編集部、また丁寧に原稿を読んで数々のアドバイスをくださった津田留美子さんに心から感謝します。ありがとうございました。

二〇〇七年三月

ザ・ミステリ・コレクション

あなたに会《あ》えたから

著者　キャサリン・アンダーソン
訳者　木下《きのした》 淳子《じゅんこ》

発行所　株式会社 二見書房
東京都千代田区神田神保町1-5-10
電話 03(3219)2311［営業］
03(3219)2315［編集］
振替 00170-4-2639

印刷　株式会社 堀内印刷所
製本　株式会社 進明社

ISBN978−4−576−07041−4
http://www.futami.co.jp/

スワンの怒り
アイリス・ジョハンセン
池田真紀子［訳］

エリート銀行家の妻ネルの平穏な人生は、愛娘と夫の殺害により一変する。整形手術で絶世の美女に生まれ変わった彼女は、謎の男と共に復讐を決意し…

真夜中のあとで
アイリス・ジョハンセン
池田真紀子［訳］

遺伝子治療の研究にいそしむ女性科学者ケイト。画期的な新薬RU2の開発をめぐって巨大製薬会社の経営者が、彼女の周囲に死の罠を張りめぐらせる。

最後の架け橋
アイリス・ジョハンセン
青山陽子［訳］

事故死した夫の思いを胸に、やがて初産を迎えようとするエリザベス。夫の従兄弟と名乗る男の警告どおり、彼女は政府に狙われ、山荘に身を潜めるが…

そしてあなたも死ぬ
アイリス・ジョハンセン
池田真紀子［訳］

女性フォトジャーナリストのベスは、メキシコの辺鄙な村を取材し慄然とした。村人全員が原因不明の死を遂げていたのだ。背後に潜む恐ろしい陰謀とは？

失われた顔
アイリス・ジョハンセン
池田真紀子［訳］

大富豪から身元不明の頭蓋骨の復顔を依頼されたイヴ・ダンカン。だが、その顔をよみがえらせた時、彼女は想像を絶する謀略の渦中に投げ込まれていた！

顔のない狩人
アイリス・ジョハンセン
池田真紀子［訳］

すでに犯人は死刑となったはずの殺人事件。しかし自らが真犯人と名乗る男に翻弄されるイヴは、仕掛けられた戦慄のゲームに否応なく巻き込まれていく。

風のペガサス（上・下）
アイリス・ジョハンセン
大倉貴子［訳］

美しい農園を営むケイトリンの事業に投資話が…。それを境に彼女はウインドダンサーと呼ばれる伝説の美術品をめぐる死と陰謀の渦に巻き込まれていく！

女神たちの嵐（上・下）
アイリス・ジョハンセン
酒井裕美［訳］

少女たちは見た。血と狂気と憎悪、そして残された真実を…。18世紀末、激動のフランス革命を舞台に、幻の至宝をめぐる謀略と壮大な愛のドラマが始まる。

女王の娘
アイリス・ジョハンセン
葉月陽子［訳］

スコットランド女王の隠し子と囁かれるケイトは、一年限りの愛のない結婚のため、見果てぬ地へと人生を賭けた旅に出る。だがそこには驚愕の運命が！

爆　風
アイリス・ジョハンセン
池田真紀子［訳］

ほろ苦い再会がもたらした一件の捜索依頼。それは後戻りのできない愛と死を賭けた壮絶なゲームの始まりだった。捜索救助隊員サラと相棒犬の活躍。

眠れぬ楽園
アイリス・ジョハンセン
林　啓恵［訳］

男は復讐に、そして女は決死の攻防に身を焦がした…美しき楽園ハワイから遙かイングランド、革命後のパリへ！　19世紀初頭、海を越え燃える宿命の愛！

風の踊り子
アイリス・ジョハンセン
酒井裕美［訳］

16世紀イタリア。奴隷の娘サンチアは、粗暴な豪族リオンに身を売られる。彼が命じたのは、幻の彫像ウインドダンサー奪取のための鍵を盗むことだった。

二見文庫　ザ・ミステリ・コレクション

光の旅路（上・下）
アイリス・ジョハンセン
酒井裕美［訳］

宿命の愛は、あの日悲劇によって復讐へと名を変えた…インドからスコットランド、そして絶海の孤島へ！ゴールドラッシュに沸く19世紀を描いた感動巨編！

虹の彼方に
アイリス・ジョハンセン
酒井裕美［訳］

ナポレオンの猛威吹き荒れる19世紀初頭。幻のステンドグラスに秘められた謎が、恐るべき死の罠と宿命の愛を呼ぶ…魅惑のアドベンチャーロマンス！

いま炎のように
アイリス・ジョハンセン
阿尾正子［訳］

ロシア青年貴族と奔放な19歳の美少女によってミシシッピ流域にくり広げられる殺人の謎をめぐるロマンスの旅路。全米の女性が夢中になったディレイニィ・シリーズ刊行！

氷の宮殿
アイリス・ジョハンセン
阿尾正子［訳］

公爵ニコラスとの愛の結晶を宿したシルヴァー。だが、白夜の都サンクトペテルブルクで誰も予想しえなかった悲運が彼女を襲う。恋愛と陰謀渦巻くディレイニィ・シリーズ続刊

星に永遠の願いを
アイリス・ジョハンセン
酒井裕美［訳］

戦乱続くイングランドに攻め入ったノルウェー王の庶子で勇猛な戦士ゲージと、奴隷の身分ながら優れた医術を持つブリンとの激しい愛。ヒストリカル・ロマンスの最高傑作！

鏡のなかの予感
アイリス・ジョハンセン他
阿尾正子［訳］

ディレイニィ家に代々受け継がれてきた過去、現在、未来を映す魔法の鏡……。三人のベストセラー作家が紡ぎあげる三つの時代に生きる女性に起きた愛の奇跡の物語！